Nevermoor

Les DÉFIS de MORRIGANE CROW

L'auteur

Après avoir longtemps habité Londres et gardé en mémoire tous ses recoins les plus cinématographiques pour son futur roman, **Jessica Townsend** est retournée vivre en Australie, sur la Sunshine Coast. Rédactrice, elle a notamment travaillé pour le magazine de nature *Australia Zoo* où elle a développé une immense passion pour le monde sauvage, les animaux et plus particulièrement les gros chats – qui hantent d'ailleurs ses histoires. Véritable phénomène éditorial vendu dans trente-six pays, *Nevermoor* est son premier roman.

JESSICA TOWNSEND

Nevermoor

Les DÉFIS de MORRIGANE CROW

Traduit de l'anglais
par Juliette Lê

POCKET JEUNESSE
PKJ·

Titre original :
Nevermoor: The Trials of Morrigane Crow

Publié pour la première fois en 2017 par Hachette Book Group, Inc.,
Hachette Children's Group UK et Hachette Australie

Loi n° 49-956 du 16 juillet 1949 sur les publications destinées
à la jeunesse : octobre 2018.

© 2017 by Ship and Bird Pty Limited
Texte © Jessica Townsend, 2017
Illustrations intérieures © Beatriz Castro, 2017
Couverture © Jim Madsen, 2017
Copyright couverture © 2017 by Hachette Group, Inc.
Design couverture : Sasha Illingworth et Angela Taldone

© 2018, éditions Pocket Jeunesse, département d'Univers Poche,
pour la traduction française et la présente édition.

ISBN : 978-2-266-28076-1
Dépôt légal : octobre 2018

*À Sally, la première cliente de l'hôtel Deucalion,
et à Athena, pour m'avoir dit que je pouvais
tout accomplir, même ce livre.*

PROLOGUE

Printemps Premier

Avant même l'arrivée du cercueil, les journalistes étaient là. Pendant la nuit, ils s'étaient peu à peu rassemblés devant le portail. À l'aube, une foule de gens les avaient rejoints. À neuf heures, c'était noir de monde.

Il était midi passé lorsque Corvus Crow sortit enfin de chez lui et descendit l'allée jusqu'à la grande grille en fer forgé qui retenait les importuns.

— Chancelier Crow, cela pèsera-t-il sur votre décision de vous représenter aux élections ?

— Monsieur le chancelier, quand aura lieu l'enterrement ?

— Le président vous a-t-il présenté ses condoléances ?

— Vous devez être soulagé, n'est-ce pas, monsieur le chancelier ?

— S'il vous plaît, les interrompit Corvus en levant une main gantée de cuir pour les faire taire. J'ai une déclaration à vous faire, au nom de toute ma famille.

Il sortit un morceau de papier de la poche de son élégant costume noir.

— « Nous remercions les citoyens de notre grande République de nous avoir soutenus ces onze dernières années, lut-il du ton articulé et autoritaire qu'il avait développé au cours de ses années de chancellerie. Notre famille a connu bien des malheurs, et le chagrin nous accablera encore longtemps. »

Il se tut un instant pour s'éclaircir la voix, les yeux levés vers son auditoire silencieux. Une multitude d'objectifs et de regards curieux étaient braqués sur lui. Soudain, il fut assailli par un crépitement de flashs.

— « Le deuil d'un enfant est une chose terrible, reprit-il. Ce deuil est une épreuve pour notre famille, mais aussi pour tous les habitants de Jackalfax, qui, nous le savons, partagent notre profonde tristesse. »

Au moins cinquante paires de sourcils se haussèrent. Quelques toussotements gênés brisèrent le silence.

— « Mais ce matin, alors que nous entrons dans la Neuvième Ère de la République de la Mer d'Hiver, nous savons que le pire est derrière nous. »

Des coassements lugubres se firent entendre au-dessus d'eux. Tous rentrèrent les épaules, visages tendus. Personne ne leva la tête. Les oiseaux planaient en cercles depuis le matin.

— « La Huitième Ère m'a volé ma femme adorée, et voilà qu'elle vient d'emporter ma seule enfant. »

Un nouveau coassement vibra dans les airs. Un journaliste fit tomber le micro qu'il tenait tout près du visage du chancelier et plongea vers le sol pour le récupérer. Il se redressa en rougissant et en marmonnant des excuses, que Corvus ignora.

— « Mais, en partant, elle a aussi balayé le danger et le désespoir qui avaient assombri sa si courte vie. Ma… *très chère* Morrigane. »

Il marqua une pause, le visage déformé par le chagrin.

— « Elle est enfin en paix, comme nous devons l'être aussi. La ville de Jackalfax ainsi que l'État entier des Grandes Plaines du Loup sont enfin à l'abri du danger. Il n'y a plus rien à craindre. »

Un murmure empreint d'incertitude parcourut la foule, et les flashs se raréfièrent. Le chancelier leva des yeux humides. Son morceau de papier s'agitait dans le vent. Ou étaient-ce ses mains qui tremblaient ?

— Merci.

Corvus Crow ne répondrait à aucune question.

1

LA MALÉDICTION

Onze d'Hiver
(Trois jours plus tôt)

L<small>E CHAT DE LA CUISINE ÉTAIT MORT</small>, et c'était la faute de Morrigane.

Elle ne savait ni quand ni comment c'était arrivé. Il devait s'être empoisonné pendant la nuit. Il n'y avait aucune trace d'attaque de renard ou de chien. Sans la tache de sang séché au bord de ses babines, on l'aurait cru endormi. Mais son corps était froid et rigide.

Découvrant son cadavre dans la lumière pâle de ce matin d'hiver, Morrigane s'agenouilla près de lui dans la poussière. Le cœur gros, elle le caressa, du bout du museau à l'extrémité de sa queue touffue.

— Pardonne-moi, petit chat de cuisine, murmura-t-elle.

Où fallait-il l'enterrer ? réfléchissait Morrigane. Devrait-elle demander à Grand-mère de lui donner un morceau de tissu précieux pour l'envelopper ? Il ne valait probablement mieux pas, décida-t-elle. Elle se servirait plutôt d'une de ses chemises de nuit.

À cet instant, la cuisinière ouvrit la porte de derrière pour donner les restes de la veille aux chiens. À la vue de Morrigane, elle faillit lâcher son seau de surprise. La vieille femme se pencha pour voir le chat mort, et son visage se plissa de chagrin.

— Mieux vaut sa vie que la mienne, grâce à Dieu, marmonna-t-elle en frappant le bois du cadre de la porte, puis en embrassant la médaille qu'elle portait autour du cou.

Elle coula un regard vers Morrigane.

— Je l'aimais beaucoup, ce chat.

— Moi aussi, dit Morrigane.

— Je vois ça, en effet, murmura la femme d'un ton plein d'amertume.

Elle recula lentement. Très lentement.

— Rentre donc, maintenant, ajouta-t-elle. Ils t'attendent dans le bureau.

Comme Morrigane s'attardait à la porte de la cuisine, elle vit la cuisinière prendre un morceau de craie et écrire sur le tableau : CHAT DE CUISINE MORT, à la suite d'une longue liste qui comptait parmi les derniers ajouts : « POISSON POURRI, CRISE CARDIAQUE DU VIEUX TOM », « INONDATIONS EN PROSPÉRITÉ DU NORD et TACHES DE SAUCE SUR NOTRE PLUS BELLE NAPPE ».

— Je peux vous recommander plusieurs psychothérapeutes pour enfants dans la région de Jackalfax.

La nouvelle assistante sociale n'avait pas touché à son thé ni aux biscuits. Elle avait, ce matin, fait le voyage en train de deux heures et demie depuis la capitale, puis marché sous le crachin de la gare jusqu'au manoir des Crow. Ses cheveux, mouillés, étaient plaqués sur son crâne, son manteau complètement trempé. Morrigane réfléchissait à ce qu'ils auraient pu lui offrir de plus réconfortant que du thé et des biscuits, mais la femme n'avait pas l'air de s'en soucier.

— Ce n'est pas moi qui ai préparé le thé, dit Morrigane, si c'est ça qui vous inquiète.

La femme ne cilla pas.

— Le docteur Fiedling est célèbre pour son travail sur les enfants maudits. Je suis sûre que vous avez entendu parler de lui. Le docteur Llewellyn est tout aussi renommée, si vous préférez une main plus douce, une approche plus maternelle.

Le père de Morrigane s'éclaircit la voix.

— Ce ne sera pas nécessaire.

Corvus avait développé un tic nerveux de l'œil gauche, qui se manifestait seulement lors de ces rendez-vous mensuels obligatoires, ce qui prouvait à Morrigane qu'il les détestait autant qu'elle. À part leurs cheveux noirs de jais et leur nez busqué, le père et la fille n'avaient rien en commun.

— Morrigane n'a pas besoin d'aide, continua-t-il. C'est une enfant très intelligente. Elle a conscience de sa situation.

L'assistante sociale jeta un coup d'œil à Morrigane, qui était assise sur le canapé à côté d'elle et tentait de rester tranquille. Ces visites traînaient toujours en longueur.

— Monsieur le chancelier, sans vouloir paraître impolie... le temps presse. Les experts s'accordent tous pour dire que nous entrons dans la dernière année de cette Ère. La dernière année avant le Merveillon.

Morrigane détourna les yeux vers la fenêtre, en quête d'une distraction, comme toujours quand on prononçait « le mot ».

— Comprenez que c'est une importante période de transition pour...

— Vous avez la liste ? la coupa Corvus sans cacher son impatience.

Il indiqua du menton l'horloge au mur de son bureau.

— Heu... Bien sûr.

Avec des doigts tremblants, l'assistante sociale sortit une feuille de papier d'un dossier. Celle-là ne s'en tirait pas si mal, pensa Morrigane, étant donné que c'était seulement sa deuxième visite. La précédente parlait si bas qu'on l'entendait à peine, et si on lui avait imposé de s'asseoir à côté de Morrigane, elle aurait cru la fin du monde arrivée.

— Puis-je la lire à voix haute ? Elle est très courte ce mois-ci... Bravo, mademoiselle Crow, dit la femme d'un ton sec.

Morrigane la regarda avec des yeux ronds. On la félicitait pour quelque chose qui échappait totalement à son contrôle.

La malédiction

— Commençons par les incidents demandant compensation : le Conseil de la Ville de Jackalfax demande sept cents kred pour les dommages causés sur un chapiteau par la grêle.

— Je croyais que nous nous étions mis d'accord sur le fait que les catastrophes naturelles ne seraient plus attribuées à ma fille, intervint Corvus. Depuis cet incendie de forêt dans l'Ulf qui s'est avéré criminel. Vous vous en souvenez ?

— Oui, monsieur le chancelier. Mais un témoin affirme que cette fois, c'est bien la faute de Morrigane.

— Qui ? demanda Corvus.

— Un employé de la poste a entendu Mlle Crow dire à sa grand-mère qu'elle appréciait le temps radieux qu'il faisait à Jackalfax.

L'assistante sociale consulta ses notes.

— La grêle est tombée quatre heures plus tard.

Corvus poussa un soupir et se renfonça dans son fauteuil, jetant un regard irrité à Morrigane.

— Bon, très bien. Continuez.

Morrigane fronça les sourcils. Elle n'avait jamais rien dit de tel… Le « temps radieux » de Jackalfax. Et quoi encore ? En effet, à la poste, elle s'était bien tournée vers sa grand-mère mais elle lui avait dit : « Il fait chaud, hein ? » Cela n'avait rien à voir.

— Un homme de la région, Thomas Bratchett, est mort d'une crise cardiaque. C'était…

— Notre jardinier, je sais, interrompit Corvus. Quelle tragédie. Les hortensias ont souffert. Morrigane, qu'as-tu fait à ce pauvre vieux ?

— Rien.

Corvus lui lança un regard sceptique.

— Rien ? Rien du tout ?

Elle réfléchit un moment.

— Je l'ai complimenté sur ses parterres de fleurs.

— Quand ça ?

— Il y a un an.

Corvus et l'assistante sociale échangèrent un regard. La femme soupira doucement.

— Sa famille a été très généreuse. Ils ne demandent que le remboursement des frais funéraires, les frais universitaires de ses petits-enfants, ainsi qu'un don à son association de bienfaisance préférée.

— Combien sont-ils, ses petits-enfants ?

— Cinq.

— Je paierai pour deux. Poursuivez.

— Le directeur de… *Ah !*

La femme sursauta quand Morrigane se pencha pour prendre un biscuit.

— … Heu… Le directeur de l'école primaire de Jackalfax a enfin envoyé sa facture pour les dommages liés à l'incendie. Deux mille kred devraient suffire.

— Mais ils ont écrit dans le journal que la dame de la cantine avait laissé le four allumé pendant la nuit, intervint Morrigane.

— C'est exact, dit l'assistante sociale, les yeux fermement rivés sur son bout de papier. Mais ils ont aussi dit qu'elle était passée devant le manoir des Crow la veille, et qu'elle t'avait vue dans le jardin.

— Et alors ?

La malédiction

— Elle a dit que tu l'avais regardée dans les yeux.

— C'est pas vrai, rétorqua Morrigane, rougissant de rage.

Elle n'était en rien responsable de cet incendie. Elle ne regardait jamais personne dans les yeux : elle connaissait la règle. La dame de la cantine cherchait juste à lui coller sa propre négligence sur le dos.

— Cela figure dans le rapport de police.

— Cette dame est une menteuse, dit Morrigane en se tournant vers son père.

Mais celui-ci détourna le regard. Croyait-il vraiment que c'était sa faute ? Elle avait pourtant admis avoir laissé le four allumé ! C'était si injuste que Morrigane en était écœurée.

— C'est pas vrai, j'ai jamais…

— On t'a assez entendue ! s'énerva Corvus.

Morrigane se renfonça dans les coussins et croisa les bras sur sa poitrine. Son père s'éclaircit encore la voix, puis fit un signe de tête à l'assistante sociale.

— Envoyez-moi la facture, je les indemniserai. S'il vous plaît, terminons cette liste. J'ai beaucoup de rendez-vous aujourd'hui.

— C'est tout pour le côté financier, dit l'assistante sociale en suivant une ligne d'un doigt tremblant. Mlle Crow n'aura que trois lettres d'excuses à envoyer ce mois-ci. La première à une femme d'ici, Mme Calpurnia Malouf, pour sa hanche cassée…

— Faire du patin à glace ! À son âge ! marmonna Morrigane.

— ... la deuxième à la Société des confitures de Jackalfax, pour avoir gâché une casserole de marmelade, et la troisième à un gamin appelé Pip Gilchrest, qui a perdu au concours d'orthographe des Grandes Plaines du Loup la semaine dernière.

Morrigane écarquilla les yeux de stupeur.

— Mais je n'ai fait que lui souhaiter bonne chance.

— Justement, dit l'assistante sociale en tendant la liste à Corvus. Tu aurais dû réfléchir avant. Monsieur le chancelier, j'ai cru comprendre que vous cherchiez un nouveau précepteur ?

Corvus laissa échapper un soupir.

— Mes assistants ont parlé à toutes les agences de Jackalfax, ils ont même poussé jusqu'à la capitale. Il paraît que notre État souffre d'un manque cruel de professeurs particuliers.

Il leva un sourcil peu convaincu.

— Qu'est-il arrivé à Mlle... euh... hésita l'assistante en consultant ses notes. Linford ? La dernière fois que nous nous sommes parlé, vous aviez dit que tout se passait à merveille.

— Cette femme était une chiffe molle, dit Corvus en ricanant. Elle a duré en tout et pour tout une semaine. Et puis, un après-midi, elle est partie pour ne pas revenir. Personne ne sait pourquoi.

Faux. Morrigane savait très bien pourquoi.

Mlle Linford avait si peur de la malédiction qu'elle ne supportait pas de se trouver dans la même pièce que son élève. Quant à Morrigane, elle avait jugé étrange et humiliant de s'entendre ânonner des conjugaisons incompréhensibles derrière une porte fermée. Cela l'avait tellement agacée qu'elle avait fini par enfoncer un stylo cassé par le trou de la serrure, avant de souffler dedans, envoyant gicler de l'encre noire sur le visage de la demoiselle Linford. Pour ce coup-là, d'accord, elle voulait bien admettre sa culpabilité.

— Au service de l'état civil, nous avons une liste de professeurs capables de travailler avec des enfants maudits. La liste est *très* courte, précisa l'assistante sociale en haussant les épaules, mais il y a peut-être quelqu'un qui...

Corvus leva une main pour l'arrêter.

— C'est inutile.

— Pardon ?

— Vous l'avez dit vous-même, le Merveillon approche.

— Oui, mais... il reste encore un an avant...

— Peu importe. C'est une perte de temps et d'argent à ce stade-là, n'est-ce pas ?

Morrigane leva les yeux. Les mots de son père lui avaient fait l'effet d'une décharge d'électricité. D'ailleurs, l'assistante sociale était stupéfaite.

— Si je puis me permettre, monsieur le chancelier, le département d'éducation des enfants maudits ne considère pas l'instruction comme une perte de temps. Nous croyons fermement que l'éducation est une part importante de l'enfance.

Corvus plissa les yeux.

— Toutefois, *payer* pour cette éducation me paraît inutile lorsqu'on sait que cette enfance *prendra bientôt fin*. Personnellement, je trouve qu'on n'aurait même pas dû s'en soucier, dès le départ. J'aurais mieux fait d'envoyer mes chiens de chasse à l'école ; leur espérance de vie est plus longue et ils me sont bien plus utiles.

Morrigane laissa échapper un « ouille ! » sonore, comme si elle venait de recevoir une grosse brique dans le ventre.

Voilà. Voilà la vérité qu'elle tentait de refouler en vain. Cette vérité qu'elle et tous les autres enfants maudits gardaient comme tatouée sur l'enveloppe de leur cœur : *Au Merveillon, je mourrai.*

— Je suis certain que mes amis membres du Parti de la Mer d'Hiver approuveraient, poursuivit Corvus en posant un regard sévère sur l'assistante sociale. Surtout ceux qui sont chargés du budget de votre petit département.

S'ensuivit un long silence. Tout en rassemblant ses affaires, l'assistante sociale observa Morrigane du coin de l'œil. Parce qu'elle lut de la pitié sur son visage, Morrigane la détesta de toute son âme.

— Bien. J'informerai le département d'éducation de votre décision. Bonne journée, monsieur le chancelier. Au revoir, mademoiselle Crow.

La femme sortit rapidement du bureau. Corvus appela ses assistants en appuyant sur une sonnette.

Morrigane se leva. Elle aurait voulu hurler, pourtant sa voix tremblante fut à peine plus qu'un murmure.

— Est-ce que je… ?

— Fais ce que tu veux, vociféra Corvus en remuant des papiers sur son bureau. Mais ne me dérange pas.

La malédiction

Chère Madame Malouf,

~~*Je suis navrée que vous ne sachiez pas faire du patin à glace.*~~

~~*Je suis désolée que vous ayez décidé d'aller patiner alors que vous êtes super méga vieille et que vos os s'effritent et se brisent au moindre coup de vent.*~~

Je suis désolée d'entendre que vous vous êtes cassé la hanche. Je vous souhaite un prompt rétablissement. Veuillez accepter mes excuses, soignez-vous bien.

Cordialement,

Morrigane Crow

Allongée à même le sol du deuxième salon, Morrigane récrivit les dernières phrases sur une nouvelle feuille de papier. Elle la fourra dans une enveloppe qu'elle ne scella pas. D'abord parce que Corvus voudrait en vérifier le contenu avant de l'envoyer et, ensuite, parce qu'on ne sait jamais : sa salive avait peut-être le pouvoir de causer la mort immédiate ou la ruine.

Au son de pas pressés dans le couloir, « clic-clac », elle se figea et leva la tête vers l'horloge au mur. Midi. C'était peut-être Grand-mère, qui revenait de son thé matinal avec ses amies. Ou sa belle-mère, Ivy, à la recherche de quelqu'un à incriminer pour les rayures sur l'argenterie ou les déchirures des rideaux. Le deuxième salon était généralement un bon endroit où se cacher : à part Morrigane, personne n'aimait cette pièce sombre où le soleil ne pénétrait jamais.

Les pas s'éloignèrent. Morrigane relâcha le souffle qu'elle avait retenu. Elle tendit le bras vers la radio et tourna le bouton de cuivre. Le poste grésilla jusqu'à ce qu'elle trouve la station qui diffusait les nouvelles.

« L'abattage hivernal annuel des dragons se poursuit dans le nord-ouest des Grandes Plaines du Loup cette semaine, avec plus de quarante reptiles sauvages visés par les Forces exterminatrices des bêtes sauvages dangereuses. Le FEBSD reçoit de plus en plus de signalements de dragons près de l'hôtel spa de la Grande Chute, une destination populaire des vacanciers de… »

Morrigane laissa la voix nasillarde de l'animateur radio en bruit de fond et attaqua sa seconde lettre.

Cher Pip,

~~Je suis désolée que tu aies cru que MOQUEUR s'écrivait avec un K.~~

~~Je suis navrée de constater que tu es complètement idiot.~~

J'ai été désolée d'apprendre ta défaite à ton dernier concours d'orthographe ~~du fait de ta bêtise profonde~~. Accepte mes plus sincères excuses pour tous les problèmes que j'ai pu causer. Je jure de ne jamais plus te souhaiter bonne chance, ~~espèce d'ingrat sans~~…

Bien cordialement,

Morrigane Crow

À la radio, des gens se lamentaient sur la perte de leur maison lors des inondations dans la région de Prospérité. Ils racontaient avec des sanglots dans la voix comment ils avaient vu leurs animaux de compagnie et leurs proches emportés dans les rues transformées en torrent. Morrigane espéra que Corvus disait juste lorsqu'il affirmait qu'elle n'était pas responsable des catastrophes naturelles.

Chère Société des confitures de Jackalfax,

Désolée, mais ne croyez-vous pas qu'il y a des choses plus importantes dans la vie qu'une casserole de marmelade ratée ?

« Et maintenant : le Merveillon serait-il plus proche qu'on ne le pense ? » disait le présentateur.

Morrigane s'immobilisa. Encore « le mot ».

« Alors que la plupart des experts s'accordent à dire que nous avons encore un an avant la fin de cette Ère, quelques chronologistes controversés pensent que l'on pourrait bien célébrer le Merveillon plus tôt que prévu. Ont-ils percé le mystère, ou a-t-on affaire à des charlatans ? »

Un frisson remonta dans le cou de Morrigane. *C'est des charlatans*, pensa-t-elle.

« Mais tout d'abord : la capitale s'agite aujourd'hui alors que les rumeurs d'une imminente pénurie de Wunder continuent de se répandre, poursuivit la voix nasillarde. Un représentant de Squall Industrie s'est adressé ce matin aux citoyens lors d'une conférence de presse. »

La voix calme d'un homme se fit entendre par-dessus les murmures des journalistes.

« Il n'y a point de crise à Squall Industrie. Les rumeurs de rupture de stock d'énergie au cœur de la République sont infondées, je ne peux qu'insister là-dessus. »

« Plus fort ! » hurlait quelqu'un dans le fond.

L'homme haussa un peu le ton.

« La République possède plus de Wunder que jamais, et nous continuons de récolter les bénéfices de cette abondante ressource naturelle. »

« Monsieur Jones ! hurla un journaliste. Pouvez-vous nous parler des importantes pannes électriques et du mauvais fonctionnement de la technologie Wundrous qui ont été constatés dans les États de la Lumière du Sud et du Far-Est Chantant ? Ezra Squall est-il au courant de ces problèmes ? Sortira-t-il de son isolement pour s'adresser aux citoyens ? »

M. Jones se racla la gorge.

« Je vous le répète, ce sont des rumeurs infondées que l'on répand pour vous faire peur. Nos instruments de mesure n'ont détecté aucune baisse de Wunder, aucun mauvais fonctionnement des machines Wundrous. Le réseau des trains nationaux marche à la perfection, tout comme le réseau électrique et les services médicaux Wundrous. Quant à M. Squall, il sait très bien que, en tant que seul distributeur de Wunder et de ses produits dans toute la nation, Squall Industrie a de grandes responsabilités. Nous sommes dévoués à notre tâche, plus que jamais. »

« Monsieur Jones, il y a des rumeurs qui disent que les coupures de Wunder auraient un rapport avec les enfants maudits. Pouvez-vous nous en dire plus là-dessus ? »

Morrigane en lâcha son stylo.

« Je... Je ne vois pas trop de quoi vous voulez parler », répondit M. Jones, pris de court.

Le journaliste insista :

« Eh bien, les régions de la Lumière du Sud et du Far-Est Chantant comptent à elles seules deux, trois enfants maudits, contrairement à l'État de la Prospérité, où ne réside aucun enfant maudit, et qui n'a subi aucun changement dans le flux de Wunder. Les Grandes Plaines du Loup comptent aussi une enfant maudite, la fille du célèbre politicien Corvus Crow ; cet État sera-t-il bientôt lui aussi touché par la crise ? »

« Je vous le répète, il *n'y a aucune crise...* »

Morrigane éteignit la radio en grognant. Maintenant, on l'accusait même de choses qui ne s'étaient pas encore passées. Combien de lettres d'excuse devrait-elle écrire le mois prochain ? Elle eut une crampe à la main rien qu'à cette idée.

Elle soupira et reprit son stylo.

Chère Société des confitures de Jackalfax,

Désolée pour la marmelade,

Sincèrement,

Morrigane Crow

———◆———

Le père de Morrigane était le chancelier des Grandes Plaines du Loup, le plus grand des quatre États dont était constituée la République de la Mer d'Hiver. C'était un homme très important et très occupé, et il travaillait sans cesse, même les rares soirs où il dînait chez lui. À sa gauche et à sa droite étaient assis Gauche et Droite, ses assistants toujours présents à ses côtés. Corvus virait sans cesse ses assistants pour en engager de nouveaux, et il avait renoncé à apprendre leurs noms.

— Droite, envoyez un mémo au général Wilson, disait-il alors que Morrigane prenait place à table ce soir-là.

En face d'elle était assise sa belle mère, Ivy, et à l'autre bout de la table, sa grand-mère. Personne ne regardait Morrigane.

— Son département doit soumettre un budget pour le nouveau poste médical d'ici au début du printemps.

— Oui, monsieur le chancelier, dit Droite qui tenait à la main des échantillons de tissu bleu. Et pour l'ameublement de votre bureau ?

— Le bleu céruléen, je pense. Parlez-en à ma femme. C'est elle l'experte en la matière, n'est-ce pas, ma chérie ?

Un sourire radieux éclaira le visage d'Ivy.

— Le bleu pervenche, mon chéri, dit-elle avec un rire cristallin. Pour aller avec tes yeux.

La belle-mère de Morrigane n'était pas du tout assortie au manoir. Ses cheveux dorés et sa peau bronzée – un souvenir de l'été qu'elle venait de passer à « déstresser » sur les belles plages du sud-est de Prospérité – détonnaient au milieu des cheveux noirs et du teint maladivement pâle des Crow : les Crow, eux, ne bronzaient jamais.

Morrigane se disait que c'était ce qui devait plaire à son père chez Ivy. Elle était tellement différente d'eux. Assise dans leur salle à manger sinistre, Ivy avait l'air d'une œuvre d'art exotique rapportée en souvenir d'un voyage dans un pays lointain.

— Gauche, des nouvelles du Camp 16 et de l'épidémie de rougeole ?

— Elle a été enrayée, mais il y a toujours des pannes de courant.

— Fréquentes ?

— Une fois par semaine, parfois deux. Les villes voisines s'énervent.

— Dans les Grandes Plaines du Loup, vous en êtes sûr ?

— Rien à voir avec les émeutes des marécages de Lumière du Sud, monsieur. Le peuple panique un peu, c'est tout.

— Et ils pensent que c'est dû à un manque de Wunder ? Ça n'a aucun sens. Nous n'avons aucun problème par ici. Le manoir des Crow n'a jamais fonctionné aussi bien. Regardez-moi ces lumières... on se croirait en plein jour. Notre générateur doit être plein à ras bord.

— Oui, monsieur, dit Gauche, mal à l'aise. Le... le peuple l'a remarqué.

— Oh, ouin, ouin, ouin, croassa une voix à l'autre bout de la table.

Grand-mère s'était, comme de coutume, mise sur son trente et un pour dîner. Elle portait une longue robe noire, des pierres précieuses autour du cou, des bagues scintillantes aux doigts. Ses épais cheveux gris étaient noués sur le sommet de sa tête, en un chignon magistral.

— Je ne crois pas qu'il y ait pénurie de Wunder. Je parie que c'est juste une bande de profiteurs qui n'ont pas payé leurs factures. Je ne reprocherais pas à Ezra Squall de leur avoir coupé le jus.

— Annulez tous mes rendez-vous de demain, dit Corvus à ses assistants. Je vais rendre visite aux villes voisines, aller serrer quelques mains. Ça devrait leur clouer le bec.

Grand-mère ricana méchamment.

— C'est la vis, qu'il faudrait leur serrer, plutôt. Tu te laisses trop faire, Corvus.

La malédiction

Corvus se renfrogna. Morrigane essaya de réprimer son sourire. Une fois, elle avait entendu une servante murmurer que Grand-mère était « un rapace féroce déguisé en vieille dame ». Morrigane était assez d'accord mais savait apprécier sa cruauté lorsqu'elle n'en était pas la victime.

— Monsieur, c'est... c'est la Journée des Enchères, demain, dit Gauche. Vous devez faire un discours pour les enfants éligibles de la ville.

— Mon Dieu, mais vous avez raison, Droite.

Non, pensa Morrigane en prenant des carottes dans son assiette. *Lui, c'est Gauche.*

— Quel ennui. Je ne peux tout de même pas annuler à nouveau cette année. Où ça ? À quelle heure ?

— À l'hôtel de ville. À midi, dit Droite. Les enfants de l'école St Christopher, de l'académie Mary Henwright et de l'École supérieure de Jackalfax seront présents.

— D'accord, soupira Corvus, agacé. Mais appelez-moi le *Chronicle*. Assurez-vous qu'un journaliste sera présent.

Morrigane avala sa bouchée de pain.

— C'est quoi, la Journée des Enchères ?

Comme chaque fois que Morrigane ouvrait la bouche, ils se tournèrent tous vers elle, vaguement étonnés, à croire qu'elle était une lampe à laquelle était soudain poussé des jambes et qui s'était mise à faire des claquettes.

Il y eut un silence.

— Peut-être pourrait-on inviter les écoles publiques à l'hôtel de ville, poursuivit son père comme si elle n'avait rien dit. Cela fera bonne impression auprès de la classe ouvrière.

Grand-mère poussa un grognement.

— Corvus, pour l'amour du Ciel, tu n'as besoin que d'une photo de toi serrant la main d'un enfant. Il y en aura des centaines, tu auras le choix. Sélectionne le plus joli, prend la pause et, après, va-t-en ! Ne te complique pas la vie.

— Hmm, dit-il en hochant la tête. Tu as raison, mère. Passez-moi le sel, voulez-vous, Gauche ?

Droite toussota.

— En fait, monsieur... ce n'est peut-être pas une si mauvaise idée d'inclure les écoles moins privilégiées. On fera peut-être la une de la presse.

— Votre popularité dans les régions rurales pourrait bénéficier d'un coup de pouce, enchérit Gauche en contournant la table pour mettre la main sur la salière.

— Pas besoin de prendre des pincettes, Droite, dit Corvus en levant un sourcil et en jetant un regard à sa fille. Ma cote de popularité n'est pas au mieux de sa forme.

Une vaguelette de culpabilité secoua Morrigane. Le plus difficile dans la vie de son père, c'était de maintenir sa réputation dans les Grandes Plaines du Loup alors que son unique enfant leur causait toutes les misères du monde. C'était un miracle pour Corvus Crow d'avoir pu maintenir sa position de chancelier avec un tel handicap. Il s'inquiétait sans cesse de ne pouvoir tenir une année de plus.

— Mais mère a raison, pas la peine d'inviter trop de monde, poursuivit-il. Trouvons un autre moyen de faire la une.

— C'est quoi, comme genre d'enchères ? demanda Morrigane.

— Comme genre de quoi ? s'énerva Corvus. Mais de quoi tu parles ?

— La Journée des Enchères.

— Oh ! pour l'amour de Dieu, fit-il en soufflant d'impatience et en retournant à ses papiers. Ivy, explique-lui, toi.

— La Journée des Enchères, commença Ivy en se redressant sur sa chaise pour se donner un air important, c'est le jour où les enfants qui ont terminé l'école primaire reçoivent une offre éducative, s'ils ont de la chance.

— Ou s'ils sont riches, ajouta Grand-mère.

— Oui, continua Ivy, un peu décontenancée par cette intervention. S'ils sont très intelligents, ou talentueux, ou si leurs parents ont assez d'argent pour refiler des pots-de-vin aux bonnes personnes, alors un membre respectable d'une académie vient leur faire une Offre.

— Est-ce que tout le monde reçoit des Offres ? demanda Morrigane.

— Ciel ! Absolument pas ! dit Ivy en riant.

Elle glissa un regard vers la servante qui venait de disposer une soupière pleine de sauce sur la table, et ajouta en chuchotant très fort :

— Si tout le monde était éduqué, qui nous servirait ?

— Mais c'est injuste ! protesta Morrigane en fronçant les sourcils alors que, le visage écrevisse, la servante se hâtait de quitter la pièce. Et je ne comprends pas. C'est quoi, ces Offres ?

— Les établissement offrent de prendre les enfants sous leur aile et de s'occuper de leur instruction, interrompit Corvus en secouant une main impatiente comme s'il voulait chasser une mouche. La gloire de modeler les jeunes esprits de demain, et ainsi de suite. Arrête de poser des questions, ça n'a rien à voir avec toi. Gauche, à quelle heure est le rendez-vous de jeudi avec le président du Comité fermier ?

— À trois heures, monsieur.

— Est-ce que je peux venir ? s'enquit Morrigane.

Corvus cligna des yeux plusieurs fois, et son front se couvrit de fines rides.

— Pourquoi voudrais-tu assister à une réunion avec le président du…

— Je veux dire, à la Journée des Enchères. Demain. À la cérémonie à l'hôtel de ville.

— Toi ? dit sa belle-mère. Tu veux aller à la Journée des Enchères ? Mais pour quoi faire ?

— C'est juste que… hésita Morrigane. Bah, c'est mon anniversaire cette semaine. Ça pourrait être mon cadeau.

La lueur de surprise dans leurs regards confirma le soupçon de Morrigane : ils avaient tous oublié qu'elle aurait onze ans le lendemain.

— Je me dis que ça pourrait être cool…

Elle ne termina pas sa phrase, baissa la tête sur son assiette ; elle aurait mieux fait de se taire.

La malédiction

— Ça n'a rien de *cool*, ricana Corvus. C'est de la *politique*. Et, non, tu ne peux pas. C'est hors de question. Quelle idée saugrenue.

Morrigane se tassa sur elle-même, découragée, elle se sentait bête. Qu'avait-elle espéré ? Corvus avait raison, c'était une idée ridicule.

Les Crow continuèrent à manger dans un silence glacial.

— En fait, monsieur, dit soudain Droite d'une voix hésitante.

Les couverts de Corvus retombèrent bruyamment sur son assiette. Il lança un regard menaçant à son assistant.

— Quoi *encore* ?

— Eh bien... si vous... je ne dis pas que vous devriez, mais si vous... si vous preniez votre fille avec vous, ça pourrait... contribuer à adoucir votre image. Dans un sens.

Corvus semblait furieux. Gauche se tordit les mains.

— Monsieur, je pense que Droite... a raison. Enfin, je veux dire, selon les sondages, le peuple des Grandes Plaines du Loup vous considère comme un peu... distant.

— Froid, enchérit Droite.

— Cela ne ferait pas de mal à votre cote de popularité de leur rappeler que vous êtes sur le point de... d'être un père en deuil. D'un point de vue journalistique, cela pourrait donner à l'événement... une perspective unique.

— Unique ?

— On pourrait faire la une.

Corvus se tut. Morrigane crut voir son œil tressauter.

2
LA JOURNÉE DES ENCHÈRES

— Surtout, ne parle à personne, Morrigane, marmonna son père pour la centième fois en montant si rapidement les marches en pierre de l'hôtel de ville qu'elle avait du mal à le suivre. Tu seras assise sur l'estrade avec moi, à la vue de tous. Tu comprends ? Tu n'as pas *intérêt* à provoquer quoi que ce soit… Je ne veux pas voir de hanche cassée, ni de… d'essaims de guêpes, d'échelle qui tombe, ou de…

— D'attaques de requin ? proposa Morrigane.

Corvus se tourna vers elle, rouge de colère.

— Tu trouves ça drôle ? Tout le monde à l'hôtel de ville t'observera et, quoi que tu fasses, tes actes auront des conséquences sur ma popularité. Tu veux ruiner ma carrière ?

— Non, dit Morrigane en essuyant quelques postillons sur ses joues.

Morrigane avait déjà visité plusieurs fois l'hôtel de ville, généralement lorsque, la popularité de son père étant au plus bas, il avait besoin de montrer au peuple qu'il avait le soutien des siens. Flanqué de deux colonnes de pierre, à l'ombre de la gigantesque tour de fer où trônait l'horloge, le sinistre hôtel de ville était le plus grand et le plus important bâtiment de Jackalfax. Cependant, la tour, même si Morrigane essayait de ne pas la regarder trop souvent, était beaucoup plus intéressante.

L'Horloge au Cadran de Ciel n'était pas comme les autres horloges. Elle n'avait pas d'aiguilles, même pas un trait pour marquer les heures. À travers le cadran rond, on voyait un ciel vide qui changeait au fur et à mesure que l'Ère s'écoulait : du rose pastel du Matillon, aux reflets dorés de la Savourère, puis au coucher de soleil orangé du Dousoleil, jusqu'au bleu profond, de plus en plus sombre, du Crépuscule.

Aujourd'hui, comme tous les jours de cette année, ils étaient dans le Crépuscule. Morrigane savait qu'il ne restait pas longtemps avant que l'Horloge au Cadran de Ciel affiche la cinquième et dernière couleur du cycle : les ténèbres d'encre noire parsemées d'étoiles du Merveillon. Le dernier jour de l'Ère.

Il leur restait une année. Morrigane chassa cette idée de son esprit et suivit son père à l'intérieur.

L'ambiance était des plus joyeuses dans la salle des fêtes habituellement lugubre. Plusieurs centaines d'enfants de Jackalfax avaient enfilé leurs habits du dimanche, les garçons avaient les cheveux gominés, les filles portaient des couettes, des rubans et des chapeaux. Ils étaient assis bien droit sur leurs chaises, sous le regard sévère du président de la Mer d'Hiver, dont le portrait était suspendu dans chaque maison, dans chaque boutique, et dans tous les bâtiments publics de la République : il dominait tout le pays de son regard.

Les éclats de voix se transformèrent en un brouhaha de chuchotements lorsque Morrigane et Corvus prirent place sur l'estrade. Tous les regards s'étaient tournés vers la fillette.

Corvus posa une main sur son épaule, un geste paternel peu naturel et inhabituel, dans le seul but de prendre la pose pour les photographes. Ils feraient la une, c'était sûr, pensa Morrigane : la fille maudite et le père bientôt en deuil, un couple tragique. Elle tenta d'afficher un air mélancolique, ce qui n'est pas évident lorsqu'on est mitraillé par des flashs.

Après le chant triomphal de l'hymne national de la République de la Mer d'Hiver interprété par la chorale (*En avant ! Plus haut ! Tout droit ! Hourra !*), Corvus inaugura la cérémonie d'un bref discours. S'ensuivirent ceux de quelques directeurs d'école et hommes d'affaires de la région qui avaient besoin de mettre leur grain de sel. Puis, enfin, le maire supérieur de Jackalfax apporta une boîte en bois polie et se mit à lire les Offres. Morrigane se redressa sur sa chaise, bouillant soudain d'impatience sans savoir pourquoi.

— Mme Honora Salvi de la Compagnie de ballet du Pays de Soies, lut-il sur la première enveloppe qu'il en sortit, présente une Offre à Molly Jenkins.

On entendit un cri de joie au troisième rang, et la dénommée Molly Jenkins se leva d'un bond de sa chaise pour courir vers l'estrade. Elle fit la révérence et prit l'enveloppe qui contenait son Offre.

— Bien joué, mademoiselle Jenkins. Vous irez voir l'un des employés au fond de la salle après la cérémonie, ma chère, et on vous guidera vers la salle d'entretien.

Il sortit une nouvelle enveloppe.

— Le Directeur Jacob Jackerley de l'école des Guerres de Poison-sous-Bois, présente son Offre à Michael Salisbury.

Les amis et la famille du dénommé Michael crièrent de joie alors qu'il allait récupérer son Offre.

— M. Henry Sniggle, propriétaire de l'Empire des serpents de Sniggle, présente son Offre à Alice Carter, pour un apprentissage en herpétologie. Oh ! Dieu que c'est fascinant !

Les Enchères se poursuivirent pendant près d'une heure. Les enfants dans la grande salle regardaient attentivement les enveloppes qu'on sortait de la boîte. Chaque annonce était accueillie par des cris de joie de la part du destinataire et de ses proches, et par des soupirs de déception de la part des autres.

Morrigane s'agitait sur son siège. La Journée des Enchères avait perdu son éclat mystérieux. Elle pensait que ce serait palpitant. Elle n'avait pas prévu que la jalousie viendrait la ronger tandis qu'elle voyait tous ces enfants recevoir l'enveloppe qui contenait un avenir doré dont elle serait elle-même privée. Les mots d'Ivy résonnèrent dans sa tête : *Tu ne t'attends tout de même pas à recevoir une Offre ? Ma pauvre petite.*

Morrigane se sentit rougir au souvenir du rire moqueur de sa belle-mère. Elle résista tant qu'elle put à l'envie fulgurante d'échapper à la chaleur étouffante de cette salle.

Des acclamations fusèrent au premier rang lorsque Cory Jameson reçut une Offre de Mme Ginnifer O'Reilly de la prestigieuse académie de la Mer d'Hiver, une école financée par l'État qui se trouvait dans la capitale. C'était sa deuxième Offre de la journée ; la première lui avait été présentée par l'Institut géologique de Prospérité, l'État le plus riche de la République, où on exploitait des mines de rubis et de saphirs.

— Eh bien… dit le maire en frottant son gros ventre alors que le jeune Cory venait prendre sa seconde enveloppe et l'agitait fièrement au-dessus de sa tête, arrachant des cris perçants à sa famille assise dans le public. Deux Offres ! C'est un record ! C'est la première double Offre à Jackalfax depuis des années. Félicitations, mon petit, félicitations. Tu as une grande décision à prendre. Et maintenant… ah ! j'ai une Offre anonyme pour… pour…

Le maire supérieur marqua une pause, et leva les yeux vers la tribune VIP, avant de se concentrer sur la lettre. Il s'éclaircit la voix.

— Pour Mlle Morrigane Crow.

Un silence tomba. Morrigane cligna des yeux.

Avait-elle rêvé ? Non : Corvus se leva légèrement de son siège, fusillant le maire supérieur du regard, et ce dernier prit un air désolé.

— Mademoiselle Crow ? dit-il en agitant l'enveloppe.

Une vague de chuchotements parcourut la salle, comme une nuée d'oiseaux effrayés.

C'est une erreur, pensa Morrigane. *Cette Offre doit être pour quelqu'un d'autre.*

Elle regarda les enfants ; ils faisaient tous des têtes furieuses et la pointaient du doigt. L'hôtel de ville venait-il de doubler de taille ? Est-ce que tout était soudain plus lumineux ? Elle avait l'impression qu'un projecteur venait de l'éclairer en plein visage.

Le maire supérieur lui fit de nouveau signe de s'avancer d'un geste nerveux et impatient. Morrigane prit une grande inspiration et força ses jambes à se déplier, à avancer, chaque pas douloureux résonnant sous la voûte du plafond. Elle prit l'enveloppe de ses mains tremblantes, et leva la tête vers le maire supérieur, s'attendant à le voir exploser de rire en la lui arrachant. *Ce n'est pas pour toi !* Mais il ne fit que lui rendre son regard, le front barré d'une ride d'inquiétude.

Morrigane tourna l'enveloppe vers elle, le cœur battant à tout rompre, et là, dans une écriture calligraphiée, elle lut son nom. « Mademoiselle Morrigane Crow ». C'était vraiment pour elle. Malgré la tension qui montait dans la salle, Morrigane se sentit plus légère. Elle eut envie de hurler de rire.

— Félicitations, mademoiselle Crow, dit le maire supérieur avec un sourire dubitatif. Allez donc reprendre votre place. Vous irez au fond de la salle après la cérémonie.

— Gregory… tonna Corvus d'un ton menaçant.

Le maire supérieur haussa les épaules.

— C'est la tradition, Corvus, chuchota-t-il. Je dirais même plus : *c'est la loi.*

La cérémonie reprit son cours et Morrigane, sous le choc, regagna sa place sans un mot, sans ouvrir l'enveloppe. Son père, immobile, lançait des regards vers l'enveloppe ivoire toutes les deux ou trois secondes, comme s'il voulait la lui arracher des mains et la jeter au feu. Morrigane la rangea dans la poche de sa robe, juste au cas où, et la serra bien fort tandis que huit enfants de plus venaient chercher leurs Offres. Elle espérait que la cérémonie serait bientôt terminée. Malgré les efforts du maire supérieur pour poursuivre comme si de rien n'était, elle sentait toujours la foule de regards brûlants braqués sur elle.

— Mme Ardith Asher, de l'école pour jeunes filles Devereaux… dont je n'ai jamais entendu parler !… présente son Offre à… à…

Le maire supérieur hésita. Il prit son mouchoir dans sa poche et essuya la sueur qui dégoulinait de ses sourcils.

— … à Mlle Morrigane Crow.

Cette fois-ci, l'assistance poussa un petit cri. Morrigane s'avança, comme dans un rêve, pour recevoir sa deuxième Offre. Sans même regarder si son nom y était vraiment inscrit, elle glissa l'enveloppe, qui était rose et sentait bon, dans sa poche avec la première.

Quelques minutes plus tard, le nom de Morrigane fut appelé pour la troisième fois. Elle se précipita pour aller chercher une Offre du colonel Leeuwenhoek de l'académie militaire de Harmon et se dépêcha de retourner à sa place, les yeux baissés sur ses chaussures. Elle tenta d'ignorer l'essaim de papillons qui s'agitaient dans son ventre. Elle avait beaucoup de mal à ne pas sourire.

Un homme au troisième rang se leva pour crier :

— Mais elle est maudite ! C'est injuste !

La femme du type le tira par le bras pour tenter de le faire taire, mais rien ne pouvait l'arrêter.

— Trois Offres ? Mais c'est du jamais-vu !

Un murmure d'acquiescement parcourut la salle.

Morrigane sentit son bonheur s'ébranler comme la flamme d'une lampe à gaz. Cet homme avait raison. Elle était maudite. Qu'est-ce qu'une enfant maudite allait bien pouvoir faire de trois Offres ? On ne lui permettrait jamais d'en accepter une seule.

Le maire supérieur leva les mains pour implorer le silence.

— Monsieur, il faut continuer, ou nous y serons encore à la fin de la journée. Si tout le monde veut bien se taire, j'enquêterai moi-même après la cérémonie sur cet événement peu commun.

Si le maire supérieur s'attendait à ce que le calme revienne, il allait vite déchanter. En effet, lorsqu'il prit l'enveloppe suivante, il lut ceci :

— Jupiter Nord présente son Offre à... oh ! je n'en crois pas mes yeux... à Morrigane Crow.

Des cris explosèrent dans la salle de l'hôtel de ville : enfants et parents se levaient en hurlant plus fort les uns que les autres, le visage rose, rouge, violet, exigeant qu'on leur explique ce scandale. Quatre Offres ! Deux, c'était assez rare, trois, très exceptionnel, mais quatre ? C'était la première fois qu'on voyait une chose pareille !

Il restait encore douze Offres à annoncer. Le maire supérieur les lut rapidement, les joues dégoulinantes de sueur, puis soulagé d'y trouver chaque fois un autre nom que celui de Morrigane. Enfin, sa main racla le fond de la boîte : elle était vide.

— C'était donc la dernière, déclara le maire supérieur en fermant les yeux, la voix tremblante. Que tous les enfants qui ont reçu leurs Offres se rendent au fond de la salle, et… heu… nos guides leur montreront où se trouvent les salles d'entretien où vous pourrez rencontrer vos mécènes potentiels. Quant aux autres… je suis sûr que… vous savez. Cela ne veut pas dire que vous ne soyez pas capable de… heu… enfin.

Il fit un geste vague destiné au public, et tout le monde se prépara à quitter les lieux.

Corvus jura qu'il intenterait un procès, qu'il destituerait le maire supérieur de son poste, mais le maire insista pour qu'ils suivent le protocole. Morrigane *devait* être autorisée à rencontrer, si elle le désirait, ceux qui avaient fait leurs Offres.

Et elle en brûlait d'envie.

Bien sûr, Morrigane avait conscience qu'elle ne pourrait jamais *accepter* aucune des Offres. Elle savait d'ailleurs que lorsque ces inconnus découvriraient qu'elle était une enfant maudite, ils reviendraient sur leur décision, et se sauveraient en courant. Mais il fallait rester polie et au moins les rencontrer, se dit-elle. Vu qu'ils s'étaient déplacés jusqu'ici.

Je suis navrée, s'entraîna à dire Morrigane dans sa tête, *mais je suis inscrite au registre des enfants maudits. Je vais mourir au Merveillon. Merci d'avoir pris le temps de me rencontrer, je vous suis infiniment reconnaissante de l'intérêt que vous me portez.*

Oui. Il fallait aller droit au but, sans les froisser.

On la conduisit dans une pièce aux murs blancs. Au milieu, il y avait une table avec une chaise de chaque côté. On aurait cru une salle d'interrogatoire… et, dans un sens, qu'était-ce d'autre ? Le principe de la rencontre entre le mécène et l'enfant, c'était que ce dernier pouvait poser toutes les questions qu'il désirait, et que le mécène se devait de répondre sans mentir. C'était une des choses qu'elle avait retenues du discours ennuyeux de son père qui avait ouvert la Journée des Enchères.

Non qu'elle eût des questions à poser, se rappela Morrigane. *Merci d'avoir pris le temps de me rencontrer, je vous suis très reconnaissante de l'intérêt que vous me portez*, répéta-t-elle fermement dans sa tête.

Assis sur une chaise, un homme aux cheveux bruns vaporeux chantonnait. Il avait un costume gris et de fines lunettes à monture de métal, qu'il remonta sur son nez d'un long doigt pâle. Il ne se départit pas de son sourire en attendant que Morrigane prenne place.

— Mademoiselle Crow. Je suis M. Jones. Merci d'être venue.

L'homme parlait avec douceur, d'un ton ferme et articulé, par petites phrases. Sa voix lui parut étrangement familière.

— Je représente mon employeur. Il voudrait vous offrir un poste d'apprentie.

Morrigane ne retrouvait plus le discours qu'elle avait préparé, il lui était sorti totalement de l'esprit. Dans son ventre un tout petit papillon venait de s'échapper de sa chrysalide.

— Quel… quel genre d'apprentissage ?

M. Jones lui sourit. De petites rides se creusèrent aux coins de ses yeux sombres et pétillants.

— Un apprentissage au sein de son entreprise, Squall Industrie.

— Squall Industrie ? dit-elle en fronçant les sourcils. Alors vous travaillez pour…

— Ezra Squall. Oui. L'homme le plus puissant de la République, dit-il en baissant le regard. Enfin, en seconde position. Après le président.

Soudain, Morrigane se rappela où elle avait entendu sa voix. C'était l'homme qui parlait à la radio des problèmes de Wunder.

Il correspondait tout à fait à l'image qu'elle s'était faite de lui. Un monsieur sérieux, bien peigné. Un homme de goût. La peau de ses longues mains blanches était pâle, presque transparente. Il n'était plus tout jeune, mais pas vieux non plus. Sa tenue était impeccable, son apparence parfaite, mis à part une cicatrice blanche qui coupait son sourcil gauche en deux et des tempes grisonnantes. Ses gestes étaient précis, réfléchis, calculés pour éviter de dépenser de l'énergie inutilement. Cet homme possédait une véritable maîtrise de soi.

Morrigane lui coula un regard en coin.

— Pourquoi la seconde puissance de la République voudrait-elle de *moi* ?

— Je ne peux vous révéler la raison qui préside aux souhaits de M. Squall, dit M. Jones en remontant à nouveau ses lunettes. Je suis son assistant. Je ne fais que suivre ses instructions. Et aujourd'hui, mademoiselle Crow, il veut faire de vous son élève... et son héritière.

— Son héritière ? Mais qu'est-ce que vous voulez dire ?

— Il veut qu'un jour vous repreniez les rênes de Squall Industrie. Vous serez plus riche et plus puissante que dans vos rêves les plus fous, et vous serez à la tête de l'organisation la plus étendue, la plus influente et la plus lucrative qui ait jamais existé.

Morrigane cligna des yeux.

— À la maison, j'ai même pas le droit de lécher des enveloppes.

M. Jones eut l'air amusé.

— Je ne crois pas que vous aurez à lécher des enveloppes chez Squall Industrie non plus.

— Et je ferais quoi alors ?

Pourquoi donc lui avait-elle posé cette question ? Elle essaya de se souvenir du discours qu'elle avait préparé plus tôt. Une histoire de malédiction... *Merci d'avoir pris le temps...*

— Vous apprendrez à diriger un empire, mademoiselle. Et vous serez sous la tutelle d'un homme remarquable. M. Squall est brillant et plein de talent. Il vous apprendra tout ce qu'il sait, des choses qu'il n'a jamais enseignées à personne.

— Pas même à vous ?

M. Jones émit un petit rire.

— Surtout pas à moi. À la fin de votre apprentissage, vous serez à la tête de Squall Industrie : ses mines, son département d'ingénierie, ses usines et son secteur technique. Avec plus de cent mille employés dans toute la République. Qui seront tous sous vos ordres.

Morrigane ouvrit de grands yeux.

— Chaque citoyen, chaque famille de ce pays vous sera redevable. Vous serez au cœur de leur vie... leur procurant chauffage, électricité, nourriture et loisirs. La totalité de leurs besoins, et de leurs désirs... dépendent du Wunder, et seront satisfaits par les employés modèles de Squall Industrie. Grâce à vous.

Il parlait si doucement qu'il murmurait presque. Morrigane se pencha vers lui.

— Ezra Squall est le grand héros de la nation, continua-t-il. Plus que ça, il est un dieu pour le peuple, la source de leur bien-être, de leur bonheur. C'est la seule personne au monde capable de récolter, de distribuer et de contrôler le Wunder. Notre République repose entièrement sur ses épaules.

Il avait le regard brillant des fanatiques. Un coin de sa bouche se tordit en un étrange sourire. Morrigane recula. Elle se demanda si M. Jones aimait cet Ezra Squall, ou bien s'il le redoutait. Ou encore, en serait-il jaloux ? Ou tout ça à la fois ?

— Imaginez, mademoiselle, chuchota-t-il. *Imaginez* ce que cela fait d'être tant aimée. Et respectée. Que les gens aient à ce point *besoin* de vous. Si vous travaillez dur et que vous suivez les instructions de M. Squall... vous deviendrez comme lui.

Elle l'avait déjà fait. Elle s'était imaginé des centaines de fois ce que cela ferait d'être aimée au lieu d'être crainte. De voir les gens lui sourire, au lieu de la fuir. C'était une de ses rêveries favorites.

Mais ce n'était qu'un rêve, se rappela Morrigane, en chassant le brouillard qui avait envahi son esprit. Un rêve éveillé. Elle se redressa sur sa chaise et, en faisant de son mieux pour empêcher sa voix de trembler, déclara :

— Je ne peux accepter, monsieur Jones. Je suis sur le registre des enfants maudits. Je vais... je vais... enfin, vous savez. Merci d'avoir pris le temps...

— Ouvrez-la, dit M. Jones en montrant l'enveloppe qu'elle tenait à la main.

— Qu'est-ce qu'il y a dedans ?

— Votre contrat.

Morrigane secoua la tête, perplexe.

— Heu... quoi ?

— C'est une procédure standard. Tout enfant commençant un apprentissage doit signer un contrat, et un parent ou son tuteur doit cosigner.

La Journée des Enchères

Voilà qui règle le problème, pensa Morrigane.
— Mon père ne signera jamais.
— Laissez-nous nous occuper de ça, dit-il en sortant de la poche de son manteau un stylo argenté qu'il posa sur la table. Tout ce que vous avez à faire, c'est signer. M. Squall s'occupe du reste.
— Mais vous ne comprenez pas, je ne peux…
— Je comprends très bien, mademoiselle, dit M. Jones en la scrutant de son regard noir et perçant. Mais ne vous inquiétez pas de ces malédictions, ni des registres, ni du Merveillon. Vous n'aurez plus à vous inquiéter de rien, plus jamais. Pas tant que vous serez avec Ezra Squall.
— Mais…
— Signez, dit-il en montrant le stylo du menton. Signez, et je vous le promets : un jour, vous aurez le pouvoir d'acheter ou de vendre quiconque vous a jamais causé du tort.

Devant le regard scintillant et le sourire mystérieux de cet homme, Morrigane se laissa un instant aller à rêver à un avenir qu'elle n'aurait pas cru possible.

Elle tendit la main vers le stylo, hésita. Il restait une question sans réponse, qui la rongeait de l'intérieur, alors que c'était la plus importante de toutes.
— Pourquoi *moi* ?

Elle entendit frapper lourdement. La porte s'ouvrit à la volée et le maire supérieur entra. Il avait l'air épuisé.
— Je suis navré, mademoiselle Crow, dit-il en se tamponnant le front de son mouchoir.

Son costume était auréolé de taches de sueur, et ce qui lui restait de cheveux était dressé sur sa tête.

— Il semble que quelqu'un vous ait fait une très mauvaise blague. À nous tous d'ailleurs.

— Une b-b-blague ?

Corvus s'avança derrière lui, les lèvres serrées.

— Te voilà. Partons, grommela-t-il.

Corvus attrapa Morrigane par le bras si brutalement que sa chaise se renversa.

— Aucun de tes soi-disant mécènes n'est venu, haleta le maire supérieur à bout de souffle en les suivant dans le couloir. Je m'en veux horriblement. J'aurais dû m'en rendre compte. Machin militaire Harmon, bidule de Devereaux... personne n'en a jamais entendu parler. Tout cela a été inventé, vous voyez.

Son regard passa de Morrigane à son père.

— Je suis désolé de vous avoir mis dans une telle position, Corvus, mon vieil ami. Vous ne m'en voulez pas, j'espère ?

Corvus lança un regard noir au maire supérieur.

— Mais, attendez... tenta Morrigane.

— Tu ne comprends donc pas ? lui dit son père d'un ton froid et plein de colère, avant de lui arracher ses enveloppes. On m'a pris pour un imbécile. Quelqu'un s'est bien moqué de nous. J'ai été humilié ! Par mes propres électeurs !

Morrigane fronça les sourcils.

— Tu veux dire que mes mécènes...

Le maire supérieur se mit à agiter les mains.

— N'ont jamais existé. C'est pour ça qu'aucun d'eux ne s'est montré. Je suis désolé que vous ayez attendu.

— Mais c'est ce que j'essaie de vous dire, l'un d'entre eux *était là*. M. Jones, de la part de…

Morrigane s'arrêta net et retourna sur ses pas en courant.

La chaise de M. Jones était vide. Aucun stylo, aucun contrat. Tout avait disparu. Morrigane poussa un cri. M. Jones s'était-il éclipsé pendant leur dispute ? Avait-il changé d'avis ? Ou avait-il participé à cette mauvaise plaisanterie ?

Elle comprit lentement ce qui s'était passé.

Bien sûr, que c'était une blague. Pourquoi l'homme d'affaires le plus important du pays voudrait-il d'elle comme apprentie ? Comme *héritière* ? C'était complètement loufoque. Morrigane rougit, honteuse d'avoir été si niaise.

— J'en ai assez de ces imbécillités, déclara Corvus.

Il déchira les enveloppes en morceaux, et Morrigane regarda avec tristesse les bouts de papier tomber au sol en voletant comme autant de flocons de neige.

La belle calèche noire et luisante s'éloignait de l'hôtel de ville, emportant Morrigane et son père. Corvus ne disait rien. Il s'était tout de suite replongé dans la pile de documents que contenait sa mallette : il essayait de rattraper les heures de travail perdues ce jour-là... comme si les événements de ce matin ne s'étaient jamais produits.

Morrigane se tourna pour regarder la foule d'enfants et de parents qui sortaient du bâtiment en brandissant gaiement leurs enveloppes. Un violent sentiment de jalousie s'empara de nouveau d'elle.

Ça n'a aucune importance, se dit-elle. Elle clignait des yeux à toute vitesse pour chasser ses larmes. *C'est n'importe quoi, tout ça. Peu importe.*

La foule ne semblait pas vouloir se disperser. D'ailleurs, il y avait tellement de gens dans la rue que la calèche dut s'arrêter. Le flot humain se ruait vers l'hôtel de ville, et tout le monde regardait en l'air.

— Cocher, grogna Corvus en cognant le plafond. Qu'est-ce qui se passe ? Chasse-les donc, qu'ils nous laissent passer !

— Je fais ce que je peux, monsieur le chancelier, mais...

— *On y est !* hurla quelqu'un.

— *Il approche !* entonna joyeusement la foule.

Morrigane se tordit le cou pour essayer de voir ce qui se passait. Les rues étaient noires de monde. Et ce n'étaient pas seulement les enfants de la Journée des Enchères. Tout le monde était dehors. Les gens sifflaient, ils hurlaient de joie, ils jetaient leurs chapeaux en l'air.

— Mais pourquoi ils... demanda Morrigane.

Elle laissa sa phrase en suspens pour mieux écouter, et ajouta :

— Mais ça veut dire quoi, ces cloches ?

Corvus la regarda étrangement. Ses papiers lui glissèrent des mains et s'éparpillèrent sur le plancher de la calèche. Il ouvrit la porte et sauta dans la rue. Morrigane le suivit, leva la tête.
La tour.
L'Horloge au Cadran de Ciel changeait. Morrigane vit le bleu du Crépuscule s'assombrir, prendre une teinte saphir puis bleu marine, pour enfin laisser place à des ténèbres profondes. On aurait dit un encrier qui se déversait dans le ciel. Un trou noir s'apprêtait à engloutir le monde.
C'étaient les cloches du Merveillon.

Cette nuit-là, Morrigane resta allongée dans le noir, les yeux grands ouverts.
Les cloches avaient sonné jusqu'à minuit, pour être remplacées soudainement par le plus oppressant des silences. Elles avaient fait office de signal d'alarme, pour prévenir tout le monde de la venue du Merveillon… mais après minuit, elles n'avaient plus besoin de sonner. *C'était* le Merveillon. Le dernier jour de l'Ère était arrivé.
Morrigane aurait dû se sentir effrayée, triste, inquiète, et elle l'était bien, en un sens. Mais par-dessus tout, elle était en colère.
On l'avait *arnaquée*. Cette Ère devait en principe durer douze ans. Tout le monde l'avait dit – Corvus,

Grand-mère, toutes les assistantes sociales de Morrigane, et les chronologues aux nouvelles. Douze ans de vie, c'était déjà peu, mais *onze* ?

Maintenant que l'Horloge au Cadran de Ciel avait viré au noir, les experts s'accordaient pour dire qu'ils s'en étaient doutés, qu'il y avait eu des signes précurseurs, qu'ils étaient sur le point d'annoncer au public qu'à leur avis, cette année, *cet* hiver, serait le dernier de l'Ère.

Peu importe, disaient-ils. Cette Ère n'avait duré que onze ans, soit. Tout le monde peut se tromper, et une année, ça ne faisait pas une grosse différence.

Sauf que, bien sûr, ça changeait tout.

Super cadeau d'anniversaire, pensa tristement Morrigane. Elle coinça son lapin en peluche, Emmett, au creux de son bras, où il dormait toutes les nuits depuis toujours. Elle le serra bien fort et essaya de s'endormir.

Mais il y avait un bruit. Un tout petit bruit, à peine un léger murmure, un faible souffle de vent. Elle alluma sa lampe, et la chambre s'illumina.

Personne. Le cœur de Morrigane se mit à battre de plus en plus fort. Elle sauta sur ses pieds et regarda partout, même sous le lit, puis elle ouvrit l'armoire. Rien.

Non. Pas rien.

Il y avait quelque chose.

Un petit rectangle blanc sur le parquet. Quelqu'un avait glissé une enveloppe sous sa porte. Elle la ramassa et entrouvrit pour regarder dans le couloir. Personne.

Sur l'enveloppe, d'une écriture aux traits épais et maladroits, était écrit :

Jupiter Nord, de la Société Wundrous, présente son Offre à Mademoiselle Morrigane Crow. Deuxième essai.

— La Société Wundrous, chuchota Morrigane.

À l'intérieur de l'enveloppe, elle trouva deux morceaux de papier. Une lettre et un contrat tapé à la machine, très professionnel, avec deux signatures en bas de page. Au-dessus du mot « MÉCÈNE », elle identifia celle, épaisse et maladroite, de Jupiter Nord. Mais la signature au-dessus de « PARENT OU TUTEUR » était indéchiffrable, elle ne la connaissait pas. Une chose était sûre, ce n'était pas l'écriture de son père.

La troisième case – « CANDIDATE » – était vierge. Un blanc qui ne demandait qu'à être rempli.

Morrigane lut la lettre. Elle crut rêver.

Chère mademoiselle Crow,

Félicitations ! Vous avez été sélectionnée par l'un de nos membres pour présenter votre candidature à la Société Wundrous.

Sachez que votre admission n'est pas garantie. Le nombre de membres de la Société est très limité et, chaque année, des centaines de candidats pleins d'espoir se battent pour tenter de gagner leur place auprès de nos grands académiciens.

Si vous souhaitez faire partie de notre Société, veuillez signer le contrat ci-joint et le remettre à votre mécène avant le Onze d'Hiver. Les épreuves du concours d'entrée commenceront au printemps.

Nous vous souhaitons bonne chance,

Cordialement,

G.Quinn l'Ancienne
Maison des Initiés
Nevermoor, EL

En bas de la page, d'une main hâtive, on avait ajouté un message court mais plein de promesses :

Prépare-toi,
J.N.

3

LA MORT S'INVITE À DÎNER

L<small>E SOIR DU</small> M<small>ERVEILLON</small>, toutes les rues jusqu'aux plus calmes des beaux quartiers de Jackalfax s'animèrent.

La route de l'Empire, ce matin bourdonnante d'une bonne humeur tranquille, était en liesse. Il était bientôt minuit. Des musiciens jouaient à chaque coin de rue, rivalisant pour attirer l'attention des passants. De jolies lanternes colorées tourbillonnaient au milieu des serpentins et des petites guirlandes lumineuses ; l'air sentait la bière, le caramel et la viande grillée à la broche.

Les ténèbres de l'Horloge au Cadran de Ciel dominaient les festivités. À minuit, elle afficherait la couleur du Matillon, un rose pâle plein de promesses, et le Printemps Premier apporterait à tout le monde la fraîcheur du renouveau. C'était un événement rare, ouvrant sur une myriade d'éventualités.

Pour tout le monde sauf Morrigane Crow. Pour Morrigane, il n'y avait qu'une seule et unique issue. Comme tous les autres enfants nés précisément il y a onze ans lors du dernier Merveillon, lorsque la cloche sonnerait minuit, elle mourrait. Ses onze courtes années maudites prendraient fin. La malédiction emporterait sa victime.

Les Crow célébraient l'événement. Enfin, si l'on peut dire.

L'ambiance dans la maison sur la colline était sombre. Les lumières basses, les rideaux tirés. À dîner, on leur avait servi le menu préféré de Morrigane : côtelettes d'agneau, panais rôtis et petits pois à la menthe. Corvus avait horreur des panais et, en d'autres circonstances, n'aurait jamais accepté d'en manger, mais il garda un silence lugubre lorsque la servante lui en versa une montagne dans son assiette. Morrigane trouva que cela illustrait à la perfection la gravité de l'occasion.

Dans le silence épais, on n'entendait que le traitement des couverts sur les assiettes. Morrigane avait conscience de chaque bouchée de nourriture qu'elle avalait, de chaque gorgée d'eau fraîche. Elle entendait chaque tic-tac de l'horloge sur le mur, qui battait à un rythme de fanfare alors qu'ils se rapprochaient de l'instant où elle cesserait d'exister.

Elle espérait qu'elle ne souffrirait pas. Elle avait lu quelque part que, lorsqu'un enfant maudit mourait, c'était aussi rapide et paisible que lorsqu'on s'endort. Elle se demandait ce qui se passerait ensuite.

Partirait-elle vraiment pour le Monde Meilleur, comme la cuisinière avait l'air de le penser ? Le Machin Divin existait-il vraiment, et l'accueillerait-il à bras ouverts, comme on le lui avait promis ? Morrigane l'espérait bien. Elle préférait ne pas penser à ce qui l'attendait sinon. Après avoir entendu les histoires de la cuisinière sur le Bidule Infernal qui habitait le Pire des Mondes, elle avait dormi la lumière allumée pendant une semaine.

C'était étrange, se disait-elle, de célébrer sa propre mort. Un drôle d'anniversaire. Ça ne ressemblait pas du tout à une fête. Plutôt à ses propres funérailles anticipées.

Alors qu'elle se demandait si quelqu'un allait faire son éloge funèbre, Corvus s'éclaircit la voix. Morrigane, Ivy et Grand-mère se tournèrent vers lui, leurs fourchettes chargées de nourriture suspendues à mi-chemin entre l'assiette et la bouche.

— Je… je voulais vous dire… commença-t-il.

Il s'arrêta dans son élan.

— Je voulais dire…

Les yeux d'Ivy s'emplirent de larmes et elle lui prit la main pour l'encourager.

— Continue, mon chéri.

— Je… essaya-t-il encore une fois en toussant bruyamment. Je voulais dire… cet agneau est délicieux, bien rosé… La cuisson est parfaite.

Il y eut un murmure d'acquiescement autour de la table, et le tintement des couverts reprit sa cadence alors que tout le monde se remettait à manger.

Morrigane ne pouvait rien espérer de plus. Et puis, elle était d'accord pour l'agneau.

— Bon, eh bien, si ça ne dérange personne… dit Ivy en s'essuyant la bouche délicatement avec sa serviette en lin. Cela fait peu de temps que je suis des vôtres, mais à mon avis il convient que je prenne la parole.

Morrigane se redressa sur sa chaise. C'était prometteur. Peut-être qu'Ivy allait s'excuser de lui avoir fait porter à leur mariage cette affreuse robe à froufrous (et qui grattait, en plus). Ou confesser que, même si elle lui avait à peine adressé la parole depuis son emménagement au manoir, elle aimait Morrigane comme sa propre fille, et qu'elle regrettait de ne pas pouvoir passer plus de temps avec elle. Morrigane allait lui manquer terriblement, elle allait verser des flots de larmes à son enterrement, et peu lui importerait si son maquillage coulait et laissait des traces affreuses sur son joli visage, cela lui serait bien égal d'avoir l'air moche car elle serait tellement, *tellement* désolée d'avoir perdu son adorable Morrigane… Morrigane se composa une expression sereine.

— Corvus n'était pas sûr… mais je sais que Morrigane ne m'en voudra pas…

— Vas-y, dit Morrigane. Je t'en prie, vraiment, continue.

Ivy lui fit un grand sourire (pour la première fois de toute sa vie) et, dans un accès de courage, se leva de sa chaise.

— Corvus et moi allons avoir un enfant.

La Mort s'invite à dîner

Le silence se prolongea jusqu'à ce qu'un grand fracas du côté de la porte leur indique que la servante venait de laisser choir son plateau. Corvus essaya de sourire à sa femme, ce qui ressemblait plutôt à une grimace.

— Alors ? demanda Ivy. Vous ne me félicitez pas ?

— Ivy, ma chère, dit Grand-mère en adressant un sourire glacial à sa belle-fille. Cette nouvelle aurait peut-être été accueillie différemment dans des circonstances moins délicates. Par exemple, le *lendemain* du soir où mon unique petite-fille doit nous quitter tragiquement à l'âge de onze ans.

Bizarrement, ces paroles remontèrent un peu le moral de Morrigane. C'était sans doute les paroles les plus touchantes qu'elle avait jamais entendues de la part de sa grand-mère. Elle fut prise d'un brusque sentiment d'affection pour cette rapace de vieille dame.

— Mais c'est une bonne chose ! Vous ne le voyez pas ? dit Ivy qui cherchait le soutien de Corvus.

Il se pinça l'arête du nez comme pour chasser une migraine.

— C'est... le cycle de la vie, continua Ivy. Une vie nous est peut-être enlevée, mais une autre nous vient au monde. Cela relève du miracle !

Grand-mère émit un petit grognement.

Mais Ivy ne lâchait pas le morceau.

— Vous aurez un *nouveau* petit-enfant, Ornella. Corvus aura une nouvelle fille. Ou un fils ! Ne serait-ce pas charmant ? Un petit garçon, Corvie, tu m'as dit que tu avais toujours voulu un garçon. On pourra lui mettre un costume noir, pour faire comme papa.

Morrigane se retint de pouffer en voyant la tête que faisait son père.

— Oui. Charmant, dit-il, peu convaincu. On pourrait peut-être reporter les réjouissances ?

— Pourtant cela ne dérange pas Morrigane. N'est-ce pas, Morrigane ?

— Qu'est-ce qui ne me dérange pas ? demanda Morrigane. Le fait que je vais être pulvérisée hors de cette existence dans quelques heures, et que toi tu ne penses qu'à la garde-robe de l'enfant qui va me remplacer ? Mais pas du tout.

Sur ce, elle fourra une bouchée de panais dans sa bouche.

— Oh ! Ah ça, non ! dit Grand-mère en lançant un regard furieux à son fils. On ne devait pas mentionner le mot en M.

— J'ai rien dit, protesta Corvus.

— J'ai pas dit « morte », Grand-mère, dit Morrigane. J'ai dit « pulvérisée hors de cette existence ».

— Bon, eh bien, arrête. Tu donnes mal à la tête à ton père.

— Ivy a dit « enlevée », c'est pire.

— Assez !

— Alors tout le monde s'en fiche que je sois enceinte ? hurla Ivy en tapant du pied.

— Alors tout le monde s'en fiche que je sois sur le point de mourir ? se mit à hurler Morrigane. Est-ce qu'on ne pourrait pas parler de moi, une minute ?

— *Je t'ai dit de ne pas prononcer ce mot !* gronda Grand-mère, furieuse.

On entendit trois grands coups frappés à la porte. Le silence retomba.

— Mais qui peut bien nous rendre visite à un moment pareil ? chuchota Ivy. Des journalistes ? Déjà ?

Elle se lissa les cheveux, rajusta sa robe, et ramassa sa cuillère pour s'y mirer.

— Quelle bande de vautours. Ils veulent le scoop, c'est cela ? dit Grand-mère.

Elle fit un signe à la servante en lui ordonnant :

— Qu'on les renvoie donc avec un sourire méprisant.

Quelques instants plus tard, ils entendirent une conversation à mi-voix dans l'entrée, puis des bruits de bottes dans le couloir, accompagnés des timides protestations de la servante.

Le cœur de Morrigane battait au rythme des pas. *Alors ça y est ?* pensa-t-elle. *C'est la Mort qui vient m'emporter ? La Mort porte-t-elle des bottes ?*

La silhouette d'un homme apparut dans l'encadrement de la porte.

Il était grand et mince, avec de larges épaules. Le bas de son visage était dissimulé sous une épaisse écharpe de laine, mais on apercevait ses taches de rousseurs, ses yeux bleus au regard intense et son long nez.

Son mètre quatre-vingts était enveloppé d'un long manteau bleu qu'il portait sur un costume aux boutons de nacre ; élégant mais un peu débraillé, comme s'il rentrait d'une grande soirée un peu trop arrosée. Sur le col de son manteau était épinglé un petit W doré.

Il se tenait bien campé sur ses jambes écartées, les mains dans les poches de son pantalon, appuyé nonchalamment au chambranle de la porte avec une certaine familiarité. On aurait dit que le manoir lui appartenait et que les membres de la famille Crow n'étaient que d'humbles convives.

Ses yeux croisèrent ceux de Morrigane. Il sourit.

— Salut, toi.

Morrigane ne répondit rien. Seul le tic-tac de l'horloge vint briser le silence.

— Désolé du retard, poursuivit-il, la voix étouffée par son écharpe. J'étais à une soirée sur une petite île de Jet-Jac-Jaida. Je discutais avec un vieil homme *charmant*, un trapéziste... un type fascinant : une fois il a fait son numéro au-dessus d'un volcan en activité pour une œuvre de charité... J'avais totalement oublié le décalage horaire. Suis-je bête ! Enfin, je suis là maintenant. Tu es prête ? Je suis garé devant. C'est des panais, ça ? Délicieux.

Grand-mère devait être sous le choc, car elle ne souffla pas mot quand l'homme chipa un morceau de panais dans le plat et s'en lécha les doigts. Il semblait d'ailleurs que tous les Crow étaient devenus muets, y compris Morrigane.

Il se passa quelques minutes, durant lesquelles leur hôte-surprise dansa d'un pied sur l'autre, patient, poli. Soudain, il eut l'air de se rappeler quelque chose.

— Je porte toujours mon chapeau, n'est-ce pas ? Quelle impolitesse de ma part.

Devant son public abasourdi, il continua :

— N'ayez pas peur. Je suis roux.

« Roux », c'était peu dire, pensa Morrigane en essayant de dissimuler sa surprise. Le « roi des Roux », le « président des plus Roux parmi les Roux incurables » aurait été plus juste. Sa crinière de cheveux couleur cuivre aurait pu remporter un grand prix. Il déroula son écharpe, dévoilant une barbe presque aussi vibrante de couleur.

— Heu… dit Morrigane de toute l'éloquence dont elle était capable. Vous êtes qui ?

— Jupiter, dit-il en regardant autour de lui, s'attendant à ce qu'on le reconnaisse. Jupiter Nord ? Jupiter Nord de la Société Wundrous ? Ton mécène ?

Son mécène. Jupiter Nord. *Son* mécène. Morrigane secoua la tête, incrédule. Était-ce encore une blague ?

Elle avait signé le contrat. Bien sûr qu'elle avait signé, car c'était tellement satisfaisant de *faire semblant* – rien que cinq minutes – que tout cela était une réalité. Qu'il existait vraiment une société Wundrous, et qu'on l'avait recrutée, *elle*, Morrigane Crow ! Qu'elle vivrait assez longtemps pour affronter ces épreuves mystérieuses au printemps. Qu'un avenir époustouflant l'attendait une fois le Merveillon passé.

Bien sûr qu'elle avait signé, dans la case blanche, en bas. Elle avait même gribouillé un petit corbeau noir à côté de son nom, pour dissimuler une goutte d'encre qui s'était échappée de son stylo.

Puis elle avait jeté la feuille au feu.

Elle n'avait pas cru une seconde que tout cela était vrai. Pas vraiment. Pas au fond d'elle-même.

Corvus retrouva enfin sa voix.

— Grotesque !

— À vos souhaits, dit Jupiter alors qu'il renouvelait sa tentative d'attirer Morrigane dans le couloir. J'ai peur que le temps presse, Morrigane. Combien de valises as-tu ?

— De valises ? répéta-t-elle, hébétée.

— Aïe, dit-il. Tu as bien préparé tes bagages ? Peu importe, nous te prendrons une brosse à dents là-bas. Je suppose que tu as déjà fait tes adieux, mais tu peux les embrasser une dernière fois avant d'y aller.

Après avoir prononcé cette suggestion extravagante (encore une première pour la maison Crow), Jupiter fit le tour de la table pour serrer chaque Crow dans ses bras. Lorsqu'il se pencha pour poser un baiser mouillé sur le visage de son père horrifié, Morrigane ne sut pas si elle devait rire ou se sauver.

— C'en est assez ! s'écria Corvus en se levant de sa chaise.

C'était une chose de se pointer sans invitation au manoir des Crow le soir du Merveillon, mais c'en était une autre de leur infliger un geste d'affection.

— Vous n'êtes le mécène de personne. Sortez de chez moi immédiatement, avant que j'appelle un gardien de la ville.

Jupiter sourit, comme si cette menace l'avait émoustillé.

— Je suis bien le mécène de quelqu'un, monsieur le chancelier Crow. Je suis le mécène d'une fillette qui ne bouge pas très vite mais qui est néanmoins charmante. Tout cela est totalement légal, je vous assure. Elle a signé le contrat. Le voilà.

Il sortit un morceau de papier tout chiffonné que Morrigane reconnut. Jupiter indiqua sa signature, complétée du petit corbeau noir dans la tâche d'encre.

Mais ! C'était impossible !

— Je ne comprends pas, dit Morrigane en secouant la tête. Je l'ai regardé brûler.

— Oh ! c'est un contrat Wundrous, dit-il en l'agitant sans précaution. Il crée des copies exactes dès que la signature y est apposée. Mais cela explique les bords roussis.

— Je n'ai jamais signé ça, dit Corvus.

Jupiter haussa les épaules.

— Je ne vous l'ai jamais demandé.

— Je suis son père ! Ce contrat exige ma signature.

— En fait, il ne nécessite que la signature d'un tuteur majeur, et...

— Les contrats Wundrous sont illégaux, dit Grand-mère, qui avait enfin retrouvé sa voix, selon la loi de mauvais usage de Wunder. On vous fera arrêter.

— Dans ce cas, il va falloir vous dépêcher, parce que je n'ai que quelques minutes devant moi, dit Jupiter, soudain las.

Il regarda sa montre.

— Morrigane, il faut vraiment qu'on y aille. Il ne nous reste plus beaucoup de temps.

— Je sais bien qu'il ne me reste plus de temps, dit Morrigane. Vous avez fait erreur, monsieur Nord. Vous ne pouvez pas être mon mécène. Aujourd'hui, c'est mon anniversaire.

— Mais bien sûr ! Bon anniversaire ! dit-il d'une voix distraite en s'avançant vers la fenêtre pour regarder derrière les rideaux. Ça ne te fait rien si on fête ça plus tard ? Le temps passe et…

— Non, vous n'y êtes pas du tout, l'interrompit-elle.

Les paroles qui lui vinrent à la bouche avaient un goût tellement amer qu'elle eut du mal à les prononcer.

— Je suis sur le registre des enfants maudits. Ce soir, c'est le Merveillon. Je serai morte à minuit.

— Ce que tu peux être négative !

— C'est pour ça que j'ai brûlé le contrat. Il ne vaut rien. Je suis désolée.

Jupiter regardait par la fenêtre d'un air inquiet, des rides plissaient son front.

— Mais tu l'as *signé*, avant de le brûler. Et qui a dit que tu allais mourir ? Tu n'es pas obligée, si tu ne veux pas.

Corvus tapa du poing sur la table.

— C'est intolérable ! Pour qui vous prenez-vous, à la fin, à débarquer chez moi et à affoler toute ma famille avec vos histoires sens dessus dessous ?

— Je vous ai déjà dit qui j'étais, dit Jupiter sur un ton infantilisant. Je m'appelle Jupiter Nord.

— Et moi, je suis Corvus Crow, chancelier des Grandes Plaines du Loup, membre haut placé de la

République de la Mer d'Hiver, déclama Corvus en gonflant la poitrine.

Plus rien ne pouvait l'arrêter.

— J'exige que vous partiez sans délai, pour me laisser faire le deuil de ma fille en paix.

— *Le deuil de votre fille ?* répéta Jupiter.

Il fit deux grands pas vers Corvus et s'arrêta, les yeux brillants. Morrigane sentit ses poils se dresser sur ses bras. La voix de Jupiter descendit d'une octave, et il s'adressa à Corvus d'une voix glaciale mais chargée d'une rage silencieuse qui vous déchirait les organes.

— Vous voulez dire, la fille qui se trouve là, devant vous ? Celle qui est *la joie de vivre* incarnée ?

Corvus se mit à postillonner, l'index pointé vers l'horloge, la main tremblante devant cet affront.

— Redites-moi ça dans quelques heures !

Morrigane sentit sa poitrine se serrer. Elle ignorait pourquoi. Elle avait toujours su qu'elle mourrait le soir du Merveillon. Son père et sa grand-mère ne le lui avaient jamais caché. Cela n'aurait pas dû la surprendre de voir que Corvus était résigné à sa disparition. Cependant, il était évident que, pour lui, elle aurait tout aussi bien pu être déjà morte. Et peut-être que dans son cœur elle était morte des années auparavant.

— Morrigane, dit Jupiter sur un ton bien différent de celui qu'il avait employé avec son père. Est-ce que tu veux vivre ?

Morrigan sursauta. Mais qu'est-ce que c'était que cette question ?

— Peu importe ce que je veux.

— Au contraire, insista-t-il. C'est tout ce qui importe à cet instant.

Elle posa son regard tour à tour sur son père, sa grand-mère et sa belle-mère. Ils la contemplaient tous comme s'ils la découvraient.

— Bien sûr que je veux vivre, dit-elle d'une voix douce.

C'était la première fois qu'elle prononçait ces mots à voix haute. La tension dans sa poitrine se relâcha un peu.

— Bonne décision, l'encouragea Jupiter avec un sourire.

La colère disparut de son visage aussi vite qu'elle était apparue. Il se tourna de nouveau vers la fenêtre.

— La mort, c'est très ennuyeux. La vie est beaucoup plus amusante. Il se passe tout le temps des trucs. Des choses auxquelles on ne s'attend pas. Des choses auxquelles on ne pouvait pas s'attendre parce que... justement, elles sont surprenantes.

Il recula de quelques pas, s'éloignant lentement de la fenêtre, et attrapa la main de Morrigane.

— Par exemple, on ne s'attendait pas à ce que ta mort se pointe avec trois heures d'avance.

Morrigane sentit de la poudre lui tomber sur le visage. Elle s'essuya, et leva la tête vers les lustres qui tremblaient si fort que le plâtre du plafond se fissura. Les ampoules grésillèrent en clignotant, les fenêtres, vibrèrent. Une odeur de brûlé vint lui chatouiller les narines.

— Qu'est-ce que c'est ? dit-elle, serrant machinalement sa main. Qu'est-ce qui se passe ?
Jupiter se pencha pour murmurer à son oreille :
— Tu me fais confiance ?
Elle répondit sans réfléchir :
— Oui.
— Sûre ?
— Certaine.
— Bien.
Il la regarda droit dans les yeux. Le sol tremblait sous leurs pieds.
— Je vais faire tomber ce rideau dans un instant. Alors peu importe ce que tu verras, n'aie pas peur. Ils sentent la peur.
Morrigane déglutit.
— « Ils » ?
— Suis-moi et tout ira bien. D'accord ? N'aie pas peur surtout.
— Pas peur, répéta Morrigane.
Mais la peur lui agrippait déjà les entrailles, elle dansait la java dans ses organes. Une grande roue d'effroi tournait dans son estomac. Des éléphants de cirque valsaient et faisaient des sauts périlleux dans le reste de son tube digestif.
— De quoi donc bavassez-vous ? dit Grand-mère. Qu'est-ce qu'il te raconte, Morrigane ? J'exige de…
Dans un élan, Jupiter sortit de sa poche une poignée de poudre argentée. Il en souffla sur Corvus, Ivy et Grand-mère, comme un baiser nuageux, puis bondit

vers la fenêtre et arracha un rideau, lequel retomba en un tas informe sur le sol.

Il se recula pour admirer son travail, et secoua la tête lentement, tristement.

— Je suis *vraiment* désolé. C'est tellement tragique de l'avoir perdue si jeune.

Corvus fronça les sourcils, cligna des yeux, l'air hagard. Il avait le regard vide.

— Tragique ?

— Oui, dit Jupiter.

Il passa un bras par-dessus les épaules de Corvus et le guida vers la pile de tissus.

— Pauvre, pauvre Morrigane, gémit-il. Si vivante. Elle avait tant à partager avec le monde. Mais elle a été emportée ! Bien trop tôt !

— Trop tôt, répéta Corvus qui secouait la tête, sous le choc. Bien trop tôt !

Jupiter passa son autre bras autour d'Ivy et serra cette dernière contre sa poitrine.

— Mais ne vous le reprochez donc pas. Enfin, vous pouvez vous sentir un peu coupable, si vous voulez.

Il fit un clin d'œil à Morrigane, et elle refoula le rire hystérique qui lui remontait du fond de la gorge. Croyaient-ils vraiment que c'était elle, ce rideau par terre ? Alors qu'elle était là, debout, devant eux !

— Elle a l'air si petite, renifla Ivy en s'essuyant le nez sur sa manche. Si petite et si fragile.

— Oui, dit Jupiter. On dirait presque une poupée… de chiffon.

Morrigane émit un petit rire, mais les Crow ne semblèrent pas l'avoir entendue.

— Je vous laisse prendre les dispositions nécessaires. Vous devez préparer une déclaration à la presse, monsieur le chancelier. Mais avant que je parte, puis-je suggérer un cercueil clos pour les funérailles ? Les cercueils ouverts, ça fait mauvais genre.

— Oui, dit Grand-mère en baissant le regard vers le rideau-Morrigane.

— Mais qu'est-ce que vous avez fait ? chuchota Morrigane à Jupiter. C'était quoi ce machin argenté ?

— Complètement illégal. Fais comme si tu n'avais rien vu.

Les lustres au plafond oscillèrent si violemment que les ombres tanguaient autour de la pièce. Une odeur distincte de feu de bois emplit l'atmosphère. Le sol se remit à trembler et, au loin, Morrigane entendit un bruit qui ressemblait à une averse diluvienne, ou à un roulement de tonnerre (étaient-ce des *sabots*) ?

Elle se tourna vers la fenêtre et la panique la prit à la gorge, lui laissant un goût amer dans la bouche.

Elle la voyait.

Elle voyait la mort qui avançait vers elle.

4
LA CAVALERIE
D'OMBRE ET DE FUMÉE

À TRAVERS LES BOIS CLAIRSEMÉS, descendant de la colline, une ombre informe et gigantesque s'approchait du manoir des Crow.

Morrigane trouvait que ça ressemblait à une nuée de sauterelles, ou de chauves-souris, cependant le nuage volait trop bas, et grondait trop fort. À mesure que la masse ténébreuse se rapprochait, le fracas des sabots devint plus assourdissant. L'obscurité était piquée de centaines de petites flammèches rouges de plus en plus brillantes.

La forme se précisa. Des têtes, des visages, des jambes émergeaient de cet essaim noir. Morrigane sentit ses entrailles se tordre. Les flammèches n'étaient pas des lumières. C'étaient en réalité des yeux. Des yeux d'hommes. Des yeux de chevaux. Des yeux de chiens de chasse.

Pas des créatures de chair et de sang. Plutôt des ombres vivantes. Et ces ombres avançaient d'un pas déterminé.

Elles cherchaient leur proie.

Morrigane ne pouvait plus respirer. Sa poitrine tressautait alors qu'elle s'efforçait d'emplir ses poumons.

— Qu'est-ce que c'est ?

— Pas le temps d'expliquer, dit Jupiter. C'est le moment de fuir.

Mais Morrigane était comme clouée au sol. Elle ne pouvait pas se détourner de la fenêtre. Jupiter l'attrapa par les épaules et planta son regard dans le sien.

— Tu n'as pas peur, tu te rappelles ? dit-il en la secouant un peu. Garde ta peur pour plus tard.

Jupiter tira Morrigane vers le couloir. Elle s'arrêta à la porte.

— Attendez ! Et eux ? dit-elle en se tournant vers le reste des Crow.

Ils étaient toujours rassemblés autour du rideau par terre, indifférents au grondement et aux silhouettes de ces chasseurs fantômes qui se précipitaient vers la maison.

— On ne peut pas les laisser…

— Il ne leur arrivera rien. La Cavalerie ne peut les toucher. Promis. *Allons-y*.

— Mais…

Jupiter l'entraîna.

— C'est *toi* qu'ils recherchent, Morrigane. Tu veux aider ta famille ? Pour ça, il faut qu'on t'emmène loin, très loin de cette maison.

La Cavalerie d'ombre et de fumée

— Alors pourquoi est-ce qu'on *monte* l'escalier ?
Jupiter ne répondit rien. Lorsqu'ils atteignirent le troisième étage, il courut vers la fenêtre la plus proche et l'ouvrit en grand. Il sortit la tête.
— Ça fera l'affaire. Prête ? On va sortir par la fenêtre.
En regardant dehors, Morrigane découvrit un engin très curieux.
Dans l'exercice de sa fonction de chancelier, son père avait circulé dans des tas de véhicules extraordinaires, même si pour ses promenades quotidiennes Corvus préférait sa vieille calèche tirée par des chevaux. La République de la Mer d'Hiver lui avait parfois envoyé des voitures au moteur vrombissant et, une fois même, un petit dirigeable qui, moyennant un permis spécial, avait reçu l'autorisation d'atterrir sur leur toit. Les voisins s'étaient tous réunis pour l'admirer et prendre des photos.
Mais, à sa connaissance, Corvus n'avait jamais voyagé dans une capsule en cuivre que huit longues pattes souples élevaient à la hauteur du second étage, et qui ressemblait à une araignée. *Qu'est-ce que les voisins diraient de ÇA ?* se demanda Morrigane en ouvrant des yeux grands comme des soucoupes.
— Je ne me suis pas garé assez près, dit Jupiter. Il va falloir prendre notre élan pour sauter.
Sauter ? Il ne s'attendait tout de même pas à ce qu'elle saute du troisième étage ?
Jupiter monta sur le rebord et se pencha un peu. Il était presque entièrement à l'extérieur. Il tendit une main à Morrigane.

— À trois, d'accord ?

— Non, dit-elle en secouant la tête et en reculant loin de la fenêtre. Pas d'accord. Pas d'accord du tout.

— Morrigane, j'admire ton instinct de préservation. Je t'assure. Mais si tu regardes derrière toi, je crois que ton instinct te dira de sauter par la fenêtre.

Morrigane se retourna.

En haut de l'escalier, un chien-ombre, sorte de loup aux yeux rouges scintillants, montrait les dents en grognant. Le reste de la meute le suivait de près dans l'escalier. Il y en avait au moins une douzaine. Ils s'élançaient vers Morrigane en hurlant et en faisant claquer leurs mâchoires.

— N'aie pas peur, murmura-t-elle.

Mais son corps tout entier protestait : *j'ai peur*.

— À trois, dit Jupiter en prenant Morrigane par la main pour la guider vers le rebord.

— Un...

Le chien-loup fut rejoint par un deuxième, puis un troisième ; tous révélaient des crocs jaunes, des yeux féroces qui flamboyaient dans les ténèbres de leur fourrure de fumée. Leurs grognements sourds firent vibrer chaque fibre du corps de Morrigane, jusqu'aux orteils.

— Deux !

Elle fit un pas en arrière et se rattrapa à Jupiter alors que son pied rencontrait le vide. Il la prit par la taille et elle le sentit qui prenait son élan. Les chiens-loups des ténèbres se jetèrent en avant.

— Trois !

L'air glacé siffla comme une épée. Il y eut un énorme bruit de bris de verre, et leur atterrissage fut brutal. Jupiter avait enveloppé Morrigane dans ses bras pour la protéger du choc avec son corps. Ils étaient maintenant dans la capsule de l'araignée. Au-dessus d'eux, les chiens-loups disparurent.

— Ouille, grogna Jupiter. Ça va faire mal demain.

Il relâcha Morrigane qui roula sur le sol. Elle grimaça quand un éclat de verre s'enfonça dans la paume de sa main.

— Ils sont partis où ?

— Je ne sais pas. Mais ils ne seront pas partis longtemps. Accroche-toi bien, dit Jupiter.

Il courut vers le tableau de bord à l'avant, actionna des leviers... Le moteur démarra et l'araignée se mit en mouvement, si brusquement que Morrigane fut projetée contre la paroi. Elle commençait à avoir mal au cœur.

— Le démarrage est toujours un peu mouvementé. L'arrêt aussi. Mais, ne t'en fais pas, entre les deux, c'est du billard. Parfois. Enfin, ça dépend.

Morrigane tituba à travers le petit cockpit et s'accrocha au dos du fauteuil de cuir où Jupiter était assis, aux commandes. Elle arracha le morceau de verre de sa main, le jeta et essuya le sang sur sa robe.

— Mais qu'est-ce que c'était que ça ?

— La Cavalerie d'ombre et de fumée, dit Jupiter en jetant un regard sombre derrière lui tandis que l'araignée s'éloignait de la maison.

— La Cavalerie...

Morrigane plaqua une main sur sa bouche, refoulant son envie de régurgiter son dîner : ça ferait vilain sur les jolis boutons de commandes de Jupiter – ou, pire, sur sa tête. Elle avait l'impression d'être en pleine mer sur un tout petit bateau.

— Qu'est-ce qu'ils me veulent ?

Jupiter était trop occupé à coordonner les pattes de l'araignée.

— Attache-toi sur le siège passager, dit-il en montrant le fauteuil fatigué à sa gauche.

Morrigane s'aida de ses bras pour gagner le fauteuil puis boucla la ceinture de sécurité.

— Prête ? Accroche-toi.

L'araignée escalada les grilles du manoir de ses longues pattes. La forêt se déployait devant eux, mais Jupiter prit une autre direction, et ils s'élancèrent vers le centre de Jackalfax. Sur la route lisse, les mouvements de l'araignée mécanique se firent plus réguliers, et elle prit de la vitesse dans la descente.

Jackalfax était illuminé par l'éclat bariolé et tapageur des feux d'artifice. Une foule s'était rassemblée pour admirer le spectacle. Morrigane n'avait jamais vu la route de l'Empire aussi encombrée.

La machine à huit pattes trotta à travers le centre-ville, longeant la foule. Jupiter avait bien choisi son heure : le spectacle dans le ciel leur permettrait d'échapper à la Cavalerie d'ombre et de fumée. Tout le monde avait le nez en l'air, tous étaient assourdis par le sifflement des fusées et les explosions dans le ciel.

— On ne devrait pas plutôt fuir la ville ? demanda Morrigane.

— C'est un raccourci, dit Jupiter.

Il les conduisait droit vers l'hôtel de ville. Le véhicule étira ses pattes au maximum dans un craquement métallique, et enjamba délicatement la foule, presque sur la pointe des pieds.

— Qu'est-ce que c'est que cette machine ? demanda Morrigane. Une espèce d'araignée ?

— Cette « espèce d'araignée », comme tu l'as si gentiment baptisée, dit Jupiter en lui lançant un regard appuyé, est un arachnopode, et c'est la machine la plus merveilleuse jamais construite.

Une combinaison particulièrement bruyante éclata dans le ciel noir, laissant une traînée en forme de fleur derrière elle, fantôme de l'explosion. La foule se réjouissait.

— Superbe, n'est-ce pas ? Elle s'appelle *Octavia*. Il n'y en a eu que deux de construites. Je connaissais l'inventeur. Tu veux bien tirer sur ce levier bleu ? Non, l'autre. C'est ça.

L'arachnopode s'arrêta en une secousse. Jupiter fronça les sourcils. Il se leva et courut vers l'arrière de la cabine, regarda avec inquiétude par les vitres du dôme.

— Quelque chose ne va pas ?

— Les machines aussi intéressantes que ça ne sont plus à la mode, bien sûr, continua-t-il comme si de rien n'était. Mais je n'abandonnerai jamais ma bonne vieille *Occy*. Elle est bien trop fiable. Les aéroglisseurs et les automobiles sont des modernités tape-à-l'œil, et comme je dis toujours : on ne peut pas rouler par-dessus une montagne, on ne peut pas voler sous l'eau. *Octavia* peut aller presque partout. Ce qui est fort utile dans des moments pareils. On dirait que nous sommes plutôt coincés.

Il retourna aux commandes, leva une main au plafond et tira un écran où s'affichaient quatre images. Chacune montrait une vue différente de l'arachnopode.

La Cavalerie d'ombre et de fumée les avaient rattrapés. Ils étaient encerclés de tous côtés par les chasseurs à cheval et leurs molosses couverts de bave.

— Comment ça peut nous aider dans un moment pareil ? demanda Morrigane dont le cœur battait à toute allure.

C'est la fin, pensa-t-elle. *Nous sommes piégés.*

— Il n'y a peut-être pas de montagne, dit Jupiter. Mais il y a… ça.

Elle suivit son regard : la tour de l'Horloge au Cadran de Ciel.

— Ce qu'il y a de plus génial avec les araignées, dit-il en s'attachant à son fauteuil, c'est qu'elles savent grimper. Serre bien ta ceinture, Morrigane Crow. Et, quoi qu'il arrive, ne ferme pas les yeux.

— Qu'est-ce qui se passe si je ferme les yeux ?

— Tu vas rater le spectacle.

Morrigane avait à peine eu le temps de vérifier sa ceinture que l'arachnopode se pencha en arrière, la scotchant à son siège. Deux immenses pattes métalliques s'accrochèrent au bord du toit de l'hôtel de ville, et la capsule s'éleva, de plus en plus haut vers le cadran rempli de ténèbres de l'Horloge au Cadran de Ciel.

— Ce n'est pas l'idéal, mais comme sortie de secours, c'est pas mal.

Elle n'avait aucune idée de quoi il parlait.

— Une sortie vers où ?

— Tu verras.

Morrigane tourna la tête. Le sol était de plus en plus distant. Pire que ça, les immenses chasseurs-ombres étaient descendus de leurs chevaux pour escalader la façade.

— Ils sont derrière nous ! cria Morrigane.

Jupiter fit la grimace.

— Pas pour longtemps. La Cavalerie ne peut pas nous suivre là où nous allons.

— Mais on va où ?

Ils arrivèrent en haut de la tour alors que le bouquet final illuminait la nuit de rouge, d'or, de bleu et de violet.

— On rentre à la maison, Morrigane Crow.

L'arachnopode passa une patte dans le cadran. Le verre ne se brisa pas, ne se fissura même pas. Il passa une seconde patte, remuant un peu l'image du cadran comme un caillou dérangerait la surface d'un étang noir. Morrigane était sidérée. Encore une chose impossible au cœur d'une nuit riche en surprises.

Elle se retourna. Les chasseurs étaient si proches que leur haleine aurait pu embuer le dôme de verre d'*Octavia*. Ils tendaient leurs bras de squelette comme pour attraper Morrigane à travers la vitre et l'entraîner vers sa mort. La fillette voulut fermer les yeux, mais elle était trop fascinée.

D'une dernière secousse, l'arachnopode s'élança en avant et traversa le cadran, tournoyant sur lui-même comme dans un vortex qui plongeait Morrigane dans l'inconnu.

Le son des feux d'artifice disparut. Le monde était devenu silencieux.

5

BIENVENUE À NEVERMOOR

Printemps Premier

Ils atterrirent avec un bruit sourd. L'arachnopode était immergé dans un épais brouillard. Tout était silencieux, tranquille ; le chaos qui avait un instant plus tôt régné sur la grande place de Jackalfax semblait n'avoir jamais existé. Morrigane avait de plus en plus mal au cœur.

C'était donc *ça*, la mort ? Ils étaient morts et avaient gagné le fameux Monde Meilleur ? Vu son état physique, c'était peu probable. Elle avait les oreilles qui sifflaient, une nausée terrible, et sa coupure à la main, que recouvrait une croûte suintante, était horriblement douloureuse. Elle scruta la purée de pois. Il n'y avait ni Machin Divin prêt à l'accueillir à bras ouverts, ni chorale d'anges. Ce n'était sûrement pas le Monde Meilleur.

Pas plus que ce n'est Jackalfax, pensa Morrigane.

Elle entendit un faible grognement. Jupiter se levait difficilement de son siège de pilote.

— Désolé. Le voyage n'a pas été aussi doux que je l'espérais. Ça va ?

— Oui, je crois, dit Morrigane en prenant une grande respiration apaisante.

Elle regarda autour d'elle, poursuivie par le souvenir de la Cavalerie d'ombre et de fumée.

— On est où ? C'est quoi, tout ce brouillard ?

Jupiter eut un geste agacé.

— Ils en font trop. C'est la douane, dit-il presque en s'excusant, comme si ça expliquait tout.

Morrigane allait lui demander ce qu'il entendait par là quand un craquement et une voix résonnèrent dans le cockpit d'*Octavia*.

— Nom et affiliation, hurla une voix d'un ton officiel.

Morrigane ne voyait pas de haut-parleur. On aurait dit que les sons sortaient de nulle part.

Jupiter saisit un petit objet argenté sur le tableau de bord et parla dedans :

— Oui ! Allô ! Capitaine Jupiter Nord, de la Société Wundrous, de la Ligue des explorateurs, et de la Fédération hôtelière de Nevermoor, et Mlle Morrigane Crow… heu… pas d'affiliation. Pas encore.

Il fit un clin d'œil à Morrigane, qui lui rendit un sourire crispé.

Un grondement métallique s'éleva autour d'eux. Derrière la vitre, un œil géant, plus gros que la tête de

Jupiter, émergea du brouillard, supporté par un long bras mécanique. Il les observa, pivotant dans toutes les directions, et examina tout ce qui se trouvait à l'intérieur.

— Vous venez de pénétrer dans l'État Libre par la Septième Poche, via le mont Florien, est-ce exact ? gronda la voix désincarnée.

Morrigane frissonna.

— Exact, dit Jupiter dans son petit micro argenté.

— Avez-vous obtenu permission de voyager à travers la Septième Poche ?

— Oui. Visa diplomatique scolaire, dit Jupiter.

Il s'éclaircit la voix et lança un regard à Morrigane.

— Et Mlle Crow réside à Barclaytown, dans la Septième Poche.

Mlle Crow n'a jamais entendu parler de ce Barclaytown ni de cette Septième Poche, pensa Morrigane.

Elle observait Jupiter, fascinée, et de plus en plus inquiète. Le passage du mont Florien ? Un visa diplomatique scolaire ? Tout cela n'avait aucun sens. Le sang battait à ses tempes, si fort qu'il semblait emplir tout l'arachnopode. Mais Jupiter n'avait pas l'air perturbé. Il répondit à toutes les questions du douanier avec un calme remarquable pour quelqu'un qui débitait autant de mensonges.

— A-t-elle permission d'entrer dans la Première Poche ?

— Bien sûr, dit doucement Jupiter. Visa résidentiel d'étudiante.

— Présentez-moi vos papiers.

— Mes papiers ? dit Jupiter qui ne se sentait plus aussi sûr de lui. Oui, bien sûr. Mes papiers... J'ai oublié... Ah ! attendez, je suis sûr que j'ai... quelque chose...

Morrigane retint son souffle tandis que Jupiter fouillait dans tous les compartiments du tableau de bord, pour enfin en sortir un emballage de barre chocolatée et un mouchoir en papier usagé. Il sourit tranquillement à Morrigane, puis appuya ses trouvailles contre la vitre pour que l'œil géant puisse les examiner. Il était complètement fou !

L'instant s'éternisa, et Morrigane se tenait prête pour les sirènes, les klaxons, et les gardes armés qui viendraient enfoncer les portes de l'arachnopode...

Le micro grésilla. La voix poussa un soupir et chuchota :

— Vous ne vous donnez pas beaucoup de peine...

— Désolé... c'est tout ce que j'ai trouvé ! chuchota à son tour Jupiter en regardant le gros œil, l'air penaud.

Enfin, la voix annonça :

— Vous pouvez y aller.

— Merveilleux, dit Jupiter en s'attachant à nouveau à son vieux fauteuil en cuir.

Morrigane poussa un immense soupir de soulagement.

— À plus, Phil !

— Nord ! dit la voix en chuchotant au milieu d'un effet larsen (le micro avait dû tomber). Je t'ai dit de pas m'appeler par mon prénom quand je travaille !

— Désolé. Tu passeras le bonjour à Maisie.

— Tu n'as qu'à venir dîner la semaine prochaine. Pour le lui dire en personne.

— D'accord ! Ha ha !

Jupiter reposa le micro sur son stand, et se tourna vers Morrigane.

— Bienvenue à Nevermoor.

Le brouillard se dissipa, et un immense portail de pierre aux grilles d'argent scintilla comme la vapeur qui s'échappe d'un fourneau.

Nevermoor. Morrigane répéta le mot dans sa tête. Elle n'avait rencontré ce nom qu'une fois, dans la lettre de la Société Wundrous à la Journée des Enchères. Sur le moment, elle n'avait pas compris, ce nom n'avait aucun sens.

— Nevermoor, murmura-t-elle à elle-même.

Elle aimait ses sonorités. Ça ressemblait à un mot secret, qui n'appartiendrait qu'à elle.

Jupiter mit en route *Octavia* tout en lisant sur le petit écran :

— « Heure locale 6 h 13, le matin du premier jour de Matillon, Printemps Premier, Troisième Ère des Aristocrates. Temps frais mais ciel dégagé. Humeur générale de la ville : optimiste, un peu endormie, un peu soûle. »

Les grilles grincèrent en s'ouvrant et l'arachnopode avança. Morrigane respira profondément. N'ayant jamais quitté Jackalfax, elle n'était pas préparée à découvrir ce qui se cachait derrière ces grandes portes.

À Jackalfax, tout était propre, bien rangé et... *normal*. Les maisons s'alignaient, bâtisses de briques identiques ; des rues toutes droites se succédaient. Après la fondation du premier quartier de Jackalfax cent cinquante ans auparavant, d'autres quartiers du même style avaient été construits, vue du ciel la ville semblait avoir été dessinée par un seul architecte n'ayant guère le goût à la vie.

Nevermoor n'avait rien à voir avec Jackalfax.

— Nous sommes au sud, dit Jupiter en montrant la carte de Nevermoor sur l'écran de contrôle.

L'arachnopode avançait au ras du sol à travers les rues presque désertes, où il faisait encore sombre, évitant çà et là quelques piétons.

Les restes de la fête du Merveillon jonchaient le sol des rues abandonnées, ballons et serpentins traînaient dans les jardins et sur les lampadaires, et des balayeurs matinaux ramassaient les bouteilles éparpillées qu'ils entassaient dans de gigantesques poubelles en métal. Quelques-uns continuaient à festoyer dans la lueur bleutée de l'aube, dont un groupe de jeunes gens qui sortaient d'un bar en titubant et en chantant le fameux refrain de la chanson du Merveillon.

— *Oh ! n'aaaaaaiiiii pas peeeeeur, mooooooon ami… De voooooguer sur le teeeemps ainsiiiiii.*

— Pete, tu chantes faux, non, non, arrête, c'est faux !

— *La nouvelle Ère sur la riiiiiiiive nous accueillant… Comme avant elle l'Ère d'avant.*

— Non, c'est pas comme ça, ça descend à la fin, ça monte pas…

Octavia fonça à travers des rues pavées, des allées étroites et de grands boulevards : certains d'aspect ancien et bien propre, d'autres plus cahoteuse. Puis elle flotta au-dessus d'un quartier appelé Ogden-sur-Juro, qui semblait être en train de s'enfoncer dans les eaux. Il n'y avait plus de rues mais des canaux, où les gens ramaient au milieu de la brume.

Partout, Morrigane voyait de grands parcs verts, de petits jardins d'église, des cimetières, des cours, des fontaines, des statues, le tout éclairé par autant de lampes à gaz, parfois illuminé par un feu d'artifice.

Elle s'était levée de son siège et passait d'une fenêtre à l'autre, le visage pressé contre la vitre, essayant de tout voir. Si seulement elle avait eu un appareil photo ! Elle aurait voulu sauter de l'arachnopode pour aller courir dans les rues !

— Tu peux regarder cet écran pour moi ? lui demanda Jupiter tout en entraînant *Octavia* dans un dédale de petites rues. À quelle heure est le lever de soleil ?

— C'est écrit… 6 h 36.

— On est en retard. Accélère un peu, *Occy*, marmonna Jupiter.

Le moteur gronda.

— Mais on est où ? demanda Morrigane.

Jupiter pouffa.

— Tu dors ou quoi ? On est à Nevermoor, ma chérie.

— Oui, mais *où* est Nevermoor ?

— Dans l'État Libre.

Morrigane fronça les sourcils.

— C'est lequel, l'État Libre ?

La République était composée de quatre États : la Lumière du Sud, la Prospérité, le Far-Est Chantant et, bien sûr, les Grandes Plaines du Loup, que Morrigane n'avait jamais quittées jusqu'ici.

— Celui-ci, dit-il en prenant une petite rue. L'État Libre, c'est l'État Libre. Le seul vraiment libre. Le cinquième État, celui dont tes professeurs ne t'ont jamais parlé, car ils ignorent eux-mêmes son existence. Techniquement, nous ne faisons pas partie de la République.

Il agita les sourcils.

— On ne peut pas entrer sans invitation.

— C'est pour ça que la Cavalerie d'ombre et de fumée s'est arrêtée à la tour ? demanda-t-elle en regagnant son siège. Parce qu'ils n'étaient pas invités ?

— Oui, on peut dire ça.

Elle observa attentivement son visage.

— Est-ce que... est-ce qu'ils peuvent nous suivre ici ?

— Tu n'as rien à craindre, Morrigane, dit-il, les yeux fixés sur la route. Promis.

L'enthousiasme de Morrigane retomba. Elle l'avait vu mentir avec tant de talent au douanier... Et puis il n'avait pas répondu directement à sa question. Mais rien cette nuit n'avait de sens. Une tornade de questions tournoyait dans sa tête, et elle ne pouvait que les attraper au vol, au hasard...

— Comment... je veux dire... fit Morrigane en clignant des yeux. Je ne comprends pas : il était prévu que je meure au Merveillon.

— Non. Pour être précis, tu devais mourir au Merveillon à *minuit*.

Il enfonça le pied sur le frein, pour laisser passer un chat qui traversait, puis appuya comme un fou sur l'accélérateur. Morrigane s'agrippa de toutes ses forces à son fauteuil.

— Mais minuit n'a pas frappé au Merveillon. Pas pour toi. Nevermoor est en avance de neuf heures sur Jackalfax. Alors tu as sauté minuit en changeant de fuseau horaire. Tu as trompé la mort. Félicitations. Tu as faim ?

Morrigane secoua la tête.

— La Cavalerie d'ombre et de fumée… pourquoi elle nous pourchassait ?

— Elle ne *nous* pourchassait pas, c'était après *toi* qu'elle en avait. Et puis elle te *chassait* plutôt qu'elle te *pourchassait*. Ils prennent en chasse tous les enfants maudits. C'est comme ça que ces enfants meurent. Eh ben ! je suis affamé. Si seulement on avait le temps de s'arrêter pour le petit déjeuner…

Morrigane eut soudain la bouche sèche.

— Ils vont à la chasse aux enfants ?

— Aux enfants *maudits*. Je suppose qu'on peut dire qu'ils sont spécialisés.

— Mais pourquoi ?

La tornade de questions accéléra son rythme.

— Et qui les envoie ? Et si la malédiction dit que je dois mourir à minuit…

— Je me ferais bien un sandwich au bacon.

— … alors pourquoi ils étaient en avance ?

— J'en ai aucune idée, répondit Jupiter sur un ton désinvolte.

Mais son visage était sombre. Il changea de vitesse pour prendre une étroite rue pavée.

— Ils étaient peut-être attendus à une soirée. Ça doit être bien ennuyeux d'être obligé de bosser le soir du Merveillon.

— Je sais à quoi tu penses, dit Jupiter alors qu'ils garaient *Octavia* dans un parking privé.

Il tira sur une chaîne située à côté du grand volet roulant et la porte descendit lentement. L'air était frais, et de leur bouche s'échappaient de petits nuages de vapeur.

— Nevermoor. Si c'est si génial, alors pourquoi n'en as-tu jamais entendu parler ? La vérité, Morrigane, c'est que c'est le meilleur endroit – le *meilleur* – de tous les Royaumes sans Nom.

Il s'arrêta pour retirer son manteau bleu cintré qu'il posa sur les épaules de Morrigane. Le vêtement était beaucoup trop long pour elle, et ses bras étaient plus courts que les manches, mais elle s'y blottit, heureuse d'y trouver de la chaleur. Jupiter passa une main dans sa crinière rousse, et de l'autre prit la main de Morrigane. Alors que le ciel s'éclairait peu à peu, il la guida dans les rues froides.

— Notre architecture est fantastique, poursuivit-il. On a de superbes restaurants. Des transports publics plus ou moins fiables. Le climat est super : froid en hiver, pas trop froid pendant le non-hiver. Tout ce à quoi on pourrait s'attendre. Oh ! Et il y a les plages. *Les plages.*

Il prit un air pensif avant de reprendre :

— Bon, en fait, les plages ne sont pas géniales, mais on ne peut pas tout avoir.

Morrigane avait du mal à suivre, non seulement le monologue de Jupiter, mais aussi les grands pas qu'il faisait de ses longues jambes maigres. Il sautillait, courant à moitié, le long d'une rue indiquée : AVENUE HUMDINGER.

— Désolée, dit-elle à bout de souffle, boitillant à cause d'une crampe au mollet. On pourrait pas… ralentir ?

— Non. Il est presque l'heure.

— L'heure de quoi ?

— Tu verras. Où j'en étais ? Ah oui ! les plages sont nulles. Mais si tu veux t'amuser, on a le Trollosseum. Tu vas *adorer*. Si tu aimes la violence, les trolls se battent tous les samedis, il y a du roller derby de centaures le mardi, du paintball de zombies le vendredi, de la joute de licornes à Noël, et un tournoi à dos de dragons en juin.

Morrigane en avait le tournis. Elle avait entendu parler d'une population de centaures dans le Far-Est Chantant, et elle savait qu'il existait des dragons dans la nature, mais ils étaient très dangereux : qui oserait monter sur leur dos ? Et des trolls ? Des zombies ? Des *licornes* ? Difficile de savoir si Jupiter ne racontait pas des blagues.

Ils tournèrent dans l'allée Caddisfly, et se mirent à courir dans la rue biscornue aux allures de labyrinthe. Morrigane pensa qu'elle n'en finirait jamais, mais ils s'arrêtèrent soudain devant une porte en bois sculptée sur laquelle on pouvait lire : HÔTEL DEUCALION, en lettres dorées.

— Vous… vous habitez à l'hôtel ? lança Morrigane, exténuée.

Mais Jupiter ne l'avait pas entendue. Il se débattait avec un trousseau de clefs lorsque la porte s'ouvrit brutalement. La fillette tomba presque à la renverse.

À la porte, il y avait un chat. Mais ce n'était pas un chat comme les autres. C'était un chat géant. Le plus immense, le plus terrifiant, le plus garni en crocs des chats. Courbé sur ses pattes, il avait du mal à tenir dans l'ouverture de la porte. Sa tête était un peu écrasée, et ridée, comme s'il s'était pris un mur, et il soufflait, telle une version préhistorique démesurée du chat de cuisine du manoir des Crow.

Si son apparence lui avait fait un choc, ce n'était rien comparé à celui qu'elle eut lorsqu'il tourna son énorme tête grise vers Jupiter, et lui dit :

— Je vois que tu m'as apporté un petit déjeuner.

6

LE MATILLON

MORRIGANE RETINT SON SOUFFLE. Les yeux ambrés du chat, gros comme des soucoupes, l'observaient de haut en bas. Puis le félin retourna à l'intérieur. Morrigane tenta de reculer, mais Jupiter la poussa en avant. Elle le regarda d'un air paniqué. Était-ce une ruse ? L'avait-il sauvée de la Cavalerie d'ombre et de fumée pour la jeter dans la gueule d'un *chat géant* ?

— Très drôle, dit Jupiter à l'arrière-train de l'animal qui marchait devant eux dans le couloir à peine éclairé. J'espère bien que tu m'as préparé *mon* petit déjeuner, espèce de grosse bête mal léchée. Combien de temps nous reste-t-il ?

— Six minutes et demie, lui répondit le chat. Tu débarques vraiment au dernier moment. Et enlève-moi ces bottes dégoûtantes avant de traîner de la boue partout.

Jupiter posa une main sur l'épaule de Morrigane pour l'encourager à avancer. Des lampes à gaz contre le mur répandaient une lumière tamisée. Il était difficile de voir quoi que ce soit, mais le tapis avait l'air usé, et le papier peint se décollait un peu partout. Ça sentait légèrement le moisi. Ils atteignirent un escalier en bois raide et commencèrent leur ascension.

— C'est l'entrée de service. Pas très charmant, je sais... il y a des réparations à faire, dit Jupiter.

Morrigane se rendit soudain compte que c'était à elle qu'il s'adressait. Comment avait-il deviné ses pensées ?

— Des messages, Fen ?

Le chat se retourna alors qu'ils atteignaient une grande porte noire à deux battants. Morrigane crut voir l'animal lever les yeux au ciel.

— Qu'est-ce que j'en sais ? Je suis pas ta secrétaire. Et je t'ai demandé *d'enlever tes bottes*.

D'un coup de sa grosse tête grise, le félin ouvrit la porte et ils entrèrent dans une salle dont la splendeur dépassait l'imagination.

Les dimensions et la luminosité du hall d'entrée de l'hôtel Deucalion étaient stupéfiantes après l'obscurité miteuse de l'entrée de service (quoique, question surprise, rien ne valait le gigantesque chat parlant). Le sol était carrelé d'un damier en marbre noir et blanc, et au plafond était suspendu un immense lustre rose de la forme d'un grand voilier, dégoulinant de cristal et diffusant une lumière chaleureuse. Des arbres en pot et des meubles élégants étaient disposés à la périphérie de la salle. Dans le fond, un imposant escalier tournant s'élevait sur une hauteur de treize étages, compta Morrigane. De quoi avoir le tournis.

— Me dis pas ce que je dois faire. C'est moi qui paie ton salaire ! grogna Jupiter tout en retirant ses bottes de voyage.

Un jeune homme vint les lui prendre, en échange d'une paire de chaussures de ville noires bien cirées, que Jupiter enfila à contrecœur.

Des employés en uniforme rose et or saluèrent Jupiter avec des « Bon Matillon, monsieur ! », ou « Joyeuse Nouvelle Ère, Capitaine Nord ».

— Joyeuse Nouvelle Ère à toi aussi, Martha, répondit-il. Joyeuse Nouvelle Ère, Charlie. Bon Matillon à tous ! Allons sur le toit, maintenant, ou vous allez tout rater. Vous trois, non, quatre, venez donc prendre l'ascenseur. Oui, toi aussi Martha, tu n'es pas de trop.

Alors qu'une poignée d'employés suivaient Jupiter dans le grand hall, Morrigane comprit : il n'habitait pas juste l'hôtel, il en était le propriétaire. Tout ça, ce sol en marbre, le lustre, le bureau d'accueil doré, le piano à queue dans le coin, le splendide escalier, c'était à lui. Ces gens-là travaillaient pour Jupiter, et l'énorme chat qui le grondait d'un air mécontent ne faisait pas exception. Morrigane s'efforça de ne pas laisser paraître son étonnement.

— Je vous retrouve là-haut, dit le chat en sautant sur la rampe de l'escalier. Ne traînez pas.

L'animal monta les marches quatre à quatre.

Jupiter se tourna vers Morrigane.

— Je sais ce que tu penses, dit-il pour la seconde fois. Pourquoi est-ce que je laisse un Magnifichat me dire ce que je dois faire ? Eh bien, c'est simple...

— C'est pas un Magnifichat, l'interrompit Morrigane.

Jupiter émit un petit sifflement et se dévissa le cou pour regarder le chat disparaître dans la spirale de l'escalier. Il tendit l'oreille, pour s'assurer que l'animal géant ne pouvait plus les entendre, puis chuchota à Morrigane :

— Comment ça « C'est pas un Magnifichat » ? Bien sûr que si.

— J'ai vu des photos de Magnifichats dans le journal, et ils ne ressemblent pas du tout à ça. Le président de la Mer d'Hiver en a six qui tirent sa calèche. Ils sont tous noirs et brillants...

Jupiter mit un doigt devant ses lèvres pour la faire taire, jetant un œil inquiet vers l'escalier.

— ... ils portent des colliers à clous et des boucles dans le nez, et ils ne *parlent* pas.

— Surtout, ne dis pas ça devant Fenestra, siffla-t-il.

— Fenestra ?

Ainsi, cet immense chat était une chatte.

— Oui ! dit-il, indigné. Elle a un nom. Sans vouloir t'offenser, tes idées sur les Magnifichats sont complètement biaisées et tu devrais les garder pour toi si tu espères dormir dans des draps propres. Fen est à la tête du service d'étage. C'est elle qui dirige tout.

Morrigane le regarda, incrédule. Elle se demanda un instant si c'était bien raisonnable d'être passée à travers une horloge dans un autre pays pour aller vivre avec un fou dans son hôtel.

— Comment un chat peut-il faire le ménage ?

— Je sais ce que tu penses, répéta-t-il encore.

Ils étaient arrivés à un ascenseur cylindrique d'or et de verre. Jupiter appuya sur le bouton pour l'appeler.

— Les chats n'ont pas d'organe préhensile, reprit-il. Comment fait-elle la poussière ? À vrai dire, je me suis posé la même question, mais ça ne me tient pas éveillé la nuit, et tu ne devrais pas non plus trop y penser. Ah ! voici Kedgeree.

Les portes de l'ascenseur s'ouvrirent au moment précis où un vieux monsieur énergique, aux cheveux blancs comme neige, les rejoignait. Il portait un pantalon rose écossais et une veste grise. Un mouchoir rose dépassait de sa poche, avec dessus les initiales HD brodées au fil d'or.

— Morrigane, je te présente M. Kedgeree Burns, mon concierge. Quand tu te perdras dans l'hôtel – parce que tu te perdras, c'est certain –, tu n'auras qu'à appeler Kedgeree. Je crois qu'il connaît les lieux encore mieux que moi... Des messages ? Je ne captais pas là où j'étais.

Jupiter poussa tout le monde à l'intérieur de l'ascenseur avant que les portes ne se referment.

Kedgeree lui tendit un tas de petits bouts de papier.

— Oui, monsieur, seize de la Ligue, quatre de la Société, et un du bureau du maire.

— Splendide. Tout marche à merveille ?

— Comme sur des roulettes bien huilées, continua le concierge avec son gros accent irlandais. Les hommes des Services paranormaux sont venus jeudi pour enquêter sur cette histoire de fantôme du cinquième étage ; j'ai vu la facture. La Société des transports de Nevermoor a envoyé un messager hier… ils veulent votre avis sur une histoire d'échos sur la ligne Gossamer. Ah ! et puis quelqu'un a laissé quatre alpagas dans la serre… Je demande au bureau d'accueil de faire une annonce ?

— Des alpagas ! Zut, alors ! Et ils sont contents ?

— Ils n'ont pas encore terminé de mâchouiller les orchidées.

— Alors on s'en occupera après.

Après quoi ? pensa Morrigane.

— La chambre est-elle prête ? poursuivit Jupiter.

— Tout à fait, monsieur. Le service de chambre a terminé. Les meubles sont astiqués. Ça brille comme un sou neuf.

L'ascenseur s'éleva, indiquant chaque étage franchi, tandis que derrière le verre des parois, le hall d'entrée s'éloignait vertigineusement. La nausée retourna le cœur de Morrigane. La fillette appuya une main contre la vitre pour ne pas tomber. Martha, la femme de ménage qu'avait saluée Jupiter, la gratifia d'un sourire rassurant. Malgré sa jeunesse, elle semblait très efficace ; ses fins cheveux bruns étaient rassemblés en un chignon bien serré, son uniforme parfaitement repassé.

— C'est comme ça, les premières fois, lui chuchota-t-elle gentiment avec un sourire qui faisait pétiller ses beaux yeux noisette. Tu t'y habitueras.

— Vous avez vos parapluies ? dit Jupiter alors que tout le monde agitait le sien. Oh ! j'allais oublier. Bon anniversaire, Morrigane.

Il plongea la main dans une poche profonde du manteau qui enveloppait toujours les épaules de Morrigane et en sortit un mince et long paquet emballé dans du papier kraft. En le défaisant délicatement, elle découvrit un beau parapluie noir ciré pourvu d'une poignée d'argent ornementée, avec au bout un oiseau sculpté dans un morceau d'opale. Morrigane caressa du bout des doigts les délicates ailes aux reflets irisés. Elle resta sans voix. Elle n'avait jamais rien vu d'aussi beau.

À la poignée était attaché un petit mot :

Tu vas avoir besoin de ça.

J.N.

— M... merci, bégaya Morrigane, la gorge serrée. Personne n'a... jamais...

Elle n'eut pas le loisir de terminer sa phrase. Les portes s'ouvrirent sur un grand brouhaha de fête. Morrigane eut l'impression qu'on venait de la jeter dans l'œil d'un ouragan coloré.

L'immense terrasse sur le toit grouillait d'invités qui riaient, jacassaient, dansaient frénétiquement, leurs visages joyeux éclairés par des rangées de torches enflammées et une multitude de petits lampions. Au milieu de la foule ondulait une énorme marionnette de dragon portée par une douzaine de personnes. Sur des plates-formes hautes à faire peur, des acrobates aux costumes scintillants dansaient et faisaient des sauts périlleux. Au-dessus d'eux, des boules à facettes tournoyaient, suspendues comme par magie, diffusant dans tous les coins une lumière kaléidoscopique. Un garçon passa devant Morrigane en riant : il pourchassait le dragon dansant.

Au centre des festivités trônait une impressionnante fontaine à champagne rosé, et une bande de musiciens en veste blanche qui jouaient un morceau de swing. (L'un d'eux ressemblait à un lézard géant vert fluo jouant de la contrebasse, mais Morrigane, épuisée, se dit qu'elle avait peut-être des hallucinations.) Même Fenestra la Magnifichatte avait l'air de s'amuser : elle flanquait des coups de patte à une boule à facettes et montrait les griffes aux danseurs qui s'approchaient trop d'elle.

Morrigane s'arrêta. Elle ouvrait de grands yeux, les oreilles assaillies par cette déferlante sonore. Dans sa tête, elle compta tous les dangers, fit la liste de toutes les choses qui pourraient mal tourner à présent qu'elle et sa malédiction s'étaient pointées. Elle voyait déjà les gros titres du lendemain : « UN ACROBATE SE CASSE LE COU EN TOMBANT DE SA PLATE-FORME ; L'ENFANT MAUDITE EST TENUE POUR RESPONSABLE ». « LA FONTAINE À CHAMPAGNE SE TRANSFORME EN POISON MORTEL, DES CENTAINES D'INNOCENTS DÉCÈDENT D'UNE MORT ATROCE ».

C'en était trop. D'abord, la Cavalerie d'ombre et de fumée, puis l'araignée mécanique, la douane mystérieuse dans le brouillard... et maintenant cette fête ridicule. Sur le toit d'un hôtel. Dans une ville immense dont elle n'avait jamais entendu parler. Avec un fou aux cheveux roux et une chatte géante.

Cette nuit sans fin allait mal se terminer pour quelqu'un, peut-être par la mort de Morrigane elle-même.

— Jupiter ! hurla une voix. Regardez, c'est Jupiter Nord ! Il est arrivé !

De surprise, le saxophone fit un couac, et la musique se tut. Une rumeur parcourut la foule.

— Trinquons ! hurla une femme.

D'autres reprirent en chœur, applaudirent, sifflèrent, tapèrent des pieds. Morrigane observa la scène, fascinée, alors que des centaines de visages ravis se tournaient vers Jupiter comme des tournesols vers le soleil.

— Trinquons à la Nouvelle Ère, Capitaine Nord !

Jupiter sauta sur le podium des musiciens, leva une main et attrapa une coupe de champagne sur un plateau qu'un serveur lui présentait. La foule fit silence. Sa voix résonna, très claire, dans l'air limpide du petit matin :

— Mes amis, chers invités, chère famille du Deucalion. Nous avons dansé, nous avons dîné, nous avons bu jusqu'à plus soif. Avec émotion, nous avons fait nos adieux à l'Ancienne Ère et, aujourd'hui, nous osons sauter à pieds joints dans la Nouvelle. Qu'elle nous apporte joie et bonheur, et plein d'aventures inattendues.

— Aux aventures inattendues ! s'écrièrent les invités en levant leur verre, qu'ils vidèrent d'un trait.

Jupiter adressa à Morrigane un grand sourire qu'elle lui rendit, les mains serrées sur son parapluie. De fait, les aventures de cette nuit avaient toutes été plus inattendues les unes que les autres.

— Maintenant, si vous en avez le courage, je vous invite à vous joindre à moi pour honorer la tradition du Matillon du Deucalion.

Il pointa l'index vers l'est où se dessinait à l'horizon une mince bande de lumière dorée.

— Éteignez les torches. Laissons l'aube que voilà nous éclairer de sa lumière.

Une à une, les torches furent étouffées. Les guirlandes de lampions s'éteignirent. Jupiter fit signe à Morrigane de le suivre, et ils s'avancèrent au bord du toit.

Nevermoor s'étendait sur des kilomètres dans toutes les directions. Morrigane s'imagina à la proue d'un bateau, naviguant au milieu d'un océan d'immeubles, de rues, de gens ; un océan de *vie*.

Elle eut un frisson. *Je suis vivante*, pensa-t-elle, et cette idée semblait à la fois si absurde et si splendide qu'un rire lui échappa et vint briser le silence. Morrigane s'en fichait. Elle se sentait pleine de joie, pleine d'un bonheur nouveau, pleine d'une témérité qui ne pouvait venir que du fait d'avoir trompé la mort.

C'est une nouvelle Ère, se dit-elle, incrédule. *Et je suis en vie.*

Une dame, à gauche de Morrigane, grimpa sur la balustrade. Elle souleva d'une main la jupe de sa longue robe de soie, et de l'autre ouvrit un parapluie au-dessus de sa tête. Tout autour, d'autres personnes l'imitèrent, tant et si bien que bientôt le bord du toit fut entièrement occupé par une rangée de gens épaule contre épaule, tenant bien haut leurs parapluies, les yeux rivés sur le soleil.

— À pieds joints ! hurla la dame à la robe de soie.

Puis, sans hésiter, elle sauta du toit et tomba en flottant, plus bas, toujours plus bas, sur une hauteur de treize étages. Morrigane se tourna vivement vers Jupiter, mais il ne paraissait pas perturbé le moins du monde. Elle attendit avec angoisse un hurlement de douleur, ou le fracas d'un corps sur le ciment, mais rien. La dame se posa au sol, trébucha un peu et poussa un cri victorieux.

Impossible, pensa Morrigane.

— À pieds joints ! hurla un autre invité.

Alors Kedgeree le concierge et Martha la femme de chambre sautèrent à leur tour.

— À pieds joints !

Ces mots, à force d'être répétés, électrifièrent l'air. Les uns après les autres, tous sautèrent du toit. Morrigane ne voyait plus sous ses pieds qu'un océan de parapluies.

Puis Jupiter, sans regarder en arrière, monta sur la balustrade et ouvrit son parapluie. Le garçon qu'elle avait vu un peu plus tôt monta à ses côtés. Ensemble, ils hurlèrent « À pieds joints ! » et sautèrent dans le vide.

Morrigane les observa qui descendaient lentement en flottant. Le temps s'allongea et lui parut une éternité avant qu'ils atteignent le trottoir. Enfin, Jupiter et le garçon se posèrent, sains et saufs, en riant, s'embrassant et se tapant dans le dos. Alors, Jupiter leva les yeux vers elle.

Elle attendit la suite, mais il ne prononça pas un mot. Pas la moindre parole d'encouragement. Il ne tenta ni de la persuader ni de la rassurer. Il l'observait simplement, curieux de voir ce qu'elle allait faire.

Morrigane sentit bouillonner en elle une peur panique mêlée à une joie étrange. C'était sa seconde chance. Le commencement d'une nouvelle vie qu'elle n'avait jamais osé espérer avoir. Allait-elle tout gâcher en se cassant les deux jambes, ses deux jambes maudites ? Ou, pire, s'écrabouillerait-elle tout entière sur le trottoir ? Avait-elle trompé la mort lors du Merveillon pour mieux s'offrir à elle au Matillon ?

Il n'y avait qu'une façon de le savoir.

Morrigane laissa le manteau de Jupiter tomber à ses pieds. Elle grimpa sur la balustrade et ouvrit son parapluie ciré de ses mains tremblantes. *Surtout, ne regarde pas en bas.* Elle manquait d'oxygène.

— À pieds joints ! chuchota Morrigane.

Puis elle ferma les yeux.

Et sauta.

Le vent la porta dans ses bras. Morrigane sentit une violente poussée d'adrénaline alors qu'elle chutait ; l'air glacé et ses cheveux lui fouettaient le visage. Enfin, elle atterrit solidement sur ses pieds. Le choc de l'impact se propagea dans tout son corps et elle tituba, mais, par miracle, resta debout.

Morrigane ouvrit les yeux. Autour d'elle, les invités célébraient leur victoire contre la pesanteur, certains sautant dans la fontaine et pataugeant dans leurs tenues de soirée. Seul Jupiter ne bougeait pas. Il observait Morrigane avec un mélange de fierté, de soulagement et d'admiration. Personne au monde ne l'avait jamais regardée ainsi.

Elle s'avança vers lui, sans savoir si elle devait lui sauter au cou ou le pousser dans la fontaine. En fin de compte, elle ne fit ni l'un ni l'autre.

— Joyeuse Nouvelle Ère, fut tout ce que Morrigane put dire.

Mais, dans le fond de son cœur, les mots qui lui venaient étaient : *Je suis en vie.*

7
HAPPY HOUR
À L'HÔTEL DEUCALION

Morrigane rêva qu'elle chutait au cœur des ténèbres mais, quand elle s'éveilla, il faisait un beau soleil. Elle trouva un plateau garni d'œufs au plat et de tartines... plus un petit mot :

*Viens dans mon bureau après ton petit déjeuner.
Troisième étage, deuxième porte
après le salon de musique.
J.N.*

Au dos du morceau de papier, Jupiter avait dessiné une carte fléchée pour lui indiquer le chemin. L'horloge indiquait qu'il était une heure de l'après-midi. L'heure du petit déjeuner était largement passée, pensa Morrigane. Quand avait-il laissé le mot ?

En regardant le plateau, Morrigane se rendit compte qu'elle n'avait pas mangé depuis ses côtelettes d'agneau d'anniversaire au manoir des Crow. Cela faisait combien de temps ? Un siècle ? Elle engloutit les deux œufs, couvrit de beurre sa tartine, vida la moitié de son lait, et but son thé tiède. Et, tout en mangeant, elle inspecta sa chambre.

Comparé à ce qu'elle avait vu de l'hôtel, avec ses grands miroirs aux cadres dorés, ses peintures à l'huile, ses beaux tapis, ses plantes luxuriantes et ses lustres en cristal, sa chambre était surprenante. Elle était... très convenable. Mais tout à fait *normale*. Il y avait un lit simple, une chaise en bois, une petite fenêtre carrée et une modeste salle de bains. Sans le message de Jupiter sur la table de chevet, et son parapluie à poignée d'argent accroché à la tête de lit, Morrigane aurait cru avoir rêvé le Deucalion, Nevermoor et tout le reste.

En même temps qu'elle avalait sa dernière gorgée de thé, elle enfila une robe bleue pimpante (le seul vêtement dans l'armoire), puis, suivant ses instructions, courut jusqu'au bureau de Jupiter au troisième étage. Elle reprit un peu son souffle et frappa à la porte.

— Entre, dit la voix de Jupiter.

Morrigane découvrit une petite pièce confortable, réchauffée par un feu de cheminée et deux fauteuils en cuir avachis. Derrière un bureau en bois, Jupiter était penché sur un tas de papiers et de cartes géographiques. Il leva la tête avec un grand sourire.

— Ah ! te voilà ! Bien. Je me suis dit que j'allais te faire visiter. Tu as bien dormi ?

— Oui. Merci, dit Morrigane.

Elle se sentait intimidée tout d'un coup. À cause de tous ses sourires. Ce n'était pas naturel.

— Et ta chambre, ça va ?

— Oooui… bien sûr, hésita-t-elle. Du moins tout allait bien quand je suis partie. Promis.

Jupiter fronça les sourcils, passablement dérouté. Puis il ferma les yeux et partit d'un grand rire.

— Non. Je veux dire… Est-ce qu'elle te plaît ? Est-ce que ça *te* va ?

— Oh, dit Morrigane, qui se sentit rougir. Oui, elle est super. Merci.

Jupiter eut le tact de ravaler lentement son sourire.

— C'est… Je sais qu'elle est un peu rasoir. Mais laisse-lui une chance, elle vient juste de faire ta connaissance. Tu verras, les choses changeront.

— Oh… OK.

Morrigane n'avait aucune idée de ce dont il parlait.

Jupiter était entouré de rayonnages chargés de livres et de photos encadrées qui représentaient des paysages et des personnages étranges. Jupiter lui-même n'apparaissait que sur quelques-unes ; un Jupiter plus jeune, plus roux, plus mince, moins barbu. Debout sur les ailes d'un biplan en plein air ; les deux pouces levés, à califourchon sur les épaules d'un ours ; dansant sur le pont d'un bateau avec une femme ravissante, et, chose étrange, un suricate.

Sur son bureau, trônait une photo de Jupiter et d'un jeune garçon, tous deux les pieds sur la même table, les bras croisés, et souriant jusqu'aux oreilles. L'enfant avait de belles dents blanches qui ressortaient sur son visage brun. Un patch lui couvrait l'œil gauche.

Morrigane le reconnut tout de suite : c'était le garçon qu'elle avait vu à la fête du Matillon, celui qui courait après le dragon dansant et qui avait sauté avec Jupiter. Elle n'avait pas remarqué son patch à la soirée. Mais il était passé si vite devant elle... Pour sa part, elle avait été trop occupée par le lézard musicien, le chat géant, et tout ça.

— Qui est-ce ?

— C'est Jack, mon neveu. Le voilà aussi... tu vois ? C'est sa photo de classe de l'année dernière.

Jupiter lui montra la photo d'une rangée de garçons en uniforme. Au-dessous était inscrit : *École Graysmark pour jeunes hommes brillants, Onze d'Hiver, Ère des Influences du Sud.* Ils portaient tous une veste noire queue-de-pie, une chemise blanche et un nœud papillon.

Morrigane lut la liste des noms sous la photo.

— Son nom, c'est John.

— Hmm... John Arjuna Korrapati. On l'appelle Jack.

Morrigane ouvrit la bouche pour l'interroger sur le patch, mais Jupiter lui coupa la parole.

— Tu devrais lui poser toi-même la question. Cela dit, il te faudra peut-être attendre les vacances de printemps, parce que je ne crois pas qu'il reviendra avant la fin du trimestre. Je voulais te le présenter aujourd'hui, mais j'ai bien peur qu'il soit déjà reparti à l'école.

— C'est pas les vacances ?

Jupiter poussa un immense soupir qui fit tressaillir tout son corps.

— Pas selon notre Jack. Il vient d'entrer dans sa troisième année, et il soutient que tous ses camarades seront déjà rentrés de vacances, en train d'étudier pour les premiers contrôles. Ils les font travailler dur à Graysmark.

Jupiter guida Morrigane dans le couloir et ferma la porte derrière lui.

— J'espère que tu auras une mauvaise influence sur lui. Allons visiter le Fumoir.

———◆———

— Alors...

Jupiter se balançait, les mains dans les poches. Ils attendaient l'ascenseur.

— Morrigane... Morrigane...

— Oui ?

Elle se demandait s'il allait enfin lui parler de la Société Wundrous.

Il leva la tête.

— Hein ? Oh ! je réfléchissais juste à ce qu'on peut faire avec Morrigane. Tu sais, comme surnom. Morrie... Morro... Non. Moz. Mozza. Mozzie ?

Les portes de l'ascenseur s'ouvrirent avec un tintement. Jupiter la poussa à l'intérieur et appuya sur le numéro 9.

— Surtout pas, dit Morrigane d'un ton sec. Je ne veux pas de surnom.

— Bien sûr que si. Tout le monde veut...

Il fut interrompu par un grincement, quelques craquements, et le son de quelqu'un qui se raclait la gorge : cela provenait d'un haut-parleur en forme de corne accroché dans un coin.

— « Bonjour mesdames, messieurs, et créatures Wunimales. Le propriétaire des quatre alpagas abandonnés dans la serre est prié de venir les chercher dès qu'il le pourra. Veuillez vous adresser à Kedgeree si vous avez besoin d'aide. D'avance merci. »

— Tout le monde a envie d'avoir un surnom, reprit Jupiter après l'annonce. Par exemple, moi, on m'appelle le Merveilleux Capitaine d'Honneur Sir Jupiter Amantius Nord. Monsieur.

— C'est vous qui l'avez inventé.

— En partie.

— C'est trop long pour un surnom, dit Morrigane. Les surnoms, par exemple, c'est Jim ou Rusty. « Le merveilleux capitaine d'honneur machin chose », ça prend une éternité à articuler.

— C'est pour ça que tout le monde m'appelle Jupiter, pour faire court, dit-il.

L'ascenseur s'arrêta et ils sortirent.

— Tu as raison, céda-t-il. Plus c'est court, mieux c'est. Voyons... Mo. Mor... Mog. Mog !

— Mog ? dit-elle en fronçant le nez.
— Mog, c'est un chouette surnom ! insista Jupiter.

Il retourna le mot dans sa bouche tandis qu'ils avançaient dans le couloir.

— Mog. Moggers. Tit Mogster. C'est très *versatile*.

Morrigane fit la grimace.

— On dirait le nom d'un truc que les animaux vomissent et laissent sur le palier... Alors, tu vas m'expliquer ce qu'est la Société Wundrous, maintenant ? s'impatienta-t-elle, s'enhardissant à le tutoyer.

— Bientôt, Mog, mais...

— Morrigane.

— ... d'abord, je te fais visiter.

Au grand soulagement de Morrigane, le Fumoir n'était pas une pièce où on fumait la pipe et le cigare. C'était une salle où flottaient de beaux nuages de vapeur colorés et parfumés qui semblaient sortir des murs. Cet après-midi, il s'agissait d'une fumée verte au parfum de sauge (« pour promouvoir l'art de philosopher », lui dit Jupiter), mais les horaires au mur indiquaient que, plus tard, la fumée sentirait le chèvrefeuille (« pour un moment romantique »), et, plus tard encore dans la soirée, la lavande (« pour aider au sommeil »).

Un tout petit homme habillé de noir, enveloppé dans une cape de velours, était étendu dans une pose théâtrale sur une banquette. Ses yeux fermés étaient soulignés de crayon noir, et les coins de sa bouche tirés vers le bas. Tout en lui évoquait une tragédie gothique. Il plut immédiatement à Morrigane.

— Bonjour, Frank.

— Ah ! Jove, dit le petit homme en ouvrant un œil lugubre. Te voilà. J'étais en train de penser à la mort.

— Pour changer, dit Jupiter qui n'était pas le moins du monde impressionné.

— Et aux chants que je veux répéter pour la fête d'Hallowmas de cette année.

— C'est dans presque un an, et je t'ai dit que tu pouvais chanter *une* chanson. Il n'a jamais été question de chansons au pluriel.

— Et au fait qu'il n'y a jamais assez de serviettes propres dans ma chambre.

— On t'en apporte une tous les matins, Frank.

— Mais je veux deux serviettes propres chaque jour, dit Frank avec une expression un peu hautaine. Il m'en faut une pour les cheveux.

Morrigane se retint de pouffer.

— Tu n'as qu'à en parler à Fenestra. Bon boulot hier, au fait... c'était le plus beau Merveillon d'entre tous.

Jupiter se pencha vers Morrigane pour lui chuchoter :

— Frank organise toutes mes soirées. C'est le meilleur de tous. Mais il ne faut surtout pas le lui dire. S'il le savait, il irait chercher du travail dans un endroit plus prestigieux.

Frank ébaucha un sourire ensommeillé.

— Je sais déjà que je suis le meilleur, Jove. Je suis encore là parce qu'il n'y a pas d'endroit plus luxueux. Tu es le seul hôtelier de tout l'État Libre à ne jamais avoir imposé les contraintes d'un budget à mon génie.

— Je t'impose *toujours* un budget, Frank, mais tu l'ignores chaque fois. D'ailleurs, qui a approuvé de faire venir les Iguanarama ?

— C'est toi.

— Non, je t'ai dit les *Lizamania*, le groupe qui *imite* les Iguanarama. Ils demandent le quart du prix.

— Et ils ont aussi le quart du talent, souffla Frank. Qu'est-ce que tu fais là, d'ailleurs ? Tu vois pas que j'essaie de récupérer ?

— Je t'ai amené quelqu'un de spécial. Je te présente…

Jupiter posa une main ferme sur l'épaule de Morrigane.

— … Morrigane Crow.

Frank se redressa d'un coup et plissa les paupières pour couler un regard méfiant à Morrigane.

— Ah ! Tu m'as amené un cadeau, dit-il. Du sang jeune. Je suis ravi.

Il fit claquer ses dents. Morrigane le trouva grotesque. Il voulait sans doute l'effrayer. Elle trouva plus correct de jouer le jeu que de se moquer.

— Non, Frank, dit Jupiter en se pinçant le haut du nez. Franchement, entre toi et Fen… écoute, elle n'est pas bonne *à mordre*. Personne au Deucalion n'est bon à manger. On a déjà parlé de tout ça.

Frank ferma les yeux et se rallongea en boudant.

— Alors pouquoi tu viens me déranger ?
— Je pensais que tu aurais voulu rencontrer ma candidate, c'est tout.
— Ta candidate à quoi ? demanda Frank en bâillant.
— Pour la Société Wundrous.
Frank ouvrit de grands yeux. Il se rassit et observa Morrigane avec un intérêt nouveau.
— Eh bien. Quelle nouvelle ! Jupiter Nord, celui qui avait juré de ne jamais être mécène. Le voilà qui a choisi une candidate, enfin.
Il se frotta les mains avec satisfaction.
— Ah ! les gens vont parler !
— Les gens adorent parler.
Le regard de Morrigane oscilla entre Frank et Jupiter.
— Parler de quoi ?
Mais Jupiter ne répondit pas.
Avait-il vraiment juré de ne jamais devenir mécène ? Elle ne pouvait s'empêcher de prendre ça pour un compliment. Jupiter Nord, visiblement aimé et admiré de tous, l'avait choisie, *elle*, pour candidate. Si seulement elle savait pourquoi.
Frank lui lançait des regards dubitatifs.
— Enchanté, Morrigane. Puis-je te poser une question ?
Jupiter s'interposa.
— Certainement pas.
— Oh, je t'en prie, Jove, juste une.
— Aucune.
— Morrigane, quel est ton...

— Tu n'auras pas droit à une seule serviette propre demain, si tu continues.

— Mais je voudrais seulement savoir...

— Rallonge-toi et profite de ta sauge, Frank.

De nouveaux nuages verts sortaient des murs.

— Martha sera bientôt là avec le thé.

Frank poussa un grognement et, leur tournant le dos, se jeta, furieux, sur le divan.

Jupiter guida Morrigane à travers l'épais brouillard jusqu'à la porte, en parlant doucement à son oreille.

— Frank joue la comédie, mais c'est un brave type. C'est le seul nain vampire de tout Nevermoor, tu sais.

Morrigane détecta une pointe de fierté dans sa voix. Elle regarda Frank à travers la fumée verte : avait-elle *vraiment* parlé à un vampire ?

— Il n'est populaire ni dans la communauté des nains ni dans celle des vampires, malheureusement, surtout parce que...

— Vampire nain ! corrigea Frank depuis l'autre bout de la salle. Il y a une différence, tu sais. Tu devrais prendre des cours de sensibilité si tu veux diriger un hôtel.

— ... surtout à cause de sa mauvaise humeur, je suppose. Imagine ça : un vampire *trop dépressif* pour les vampires, insista Jupiter, dans un murmure, avant de lancer : Dommage pour eux, Frank. Dommage pour eux !

En sortant du Fumoir, ils croisèrent Martha, la femme de chambre, qui poussait un chariot plein de thé et de sucreries délicieuses. Elle lui fit un clin d'œil et glissa en passant un gâteau glacé de rose dans la main de Morrigane. Jupiter fit mine de n'avoir rien vu.

Morrigane venait de prendre une grosse et merveilleuse bouchée lorsqu'un jeune homme en uniforme, coiffé d'une belle casquette, sortit en trombe de l'ascenseur. Il avait la peau sombre et les yeux écarquillés.

— Capitaine Nord ! hurla-t-il en courant dans le couloir.

Morrigane s'arrêta net ; un des effets secondaires déplaisants de sa malédiction était qu'elle reconnaissait tout de suite les mauvaises nouvelles.

— C'est Kedgeree qui m'envoie, monsieur. On a reçu un nouveau message de la Société des transports. Ils ont besoin de vous immédiatement.

Le chauffeur retira sa casquette et la fit tourner entre ses doigts nerveux.

Martha abandonna son chariot et se précipita vers eux.

— Un autre accident dans le Wunderground ?

— Comment ça, un *autre* ? demanda Jupiter en secouant la tête.

— C'était aux nouvelles de ce matin, répondit Martha. Un train a déraillé sur la ligne de Bonnuit juste après le lever du soleil. Il s'est écrasé dans le tunnel.

— Où ça ? demanda Jupiter.

— Quelque part entre les stations Stocknoir et Fox. Il y aurait eu des dizaines de blessés, dit Martha en s'immobilisant, la main sur la gorge. Aucun mort. Dieu merci.

Morrigane sentit son estomac se retourner. Et voilà : c'était la catastrophe à laquelle elle s'attendait. *Bonjour, Nevermoor*, pensa-t-elle en se mordant la lèvre, *Morrigane Crow est dans la place*. Elle leva la tête vers Jupiter, s'attendant à croiser un regard accusateur.

Mais son mécène ne fit que froncer les sourcils.

— Le Wunderground ne déraille jamais. Il n'avait jamais déraillé.

— Martha a raison, monsieur, dit le chauffeur. C'est à la une de tous les journaux, et ils ne parlent que de ça à la radio. Certains disent… ils disent que c'est peut-être l'œuvre du…

Il s'arrêta. Avala sa salive. Puis ajouta dans un murmure :

— Du *Wundereur*, mais… mais c'est…

— Impossible.

— C'est ce que j'ai dit, monsieur, cependant… c'est un accident si terrible, les gens peuvent bien penser que…

— Est-ce que ça pourrait vraiment être le Wundereur ? coupa Martha, soudain pâle.

Jupiter ricana.

— Il nous a quittés il y a plus d'un siècle, Martha, alors, non, je ne pense pas. Ne te laisse pas effrayer par les rumeurs.

— C'est quoi, le Wundereur ? demanda Morrigane.

Y avait-il quelqu'un d'autre à incriminer ? Quelqu'un d'autre *qu'elle*, pour une fois ? Elle eut honte de se sentir soudain le cœur plus léger.

— Ce sont des contes de fées, des superstitions, dit Jupiter d'un ton résolu avant de se tourner vers le chauffeur. Charlie, le Wunderground est autonome, il se maintient lui-même. Il marche au Wunder, nom d'un chien, le Wunder n'a *pas* d'accident.

Charlie haussa une épaule, l'air aussi surpris que lui.

— Je sais bien. La Société des transports n'a pas dit pourquoi ils avaient besoin de vous, monsieur, mais j'ai demandé aux écuries de mettre un moteur en marche. On sera prêts pour le départ dans quatre minutes.

Jupiter paraissait consterné, mais il opina.

— Très bien.

Il se tourna vers Morrigane alors que Charlie repartait en courant.

— Je suis désolé, Mog. C'est vraiment un mauvais timing. Je n'ai même pas eu le temps de te montrer le Pont aux Canards et la Pièce aux Bocaux-pleins-de-machins.

— C'est quoi, cette Pièce aux Bocaux-pleins-de-machins ?

— C'est là où on garde des machins dans des bocaux.

— Tu allais m'expliquer ce que c'est que la Société Wundrous…

— Je sais, je t'expliquerai, mais il faudra attendre. Martha… dit-il en en faisant signe à la femme de chambre d'approcher. Pourrais-tu faire visiter Morrigane ? Lui montrer l'essentiel.

Happy hour à l'hôtel Deucalion

Martha se montra ravie.

— Bien sûr, monsieur. Je vais lui présenter Dame Chanda Kali, elle répète justement au salon de musique.

Elle passa un bras autour des épaules de Morrigane et la serra amicalement contre elle.

— Puis on ira visiter les écuries, et voir les poneys, d'accord ?

— Parfait ! dit Jupiter d'un ton satisfait, et il s'élança pour rattraper Charlie qui retenait l'ascenseur. Martha, tu es une perle. Mog, à plus tard.

Les portes se refermèrent. Et il disparut.

Morrigane reconnut tout de suite Dame Chanda Kali. Non pas à ses superbes vocalises de soprano qui résonnaient dans le salon de musique, ni à sa peau noire aux reflets rouges, ni à ses longs cheveux de jais parsemés de fils d'argent qui retombaient comme des vagues dans son dos. C'est à son vêtement qu'elle reconnut Dame Chanda : un kimono en soie rose fuchsia et orange, brodé d'une multitude de perles en cristal. Il était presque identique à la robe de soirée violette que la femme portait à la fête sur le toit. Dame Chanda, comprit Morrigane, avait été la première âme courageuse à sauter de la balustrade pour célébrer le Matillon.

Elle se tenait maintenant au centre du salon de musique et chantait une aria pour un public improbable : deux douzaines de merles bleus agitant leurs ailes, une maman renard et ses deux renardeaux, et quelques écureuils roux à la queue ébouriffée, qui étaient sans doute entrés par la fenêtre grande ouverte. Tous étaient en adoration devant la chanteuse.

— Dame Chanda est Grande Soprane et Dame Commandeur de l'Ordre des chuchoteurs des bois, souffla Martha à l'oreille de Morrigane, assez fort pour qu'elle l'entende par-dessus la musique et les gazouillements des oiseaux.

Morrigane aperçut une broche dorée représentant un W, identique à celle qu'elle avait vue sur Jupiter, cachée au milieu des perles de la tenue de Dame Chanda.

— Elle est membre de la Société Wundrous, mais elle vit ici, au Deucalion. Elle a chanté dans tous les Opéras de l'État Libre, bien que certains d'entre eux ne soient pas très heureux d'accueillir ces zozos-là... Ils créent une belle pagaille.

Elle indiqua du menton les créatures des bois sous l'enchantement de la voix de Dame Chanda.

Le morceau se termina. Martha et Morrigane applaudirent. Dame Chanda fit la révérence et leur adressa un grand sourire chaleureux, tout en chassant les animaux par la fenêtre.

— Martha, mon ange, c'est toi qui devrais me présenter chaque fois que je monte sur scène. Tu le fais de façon si charmante.

La femme de chambre lui fit un grand sourire.

— Dame Chanda, je vous présente Morrigane Crow. Elle…

— C'est la candidate de Jupiter, oui, on m'a dit, dit Dame Chanda en tournant son regard envoûtant vers Morrigane.

Ses yeux étaient si lumineux qu'ils éclairaient comme un phare en pleine nuit. Morrigane avait l'impression de s'adresser à une reine.

— Les nouvelles vont vite au Deucalion. Tout le monde ne parle que de toi, mademoiselle Crow. Est-ce bien vrai, ma chérie ? Tu vas affronter les épreuves ?

Morrigane hocha la tête, en tripotant l'ourlet de sa robe. Devant cette femme magnifique, elle se sentait souillon.

C'est à ça que ressemblent les membres de la Société Wundrous, pensa-t-elle. Ils sont tous beaux, et majestueux, comme Dame Chanda. Intéressants et admirés, comme Jupiter. Que devaient-ils donc penser d'elle – Martha, Dame Chanda, Fenestra, Frank ? Ils devaient déjà se dire que Jupiter avait fait un mauvais choix.

— C'est fantastique, dit la chanteuse d'opéra dans un souffle. Notre Jupiter, enfin mécène ! Je suis ravie de te rencontrer, mademoiselle Morrigane, tu dois être un être d'exception. Es-tu prête pour la première épreuve, ma chère ?

— Heu… oui ? mentit Morrigane, sans conviction.

— Bien sûr, il y a la présentation Wundrous avant ça. Jupiter a-t-il déjà organisé un essayage ?

Morrigane la regarda sans comprendre. Mais qu'est-ce que c'était encore que cette présentation ?

— Un… essayage ?

— Avec sa couturière ? Il te faut une nouvelle robe, mon chou. La première impression qu'on fait est très importante.

Elle s'arrêta un instant.

— Je crois que je vais demander à ma costumière de s'occuper de ça.

Martha fit un immense sourire à Morrigane, les yeux écarquillés : c'était apparemment le plus grand honneur que Dame Chanda pouvait faire à quelqu'un. Mais Morrigane, elle, n'y voyait qu'un mystère terrifiant.

— Bien sûr, Jupiter peut se permettre… ces choix *très intéressants*, parce qu'il est très beau, continua Dame Chanda. Mais ne le laissons pas t'infliger ses goûts affreux. Pas pour un événement aussi important.

— Cette présentation Wundrous n'est pas une réception comme les autres, mademoiselle Morrigane. Malheureusement, il s'agit plutôt d'un grand jury. Les autres candidats et leurs mécènes vont évaluer la concurrence. C'est un moment *très* intense.

Morrigane sentit son estomac se contracter. La compétition ? Un grand jury ? La lettre que Jupiter lui avait fait parvenir mentionnait que l'admission à la Société n'était pas garantie, et qu'il lui faudrait réussir les « épreuves », une sorte d'examen d'entrée.

Mais… Morrigane avait pensé qu'après tout ce qu'elle avait traversé pour se rendre à Nevermoor, après avoir échappé à la Cavalerie d'ombre et de fumée, avoir franchi la frontière… et échappé à la mort, bon sang ! le plus dur était derrière elle. Personne ne l'avait jamais informée de cette *réception-grand jury*. (Morrigane imaginait déjà au moins douze désastres que sa malédiction pourrait provoquer à un événement de ce genre, sans compter les piqûres d'abeille et le rhume des foins.)

Dame Chanda se rendait compte qu'elle avait touché un nerf sensible. Elle prit un air détaché, chassant le sujet comme une mouche, d'une torsion du poignet.

— Oh ! pas la peine de t'inquiéter. Tu n'as qu'à être toi-même. Et… si je puis me permettre de te demander… dit-elle doucement en se penchant à l'oreille de Morrigane, le regard pétillant. Quel est ton « truc » ? Quel *merveilleux* talent possèdes-tu ?

Morrigane cligna des yeux.

— M… quoi ?

— Ton truc, mon enfant. Ton *talent*.

Morrigane ne savait quoi répondre.

— Ah ! je parie que Jupiter a prévu une révélation à grand spectacle, n'est-ce pas ? dit Dame Chanda en posant un doigt sur son nez. Ne m'en dis pas plus, ma chère. Pas un mot.

— Qu'est-ce qu'elle entendait par là ? demanda Morrigane à Martha alors qu'elles quittaient le salon de musique et se dirigeaient vers le grand escalier qui menait au hall d'entrée. Je n'ai pas de… de don, de talent, je n'ai rien du tout.

Martha gloussa et lui dit gentiment :

— Mais bien sûr que si. Tu es candidate pour la Société Wundrous. Tu es la candidate de Jupiter Nord. Il n'aurait pas pu te faire une Offre si tu n'avais aucun don.

— Comment ça, « il n'aurait pas pu » ? dit Morrigane, surprise. Mais je...

— Si, tu en as un. Tu ne sais peut-être pas encore ce que c'est.

Morrigane ne répondit rien.

Elle repensa à la nuit passée, au moment merveilleux où Jupiter s'était présenté au manoir des Crow, la joie qu'elle avait ressentie à l'aube, alors qu'ils atterrissaient sains et saufs dans la cour de l'hôtel Deucalion. Elle croyait qu'un nouveau monde s'ouvrait à elle. Maintenant, elle avait l'impression de regarder sa nouvelle vie à travers une vitre blindée.

Comment entrerait-elle jamais à la Société Wundrous si elle n'avait pas de *talent* ?

— Tu sais, il n'a jamais eu de candidat avant toi, dit doucement Martha. Il aurait dû, depuis le temps. Ils doivent tous en principe devenir mécènes, passé un certain âge. Et je peux t'assurer que des centaines de parents sont venus frapper à la porte, lui offrant de l'argent et de multiples faveurs s'il choisissait l'un de leurs petits. Tu verrais les pauvres âmes qui se pointent juste avant la Journée des Enchères ! Pourtant, il a toujours refusé. Personne n'a jamais été assez spécial.

Elle fit à Morrigane un grand sourire et lui replaça une boucle de cheveux noire derrière l'oreille.

— Jusqu'à aujourd'hui.
— Je n'ai rien de spécial, dit Morrigane.

C'était un mensonge. Elle savait ce qu'il y avait d'unique chez elle. Ce qui poussait les gens de Jackalfax à changer de trottoir pour l'éviter. C'est ce qui l'aurait tuée au Merveillon, si Jupiter n'avait pas débarqué dans son araignée mécanique pour l'emporter à Nevermoor.

La malédiction la rendait spéciale.

Être maudite, c'était ça, son talent ? Était-ce pour *ça* que Jupiter lui avait fait une Offre ? Parce qu'elle avait un don pour tout détruire ? Morrigane fit la grimace. Quelle pensée abominable.

— Le Capitaine Nord est un peu étrange, mademoiselle, mais ce n'est pas un idiot. Il voit les gens comme ils sont. S'il t'a choisie, cela signifie...

Mais Morrigane ne sut jamais ce que cela signifiait, car Martha fut interrompue par un craquement assourdissant, suivi d'un fracas de verre brisé. Un cri d'effroi monta dans la cage d'escalier.

Martha et Morrigane se précipitèrent au bas des marches. Une vision cauchemardesque les y attendait : le grand lustre-voilier rose s'était écrasé sur le marbre en damier du hall d'entrée. Les débris de verre et de cristal renvoyaient un éclat pathétique. Des câbles pendaient du plafond, telles les entrailles dégoulinantes d'une carcasse.

Les clients comme le personnel fixaient, sidérés et sans voix, la masse éparse des débris.

Martha posa les mains sur ses joues.

— Oh… Capitaine Nord va être tellement triste. Ce voilier était là depuis toujours, c'était un de ses objets préférés. Comment est-ce arrivé ?

— Je ne comprends pas, dit Kedgeree en sortant de derrière son comptoir de concierge. L'équipe d'entretien a bien tout vérifié la semaine dernière ! Le lustre se portait comme un charme !

— Et en plus, au Matillon ! s'écria Martha. Quelle malchance !

— Moi, je dirais plutôt qu'on a eu une sacrée veine, dit Kedgeree. Le hall était plein de monde, et personne n'a été blessé ! Remercions notre bonne étoile.

Mais Morrigane était secrètement d'accord avec Martha. C'était un coup de malchance. Elle ne le savait que trop bien : c'était sa spécialité.

Martha réunit quelques-uns des employés et donna des instructions pour que tout soit nettoyé. Kedgeree alla parler aux clients, en les écartant gentiment de la catastrophe.

— Mesdames et messieurs, je vous présente mes excuses au nom du Deucalion pour cette peur bleue que vous avez eue, dit le concierge. Si vous voulez bien monter au bar à cocktails la Lanterne Dorée, au sixième étage, un happy hour spécial vous y attend : l'apéritif est offert par la maison. Amusez-vous bien !

La douzaine de clients qui avaient été témoins de la chute du lustre ne se fit pas prier pour se rendre au bar, savourer les cocktails gratuits et oublier ce qui venait de se passer. Mais Kedgeree, Martha et les autres employés paraissaient aussi troublés que Morrigane.

Elle s'avança vers la scène du désastre.

— Je peux aider ?

— Oh ! Surtout pas, mademoiselle Morrigane, dit Kedgeree en la guidant loin du lustre. D'ailleurs, je pense qu'il vaut mieux que tu montes, toi aussi, loin de tous ces câbles et de ces éclats de cristal. On ne voudrait pas que tu te blesses.

— Je ne me blesserai pas, protesta Morrigane, je ferai bien attention.

— Pourquoi tu ne vas pas au Fumoir ? Je vais appeler pour qu'ils mettent un peu de camomille pour calmer tes petits nerfs. Tu as subi un gros choc. Allons, ma petite, vas-y !

Morrigane marqua une halte sur le palier et se retourna pour observer Kedgeree, Martha et les autres qui s'agitaient dans tous les sens, balayant les restes du lustre.

Personne ne lui jeta de regard noir, pas un murmure ne s'éleva pour dénoncer l'enfant maudite qui était la cause de cet accident. Personne ne savait pourquoi il s'était produit.

Sauf Morrigane.

Qui savait aussi pourquoi ce train avait déraillé dans le Wunderground.

La malédiction l'avait suivie. Elle y avait survécu... puis elle l'avait on ne sait comment emportée avec elle à Nevermoor, lui avait clandestinement fait franchir la frontière, pour l'amener dans sa nouvelle demeure : l'hôtel Deucalion.

Elle allait tout gâcher.

8
INTÉRESSANT. UTILE. POSITIF.

Un bruit réveilla Morrigane en pleine nuit. On aurait dit des petites ailes qui s'agitaient, ou des pages que l'on tournait. Elle resta allongée, les yeux ouverts, pour voir si elle l'entendait à nouveau, mais la chambre demeura silencieuse. Elle avait peut-être rêvé, d'oiseaux, ou de livres.

Elle ferma les paupières et appela de ses vœux un profond sommeil sans rêve. En vain. Le morceau de ciel encadré par la fenêtre vira peu à peu d'un noir d'encre au bleu-nuit limpide de l'aube, et les étoiles s'éteignirent une à une.

Morrigane se rappela le grand lustre-voilier rose qui s'était écrasé sur le sol. Ses lumières s'étaient éteintes à jamais. Martha avait dit que c'était un des objets favoris de Jupiter. Quand Morrigane était allée se coucher,

Jupiter n'était toujours pas revenu de la Société des transports. Que dirait-il, se demandait-elle, quand il verrait un trou béant au plafond, à la place de son *objet favori* ?

Techniquement parlant, Morrigane n'était pas responsable de la chute et de l'explosion du lustre, surtout qu'elle n'avait même pas été présente dans le hall à ce moment-là. Pourtant, elle ne pouvait se défaire du sentiment d'avoir commis un crime.

Mais cet hôtel doit avoir plus de cent ans, pensa-t-elle. Elle se retourna et donna un coup de poing à son oreiller pour lui donner une forme plus confortable, furieuse contre elle-même de s'auto-accuser sans raison. *Les vieilles choses finissent par se casser !* Les câbles du lustre avaient sans doute claqué à cause de l'usure, ou alors c'était le plâtre du plafond qui s'était émietté !

Morrigane, soudain pleine de détermination, se redressa dans son lit et jeta sa couverture à terre. Elle allait examiner les dommages de ses propres yeux. Elle verrait bien si c'était sa faute ou non. Après, elle retournerait se coucher. Point final.

Bien entendu, le hall d'entrée était sombre sans son lustre. Il n'y avait personne à la réception. Cela faisait un peu peur de se retrouver seule ici, au petit matin. Ses pas résonnaient dans la grande pièce.

Intéressant. Utile. Positif.

C'était idiot, pensa Morrigane, qui regrettait maintenant sa décision. Une idée stupide. Tout avait été nettoyé, et il y avait si peu de lumière où elle se trouvait que, vu d'en bas, le plafond n'était qu'un trou noir. Impossible de voir si les câbles étaient usés.

Morrigane allait retourner se coucher lorsqu'elle entendit un bruit.

De la musique. Quelqu'un chantonnait ?

Oui, il y avait quelqu'un, dans le noir, qui fredonnait un air.

Une étrange mélodie… une comptine peut-être, ou une chanson entendue à la radio. Son cœur accéléra.

— Bonjour ? dit-elle doucement.

Du moins, elle avait voulu chuchoter, mais sa voix résonna dans le hall. Le fredonnement se tut.

— Qui est là ?

— N'ayez pas peur.

Elle se tourna vers la voix. C'était un homme. Il était assis à moitié caché dans l'obscurité, les jambes croisées, un manteau soigneusement plié sur les genoux. Morrigane s'avança en essayant de distinguer son visage. Il avait l'air de vouloir rester dans l'ombre.

— J'attends que quelqu'un se présente à la réception, dit-il. Mon train était en retard, j'ai raté le check-in. Je m'excuse si je vous ai fait peur.

Voilà. Elle l'avait reconnue. Cette voix : douce, bien articulée, avec ses *t* marqués, ses *s* précis.

— Est-ce que je vous connais ? demanda-t-elle, par prudence.

— Je ne crois pas, dit l'homme. Je ne suis pas d'ici.

Alors qu'il se penchait vers elle, un rayon de lune vint éclairer son visage.

— Monsieur Jones ?

Rien chez lui n'était remarquable : cheveux bruns ternes, costume gris. Mais elle avait reconnu sa voix, et, de plus près, ses yeux noirs et la fine cicatrice sur le sourcil.

— Vous êtes l'assistant d'Ezra Squall.

— Je... oui... comment... *Mademoiselle Crow* ?

Il se leva et fit deux grands pas vers elle, sidéré.

— Est-ce vraiment vous ? On m'a dit... on m'a dit que vous étiez...

Il hésita, manifestement gêné.

— Mais qu'est-ce que vous faites dans l'État Libre ?

Oups.

— Je... je suis... en fait... bah...

Morrigane avait envie de se donner des coups sur la tête. Comment pouvait-elle expliquer tout ce qui s'était passé ? Irait-il le rapporter à sa famille ? Elle cherchait un moyen de s'esquiver, lorsqu'une idée lui traversa l'esprit.

— Attendez... et vous, comment connaissez-vous l'existence de l'État Libre ?

M. Jones prit un air penaud.

— Vous marquez un point. Gardez mon secret, et je garderai le vôtre. D'accord ?

— D'accord, dit Morrigane avec un soupir de soulagement.

— Mademoiselle Crow, j'ignore comment vous êtes arrivée ici, comment vous êtes toujours en vie alors que

Intéressant. Utile. Positif.

tous les journaux de la République ont annoncé votre mort hier.

Morrigane détourna les yeux. M. Jones eut l'air de comprendre son malaise, et choisit ses mots avec soin.

— Mais quelles que soient... les circonstances... Je vous assure que l'Offre de mon employeur tient toujours. M. Squall était très déçu de ne pas vous avoir pour apprentie. Très déçu.

— Oh, merci. Mais j'ai déjà un mécène. En fait... je... je pensais que vous m'aviez joué un tour. À la Journée des Enchères. Vous avez disparu et...

— Un tour ?

Il semblait étonné, voire un peu offensé.

— Absolument pas. M. Squall ne plaisante jamais. Son Offre est bien réelle.

Morrigane était perplexe.

— Pourtant, quand je me suis retournée, vous aviez disparu.

— Ah ! En effet. Je m'excuse. (Il semblait sincèrement désolé.) Pardonnez-moi, j'ai pensé à M. Squall. Si l'on apprenait qu'il offrait un apprentissage, il aurait été harcelé par des parents souhaitant lui confier leurs enfants. C'est pour cela qu'il vous a fait une Offre anonyme. J'avais l'intention de revenir vous parler, mais j'ai été surpris par le Merveillon.

— Moi aussi.

— J'ai bien peur de m'y être très mal pris. Je comprends que vous ayez fait un autre choix, cependant... je suis certain que M. Squall serait ravi si vous changiez d'avis.

— Oh ! fit Morrigane, qui ne savait comment réagir. C'est… très gentil de sa part.

M. Jones leva les mains en souriant.

— Je vous en prie, rien ne vous y force. Si vous êtes satisfaite ainsi, M. Squall comprendra. En tout cas, sachez que la porte vous sera toujours ouverte.

Il plia son manteau avec précision sur un bras, puis alla se rasseoir dans un fauteuil.

— Mais, puis-je vous demander… pourquoi diable êtes-vous dans le hall de l'hôtel Deucalion à une heure pareille ?

Quelque chose chez M. Jones lui inspirait confiance. Alors, au lieu d'inventer une histoire, Morrigane lui avoua l'absurde vérité :

— Je suis venue voir le lustre, dit-elle en montrant le plafond. Ce qu'il en reste.

— Ah ! dit M. Jones en ouvrant de grands yeux vers l'endroit où pendait autrefois le splendide voilier. Je me disais bien qu'il manquait quelque chose. Quand est-ce arrivé ?

— Hier. Il est tombé.

— Il est *tombé* ? J'en doute. Les lustres comme ça ne tombent pas. Certainement pas dans un hôtel comme celui-ci.

— C'est pourtant le cas, insista Morrigane.

Après avoir observé la réaction de M. Jones, elle ajouta, pleine d'espoir tout au fond d'elle :

— Sauf si… vous croyez… que quelqu'un l'aurait fait tomber *exprès* ? Que… quelqu'un aurait coupé les câbles ou…

Intéressant. Utile. Positif.

— Pas du tout. Je crois qu'il est tombé comme un fruit mûr tombe de l'arbre.

Elle cligna des yeux.

— Comment ça ?

— Oui. Comme une dent de lait. Vous voyez ça ?

Il montra le plafond du doigt et Morrigane plissa les yeux dans l'obscurité.

— Là, vous voyez cette petite lumière qui scintille ? Il repousse, il sera bientôt remplacé par un nouveau.

En effet, elle le *voyait* maintenant. C'était un tout petit point lumineux perçant les ténèbres. Elle ne l'avait pas remarqué avant, supposant qu'il s'agissait d'un fil de cristal, vestige du lustre de naguère.

— Est-ce qu'il sera pareil ?

— Je ne crois pas, dit M. Jones, pensif. Je ne suis pas expert dans ce qui touche à l'hôtel Deucalion. Mais je viens ici depuis des années, et je ne l'ai jamais vu porter la même chose deux fois.

Ils restèrent silencieux pendant quelques minutes, observant le lustre nouveau-né qui poussait lentement, émergeant de son cocon, comme la pointe blanche d'une dent définitive dans la gencive rose. À ce rythme-là, il lui faudrait des semaines, peut-être des mois pour retrouver la taille de l'immense voilier. Quoi qu'il en soit, Morrigane se sentait si soulagée qu'elle était prête à attendre le temps qu'il faudrait. Elle se demandait quelle allure il aurait. Serait-il encore plus majestueux que le voilier ? Un arachnopode, peut-être ?

Lorsque M. Jones prit à nouveau la parole, ce fut d'une voix douce, marchant sur des œufs.

— Ce mécène… je suppose qu'il vous présente à la Société Wundrous ?

— Comment le savez-vous ?

— Déduction logique, dit-il. Quelle autre raison y aurait-il d'amener une enfant de la République de la Mer d'Hiver à Nevermoor ? Puis-je vous poser une question indiscrète, mademoiselle Crow ?

Morrigane sentit ses épaules se crisper. Elle savait ce qu'il allait lui demander.

— Je ne sais pas ce que c'est… mon « truc »… dit-elle doucement. Je ne suis même pas sûre d'en avoir un.

Il fronça les sourcils.

— Mais… pour entrer à la Société Wundrous…

— Je sais…

— Votre mécène vous a-t-il parlé de…

— Non.

Les lèvres pincées, il dit encore :

— Vous ne trouvez pas ça étrange ?

Morrigane leva la tête. Elle prit un long moment pour observer le froid filet lumineux au-dessus de leur tête. Puis répondit :

— Si, très étrange.

Un peu plus tard ce matin-là, Jupiter suspendit son geste, la main en l'air, lorsque Morrigane lui ouvrit la

Intéressant. Utile. Positif.

porte de sa propre chambre sans lui laisser le temps de frapper.

— C'est quoi, mon truc à moi ? voulut-elle savoir.

— Bonjour à toi aussi.

— Bonjour, dit-elle en s'écartant pour le laisser entrer.

Cela faisait une éternité qu'elle l'attendait en faisant les cents pas, préoccupée par la conversation qu'elle avait eue avec M. Jones. Les rideaux étaient grands ouverts et un beau soleil ruisselait par la fenêtre qui, de petit carré, s'était métamorphosée pendant la nuit en une baie vitrée cintrée. C'était bizarre, mais, décida Morrigane, il y avait des choses plus urgentes dont ils devaient discuter.

— C'est quoi, mon truc à moi ? Mon talent ?

— Tu permets que je te vole une pâtisserie ? Je meurs de faim.

Martha était entrée dix minutes plus tôt avec le plateau de son petit déjeuner. Il était dans un coin. Elle n'y avait pas touché.

— Sers-toi. C'est quoi mon truc à moi ?

Tandis que Jupiter se bourrait la bouche de sucreries, Morrigane l'observait en déblatérant toutes les pensées qui lui torturaient l'esprit.

— J'en ai pas, hein, c'est ça ? Parce que tu t'es trompé de personne. Tu m'as prise pour quelqu'un d'autre. Quelqu'un avec un don unique... c'est comme ça que ça marche, n'est-ce pas ? C'est comme ça qu'on devient membre de la Société Wundrous. Il faut avoir un talent, comme Dame Chanda. Il faut être doué en quelque chose. Et tu croyais que c'était le cas, que j'étais douée. Et maintenant, tu sais que tu avais tort. Je me trompe ?

Jupiter avala sa bouchée.

— Oh ! avant que j'oublie : ma couturière va venir prendre tes mesures pour ta nouvelle garde-robe. Quelle est ta couleur préférée ?

— Le noir. Alors, j'ai raison ?

— Le noir n'est pas une couleur.

— *Jupiter !* grogna-t-elle.

— Oh ! très bien.

Il s'adossa au mur, se laissa glisser jusqu'au sol et étendit ses grandes jambes sur le tapis.

— Si tu veux parler de choses ennuyeuses, allons-y…

Les longs cheveux roux de Jupiter avaient des reflets dorés au soleil ; ils étaient frisés et un peu emmêlés. Elle ne l'avait jamais vu aussi épuisé. Il était pieds nus, sa chemise blanche était toute froissée et ses bretelles, détachées, retombaient sur son pantalon bleu. Morrigane remarqua qu'il portait les mêmes vêtements que la veille. Elle se demanda s'il avait dormi dedans, ou s'il n'avait pas dormi du tout. Les yeux fermés, ébloui par la lumière intense, il semblait vouloir rester là toute la journée, à se réchauffer les os au soleil.

— Voilà comment ça marche. Prête ?

Enfin, pensa Morrigane. Avec un soulagement mêlé de crainte, elle s'assit au bord de la chaise en bois, prête à entendre les réponses aux questions qu'elle s'était posées, même si elles n'apportaient que des mauvaises nouvelles.

Intéressant. Utile. Positif.

— J'écoute.
— Bien. Maintenant, ne m'interromps surtout pas.
Il se redressa à contrecœur et s'éclaircit la voix.
— Tous les ans, la Société Wundrous sélectionne un groupe d'enfants propres à devenir des membres. Tous les enfants de l'État Libre peuvent faire une demande d'inscription, à condition qu'ils aient onze ans le premier jour de l'année – tu es passée *de justesse*, bravo – et qu'ils aient un mécène, forcément. Le hic, c'est que... ton mécène ne peut pas être n'importe qui. Ce n'est pas comme pour les autres apprentissages et les autres écoles, où celui qui possède plus d'argent que de cervelle peut sponsoriser ton éducation. Le mécène *doit* être un membre de la Société Wundrous. Les Anciens sont très stricts là-dessus.
— Pourquoi ?
— Parce que c'est une bande de snobs. Mais laisse-moi terminer. Je vais être honnête, Mog...
— Morrigane.
— ... je t'ai choisie pour être ma candidate, mais ce n'est que le début. Maintenant, il faut que tu passes le concours d'entrée... ici, on appelle ça les « épreuves ». Il y en a quatre, tout au long de l'année. À chaque épreuve, des candidats sont éliminés, afin que ceux qui sont dignes de faire partie de la Société se distinguent de ceux... qui ne le sont pas. C'est très élitiste et hypercompétitif, mais c'est la tradition, alors voilà.
— C'est quoi, comme genre d'épreuves ? demanda Morrigane en se rongeant les ongles.
— J'y viens. Arrête de m'interrompre.

Il se leva et se mit à faire les cent pas.

— Les trois premières changent chaque année. Il y a beaucoup d'épreuves différentes, et les Anciens aiment bien la variété. On ne saura pas de quoi il s'agit avant qu'ils l'ait annoncé. Certaines sont assez faciles... par exemple, l'épreuve Orale est plutôt simple. Il suffit de faire un discours devant un public.

Morrigane frémit intérieurement. Elle n'aurait pas pu imaginer pire. Elle préférait encore affronter une nouvelle fois la Cavalerie d'ombre et de fumée.

— ... et puis, l'épreuve de la Chasse au Trésor est amusante, mais je ne te le cache pas... certaines sont vraiment terribles. Estime-toi heureuse qu'ils aient éliminé l'épreuve de la Peur il y a deux Ères, dit-il en frissonnant. Ils auraient dû appeler ça l'épreuve de la Crise de nerfs. Certains candidats ne s'en sont jamais remis.

« Mais la quatrième épreuve, c'est celle-là qui doit t'inquiéter. Son nom est un peu exagéré : l'épreuve Spectaculaire. Franchement, c'est assez simple. C'est la même chose tous les ans. Chaque candidat ayant réussi à passer les trois premières épreuves doit se présenter devant le Conseil des Anciens et montrer quelque chose.

Morrigane fronça les sourcils.

— Quelque chose... ?

— Quelque chose d'intéressant. D'utile. De positif.

— Intéressant, utile et positif... tu veux dire, son « truc », n'est-ce pas ? Ils veulent qu'on leur démontre notre talent.

Jupiter haussa les épaules.

Intéressant. Utile. Positif.

— Un talent, une capacité unique, une aptitude... tu peux l'appeler comme tu veux. Nous, ici, on appelle ça un « truc ». Ce n'est que le mot en usage chez les membres de la Société Wundrous pour désigner l'unique don que tu possèdes et que les Anciens trouveront si extraordinaire qu'ils t'offriront une place à vie au sein de l'institution la plus prestigieuse et la plus élitiste de l'État Libre. C'est tout.

Un grand sourire se dessina dans sa barbe rousse. Il se croyait charmant.

— Oh, c'est tout ? dit Morrigane en partant d'un rire nerveux. Bah, j'en ai pas, alors...

— À ta connaissance...

— Et tu le connais, toi, peut-être ?

Que pouvait-il bien lui cacher ?

— Je sais beaucoup de choses. Je suis très intelligent. Vraiment, Mog...

— *Morrigane.*

C'était rageant, cette façon qu'il avait de toujours tourner autour du pot.

— Ne t'inquiète pas. Passe simplement les trois premières épreuves. Je m'occupe de l'épreuve Spectaculaire. Je me charge de tout.

Cela paraissait... impossible. Morrigane s'appuya contre le dossier de sa chaise et poussa un profond soupir, découragée. Elle lança un regard en coin à Jupiter.

— Et si je ne veux plus faire partie de la Société ? Et si je change d'avis ?

Morrigane s'attendait à ce qu'il ait l'air choqué, ou même outré. Mais Jupiter hocha la tête.

— Je sais que ça fait peur, Mog. La Société en demande beaucoup. Les épreuves sont difficiles, et ce n'est qu'un début.

Super, pensa-t-elle. *Il faut que je m'attende à encore pire.*

— Qu'est-ce qui se passe après les épreuves ?

Jupiter soupira.

— Ce n'est pas vraiment une école comme les autres. Les élèves de la Société Wundrous n'ont pas la vie facile. Les gens pensent que les membres de la Société ont tous les avantages, qu'une fois qu'on a notre épingle dorée (il tapota le W sur son col) le monde se plie à notre volonté, tout vient facilement et sans effort. Dans un sens, ils ont raison. Cette broche nous ouvre bien des portes. Elle nous apporte le respect, nous entraîne dans de grandes aventures, et fait de nous des célébrités. Nous avons accès à des places réservées dans le Wunderground. Ce sont les privilèges « de la broche dorée », comme on dit, fit-il observer d'un ton un peu agacé. Mais entre les murs de la Société, il te faut *mériter* ces privilèges. Pas seulement en passant les épreuves, pas qu'une fois, mais encore et encore, pour le restant de tes jours, pour prouver que tu en es digne. Que tu es spécial.

Il marqua un temps d'arrêt et la regarda, très sérieux.

— C'est ça, la différence entre la Société Wundrous et une école ordinaire. Lorsque tu auras terminé tes études, tu feras encore partie de la société, et elle fera partie de toi. *Pour toujours*, Mog. Les Anciens te demanderont

Intéressant. Utile. Positif.

de faire tes preuves des années après avoir terminé, pendant toute ta vie adulte, et plus encore.

Il avait sans doute deviné à l'expression de Morrigane à quel point elle trouvait cette perspective peu attrayante, car il s'empressa d'ajouter :

— J'ai commencé par le pire, Mog, parce que je veux que tu aies une vue d'ensemble. Écoute, la Société est plus qu'une école. C'est une *famille*. Une famille qui s'occupera de toi et sera là pour toi tout au long de ta vie. Oui, tu auras le droit à une éducation hors pair, tu auras des opportunités, et des connexions auxquelles personne en dehors de la société n'aura jamais accès. Mais ce qu'il y a de plus important, c'est que tu feras partie d'une *unité*.

« Tous ceux qui passeront ces quatre épreuves avec toi et s'en sortiront victorieux... ce seront tes frères et sœurs. Des gens qui te défendront jusqu'à ta mort. Qui ne se détourneront jamais de toi, et qui t'aimeront autant que tu les aimeras. Ils seront prêts à mourir pour toi.

Jupiter se mit à cligner des yeux et se frotta la tempe en détournant la tête. Morrigane fut stupéfaite de voir qu'il tentait de dissimuler des larmes.

Elle n'avait jamais vu quelqu'un aimer autant ses amis. Probablement parce qu'elle n'avait jamais eu d'ami. (Emmett le lapin en peluche ne comptait pas vraiment.)

Un coup de foudre familial. Des frères et sœurs pour la vie.

Tout s'éclairait maintenant. Jupiter marchait la tête haute, comme un roi, comme entouré d'une bulle invisible qui le protégeait de tout le mal qui régnait dans le monde. Car il savait qu'il y avait quelque part dans l'univers des gens qui l'aimaient. Et qui l'aimeraient toujours. Quoi qu'il arrive.

C'était cela qu'il lui offrait. Comme on tend à un pauvre affamé un bol fumant de pot-au-feu, il lui tendait ce dont elle avait le plus besoin.

Soudain, le désir grandit et se mit à brûler dans le cœur de Morrigane. Elle voulait devenir membre de la Société. Elle voulait des frères et sœurs. Elle n'avait jamais eu un désir aussi puissant de sa vie.

— Comment je fais pour gagner ?

— Il suffit de me faire confiance. Dis-moi, Mog, tu me fais confiance ?

Jupiter avait un air doux et extrêmement aimable.

Morrigane hocha la tête sans hésitation.

— Alors laisse-moi m'occuper de l'épreuve Spectaculaire. Je te dirai quand il faudra t'inquiéter. *Promis*.

C'était étrange de faire confiance à une personne qu'elle avait rencontrée seulement deux jours auparavant. Cependant, Morrigane trouvait difficile de ne *pas* faire confiance à Jupiter. (Après tout, il lui avait sauvé la vie.)

Elle prit une grande inspiration avant de poser la question qui la démangeait :

— Jupiter. Mon truc... mon talent... Est-ce que c'est...

— Hein ?

Intéressant. Utile. Positif.

— Est-ce que c'est ma malédiction ? Est-ce que mon truc à moi c'est de... tout gâcher ?

Jupiter parut sur le point de lui révéler quelque chose, mais il ravala ses paroles. Trente secondes s'écoulèrent pendant lesquelles il se livra à un houleux débat intérieur.

— Avant de répondre à ta question... eh oui, je vais y répondre, ne fais pas cette tête... je vais te dire en quoi consiste *mon* truc à moi. J'ai le don de voir les choses.

— Et tu vois quoi ?

— Les choses telles qu'elles sont, la vérité, quoi. Ce qui s'est passé, ce qui se passe maintenant. Les émotions. Les dangers. Les choses qui vivent dans le Gossamer.

— Le Gossamer. C'est quoi, ça ?

— Ah ! D'accord...

Morrigane observa Jupiter qui, se souvenant que Morrigane ignorait tout de ce monde, remontait le cours de ses pensées. Il se lança dans des explications effrénées.

— Le Gossamer est un réseau invisible et impalpable qui... heu... Imagine une toile. Imagine une grosse toile d'araignée délicate qui recouvrirait le royaume entier, comme... nan. Tu sais quoi ? Oublie le Gossamer. Tout ce que tu as besoin de savoir, c'est que je vois des choses que les autres ne voient pas.

— Des secrets ?

— Parfois, dit-il avec un sourire.

— Le futur ?

— Non. Je ne prédis pas l'avenir. Je ne suis qu'un Témoin. C'est comme ça que ça s'appelle. Je ne vois pas les choses comme elles *seront*. Je les vois comme elles *sont*.

Morrigane lui lança un regard sceptique.

— N'est-ce pas le cas de tout le monde ?

— Tu serais surprise, dit-il en traversant la pièce en quatre enjambées pour aller soulever la théière encore chaude. Ça. Décris-moi cet objet.

— C'est une théière.

— Non, dis-moi *tout* ce que tu sais sur cette théière. Rien qu'en la regardant.

Morrigane se concentra.

— C'est une théière verte.

Jupiter hocha la tête pour l'encourager à continuer.

— C'est une théière de couleur menthe poivrée, avec des petites fleurs blanches. Elle a une grande anse, et un bec courbé.

Jupiter l'encouragea du regard et elle ajouta :

— Il y a... des tasses et des soucoupes assorties...

— Bien, dit Jupiter en versant du thé et du lait dans deux tasses avant d'en tendre une à Morrigane. Je crois que tu as décrit tout ce que tu pouvais, c'est-à-dire presque rien. À mon tour.

— Je t'en prie, dit Morrigane en remuant un sucre dans son thé.

Il posa la théière sur le plateau.

— Cette théière a été confectionnée dans une usine à Point-Boueux – ça, c'est facile, car la plupart des céramiques de l'État libre viennent de Point-Boueux, alors

Intéressant. Utile. Positif.

ça ne compte pas vraiment, mais je peux quand même le voir, cet objet sent l'usine à plein nez… Et sa première propriétaire l'a achetée il y a soixante-six, non, soixante-sept ans, à un vendeur de thé sur le marché de Nevermoor. Ses premières années se sont un peu fanées, mais elle se souvient de l'usine, et elle se souvient de cette femme au marché.

Morrigane fit une grimace.

— Mais comment une *théière* peut-elle avoir des souvenirs ?

— Ce n'est pas un souvenir comme les tiens ou les miens. C'est plus… comment t'expliquer ? Il y a… des événements, des moments précis dans le temps qui s'attachent aux gens et aux choses, qui s'y accrochent longtemps, parce qu'ils n'ont nulle part où aller. Ils peuvent s'effacer au bout d'un moment, ou ils se font emporter, ou encore ils meurent. Mais certaines choses survivent éternellement… surtout les souvenirs les plus affreux.

« Cette théière est pleine de bons souvenirs. La vieille dame qui l'a achetée faisait du thé tous les jours quand sa sœur venait la voir au goûter. Ce genre de chose ne s'efface jamais complètement.

Morrigane le regardait.

— C'est impossible. Tu ne peux pas savoir tout ça rien qu'en la regardant. Tu dois la connaître, cette vieille dame !

Jupiter lui lança un regard outré.

— Tu me crois si vieux que ça ? Et puis, chut ! j'ai pas terminé. Ce matin, quatre personnes l'ont touchée : quelqu'un a fait le thé, puis quelqu'un a déplacé le plateau, ensuite quelqu'un te l'a apportée... et puis, bien sûr, j'ai versé le thé. La personne qui a fait le thé était en colère contre quelque chose, mais la personne qui l'a apportée chantonnait en venant ici. Quelqu'un avec une jolie voix. Je vois les vibrations.

Il avait raison. Martha avait apporté le plateau en chantonnant l'air du Matillon. Mais il avait pu l'apercevoir en chemin. Morrigane haussa les épaules et sirota son thé.

— Tu pourrais inventer n'importe quoi. Comment je saurais si c'est vrai ou pas ?

— Tu as raison. Ce qui me ramène à mon point de départ.

Jupiter s'agenouilla par terre devant Morrigane pour que son visage soit au niveau du sien.

— Laisse-moi te parler de *toi*, Morrigane Crow.

Ses yeux la dévisagèrent.

— Quoi ? dit-elle en reculant un peu. Qu'est-ce que tu regardes comme ça ?

— Ta coupe de cheveux, dit-il avec un sourire. Celle que ta belle-mère t'a forcée à te faire faire l'année dernière.

— Comment tu sais... ?

— Tu la détestais, n'est-ce pas ? C'était trop court, trop moderne, et tu as tout fait pour que ça repousse au plus vite... Or tu la détestais tellement, cette coupe, qu'on en voit encore les traces.

Morrigane se lissa les cheveux. Jupiter ne pouvait tout de même pas encore voir la coupe au bol asymétrique avec frange de travers qu'Ivy avait insisté qu'elle

Intéressant. Utile. Positif.

se fasse faire, car sa coupe précédente, terne et passée de mode, était une source d'« embarras » pour sa famille. Elle avait détesté cette coupe. Heureusement, depuis, ses cheveux avaient repoussé. Ils avaient retrouvé leur forme ordinaire et lui descendaient au-dessous des épaules.

— Tu sais ce que je vois d'autre ? poursuivit-il en lui prenant les mains. Je vois encore les piqûres d'aiguille sur tes doigts, celles que tu t'es faites lorsque tu as découpé sa robe préférée pour te venger et que tu en as cousu les morceaux pour l'accrocher comme un rideau à la fenêtre du salon.

Il ferma les yeux et éclata d'un rire franc.

— Fantastique, comme idée, d'ailleurs.

Morrigane ne put réprimer un sourire. Elle était fière de ces rideaux.

— OK. Je te crois. Tu vois les choses.

— Je te vois, toi, Morrigane Crow, dit-il en se penchant vers elle. Et je vais te dire : ta belle-mère avait tort.

— Tort ? En quoi ? demanda Morrigane.

Mais elle connaissait déjà la réponse. Elle sentit son estomac se serrer.

— Elle a dit que tu étais une malédiction, dit Jupiter en secouant la tête. Elle était en colère. Elle ne voulait pas dire ça.

— Bien sûr que si.

Il fut silencieux un moment. Songeur.

— Peut-être. Mais cela ne veut pas dire que c'est vrai pour autant. Cela ne lui donne pas raison.

Morrigane se sentit rougir. Elle détourna les yeux et prit une pâtisserie sur le plateau. Elle en préleva un morceau mais ne le mangea pas.

— Oublie.

— C'est à toi de l'oublier, dit-il. Oublie ça dès maintenant. Tu comprends ? Tu n'es pas une malédiction.

— Ouais, d'accord, dit Morrigane.

Elle poussa un soupir agacé et tenta de se détourner, mais Jupiter lui attrapa le visage d'une main ferme.

— Non, *écoute-moi*.

Ses grands yeux bleus brillaient, incandescents. Une colère sans nom bouillonnait en lui.

— Tu m'as demandé si, ton truc, c'était d'être maudite ; si, ton talent, c'était de venir tout gâcher. Écoute-moi quand je te dis : *tu n'es une malédiction pour personne*, Morrigane Crow. Tu ne l'as jamais été. Et je crois que tu l'as toujours su.

Les yeux de Morrigane s'emplirent de larmes. Elle lui posa une dernière question :

— Et si je n'étais pas acceptée ?

— Tu le seras.

— Mais si ce n'est pas le cas, insista-t-elle. Alors quoi ? Est-ce qu'il me faudra retourner à la République ? Est-ce qu'ils... est-ce qu'ils seront là à mon retour ?

Morrigane savait que Jupiter comprenait qu'elle ne parlait pas de sa famille, mais de la Cavalerie d'ombre et de fumée. Si elle fermait les yeux, elle pouvait encore

Intéressant. Utile. Positif.

voir les chiens-loups : leurs yeux rouges luisaient dans les ténèbres de leurs ombres dansantes.

— Tu seras bientôt membre de la Société Wundrous, Mog, chuchota Jupiter. Je te *promets* que je m'en assurerai. Et je ne veux plus jamais entendre parler de cette malédiction à la noix. Compris ? Promets-le-moi.

Elle promit.

Elle croyait en lui.

Elle se sentait plus sûre d'elle, maintenant qu'elle savait qu'il était de son côté.

Mais tout de même. Un peu plus tard dans la journée, lorsque Morrigane compta toutes les questions auxquelles il avait évité de répondre, cela dépassait la dizaine.

9

LA PRÉSENTATION WUNDROUS

— Il arrive. Tiens-toi prête à sauter.

Jupiter avait décidé qu'ils prendraient le Pébroc Express pour se rendre à la réception. C'était l'occasion pour Morrigane d'essayer son cadeau d'anniversaire. Le problème, c'était que le Pébroc Express ne s'arrêtait pas pour laisser monter ou descendre les voyageurs. Pour attraper cette ligne aérienne qui formait une boucle autour de la ville, vous deviez l'intercepter quand elle passait dans la station, en suspendant votre parapluie à un crochet. Une fois solidement cramponné, les jambes ballant dans le vide, vous n'aviez plus qu'à prendre votre mal en patience en attendant d'arriver à destination.

— Souviens-toi, Mog, dit Jupiter alors que la ligne s'approchait d'eux. Quand c'est le moment de descendre, tu tires sur le levier pour libérer ton parapluie. Oh ! et pour atterrir, essaie de viser un sol un peu mou.

Morrigane devait avoir une mine inquiète, car Jupiter ajouta :

— Tout ira bien. Je ne me suis cassé la jambe qu'une seule fois. Peut-être deux. Maximum. Prête ? *C'est parti !*

Ils sautèrent en visant les « anneaux à pébroc », et Morrigane serra si fort son parapluie qu'elle crut qu'il allait se casser. La terreur qu'elle avait eue en voyant arriver les crochets à toute vitesse fut vite supplantée par une poussée d'adrénaline. Elle laissa échapper un cri de triomphe en se sentant emportée. Jupiter se retourna à moitié pour lui faire un grand sourire, puis renversa la tête en arrière pour mieux profiter du voyage. Ils laissèrent bientôt derrière eux le quartier du Deucalion, et virent défiler les rues pavées de la Vieille Ville. L'air frais mordait les joues et piquait les yeux de Morrigane. Enfin, ils sautèrent, arrivés à destination, et atterrirent sur leurs pieds. Pas une jambe cassée.

Un haut mur de briques délimitait le campus de la Société Wundrous. Un agent de la sécurité à la mine renfrognée vérifiait les noms des invités sur sa liste, mais la femme reconnut tout de suite Jupiter et, avec un sourire, elle leur fit signe d'entrer.

Lorsqu'ils franchirent le portail, la fillette perçut un changement subtil, dans l'air lui-même. Morrigane respira un grand coup. Ça sentait bon le chèvrefeuille et la rose, et la caresse du soleil était plus chaude sur sa peau.

Que c'est étrange, pensa-t-elle. À l'extérieur, le ciel ne lui avait pas paru aussi bleu, et les arbres étaient encore en bourgeons. Le printemps n'avait pas fait son apparition. Alors que là…

Jupiter dit quelque chose comme « temps seau-lune ».

— Temps saut-quoi ? demanda Morrigane, perplexe.

— SOWUN : Sowun. Un raccourci pour Société Wundrous. C'est comme ça qu'on appelle le campus. À Sowun, le temps est un peu… plus qu'il ne l'est.

— Comment ça « plus » ? Plus quoi ?

— *Plus qu'il ne l'est.* Plus qu'il ne l'est dans le reste de Nevermoor. Sowun vit dans sa propre petite bulle climatique. Aujourd'hui, il fait un peu plus chaud, un peu plus beau, et le printemps est un peu plus arrivé. On a de la chance.

Il cueillit un rameau de fleurs de cerisier sur une branche, le mit à sa boutonnière et ajouta :

— Mais c'est à double tranchant. En hiver, il y a un peu plus de vent, il fait un peu plus froid et on y est un peu plus frigorifié.

L'allée qui menait au bâtiment principal était bordée de lampes à gaz et, contrastant étrangement avec les jolis parterres colorés et les cerisiers en fleur, d'arbres morts et noircis qui semblaient ne pas avoir été touchés par le microclimat du Sowun.

— Et ceux-là ? demanda Morrigane en les montrant du doigt.

— Nan, ils n'ont pas fleuri depuis plusieurs Ères. Ce sont des arbres à feu... Ils étaient superbes dans le temps. C'est aujourd'hui une essence disparue, or il est impossible de les abattre. Cela ennuie beaucoup les jardiniers, alors chut !... Ici on fait tous comme si c'étaient des statues très moches.

Les mécènes et leurs candidats avançaient tranquillement, comme s'ils se rendaient à une fête d'anniversaire. Morrigane, elle, était pétrifiée.

Elle se sentait à des années-lumière de tous ces gens.

Un panneau indiquait « MAISON DES INITIÉS » devant le bâtiment principal qui s'élevait sur cinq étages, et dont les briques rouge vif étaient recouvertes de lierre. Les candidats n'avaient pas accès à la Maison des Initiés aujourd'hui, mais les jardins offraient une charmante scène printanière semée de personnages en costumes de lin et robes pastel. Jupiter avait laissé Morrigane choisir sa tenue. Elle avait opté pour une robe noire à boutons d'argent, que Dame Chanda avait trouvé « très élégante, mais pas assez spectaculaire ». Morrigane estimait, pour sa part, que le costume jaune vif et les chaussures mauves de Jupiter étaient assez colorés pour deux.

Un quatuor à cordes jouait sur les marches qui menaient à une superbe terrasse surplombant la pelouse. Sous un chapiteau blanc, une table débordait de gâteaux à la crème, de tartes, et de spectaculaires sculptures flageolantes en gélatine. Mais Morrigane n'avait pas faim : elle avait au contraire l'impression que des souris lui rongeaient le ventre.

Tandis qu'ils se frayaient un chemin dans la foule, Morrigane remarqua qu'on se tournait vers eux. Certains avaient l'air surpris, d'autres tout bonnement choqués.

— Mais pourquoi tout le monde nous regarde ?
— Ils te regardent parce que tu es avec moi.

Il salua de la main deux femmes qui les fixaient.

— Et ils me regardent parce que je suis super canon.

Les candidats formaient des petits groupes. Morrigane se rapprocha de Jupiter.

— Ils ne mordent pas, dit-il en lisant dans ses pensées. Du moins, pour la plupart. Évite le garçon à tête de chien près de l'arbre là-bas. Il n'est peut-être pas encore vacciné.

En effet, il y avait un garçon à tête de chien qui reniflait une grosse fougère au bord de la pelouse. Il y avait aussi un garçon avec les bras deux fois plus longs que la normale, et une fille avec des mètres de cheveux noirs luisants, au point qu'elle traînait ses nattes derrière elle dans un chariot.

— Je ne crois pas que les caractéristiques physiques soient ce qu'ils cherchent cette année, pensa tout haut Jupiter. Personne ne s'est encore remis de la fille aux mains-marteaux. Ce qu'ils ont dû dépenser pour les réparations une fois qu'elle a eu son diplôme… Je crois que c'est une catcheuse professionnelle, maintenant.

Jupiter guida Morrigane dans les petites allées du jardin. Il lui chuchotait des commentaires.

— Baz Charlton, murmura-t-il en montrant discrètement un type aux cheveux longs, en pantalon de cuir et à la veste toute froissée. Odieux personnage. Évite-le comme la peste.

Trois filles se tenaient aux côtés de Baz Charlton. L'une d'elles avait de longs cheveux bruns et portait une robe bleue à paillettes. Elle lança un regard à Morrigane puis chuchota quelque chose aux autres. Alors elles se tournèrent toutes vers Morrigane, laquelle se força à sourire, car elle se souvenait de ce qu'avait dit Dame Chanda sur les premières impressions. Les filles pouffèrent. Morrigane se demanda si c'était bon signe.

Jupiter se saisit de deux verres de punch violet sur un plateau qui passait et lui en tendit un. Elle vit des machins roses flotter dedans. Non. Ils se *trémoussaient*. Des trucs roses se tortillaient dans son punch violet.

— C'est tout à fait normal, dit Jupiter en remarquant sa grimace de dégoût. Les trucs qui se trémoussent ont meilleur goût.

Morrigane hésita, puis prit une gorgée. C'était délicieux : une explosion de saveurs sucrées, sublime. Elle allait convenir que, en effet, c'était incroyable, quand le type en pantalon de cuir se matérialisa devant eux. Il donna une claque dans le dos de Jupiter et balança son gros bras sur ses épaules.

— Nord ! Mon vieux pote Nord, grommela-t-il. T'as perdu le nord, Nord ? Hamish me dit que t'as fait une Offre à une gamine. Ils te paient pas assez à la Ligue des explorateurs ? Ou est-ce que t'as décidé de raccrocher ta boussole et de laisser ta place à un nouvel aventurier ? Tu prends ta retraite, c'est ça ?

La présentation Wundrous

Le type s'esclaffa dans son verre de brandy. Jupiter fit la moue en fronçant le nez.

— Salut, Baz, dit-il, poli mais sans plus.

— C'est elle, si je ne m'abuse ? enchaîna l'autre en regardant Morrigane. La fameuse première candidate du sieur Jupiter. La presse people va s'en donner à cœur joie.

Il attendit que Jupiter fasse les présentations, mais comme Jupiter se taisait, il finit par dire :

— Charlton. Baz Charlton.

Il fit de grands gestes, sûr que Morrigane allait le reconnaître. Comme elle restait imperturbable, il se renfrogna.

— Comment t'appelles-tu, petite ?

Morrigane leva les yeux vers Jupiter, qui hocha la tête.

— Morrigane Crow.

— Elle a l'air un peu tristounette, si tu veux mon avis, Nord, chuchota Baz Charlton très fort à l'oreille de Jupiter, en ignorant complètement Morrigane.

Elle se sentit froissée. Qu'aurait-elle dû faire : marcher en souriant comme une idiote ?

— Elle est étrangère ? Tu l'as dégotée où ?

— À Mêletoi.

— Mêletoi ? Jamais entendu parler.

Baz, les yeux luisants, murmura avec des airs de conspirateur :

— C'est dans la République, ça ? Tu l'as amenée ici illégalement, hein ? Allez, tu peux tout dire à ton vieux pote Baz.

— Ouais, dit Jupiter. Elle vient de la ville de Mêletoi-Deskitregard, dans la République de Va-voir-ailleurs-si-j'y-suis.

Baz Charlton émit un petit ricanement amer qui montrait sa déception.

— Oh, très malin. C'est quoi, son truc, au fait ?

— Aussi un mêletoi, répondit Jupiter en se dégageant.

— C'est à ce petit jeu-là que tu veux jouer, alors ? D'accord, d'accord. Ça ne change rien. Tu me connais, avec moi, c'est vivre et laisser vivre.

Il toisa Morrigane.

— Une danseuse ? Ah non ! ses jambes sont trop courtes. C'est pas non plus un génie des sciences, pas avec ce regard vide.

Il agita une main devant le visage de Morrigane, qui se retint de lui flanquer un bon coup.

— Un art ésotérique, peut-être ? Une sorcière ? Une voyante ?

— Je croyais que t'avais dit que ça ne changeait rien, dit Jupiter, soudain lassé. Où est donc ta flopée de candidats ? Tu les as achetés en gros, cette année ?

— Huit seulement, Nord, rien que huit. Dont trois filles, dit Charlton en montrant le trio qui s'était moqué de Morrigane.

Il renifla et but une grande gorgée de brandy.

— Et les garçons sont quelque part par là-bas. Que des gagnants. Bonne récolte, cette année. Celle-là, c'est la grande star par contre. Noelle Devereaux. Je ne veux pas tout vous révéler mais… *elle a une voix d'ange.* Je n'ai jamais eu une candidate aussi douée. Elle sera numéro un, je vous l'assure.

Morrigane observa la fille et ses copines. La jolie Noelle bien habillée parlait sans s'arrêter et les autres buvaient ses paroles. Elle rayonnait de confiance en elle, avait un sourire charmant. Morrigane ne put s'empêcher d'éprouver un pincement de jalousie. Comment la Société Wundrous allait-elle pouvoir refuser l'entrée à quelqu'un comme Noelle Devereaux ?

— Félicitations, dit platement Jupiter.

— Mais celle-ci, Nord, poursuivit Baz Charlton en agitant la main vers Morrigane. Je ne comprends pas. Quel est l'intérêt ? Enfin je veux dire, ces *yeux*, Nord, ces affreux yeux noirs. Les Anciens ne choisissent pas les candidats qui ont l'air cruels. Celle-là pourrait vous tuer rien qu'en…

D'un regard, Jupiter lui coupa la parole. Il resta bouche bée.

— Faites attention à ce que vous dites, monsieur Charlton, dit Jupiter du même ton glacial que le soir du Merveillon au manoir des Crow.

Morrigane frissonna.

Baz Charlton referma la bouche. Jupiter s'écarta de lui, le laissant libre de déguerpir, ce qu'il fit d'un pas chancelant, ses cheveux longs flottant au vent.

Jupiter soupira et lissa son costume jaune. Puis il empoigna l'épaule de Morrigane d'une main ferme.

— Je te l'avais dit. Un odieux personnage. Ne fais pas attention à lui.

Morrigane but une gorgée de punch. Les paroles de Baz Charlton résonnaient encore à ses oreilles. *Les Anciens ne choisissent pas les candidats qui ont l'air cruels.*

— Baz est ce qu'on appelle un mécène spaghetti, expliqua Jupiter. (Il continua de faire visiter le jardin à Morrigane, en saluant quelques personnes ici et là.) Il parcourt l'État Libre tous les ans à la recherche de candidats potentiels et fait passer les épreuves à une douzaine d'enfants, qu'ils soient prêts ou non, pour augmenter ses chances de placement. C'est comme lancer une poignée de spaghettis au mur en espérant qu'une pâte collera, tu vois ?

— Et ça marche ? demanda Morrigane.

— Malheureusement, très souvent.

Il entraîna Morrigane vers la gauche pour éviter un groupe d'adolescents m'as-tu-vu qui faisaient leurs intéressants.

— Ah ! voici la jeune Nanne.

Une grande femme aux larges épaules s'approcha d'eux et serra la main de Jupiter.

— Capitaine Nord, en chair et en os ! J'ai entendu dire que tu avais choisi une candidate, mais je n'arrivais pas à croire la rumeur. « Jupiter Nord, me disais-je, jamais de la vie. » Et te voilà, toi, et ta candidate. Bonjour, ma chère.

Elle sourit à Morrigane.

— Nancy Dawson, je te présente Morrigane Crow, dit Jupiter en faisant signe à Morrigane que tout allait bien.

La présentation Wundrous

Elle prit la main que Nanne lui tendait. Elle était plus jeune que Jupiter. Son sourire sincère et chaleureux la rendait moins intimidante.

— Enchantée, mademoiselle Crow. J'aurais voulu te présenter mon candidat, Hawthorne, mais il a disparu dès notre arrivée. Il est probablement en train de mettre le feu à quelque chose, dit Nanne avec une petite moue faussement agacée. Ce n'est pas son « truc » officiel, de faire des bêtises, mais on n'en est pas loin.

— C'est quoi, son truc officiel ? demanda Morrigane.

Jupiter lui lança un regard désapprobateur. Elle marmonna :

— Quoi ? C'est pas poli de demander ?

Nanne émit un petit rire.

— Ça m'est égal. Je n'ai aucun secret, moi, dit-elle en se redressant. Je suis fière de vous dire que Hawthorne Swift, à mon humble opinion, est le plus grand monteur de dragons de l'équipe junior de Nevermoor.

— Ah ! mais bien sûr, dit Jupiter avec un sourire. Quoi d'autre ? Un excellent choix pour la cinquième fois championne de Chevauchée de dragon de l'État Libre.

Le sourire de Nanne s'effaça un quart de seconde.

— Ancienne championne, corrigea-t-elle.

Elle tapa sur sa jambe droite, et Morrigane fut étonnée d'entendre sonner creux.

— Je ne suis pas près de reprendre la compétition, avec cette vieille chose.

— C'est une jambe de bois ? demanda Morrigane.

Elle dut prendre sur elle pour ne pas la toucher. Jupiter toussota, mais ça n'avait pas l'air de déranger Nanne.

— Eh oui ! Une merveille de la médecine moderne, à la pointe de la technologie : un alliage de cèdre, de Wunder et d'acier.

Elle remonta la jambe de son pantalon pour révéler le membre de bois et de métal, qui imitait à la perfection les mouvements des muscles et des tendons ; le bois lui-même semblait vivant.

— C'est un bel exemple de l'ingéniosité Wun, mademoiselle Crow. Tu n'imagines pas ce dont ils sont capables à l'hôpital de la Société Wundrous. De vrais faiseurs de miracles.

— Mais qu'est-ce qui est arrivé à votre vraie jambe ?

— Le dragon de mon adversaire me l'a arrachée avant de la dévorer. C'était au championnat annuel, il y a deux étés de ça. Un vrai monstre hideux, ce concurrent, dit-elle en prenant une gorgée de punch. Son dragon n'était pas beaucoup mieux.

Morrigane et Jupiter rirent de concert.

— Mais je ne vais pas me lamenter, dit Nanne en retrouvant son beau sourire. Je suis entraîneuse de la ligue junior, maintenant. C'est un poste stable, et je ne pourrais rêver d'un meilleur élève que le jeune Swift. Il monte depuis qu'il est bébé et sera un adversaire redoutable lorsqu'il pourra participer aux tournois. S'il veut bien abandonner ses ambitions de clown de service.

Soudain, un tintement cristallin se fit entendre : les mécènes dans tous les coins s'étaient mis à caresser doucement du doigt le rebord de leurs verres. Le quatuor à

La présentation Wundrous

cordes cessa de jouer. S'avancèrent alors sur le balcon trois personnes ; ou plutôt, comme le remarqua non sans perplexité Morrigane, un homme, une femme et un vieux taureau affublé d'un gilet.

— Voici notre nouveau Conseil des Anciens, murmura Jupiter à Morrigane. À la fin de chaque Ère, trois membres de la Société sont élus pour guider et gouverner pendant la nouvelle Ère. Ce sont les meilleurs, les plus brillants d'entre nous.

— OK. Mais heu… y a un taur…

— Chhhut ! Écoute !

Un silence respectueux s'installa alors que l'un des anciens s'approchait du micro. C'était une femme toute mince aux cheveux gris vaporeux. Son énorme chapeau à fleurs avait l'air de la déstabiliser et Morrigane craignait qu'elle se casse la figure par-dessus la rambarde. Un autre membre du Conseil tendit la main pour l'aider, mais la vieille dame la repoussa d'un soufflet sur le poignet. Elle s'éclaircit la voix avec autorité.

— Comme beaucoup d'entre vous le savent déjà, commença-t-elle, je suis Gregoria Quinn, membre du Conseil des Anciens. À mes côtés, voici Helix Wong l'Ancien et Alioth Saga l'Ancien.

Elle avait d'abord désigné l'homme, puis le taureau.

— Le Conseil des Anciens vous souhaite la bienvenue à la Maison des Initiés en ce jour très important. Je sais que pour vous tous, mes enfants, c'est la première fois que vous vous trouvez réellement au cœur de la Société Wundrous. Et pour la plupart d'entre vous, ce sera aussi la dernière.

C'était brutalement dit. Morrigane fit la grimace. D'ailleurs, elle n'était pas la seule. Tout autour d'elle, les candidats lançaient des regards inquiets à leurs mécènes, cherchant à être rassurés. Pouvaient-ils vraiment être aussi anxieux qu'elle ? Morrigane en doutait. Et si c'était *vraiment* sa dernière fois ici ? Jupiter ne lui avait toujours pas expliqué ce qui se passerait si elle échouait aux épreuves.

— Mes estimés collègues et moi-même, continua Quinn l'Ancienne, vous remercions, jeunes candidats, de votre courage, de votre optimisme et de la confiance que vous nous faites. De grandes épreuves vous attendent, et aucune place à la Société n'est garantie… Il faut du cran pour affronter tout ça. Vous méritez des applaudissements.

Sur ce, elle se tut et adressa un grand sourire à son audience. Elle ainsi que Wong l'Ancien, un homme à la barbe blanche, les bras et le cou couverts de tatouage, se mirent à applaudir avec enthousiasme. Le taureau, Saga l'Ancien, frappa le sol de ses sabots. Morrigane prit une gorgée de punch ; elle avait la bouche sèche.

— On m'a dit que cette année il y a plus de cinq cents candidats ! Avec tant de jeunes gens talentueux à notre disposition, je suis certaine que nous trouverons neuf nouveau membres de la Société, qui auront tout pour nous impressionner, dont nous serons fiers, et que nous serons heureux d'avoir à nos côtés pour le restant de nos jours.

Morrigane leva la tête vers Jupiter, mais il écoutait la vieille femme avec attention.

Neuf ? Ils n'allaient accepter que *neuf* nouveaux membres ? Sur plus de cinq cents candidats ? Jupiter avait négligé de mentionner ce détail.

Son cœur se serra. Elle n'avait plus aucun espoir. Comment pourraient-elle battre Noelle, qui avait la voix d'un ange, ou Hawthorne, qui montait des dragons depuis sa plus tendre enfance ? Même le garçon à tête de chien avait plus de chances qu'elle. Au moins, lui savait se démarquer ! Morrigane ignorait ce qu'était son talent, et de toute façon pensait n'en avoir aucun.

— Durant les prochains mois, vous serez mis à l'épreuve… physiquement et mentalement… à commencer par l'épreuve du Livret à la fin du printemps, poursuivit Quinn l'Ancienne.

Elle appuya ses paroles d'un regard entendu par-dessus ses lunettes.

— Nous vous suggérons de prendre le temps de vous faire des amis et des alliés précieux parmi les autres candidats. Vous devrez aussi vous préparer mentalement à ce qui vient.

« Devenir membre de la société Wundrous est un privilège spécial réservé à peu d'élus. Au nombre de nos membres, nous comptons parmi les meilleurs penseurs, leaders, acteurs, chanteurs, artistes, explorateurs, inventeurs, gens de sciences, sorciers et sorcières, et athlètes de l'État Libre. Nous sommes les plus spéciaux. Les plus talentueux. Et parfois quelques-uns d'entre nous sont appelés à faire de grandes choses, pour protéger les Sept Poches contre ceux qui nous veulent du mal. Nous luttons contre ceux qui en veulent à notre liberté et à nos vies.

Un murmure parcourut la foule. Le garçon à côté d'elle murmura « le Wundereur », et les enfants qui se tenaient assez près pour avoir entendu se pétrifièrent.

Encore cette histoire de Wundereur, pensa Morrigane. Qui ou quoi que ce soit, on aurait dit que le spectre de ce Wundereur hantait si bien Nevermoor qu'il suffisait de prononcer son nom pour susciter l'effroi. Peut-être était-ce parce qu'elle ne connaissait pas bien les mœurs de l'État Libre, mais Morrigane ne pouvait s'empêcher de penser que c'était idiot, surtout que Jupiter avait dit que personne ne l'avait vu depuis plus d'un siècle.

— Mais, continua Quinn l'Ancienne d'un ton plus léger, sachez que les avantages qu'il y a à rejoindre nos rangs sont infiniment supérieurs aux inconvénients.

Un rire d'acquiescement papillonna dans le jardin. Quinn l'Ancienne sourit et attendit que le silence se rétablisse.

— Mes enfants, regardez vos mécènes. Regardez autour de vous, observez tous les membres de la famille Wundrous, et tous les autres candidats.

« Vous avez tous une chose en commun. Vous possédez un talent unique. Un *truc* qui vous démarque de vos confrères, et de vos amis. Et même de votre famille.

Morrigane sentit sa gorge se serrer. Il y avait des centaines de gens accrochés aux lèvres de Quinn l'Ancienne. Pourtant elle se sentait particulièrement visée.

— Je sais, pour l'avoir vécu, que l'on peut se sentir très solitaire. Oh ! j'aimerais tant que l'on puisse vous prendre tous sous notre aile. Mais aux neuf d'entre vous qui nous rejoindront à la fin de cette année, je promets une chose : vous aurez votre place ici. Vous aurez une famille. Et des amitiés pour toute la vie.

« À partir d'aujourd'hui, vous participez officiellement aux épreuves de sélection de l'unité 919 de la Société Wundrous. La route sera longue et pleine d'embûches, mais peut-être... oui, peut-être... que tout au bout, vous attend un avenir merveilleux. Bonne chance à tous.

Morrigane applaudit bien fort, comme les autres. *Une famille. Une place à moi. Des amitiés pour toute la vie.* Quinn l'Ancienne et Jupiter récitaient-ils une brochure ? Ou avaient-ils lu dans son cœur un désir qu'elle-même ignorait avoir ?

Pour la première fois, la Société Wundrous apparut à Morrigane comme une réalité.

Après un tonnerre d'applaudissements, les mécènes et leurs candidats se tournèrent vers le monstrueux buffet de desserts. Jupiter resta un peu en arrière et murmura à Morrigane :

— Je vais aller dire bonjour à de vieux amis, dit-il. Tu devrais aller faire de nouvelles connaissances.

Il la fit pivoter et la poussa gentiment vers un groupe d'enfants qui contournaient la Maison des Initiés.

Tu vas y arriver, pensa Morrigane, encouragée par les promesses extravagantes de Quinn l'Ancienne. *Une famille. Une place à moi. L'amitié.*

Elle leva un peu le menton et suivit ses camarades, préparant dans sa tête ce qu'elle pourrait bien leur dire. Fallait-il commencer par une blague ? Ou devait-elle être plus directe ? Devait-elle simplement dire :

« Je m'appelle Morrigane, voulez-vous être mes amis ? » Est-ce comme ça qu'on faisait ?

Le groupe s'était réuni sur les marches devant la Maison des Initiés. La candidate de Baz Charlton, Noelle, parlait à une fille au visage rond et aux joues roses, qui paraissait très sympathique.

— Alors, Anna, t'es une bonne sœur ? disait Noelle.

— Non. Je ne suis pas une bonne sœur. Je *vis* avec des bonnes sœurs... les Sœurs de la Sérénité, dit-elle en rougissant encore plus. Et je m'appelle Anah, pas Anna.

Noelle lança un sourire moqueur à la ronde.

— Des vraies bonnes sœurs ? Qui s'habillent comme des pingouins ?

— Non, non, dit Anah en secouant la tête.

Ses bouclettes blondes dansèrent autour de sa figure et retombèrent délicatement sur ses épaules. Noelle eut l'air agacée, et elle leva la main vers sa propre chevelure lustrée. Elle saisit une longue mèche qu'elle se mit à entortiller autour d'un doigt.

— Elles s'habillent comme tout le monde la plupart du temps. Sauf le dimanche pour aller à la chapelle, quand elles sont en noir et blanc.

— Ah ! alors elles ne se déguisent en pingouin que le dimanche, dit Noelle.

Elle rit et regarda autour d'elle pour voir qui d'autre goûtait sa blague. Quelques-uns rirent pour lui faire plaisir ; la grande brune maigre qui se tenait à côté d'elle avait l'air de trouver ça vraiment hilarant. Pliée en quatre, elle se couvrait la bouche des deux mains, sa longue natte noire sur l'épaule.

— Et les autres jours elles portent des robes moches à trois francs six sous comme la tienne ? Les pingouins t'ont refilé cette tenue quand t'es devenue bonne sœur ?

Anah était maintenant toute rouge. Morrigane lui adressa une moue de sympathie. Est-ce qu'Anah aussi essayait de se faire des amis ? Avant de se retrouver la risée du groupe, avait-elle abordé Noelle, comme Morrigane avait eu l'intention de le faire ? Se faire des amis semblait sacrément risqué.

— Je ne suis *pas* une bonne sœur, répéta Anah, le menton tremblant. Non pas que j'aie quoi que ce soit contre les bonnes sœurs.

Noelle inclina la tête de côté et lui lança un faux sourire de compassion.

— Mais n'est-ce pas *exactement* ce que dirait une bonne sœur ?

— Oh ! tais-toi donc, rugit Morrigane.

Tous les yeux se tournèrent vers elle. Elle-même n'en revenait pas d'avoir réagi aussi vivement.

Noelle eut un vilain rictus et susurra à Morrigane :

— Qu'est-ce que t'as dit ?

— Tu m'as bien entendue, dit Morrigane en élevant un peu la voix. Fiche-lui la paix.

— Toi aussi, t'es du couvent ? ironisa Noelle en désignant du menton la robe noire de Morrigane. Vous n'avez pas un couvre-feu, vous autres les pingouins ? Dandinez-vous donc un peu.

Son amie émit un petit rire de cochon qui ne convenait pas du tout à une jolie fille.

Morrigane commençait à regretter les bons vieux jours à Jackalfax où tout le monde craignait sa présence. Alors elle pensa à Jupiter et redressa les épaules, puis déclara d'une voix grave et sur un ton froid :

— Fais bien attention à ce que tu dis.

Silence. Puis :

— Ha ha ha !

Noelle explosa de rire, ses amies et les autres candidats l'imitèrent. Alors qu'ils se tortillaient de rire, Morrigane comprit soudain qu'elle n'avait plus rien d'effrayant. Était-elle ravie ou déçue ? Elle n'en savait rien.

Les rires cessèrent. Noelle jeta un regard noir à Morrigane. Anah avait saisi l'occasion pour déguerpir et disparaître. *De rien*, pensa Morrigane, qui lui en voulut un peu.

— C'est pas poli d'écouter les conversations des autres, dit Noelle, les mains sur les hanches. Enfin je ne m'attendais pas à des bonnes manières, de la part d'une sans-papiers.

— Comment ça ?

— Mon mécène m'a dit que le tien t'avait fait passer la frontière de l'État Libre illégalement. Il a dit que personne n'avait jamais entendu parler de toi, et donc que tu devais forcément venir de la République. Tu sais que t'es une hors-la-loi ? On devrait te jeter en prison.

Morrigane fronça les sourcils. Sa présence dans l'État Libre était-elle vraiment illégale ? Elle n'était pas idiote... elle savait que Jupiter n'avait pas été très net à la frontière : montrer un emballage de chocolat et un vieux mouchoir en guise de passeport, ça n'avait rien d'officiel.

Mais cela voulait-il pour autant dire qu'elle était entrée illégalement ? Avaient-ils commis un *crime* ?

— Tu ne sais pas de quoi tu parles, répliqua Morrigane en tâchant de paraître sûre d'elle. Et ton mécène est un odieux personnage.

Noelle vacilla un peu et cligna des yeux.

— C'est ça, ton truc ? Insulter les gens ? Je pensais que c'était de choisir des tenues hideuses ou d'être moche comme un pou. Il est évident que tu es douée dans ce domaine et… AHHHH !

Une énorme sculpture en gélatine tombée du ciel venait de s'écraser en plein sur la tête de Noelle. La substance gluante vert fluo dégoulinait sur son visage, recouvrait ses cheveux et s'accrochait à sa robe à paillettes. On aurait dit qu'on avait lâché sur elle une substance radioactive.

— Tu veux du dessert, Noelle ? lança une voix au-dessus d'eux.

C'était un garçon, suspendu d'une main à la fenêtre en surplomb de l'endroit où ils se tenaient sur l'escalier. De son autre main, il agitait un plateau vide. Et il souriait jusqu'aux oreilles.

Noelle tremblait de rage.

— Tu… je… tu seras jamais… tu es vraiment… AHHH ! Monsieur Charlton !

Elle dévala les marches pour aller chercher son mécène, et les autres la suivirent, y compris la fille à la natte qui riait encore.

Le garçon atterrit avec un bruit sourd à côté de Morrigane. Il rejeta la tête en arrière pour chasser ses boucles brunes de ses yeux et rajusta son pull trop grand ; un énorme pull bleu tricoté, orné, sur la poitrine, d'un chat à paillettes avec un nœud rose sur la tête et une clochette accrochée à son collier. Morrigane se demandait ce qui lui avait pris de porter ça.

— J'ai bien aimé ta phrase qui tue : « Fais bien attention à ce que tu dis », dit-il en imitant sa voix grondante de colère. Mais parfois, la seule solution, c'est une attaque de gélatine surprise.

Elle ne savait trop comment répondre à ce conseil loufoque. Le garçon lui lança un regard complice, et ils restèrent plantés là en silence. Morrigane ne pouvait détacher les yeux de son pull.

— Il te plaît ? dit-il en baissant les yeux. Ma mère m'a parié que j'étais pas cap' de le porter aujourd'hui. Elle l'a acheté sur un catalogue. Elle adore cette marque, ça s'appelle Pulls Moches en Vrac. Ma mère est une rigolote.

— Et qu'est-ce que t'as gagné ?

— Comment ça ?

— Pour avoir remporté le pari.

— Bah, j'ai le droit de porter le pull.

Il fronça les sourcils, manifestement déconcerté. Puis son visage s'illumina.

— Hé ! Tu pourrais m'aider ?

La présentation Wundrous

Vingt minutes plus tard, ils reparaissaient en bavardant dans le jardin, chargés d'un lourd tonneau en bois qu'ils avaient traîné de l'autre bout de la propriété.

Le garçon était plutôt fort pour sa taille, pensa Morrigane. Malgré ses petites jambes et ses bras maigres, il portait presque tout le poids.

— C'est joli, dit-il en soufflant. Toutes ces fleurs, ces statues, et tout ça. Mais je te le dis : ils ont un problème de vermine. Mon mécène connaît le jardinier. Ils en ont plein. Des souris, des rats, et même des serpents. Ils viennent de se débarrasser d'une invasion de crapauds. Le département de Sorcellerie n'en a pas besoin d'autant, a dit le jardinier.

— Peu importe, dit Morrigane le souffle coupé.

Ils hissèrent et poussèrent le tonneau en haut des marches, passèrent devant le quatuor à cordes qui leur lança des regards étonnés.

— La Maison des Initiés est le plus bel endroit que j'aie jamais vu. À part le Deucalion.

— Faudra que tu me fasses visiter, dit-il avec enthousiasme.

Il avait été si content d'apprendre que Morrigane *vivait* dans un hôtel.

— Est-ce que tu commandes à manger dans ta chambre tous les jours ? Moi, c'est ce que je ferais. Du homard pour le petit déj et du pudding pour le dîner. Est-ce qu'ils déposent des chocolats sous ton oreiller ? Mon père dit qu'ils font ça dans tous les grands hôtels.

Est-ce qu'il y a vraiment un Fumoir ? Et un nain vampire ?

— Un vampire nain, corrigea-t-elle.

— Waouh ! Tu crois que je pourrais venir ce week-end ?

— Je demanderai à Jupiter. Qu'est-ce qu'il y a là-dedans, dis-moi ? C'est vraiment lourd.

Ils avaient atteint leur destination finale : le rebord de la terrasse.

Le garçon chassa d'un mouvement de la tête ses cheveux de son visage, ouvrit le tonneau et, sans un mot, le fit basculer par-dessus bord. Des dizaines de crapauds gluants en dégoulinèrent pour s'éparpiller sur le sol, croassant et sautant entre les pieds des gens qui se mirent aussitôt à hurler.

— Je t'avais bien dit. Ça grouille de vermine par ici.

Morrigane ouvrit de grands yeux. Elle venait de l'aider à introduire des crapauds dans une réception. Un rire hystérique lui échappa ; ce n'était probablement pas le genre de première impression que Dame Chanda avait en tête.

Le jardin en contrebas était sens dessus dessous. Les gens se bousculaient les uns les autres en essayant d'échapper à la horde de crapauds. Quelqu'un hurla à l'aide. Une table fut renversée et un bol de punch se brisa par terre en éclaboussant Wong l'Ancien de liquide violet.

Morrigane et le garçon s'éloignèrent en catimini de la scène de crime, puis partirent en courant, dévalèrent les marches et tournèrent le coin de la Maison des Initiés avant de s'écrouler, morts de rire.

— Alors là… C'était… dit Morrigane, pliée en deux parce qu'un point de côté lui coupait la respiration.

— Génial. Je sais. Comment tu t'appelles, au fait ?

— Morrigane, dit-elle en lui tendant la main. Et t…

L'arrivée de Jupiter l'obligea à laisser sa phrase en suspens.

— Vous vous amusez bien ? dit son mécène avec un sourire serein, ignorant la foule de serviteurs équipés de filets et de balais qui passaient en trombe.

Morrigane se mordilla la lèvre.

— Pas mal…

Nanne Dawson apparut derrière lui.

— Capitaine Nord, est-ce que vous avez vu…

Elle s'interrompit et rougit de colère en voyant Morrigane et son nouvel ami en proie à un fou rire.

— *Hawthorne Swift !*

Le garçon lança un sourire penaud à son mécène.

— Désolée, Nanne, dit-il d'un ton pas du tout navré. Je pouvais pas laisser se gaspiller un tonneau plein de crapauds.

Ils prirent une calèche pour rentrer. Le silence leur tint compagnie pendant presque tout le trajet.

Enfin, alors qu'ils tournaient dans l'avenue Humdinger, Jupiter prit la parole.

— Tu t'es fait un ami.

— Je crois, oui.

— Autre chose ?

Morrigane réfléchit un instant.

— Je crois que je me suis aussi fait une ennemie.

— Moi, je ne me suis pas fait d'ennemi avant mes douze ans, dit-il, manifestement impressionné.

— C'est peut-être ça, mon truc ?

Jupiter pouffa.

Au lieu de les déposer dans la grande cour de l'hôtel Deucalion, la calèche s'arrêta devant l'allée Caddisfly. Jupiter paya le chauffeur, et ils se faufilèrent dans l'étroite ruelle jusqu'à la modeste porte en bois de l'entrée de service. Avant qu'il pousse le battant, Morrigane posa une main sur son bras.

— Je suis dans l'illégalité, n'est-ce pas ?

Jupiter prit un air penaud.

— Un peu.

— Alors… j'ai pas de visa.

— Pas vraiment.

— Pas vraiment, ou pas du tout ?

— Pas du tout.

— Oh ! dit Morrigane en réfléchissant à la façon dont elle pourrait habilement poser sa question suivante. Et si je… si on ne me laisse pas entrer à la Société, alors…

— Oui ? demanda-t-il.

Elle prit une grande inspiration.

— Alors est-ce que je pourrais quand même rester ? Au Deucalion, avec toi ?

Jupiter ne disait rien. Elle s'empressa d'ajouter :

— Pas comme invitée ! Je pourrais travailler. Tu n'aurais pas à me payer, ni rien. Je pourrais aider Kedgeree, ou faire l'argenterie pour Fen...

Jupiter rit de nouveau et ouvrit la porte en bois. Ils pénétrèrent dans le couloir sombre éclairé au gaz qui sentait un peu le moisi.

— Oh ! Je suis sûr que tu *adorerais* travailler pour cette vieille grincheuse de Fen. Mais je soupçonne que la Fédération hôtelière de Nevermoor n'aimerait pas voir une enfant se faire exploiter.

— Tu y penseras ? Promis ?

— Seulement si tu me promets d'arrêter de te dire que tu n'entreras pas à la Société.

— Mais *si* je ne suis pas acceptée...

— On s'occupera de ça en temps voulu.

Morrigane poussa un soupir. *Tu ne pourrais pas me donner une réponse plus claire ?* pensa-t-elle. Mais elle se garda bien d'insister.

Jupiter poussa Morrigane vers le hall d'entrée.

— Maintenant, raconte-moi tout sur ton nouvel ami. Où diable dans les Sept Poches a-t-il trouvé un tonneau plein de crapauds ?

10

SANS-PAPIERS

L A CHAMBRE 85, au quatrième étage, se transformait peu à peu selon les goûts de Morrigane. Tous les jours, elle remarquait quelque chose de nouveau et de pertinent, qu'elle aimait instantanément. Par exemple, les serre-livres en forme de sirènes qui étaient apparus dans sa bibliothèque, ou encore le fauteuil en cuir en forme de pieuvre qui l'enveloppait de ses tentacules pendant qu'elle lisait.

Une nuit, quelques semaines auparavant, le simple lit de bois blanc s'était transformé pendant son sommeil et elle avait découvert au réveil une magnifique tête de lit en fer forgé. Mais le Deucalion s'était sans doute dit qu'il s'était trompé, puisque deux jours plus tard elle se réveilla dans un hamac.

Ce qu'elle préférait par-dessus tout, c'était la peinture représentant une statue en gélatine verte, qui était suspendue au-dessus des toilettes.

Au début, elle pensait que c'était Jupiter, ou Fen, qui changeaient tout en secret, pour voir ses réactions. Et puis une fois, au milieu de la nuit, elle était entrée dans la salle de bains pour prendre un verre d'eau, et avait de ses yeux vu quatre pattes de lion argentées pousser sous la baignoire.

Le plus étrange, c'était que la taille et la forme de la pièce fluctuaient sans cesse. D'abord il y avait eu la baie vitrée. Un jour, sa salle de bains était de la taille d'une salle de bal et sa baignoire grande comme une piscine. Le lendemain, elle n'était pas plus grande qu'un placard à balais.

Des fleurs rouges ornaient les balcons, un porte-chapeau en forme de squelette accueillait un chapeau en feutre gris à la taille de Morrigane, et du lierre grimpait au mur autour d'une belle cheminée en pierre. Pour la première fois de sa vie, Morrigane se sentait chez elle.

À la mi-printemps, un homme en costume brun se présenta à l'hôtel Deucalion. Sa longue moustache recourbée lui montait jusqu'aux pommettes et un badge argenté brillait sur sa poitrine. Debout devant le comptoir de la réception, les mains dans le dos, il détaillait le hall de l'hôtel d'un air satisfait.

Kedgeree était allé cherché Jupiter et Morrigane dans le Fumoir, où ils se prélassaient dans un nuage vert bouteille (de la fumée de romarin, pour aiguiser l'esprit) en jouant aux cartes. Ni l'un ni l'autre ne connaissaient les règles, mais Frank murmurait des conseils à l'oreille de Morrigane, et Dame Chanda faisait de même à celle de Jupiter. De temps à autre, quelqu'un hurlait : « Houzzah ! » et les autres faisaient la grimace ou lançaient quelque chose. Étant donné la situation, Morrigane trouvait que c'était une bonne manière de passer l'après-midi.

Ils ne furent pas ravis quand Kedgeree insista pour qu'ils les suivent, et Morrigane fut encore plus agacée lorsqu'elle vit le moustachu lancer un regard désapprobateur au petit lustre informe, qui était toujours en train de pousser.

Malpoli, va, pensa-t-elle. *Il n'est pas encore prêt !*

Le chandelier poussait tous les jours un peu, mais il avait encore du chemin à faire. À ce stade, il était impossible de deviner de quoi il aurait l'air quand il serait grand. Fenestra tenait les paris. Frank était sûr et certain que ce serait un paon, mais Morrigane espérait encore qu'il retrouverait son ancienne allure de voilier rose que Jupiter aimait tant.

— Qu'est-ce qu'il fout là, le Puant ? murmura Jupiter à Kedgeree.

— C'est qui, le Puant ? chuchota Morrigane.

— Oh… Heu… Je voulais dire, l'agent de police de Nevermoor, dit Jupiter à mi-voix. On devrait… probablement pas l'appeler le Puant. Pas en s'adressant à lui. D'ailleurs, laisse-moi parler pour nous deux.

Jupiter s'approcha de l'homme et lui serra amicalement la main.

— Bonjour, monsieur l'agent. Bienvenue à l'hôtel Deucalion. Vous êtes là pour un enregistrement ?

L'homme s'esclaffa.

— Pas du tout. Vous êtes bien le propriétaire ?

— Jupiter Nord. Comment allez-vous ?

— Capitaine Jupiter Amantius Nord, dit l'homme en consultant son calepin. Membre estimé de la Société Wundrous, de la Ligue des explorateurs, et de la Fédération hôtelière de Nevermoor. Secrétaire de la Commission des droits des Wunimaux, défendeur bénévole pour la bibliothèque Gobleian, et président de l'Association caritative pour les robots de ménage retraités. Vous avez découvert dix-sept royaumes jusqu'ici non documentés, et vous avez été nommé « homme le plus chic de l'année » ces quatre dernières années par le *Magazine des hommes chics*. Très impressionnant, capitaine. Ai-je oublié quelque chose ?

— Je donne aussi des cours de claquettes à des voyous en situation précaire et fais partie du jury pour le concours de tarte à la mûre qui a lieu au Centre de réhabilitation à sécurité maximale pour psychopathes.

Morrigane pouffa, bien qu'elle ignorât s'il plaisantait ou non.

— Vous êtes donc un saint, mon bon monsieur.

— Non, j'aime juste manger de la tarte, dit-il en adressant un clin d'œil à Morrigane.

L'agent fronça le nez.

— Vous êtes un rigolo, hein ?

— En effet, oui. Est-ce que je peux vous aider, monsieur l'inspecteur ?

Morrigane suivit le regard de Jupiter. L'insigne de l'agent indiquait : INSPECTEUR HAROLD FLINTLOCK.

L'inspecteur Flintlock rentra sa bedaine et tenta de regarder Jupiter de haut, ce qui était difficile car celui-ci le surplombait de plusieurs têtes.

— Je suis ici à la suite d'une déclaration anonyme. L'un de vos confrères de la famille Wundrous vous a dénoncé : vous hébergez une sans-papiers. Ce n'est pas très bon, tout ça.

Jupiter afficha un sourire serein.

— En effet, ce ne serait pas très bon si c'était vrai.

— Vous présentez une candidate à la Société Wundrous cette année, n'est-ce pas ?

— C'est exact.

— Et voici votre candidate ?

— Elle s'appelle Morrigane Crow.

L'inspecteur Flintlock rapprocha son visage de celui de Morrigane en la regardant intensément.

— Et vous êtes d'où exactement, Morrigane Crow ?

— De Mêletoi, répliqua Morrigane.

Jupiter camoufla son rire sous une quinte de toux.

— Elle veut dire qu'elle vient de la Septième Poche de l'État Libre, inspecteur. C'est juste que... elle le prononce bizarrement.

Morrigane lança un regard à son mécène. Il avait le même air décontracté que lorsqu'il avait parlé au douanier à leur arrivée à Nevermoor.

L'inspecteur Flintlock fit claquer son calepin dans sa main.

— Écoutez-moi bien, Nord. L'État Libre est très strict en matière d'immigration. Si vous hébergez une sans-papiers, vous contrevenez à plus de vingt-huit lois. Vous allez au-devant d'ennuis, mon cher. Les migrants dans l'illégalité sont une vraie peste, et c'est mon devoir de protéger les frontières de Nevermoor et ses citoyens des sauvages qui veulent se frayer un chemin dans l'État Libre.

Jupiter, tout à coup, reprit son sérieux.

— Une noble cause, j'en suis certain, dit-il doucement. Protéger l'État Libre contre ceux qui en ont le plus besoin.

Flintlock ricana en lissant sa moustache huileuse.

— Je connais votre genre. Vous avez un grand cœur, vous laisseriez tout le monde entrer si on ne vous arrêtait pas. Mais je crois que vous vous rendrez vite compte que votre petite sans-papiers minable n'en valait pas la peine.

Jupiter le regarda droit dans les yeux.

— Ne l'insultez pas.

Morrigane fut parcourue d'un frisson. Elle avait reconnu la colère dans la voix de Jupiter, son regard était d'un bleu glacial. Mais Flintlock mit du temps à comprendre.

— Je l'appelle comme je veux. Ce n'est qu'une sale *sans-papiers* qui pue. Vous ne me trompez pas, Nord. Alors soit vous me montrez ses papiers… et vous prouvez qu'elle est *citoyenne* de notre État… soit vous vous rendez, et cette immonde sans-papiers sera expulsée immédiatement !

Les paroles de l'inspecteur se réverbérèrent dans le hall et dans les hauteurs du plafond. Quelques employés, attirés par les éclats de voix de Flintlock, se pointèrent pour voir ce qui se passait.

— Tout va bien, Capitaine Nord ? demanda Kedgeree en quittant son poste pour se joindre à eux avec Martha.

— Qu'est-ce que c'est que cet affreux tapage ? dit Dame Chanda en passant un bras autour des épaules de Morrigane et en fusillant Flintlock du regard.

— Peut-on appeler la sécurité ? dit Fenestra de l'escalier où, assise sur une marche, elle se léchait les griffes.

— Tu veux que je lui morde les rotules, Jove ? demanda Frank, le vampire nain, en passant la tête entre les jambes de Jupiter.

— Ce ne sera pas nécessaire. Tout va bien, merci. Vous pouvez tous nous laisser.

Ils quittèrent tous les lieux avec réticence, sauf Fen, qui ne bougea pas. Jupiter resta silencieux un moment, tandis que Flintlock jetait des regards inquiets dans la direction de la Magnifichatte.

Quand Jupiter prit enfin la parole, il avait un ton calme et mesuré.

— Vous n'avez pas le droit de demander les papiers de quiconque se trouve sous la juridiction de la Société

Wundrous, Flintlock. On s'occupe nous-mêmes de nos hors-la-loi.

— Elle ne fait pas partie de la Société…

— Vous devriez réviser vos lois Wun, Flinty. Article quatre-vingt-dix-sept, clause F : « Un enfant participant aux épreuves du concours d'entrée à la Société Wundrous devra légalement être considéré comme un membre de la Société Wundrous pendant toute la durée des épreuves ou jusqu'à son élimination. » Cela veut dire qu'elle est déjà l'une des nôtres.

Morrigane se sentit soudain soulagée. *Elle est déjà l'une des nôtres.* Elle leva la tête vers Flintlock, contente de savoir que la loi de la Société Wundrous était de son côté.

Le visage de Flintlock vira au violacé avant de pâlir de colère. Sa moustache tremblotait.

— Pour l'instant. Elle est des vôtres, *pour l'instant*, Nord. Mais dès qu'elle échouera aux épreuves, je serai de retour pour réclamer ses papiers.

Il se caressa la moustache et rajusta son uniforme, regarda Morrigane comme si elle était un vieux chewing-gum accroché à sa semelle, et dit :

— Elle sera de retour dans son affreuse République avant que vous ayez eu le temps de me supplier. Et alors, vous, mon ami, vous aurez de vrais ennuis ; et votre Société ne pourra rien faire pour vous.

Flintlock quitta le hall du Deucalion la tête haute, descendit les marches de l'entrée principale, et disparut. Morrigane se tourna vers Jupiter, qui paraissait très tendu.

Sans-papiers

— Ils peuvent vraiment m'expulser ? demanda-t-elle, la gorge nouée.

Elle repensa à la Cavalerie d'ombre et de fumée, à ces ombres qui se dessinaient dans les ténèbres, et sentit de la sueur couler dans sa nuque.

— Et qu'est-ce qui se passera s'il faut que je quitte Nevermoor ?

— Ne sois pas bête, Mog, dit Jupiter pour la rassurer. Ça n'arrivera pas.

Et il quitta le hall de l'hôtel sans la regarder.

Quand Morrigane alla se coucher cette nuit-là, son hamac s'était à nouveau transformé, pour laisser place à un lit en bois aux pieds sculptés d'étoiles et de lunes. Elle dormit très mal, et rêva de l'épreuve Spectaculaire. Dans son rêve, elle était plantée devant les Anciens, incapable de parler, puis le Puant venait l'emporter pour la jeter à la Cavalerie d'ombre et de fumée sous les encouragements de la foule.

Le lendemain matin, son lit était un futon. Le Deucalion ne s'était peut-être pas encore fait d'idée précise sur elle, finalement.

11

L'ÉPREUVE DU LIVRET

— E<small>TDONKCÉKOITONTALENT</small> ? questionna Hawthorne la bouche pleine de chips au fromage.

Jupiter avait autorisé Morrigane à inviter son nouvel ami à l'hôtel Deucalion, à condition que le garçon l'aide à se préparer pour l'épreuve du Livret. Pour l'instant, ils n'avaient rien étudié d'autre que le Deucalion lui-même. Hawthorne aimait tout particulièrement le Fumoir (cet après-midi, c'était fumée de chocolat, pour le bien-être émotionnel), la salle des Pluies (même si, comme il n'avait pas apporté ses bottes en caoutchouc, son pantalon était maintenant trempé jusqu'aux genoux) et la salle de théâtre. Ou plutôt, les coulisses de la salle de théâtre encombrées de costumes, lesquels donnaient à ceux qui les revêtaient un accent différent et les faisaient marcher bizarrement. En plus, les effets mettaient longtemps à s'estomper. Une demi-heure après avoir retiré son costume de Boucle d'Or, Hawthorne sautillait encore d'un pied sur l'autre comme une gamine.

Ils étaient à présent assis à une table dans un coin de la grande cuisine de l'hôtel, au milieu des bruits de vaisselle et des chefs qui se démenaient pour exécuter les commandes. Ce n'était pas l'endroit idéal pour étudier, pensait Morrigane, mais Fen ne leur avait pas permis de déjeuner à la bibliothèque et Kedgeree avait annoncé plus tôt qu'il n'y aurait jusqu'à nouvel ordre plus de pesanteur dans la salle à manger.

— C'est… heu… mon talent ? dit Morrigane qui redoutait maintenant la question. Bah, ché pas.

Hawthorne hocha la tête. Il mâcha, puis avala goulûment.

— T'es pas obligée de me le dire. Il y a plein de candidats qui gardent ça secret. Ils ménagent un effet de surprise pour l'épreuve Spectaculaire.

— C'est pas ça, s'empressa d'ajouter Morrigane. Je crois que j'en ai pas.

— C'est obligé, dit-il, perplexe, en avalant d'un trait la moitié de son verre de lait. Ton mécène ne peut pas te présenter aux épreuves si t'as pas de talent. C'est la condition *sine qua non*.

Quelque chose turlupinait encore Morrigane. Son talent était-il lié à sa malédiction ? Elle aurait voulu demander son avis à Hawthorne, mais elle ne devait plus ne serait-ce que *mentionner* la malédiction. Elle avait promis à Jupiter.

— Je crois que je serais au courant si j'en avais un, dit Morrigane en grignotant son sandwich.

Elle avait perdu l'appétit. *C'était sympa*, se dit-elle tristement, *d'avoir un ami pour quelques minutes. Mais Hawthorne aurait mieux fait de se lier d'amitié avec le garçon à tête de chien.*

— Je suppose, dit Hawthorne en haussant les épaules.

Il termina les dernières miettes de son repas et ouvrit un des manuels que Morrigane avait empruntés dans le bureau de Jupiter.

— Est-ce qu'on commence par la Grande Guerre ?

Elle releva la tête.

— La quoi ?

— Ou tu veux qu'on y vienne après tous les trucs chiants ?

Morrigane essaya de masquer son étonnement.

— Alors… tu veux toujours être mon ami ?

— Hein ? Bah ouais !

Il fit une grimace. Morrigane sourit. Hawthorne lui accordait son amitié comme ça, comme si c'était rien du tout. Il n'avait aucune idée de ce que cela représentait pour elle.

— Mais on nous a recommandé de nous faire des contacts utiles… c'est ce qu'on nous a dit à la présentation Wundrous.

Morrigane alla déposer leurs assiettes vides dans l'évier, évitant de justesse le sous-chef qui passait à toute vitesse chargé d'un plat de moules fumant.

Elle se sentit obligée d'insister pour qu'il comprenne bien.

— Je doute que *je* te sois très utile.

— On s'en fiche ! dit-il en riant.

Il retourna à son livre. Morrigane se sentit soulagée en reprenant sa place.

— Je crois qu'on devrait commencer par la Grande Guerre. Parce qu'il y a plein de sang et de trucs dégoûtants. Première question : combien de têtes ont été coupées lors de la bataille du fort de la Lamentation dans les Hautes-Terres ?

— Aucune idée.

Il leva un doigt.

— C'est une question piège. Les clans des Hautes-Terres ne coupent pas les têtes durant les batailles. Ils coupent les torses, pendent les corps à l'envers, et les secouent jusqu'à ce que les organes dégoulinent.

— Sympa, dit Morrigane.

L'État Libre était décidément bien différent de la République. Hawthorne se frotta les mains d'un air satisfait, le regard brillant. Il ne faisait que commencer.

— Question suivante : quel fameux pilote des Forces du ciel a été rôti par un dragon ennemi pendant la bataille des Falaises-Noires ? Oh ! et question bonus : quelle est la tribu des falaises qui a dégusté ses restes bien cuits lorsqu'ils sont tombés du ciel ?

Une semaine plus tard, Morrigane remontait pour la deuxième fois l'allée qui menait à la Maison des Initiés. Cette fois encore, elle résista à l'envie de faire demi-tour et de partir en courant. Les grands arbres noirs et nus qui bordaient le chemin lui paraissaient encore plus menaçants. Leurs branches sombres étiolées se détachaient sur le ciel pâle au-dessus d'elle, prêtes à lui tomber dessus.

— T'es stressée ? demanda Jupiter.

En guise de réponse, Morrigane leva un sourcil.

— Oui. Bien sûr. C'est normal d'avoir le trac. C'est une journée assez éprouvante.

— Merci. Je me sens beaucoup mieux maintenant.

— Vraiment ?

— Non.

Jupiter éclata de rire et leva les yeux vers les morceaux de ciel gris qui se découpaient entre les branches.

— Je disais ça positivement. Ta vie est sur le point de changer, Mog.

— Morrigane.

— Dans quelques heures, tu auras fait un pas de plus vers l'acquisition de ton W d'or. Et quand tu l'auras obtenu, le monde t'ouvrira grand ses portes.

Morrigane aurait voulu puiser du courage dans la confiance qu'il avait en elle. Elle désirait plus que tout croire qu'elle était capable d'un exploit. Si ne serait-ce qu'une fraction de la confiance de Jupiter était justifiée, elle pourrait coloniser la Lune et trouver un remède contre toutes les maladies d'ici à l'été.

Mais ça ne comptait pas. Elle n'avait toujours pas déterminé si oui ou non cet homme était un grand fou.

— L'épreuve écrite, c'est ce qu'il y a de plus dur, dit Jupiter. Trois questions mystérieuses, le silence absolu, rien qu'un crayon, du papier et une table. Prends ton temps, Mog. Et réponds à tout avec honnêteté.

— Tu veux dire correctement ? demanda Morrigane, perplexe.

Mais Jupiter n'avait pas l'air de l'avoir entendue.

— Puis il y a une épreuve orale, mais ce n'est rien, juste un petit quiz. C'est plus une conversation, en fait. Encore une fois : *prends ton temps*. N'aie pas peur de les faire attendre. Les Anciens veulent apprendre à te connaître. Sois la charmante fille que tu es, et tout ira bien.

Morrigane aurait voulu lui demander : « Comment ça, *charmante* ? » Il avait dû la confondre avec une autre. Mais c'était trop tard. Ils avaient atteint la Maison des Initiés, et les mécènes n'étaient pas admis dans la salle d'examen. Elle était seule.

— Bonne chance, Mog, dit Jupiter en lui donnant un petit coup de poing affectueux dans le bras.

Morrigane se mêla à la foule des candidats qui gravissaient les marches de marbre. Elle avait l'impression de peser une tonne.

— Je crois en toi ! lui lança Jupiter d'en bas.

La salle d'examen était une pièce immense entièrement occupée par des rangées de tables rectangulaires derrière lesquelles étaient disposées des chaises en bois. Des centaines de candidats entraient les uns après les autres, pour aller s'asseoir silencieusement. Des membres de la Société Wundrous distribuaient les livrets et les crayons. Morrigane se tordit le cou pour voir si elle trouvait Hawthorne. Mais non – ils étaient placés par ordre alphabétique : il devait être tout au fond avec les S. Elle renonça. Sur son livret, était écrit :

Examen d'entrée à la Société Wundrous

Épreuve du Livret

Printemps Premier, Troisième Ère des Aristocrates

Candidate : Morrigane Odelle Crow
Mécène : Capitaine Jupiter Amantius Nord

Quand tous les enfants eurent reçu leurs papiers, un représentant officiel de la Société agita une clochette de verre. Dans un gros bruit de papier, ils ouvrirent tous leurs livrets en même temps. Morrigane prit une grande inspiration et se pencha sur la première page.

Elle était vierge. Tout comme la seconde. Et la troisième. Elle feuilleta le reste. Il n'y avait aucune question nulle part.

Elle leva la main et tenta d'accrocher le regard d'un surveillant pour signaler qu'il y avait eu une erreur, qu'elle avait reçu un livret vierge, mais personne ne fit attention, encore moins la femme pile devant elle et qui lui faisait face.

Morrigane baissa les yeux. Des mots apparurent sur la première page.

Tu n'es pas d'ici.

Pourquoi donc voudrais-tu faire partie de la Société Wundrous ?

Morrigane regarda autour d'elle, curieuse de savoir si les livrets des autres s'étaient également animés pour leur poser des questions impertinentes. Si c'était le cas, personne n'avait l'air d'être étonné. Peut-être que leurs mécènes les avaient prévenus.

Elle se souvint de ce que Jupiter avait dit : *Prends ton temps, Mog, et réponds avec honnêteté.* Morrigane poussa un soupir, saisit son crayon, et commença :

Parce que je désire être un membre important et utile à la soc...

Avant qu'elle puisse terminer sa phrase, celle-ci fut barrée par un stylo invisible. Elle poussa un petit cri.

N'importe quoi, dit le livret. *Pourquoi veux-tu vraiment entrer à la Société Wundrous ?*

Morrigane se mordilla la langue.

Parce que je veux un W doré.

Une fois de plus, les mots furent barrés. Un des coins de la page se mit à noircir et se racornir.

Nan, dit le livret.

Un léger filet de fumée s'éleva des coins roussis de la page. Morrigane tenta de l'éteindre en tapant dessus, mais il n'y avait rien à faire. Elle chercha autour d'elle un verre d'eau, mais aucun des surveillants ne paraissait s'alarmer. D'ailleurs, ils restaient impassibles alors que non seulement le livret de Morrigane mais aussi celui de beaucoup d'autres candidats semblaient être en combustion.

Le livret d'un garçon avait carrément pris feu et disparu complètement. Il n'y avait plus qu'un tas de cendres sur son bureau. Un surveillant lui tapa sur l'épaule pour lui faire signe de quitter la salle. Le garçon sortit tête basse.

Des réponses honnêtes, pensa rapidement Morrigane en reprenant son crayon.

Parce que je veux qu'on m'aime bien.

Le livret cessa de s'autodétruire alors qu'il était sur le point de prendre feu, et marqua :

Continue.

Sa main tremblait légèrement.

Je veux me sentir chez moi quelque part.

Et puis ?, la pressa le livret.

Elle respira un grand coup et repensa à la conversation qu'elle avait eue avec Jupiter le lendemain du Matillon. Elle écrivit :

Je veux des frères et des sœurs qui seront à mes côtés pour toujours, quoi qu'il arrive.

Lentement, le morceau de papier retrouva sa forme originelle, et les coins noircis blanchirent. Soulagée,

Morrigane relâcha un peu le crayon qu'elle serrait de toutes ses forces. Au bout d'un moment, la seconde question s'afficha :

Quelle est ta plus grande peur ?

Morrigane n'eut même pas à réfléchir cette fois. Fastoche.

Que les dauphins apprennent à marcher hors de l'eau et se mettent à cracher de l'acide par leurs évents.

Les mots furent barrés violemment et le livret se remit à noircir. Pas loin, une fille hurla alors que ses papiers se consumaient. Elle quitta la salle d'examen les sourcils cramés.

Morrigane se creusa la tête alors que les coins de son livret tombaient en cendre. Elle avait dit la vérité ! Sa plus grande peur, c'était bien des dauphins terrestres lanceurs d'acide, ça avait toujours été le cas, sauf que… ah ! non, en fait. Elle avait toujours *dit* que c'était sa plus grande peur. Probablement parce que la vérité était trop difficile à affronter. Elle se mordit la lèvre en esquissant une nouvelle réponse :

La mort.

Mais le livret continuait à disparaître.

La mort, écrit-elle à nouveau. *La mort ! C'est la mort, c'est sûr !*

Et puis une pensée la traversa comme un éclair.

La Cavalerie d'ombre et de fumée.

Mais les pages continuaient de brûler. Morrigane attrapa le livret et grimaça de douleur en se brûlant les doigts, avant d'inscrire dans l'espace qui restait :

Qu'on m'oublie.

Le livret reprit un peu sa forme.

Continue, encouragea-t-il.

Que personne ne se souvienne jamais de moi. Que ma famille m'oublie parce que...

Morrigane s'arrêta, le crayon au-dessus de la page fumante...

... parce qu'ils préfèrent m'oublier que vivre avec l'idée que j'aie jamais existé.

Le livre blanchit, se déplia, et retrouva sa forme intacte. Morrigane attendit patiemment la troisième question. Elle regarda autour d'elle. Presque le quart des tables étaient vides. Ne restait plus que des petits tas de cendre.

Et comment feras-tu, demanda le livret, *pour t'assurer qu'on ne t'oublie pas ?*

Morrigane réfléchit longuement. Elle se renfonça dans sa chaise et regarda en silence les petits incendies qui se déclenchaient autour d'elle. Une douzaine de candidats de plus quittèrent la salle. Enfin, elle répondit le plus honnêtement possible.

Je ne sais pas.

Et puis, après un moment d'hésitation, elle ajouta :

Pas encore.

En un instant, les trois questions et leurs réponses s'effacèrent et furent remplacées par un seul mot en grosses lettres vertes :

VALIDÉ.

Morrigane faisait les cent pas dans une antichambre de la Maison des Initiés. Environ un tiers des candidats avait échoué à l'épreuve écrite. Les autres avaient été divisés en petits groupes et conduits dans des pièces où ils attendaient la seconde partie de l'épreuve du Livret.

Dans le groupe de Morrigane, il y avait un garçon recroquevillé sur lui-même qui se balançait d'avant en arrière ; des jumeaux surexcités qui se lançaient des questions et se tapaient dans la main super fort, encore et encore ; ainsi qu'une fille affalée sur une chaise, les bras croisés.

Morrigane la reconnut ; c'était une des amies de Noelle à la présentation Wundrous, celle qui n'arrêtait pas de rire aux blagues ratées de Noelle. Ses cheveux noirs étaient rassemblés en une natte serrée qui lui descendait dans le cou. Elle observait les jumeaux de ses yeux bruns aux paupières lourdes.

— Cite-moi trois produits d'exportation de la Zélande du Nord, hurla l'un des jumeaux.

— Le jade, les écailles de dragon et la laine ! hurla l'autre.

Ils se tapèrent dans la main. L'amie de Noelle leur lança un regard noir.

Une femme, liste en main, entra dans la pièce. Ses talons résonnèrent sur le parquet alors qu'elle s'avançait vers le groupe d'enfants.

— Fitzwilliam ? Francis John Fitzwilliam ? appela-t-elle.

Le garçon dans le coin leva la tête. Il n'avait pas l'air rassuré. Une goutte de sueur roula sur son sourcil droit.

L'épreuve du Livret

Il se leva tant bien que mal et la suivit hors de la pièce en pianotant sur sa cuisse, le regard baissé.

— Quel a été le premier Nevermoorien à marcher sur la Lune ? hurla l'un des jumeaux.

— Le lieutenant-général Elizabeth von Keeling ! cria l'autre.

Ils se tapèrent dans la main. La fille à la natte souffla bruyamment par le nez.

Morrigane ferma les yeux et se concentra. Quels étaient les vingt-sept quartiers de Nevermoor ?

— La Vieille Ville, murmura-t-elle. La Mèche, le Bloxon, le Bételgueux, le Macquarie...

Elle pouvait y arriver. Elle était prête. Elle avait lu tous les livres d'histoire et de géographie qu'elle avait pu se procurer, et elle avait demandé à Kedgeree de l'interroger sur tout la veille. Elle ne savait peut-être rien de l'import-export de la Zélande du Nord (où que ce soit), mais elle était certaine d'en savoir maintenant assez sur Nevermoor et sur l'État Libre pour pouvoir réussir cette épreuve.

— Delphia, poursuivit Morrigane en regardant le plafond. Bois sur Aulnes, Cerfille, Murhauts...

— Ils vont pas te demander les noms de quartier, dit l'amie de Noelle.

Morrigane fut surprise d'entendre sa voix, plus grave, plus assurée qu'elle l'avait imaginée. À la présentation Wundrous, elle lui avait fait penser à une hyène déchaînée.

— Le dernier des idiots sait les noms des quartiers. J'ai appris ça à la maternelle, zut, à la fin.

Morrigane l'ignora.

— Paonais, Farnham-Barnes, Village Rhodes, Champtoile...

— T'es sourde ou t'es débile ? demanda la fille.

— Où est-ce que les plages horaires du Royaume Sans Nom s'entrecoupent ? hurla l'un des jumeaux.

— Au centre de la forêt Zeev, dans la Cinquième Poche de l'État Libre ! cria l'autre.

Ils se tapèrent dans la main.

Morrigane ferma les yeux de toutes ses forces et continua à faire les cent pas.

— Stocknoir... heu... Bellamy...

Heurtant quelque chose de mou, elle ouvrit les yeux et sursauta en voyant que la femme à la liste la dévisageait.

— Crow ?

Morrigane hocha la tête avec gravité, lissa sa robe, redressa les épaules et suivit la femme dans le couloir. À mi-chemin de la salle des entretiens, elle se retourna et vit l'amie de Noelle qui parlait avec les jumeaux.

— Vous allez échouer, leur dit-elle d'un ton sec. Vous n'êtes pas du tout prêts. Vous ne vous souviendrez de rien du tout. Vous ne serez jamais membres de la Société. Vous feriez mieux de rentrer chez vous dès maintenant.

Morrigane leva la tête vers la femme à la liste pour voir si elle allait dire quelque chose, mais celle-ci affichait une expression neutre ; elle n'avait, semble-t-il, rien entendu.

L'épreuve du Livret

— Entrez donc, dit-elle en poussant légèrement Morrigane. Ils vous attendent. Arrêtez-vous à la croix au sol.

Le Grand Conseil des Anciens était assis à une table au milieu d'une immense salle vide. Ils chuchotaient entre eux, buvaient un peu d'eau, et remuaient des papiers. Morrigane s'approcha.

— Mademoiselle Crow, dit Quinn l'Ancienne, la grande femme mince aux cheveux fins qui ajustaient ses lunettes. Qui gouverne l'État Libre ?

— Le Premier ministre Gideon Steed.

— Faux. L'État Libre est gouverné par l'innovation, l'industrie et la soif de connaissance.

Morrigane sentit son estomac se contracter, comme si elle venait de rater une marche. Elle comprit tout de suite qu'elle n'était pas du tout prête pour le genre d'entretien que les Anciens avaient décidé de lui faire passer. Toute l'assurance qu'elle avait accumulée venait soudain de la quitter. Elle était terrifiée.

— Qui est Gideon Steed ? demanda le taureau, Alioth Saga l'Ancien.

Morrigane hésita.

— Il… c'est… le Premier ministre. Non ?

— Faux, tonna Saga l'Ancien. Le Premier ministre Gideon Steed a été élu de manière démocratique pour diriger l'État Libre et protéger son peuple et ses valeurs, ses lois et ses libertés qui nous tiennent tant à cœur.

— Mais *c'est* le Premier ministre, insista Morrigane.

C'était trop injuste. Elle avait donné la bonne réponse.

— Vous venez de le dire vous-même, insista-t-elle.

Les Anciens ignorèrent ses protestations.

— Comment fait-on la différence entre un organisme botanique incendiaire et un simple arbre auquel on a mis le feu ? demanda Helix Wong l'Ancien.

Elle connaissait la réponse.

— Les flammes d'un organisme botanique incendiaire ne produisent jamais de fumée.

— Faux, dit Wong l'Ancien. Les organismes botaniques incendiaires sont une espèce disparue ; tout arbre qui apparaît comme un organisme botanique incendiaire est en réalité un arbre auquel on a simplement mis le feu, feu qu'il faut éteindre tout de suite.

Morrigane grogna intérieurement. Elle aurait dû voir ça venir. Bien sûr, les arbres à feu étaient une espèce disparue ; Jupiter le lui avait dit ! Et, en plus, elle avait lu dans *L'Histoire végétale de Nevermoor* que personne n'avait vu d'arbre à feu brûler depuis plus de cent ans. Cette question piège l'agaça un peu.

— Quel âge a la ville de Nevermoor ? demanda Quinn l'Ancienne.

— Nevermoor a été fondé il y a mille huit cent quatre-vingt-dix ans, pendant la Seconde Ère Aviaire.

— Faux. Nevermoor est aussi vieille que les étoiles, aussi neuve que la neige poudreuse, et aussi forte que le tonnerre.

— Bah ! C'est impossible ! Comment voulez-vous que…

— Quand a eu lieu le massacre de la place du Courage ? demanda Quinn l'Ancienne.

Morrigane avait commencé à répondre (Neuf d'Hiver, Ère des Vents d'Est) quand quelque chose lui vint à l'esprit. Elle s'arrêta et prit un moment pour laisser son esprit former la réponse avant sa bouche. Les Anciens la regardaient en écarquillant leurs vieux yeux.

N'aie pas peur de les faire attendre.

— Le massacre de la place du Courage, hésita-t-elle, a eu lieu… en un sombre jour.

Les Anciens ne dirent rien.

— Un des jours les plus sombres de toute l'histoire de Nevermoor, continua Morrigane. Un jour où…

Elle marqua une pause, se creusa la cervelle.

— … un jour où les ténèbres avaient envahi Nevermoor et… l'ont secoué jusqu'à ce que ses entrailles dégoulinent.

Les Anciens la fixaient toujours. Le sang de Morrigane battait à ses tempes. Que pouvait-elle dire d'autre ?

— Événement qui ne se répéterait jamais, conclut-elle.

C'était tout. Elle n'avait plus de mots en vrac à leur livrer.

Quinn l'Ancienne lui sourit. C'était un tout petit sourire, mais Morrigane le vit. C'était comme une minuscule fleur qui pousse sur une mauvaise herbe coriace.

Le petit Ancien courbé avait l'air sur le point de poser une question plus pointue, et Morrigane se sentit en proie à la panique. Elle ne savait pas grand-chose au sujet du massacre de la place du Courage. Hawthorne et elle avaient fait une pause goûter au milieu de ce chapitre de *L'Encyclopédie du barbarisme nevermoorien* et avaient oublié d'y revenir.

Morrigane retint son souffle, espérant qu'elle avait donné satisfaction. Quinn l'Ancienne consulta ses collègues du regard. Ils hochèrent la tête poliment avant de retourner à leurs papiers.

— Merci, mademoiselle Crow, vous pouvez partir.

Morrigane sortit et cligna des yeux, aveuglée par le soleil. Abrutie, elle descendit les marches de la Maison des Initiés pour aller rejoindre Jupiter qui l'attendait.

— Comment c'était ?

— Très bizarre.

— Évidemment.

Il haussa les épaules. Aurait-elle dû se douter que la Société Wundrous faisait tout bizarrement ?

— Au fait, ton ami aux crapauds est sorti tout à l'heure. Il m'a fait savoir qu'il avait réussi l'épreuve et que t'avais intérêt à l'avoir réussie aussi. Et puis, Nanne et lui se sont dépêchés d'aller s'entraîner avec le dragon, et j'ai été obligé de faire comme si je n'étais pas jaloux d'un garçon de onze ans qui a le droit de monter les dragons. Et… heu… Alors, t'as réussi ?

Il avait posé la question d'un ton désinvolte.

Morrigane lui montra la lettre qu'on lui avait remise. Elle n'en revenait toujours pas.

— « Félicitations, chère candidate, lut Jupiter. Vous avez prouvé votre sincérité, votre capacité de raisonnement, et montré vos réflexes intellectuels. Vous êtes invitée à poursuivre les épreuves pour faire partie de l'unité 919. L'épreuve du Parcours aura lieu à midi le dernier samedi de l'Été Premier. Veuillez consulter les détails ci-dessous. » Je te l'avais dit ! Bravo, Mog. Je suis ravi.

Morrigane pensait à autre chose. Elle venait d'apercevoir les jumeaux qui aimaient se taper dans les mains. Ils couraient en pleurant vers leur mécène.

— On n-n-n'y arrivera pas ! gémissait l'un des deux. On est p-p-pas du t-t-tout prêts !

— On se s-s-souvient de rieeeeeen !

Même si elle était soulagée quant à son propre sort, Morrigane ne put s'empêcher d'être triste pour eux. C'était évident, cette horrible fille, l'amie de Noelle, leur avait lavé le cerveau et ôté toute confiance en eux. Elle aurait voulu leur dire quelque chose, leur donner un indice sur ce à quoi s'attendaient les Anciens, mais Jupiter l'entraînait déjà loin de la Maison des Initiés.

Le ciel était dégagé, et les arbres noirs qui bordaient l'allée avaient l'air un peu moins sinistres. Elle renversa la tête en arrière pour offrir son visage à la caresse chaude du soleil et, sans y penser, posa la main sur un des arbres morts en passant. Un éclair de chaleur et des étincelles violettes vinrent lui chatouiller les doigts. Elle retira aussitôt sa main.

— Aïe !

— Quoi ? dit Jupiter en s'arrêtant net. Qu'est-ce qui ne va pas ?

— Cet arbre m'a brûlée !

Il la regarda un instant, puis pouffa.

— Très drôle, Mog. Je te l'ai dit, les arbres à feu sont une espèce disparue, ils sont éteints, morts.

Jupiter poursuivit son chemin, et Morrigane examina ses doigts : ils n'étaient même pas rouges. Elle tendit à nouveau la main pour toucher l'arbre. Rien ne se passa.

Elle secoua la tête et gloussa, un peu désorientée. Apparemment, son imagination n'avait pas dit son dernier mot aujourd'hui.

12

LES OMBRES

Été Premier

Son épreuve terminée, Morrigane avait plusieurs mois tranquilles devant elle. Elle put ainsi profiter pleinement de son été au Deucalion. Après avoir passé la journée à patauger dans la piscine ensoleillée de la cour Jasmine, elle prenait des cours de danse de salon dans la fraîcheur du soir, se régalait à des dîners autour du barbecue, et se prélassait dans le Fumoir, se laissant bercer par la douce odeur des nuages de vanille (« pour relaxer les sens et encourager les beaux rêves »). Parfois, ses pensées s'égaraient du côté du manoir des Crow, elle se souvenait que Grand-mère était un peu plus gentille en été et elle se demandait si Ivy avait eu son enfant. Mais elle revenait vite au présent quand Charlie lui demandait de venir aider avec les chevaux, ou qu'on la chargeait de goûter les plats pour la prochaine soirée organisée par Frank.

Parfois, Dame Chanda, qui, tous le savaient, avait six prétendants (« un pour chaque jour de la semaine, sauf le dimanche » avait-elle expliqué sans façon), demandait à Morrigane de l'aider à choisir sa tenue pour la soirée. Elles plongeaient toutes les deux dans le millier de robes de soirées, de chaussures, et de bijoux qui débordaient de sa garde-robe de soprano (son placard était presque aussi grand que le hall de l'hôtel) pour dénicher l'ensemble parfait pour un dîner dansant avec le type que Jupiter avait surnommé « Monsieur Lundi », ou une promenade dans le parc avec « Sir Mercredi du Milieu de la Semaine », ou encore une sortie au théâtre avec « son Excellence le Lord Jeudi ».

On ne s'ennuyait jamais au Deucalion. Une fois, Kedgeree avait appelé les Services paranormaux pour qu'ils viennent chasser un fantôme taquin qui passait à travers les murs au cinquième étage. Kedgeree lui avait confié que les fantômes en général ne les dérangeaient pas, du moment qu'ils n'étaient pas trop embêtants. Mais celui-ci était coriace, avait-il expliqué ; c'était la troisième fois qu'ils appelaient les Services paranormaux. Il n'avait jamais vu le spectre en question mais quelques rumeurs avaient effrayé certains clients et il avait été obligé de les changer d'étage. Morrigane avait eu le droit d'assister à l'exorcisme. En réalité, cela n'avait pas été si fascinant ; elle qui espérait voir un vrai fantôme déguerpir du bâtiment... Eh bien, tout ce qu'ils avaient fait, c'est brûler de la sauge et effectuer une danse étrange avant de tendre à Kedgeree une facture de quatre cent cinquante kred.

Le plus décevant cet été-là (encore plus que cet exorcisme sans intérêt), c'était que Morrigane voyait de moins en moins Jupiter. Il était sans cesse en déplacement pour la Ligue des explorateurs ; on l'appelait pour des rendez-vous interminables ; et puis il y avait les dîners et les soirées auxquels il était convié.

Un jeudi après-midi, Jupiter se laissa glisser sur la rampe de marbre pour atterrir dans le hall où Morrigane et Martha pliaient des serviettes en forme de cygnes. Les serviettes de Martha étaient si parfaites qu'on aurait dit qu'elles allaient s'envoler en formation, tandis que celles de Morrigane ressemblaient à des pigeons soûls et furieux.

— Mauvaise nouvelle, Mog, dit-il. Je ne peux pas vous emmener au Bazar demain, Hawthorne et toi. Changement de planning.

— Encore ?

Jupiter passa une main dans sa chevelure cuivrée rutilante, rentra en hâte sa chemise dans son pantalon et redressa ses bretelles.

— J'en ai bien peur, ma petite. La Société des transports de Nevermoor a envoyé...

— *Encore ?* répéta Morrigane.

La STN n'avait cessé tout l'été d'envoyer des coursiers au Deucalion. Généralement, ils n'avaient besoin de son aide que pour les « échos sur la ligne Gossamer » (qu'est-ce que ça pouvait bien vouloir dire ?). Or, trois semaines auparavant, il y avait eu un nouveau déraillement et, cette fois, deux personnes avaient perdu la vie. L'accident avait fait la une de la presse pendant une semaine, et des rumeurs circulaient dans le Deucalion : qui était responsable ? Qu'est-ce que cela signifiait ? Certains employés avaient été à ce point saisis d'effroi, que Jupiter avait banni le mot *Wundereur* : personne n'avait plus le droit de le prononcer.

— Je pourrais emmener Morrigane, proposa Martha. Je suis de repos demain, et Charlie m'emmène… heu… je veux dire M. McAlister et moi… enfin… il va aller au Bazar… et je me suis dit que je pouvais l'accompagner.

Martha était toute rouge. Tout le monde au Deucalion savait qu'elle et Charlie McAlister, le chauffeur de l'hôtel, avaient le béguin l'un pour l'autre. Ils étaient les seuls à croire que c'était encore un secret.

— Ce n'est pas la peine, Martha. Charlie et vous serez déjà bien occupés, dit Jupiter avec un petit sourire en coin. On ira bientôt, Mog. C'est promis.

Morrigane tenta de cacher sa déception. Le Bazar de Nevermoor était une foire célèbre qui se donnait tous les vendredis soir pendant l'été. Les gens venaient des Sept Poches pour admirer ce marché, et beaucoup d'entre eux séjournaient au Deucalion. Tous les vendredis à la tombée du jour, les clients ravis partaient en calèche ou en train, et le samedi matin, autour d'un brunch, ils échangeaient des anecdotes, se montraient des photos et des souvenirs qu'ils avaient achetés.

Les Ombres

C'était déjà le milieu de l'été et Morrigane n'y était toujours pas allée.

— La semaine prochaine ? demanda-t-elle, pleine d'espoir.

— Oui, la semaine prochaine. C'est sûr.

Il attrapa son manteau vert et ouvrit la porte d'entrée. Il se retourna.

— Attends. Non. Pas la semaine prochaine. J'ai prévu un voyage à Phlox II. C'est un royaume pitoyable. Ils ont autant d'insectes suceurs de sang que Phlox I, le charme en moins.

Il gratta sa barbe rousse et émit un petit rire désolé.

— On se débrouillera. Jack sera de retour de sa colonie de vacances musicales le week-end prochain. Il passera ici le reste de son été. Alors on pourra y aller tous les trois. Tous les quatre... avec Hawthorne aussi.

Morrigane avait presque oublié que le neveu de Jupiter, quand il n'était pas en pension, habitait aussi le Deucalion. Martha lui avait dit qu'il rentrait parfois le week-end, mais jusqu'ici il n'avait pas donné signe de vie.

Jupiter revint sur ses pas. Il avait oublié son parapluie. Il s'arrêta et la regarda avec un drôle d'air.

— Est-ce que tu fais des cauchemars ?

— Quoi ? Mais non, dit Morrigane spontanément.

Elle lança un regard à Martha, et soudain la femme de chambre était très occupée à compter ses « cygnes » ; elle fit celle qui n'avait rien entendu.

Jupiter agita la main autour de la tête de Morrigane comme s'il chassait des mouches invisibles.

— Mais si. Ils stagnent autour de toi. À quoi rêves-tu ?

— À rien, mentit-elle.

— C'est à cause de l'épreuve Spectaculaire, c'est ça ? Je t'ai dit de ne pas t'en faire pour ça.

— Je ne m'inquiète pas.

Mensonge.

— Bien, dit Jupiter en hochant la tête.

Il se pencha vers elle et lui chuchota à l'oreille :

— Je suis vraiment désolé qu'on n'aille pas au Bazar, Moggers.

— Morrigane, corrigea-t-elle en tendant la main pour redresser le col de sa chemise qui s'était retourné. C'est pas grave. On fera autre chose avec Hawthorne.

Jupiter donna un petit coup amical dans le bras de Morrigane, puis s'éclipsa.

Le lendemain matin, il y avait un garçon à la table du petit déjeuner de Morrigane. Qui lui avait piqué sa place. Et qui mangeait ses tartines.

Il était plus grand et un peu plus âgé, peut-être douze ou treize ans, et son visage avait beau être presque entièrement dissimulé derrière un exemplaire du *Sentinel*, on voyait des cheveux noirs dépasser. Il feuilletait son journal en sirotant son jus d'orange et se balançait sur sa chaise comme s'il était chez lui.

Morrigane toussota. Le garçon ne leva pas les yeux de sa page. Elle attendit un moment, puis toussa plus fort.

— Va-t'en si t'es malade, lui lança-t-il d'une voix autoritaire.

Il tourna la page. Une petite main brune surgit, attrapa une tartine, puis disparut à nouveau derrière le mur de papier.

— Je me porte comme un charme, se défendit-elle, déboussolée par ses mauvaises manières. Les clients n'ont rien à faire là. Vous êtes perdu ?

Il ignora sa question.

— Si t'es pas contagieuse, alors tu peux rester. Mais me parle pas quand je lis.

— Je sais bien que je peux rester, dit-elle en se redressant. J'habite ici. Vous êtes assis sur *ma* chaise.

Sur ce, le garçon baissa lentement le journal pour révéler une figure longue à l'expression extrêmement mécontente. Sourcils arqués, bouche grimaçante, il toisa Morrigane.

Étant habituée à ce genre de traitement de la part d'inconnus, Morrigane fut moins surprise par sa mine dédaigneuse que par le patch en cuir qui lui couvrait l'œil gauche. Elle le reconnut sans hésiter grâce à sa photo de classe dans le bureau de Jupiter : John Arjuna Korrapati.

Alors c'était *lui*, Jack.

Il plia son journal et le posa sur ses genoux.

— *Ta* chaise ? Ça fait quoi, cinq minutes que t'habites ici et tu t'es déjà approprié les meubles ? Ça fait cinq ans que je vis ici. Et c'est *ici* que je prends mon p'tit déj.

— T'es le neveu de Jupiter.

— Et toi, t'es sa candidate.

— Il t'a parlé de moi ?

— Bah, évidemment.

Il rouvrit son journal en grand et se replongea dans sa lecture.

— Je croyais que t'arrivais pas avant le week-end prochain.

— T'es mal renseignée.

— Jupiter est à Phlox II.

— Je sais.

— Comment ça se fait que tu sois en avance ?

Il poussa un gros soupir en baissant son journal.

— Oncle Jove a pas voulu me dire ce que c'était, ton talent. Je suppose que ça doit être d'embêter les gens quand ils essaient de lire.

Morrigane s'assit en face de lui.

— Tu vas à l'école de grammaire pour garçons surdoués, c'est ça ?

— École Graysmark pour jeunes hommes brillants, rétorqua-t-il.

Morrigane afficha un sourire satisfait. Elle avait fait exprès de déformer le nom de son école.

— C'est comment ?

— Chouette.

— Comment ça se fait que tu sois pas membre de la Société Wundrous, comme Jupiter ? T'as essayé de passer les épreuves ?

— Non, dit Jack en pliant à nouveau son journal.

Il fourra un morceau de tartine dans sa bouche, prit la tasse de thé à moitié vide sur la table et quitta la pièce. On l'entendit monter l'escalier en tapant des pieds.

Morrigane se demanda où était sa chambre, et à quoi elle ressemblait. Où étaient ses parents ? Qu'était-il arrivé à son œil ? Et comment se faisait-il qu'il n'avait pas passé les épreuves pour entrer à la Société ? Et enfin, comment allait-elle passer le reste de l'été en compagnie d'un garçon aussi peu agréable ?

Elle reprit sa place habituelle et retrouva ses tartines. Elle essaierait de se réveiller plus tôt demain pour être là avant Jack.

◆

— Quelqu'un a dû lui crever l'œil avec un tisonnier chauffé à blanc, dit Hawthorne ce soir-là.

Morrigane et lui avaient emporté un jeu de société dans le Fumoir (les nuages étaient roses : « pour promouvoir un tempérament doux »).

— ... Ou c'est un accident de coupe-papier, continua Hawthorne. Ou alors, on lui a glissé des insectes mangeurs de chair sous la paupière. Un truc dans le genre.

— Berk, dit Morrigane en frissonnant. Qui pourrait faire une chose pareille ?

— Quelqu'un qui aurait une bonne raison de le détester, dit Hawthorne.

— Tu veux dire tous les gens qui l'ont rencontré ?

Hawthorne se fendit d'un grand sourire, puis, détaillant le contenu de la boîte avec appréhension, demanda :

— On va quand même pas jouer à ça ?

— Mais si, dit Morrigane en sortant la boîte multicolore.

Elle était déterminée à passer une bonne soirée. Ainsi, elle pourrait jurer à Jupiter que ce n'était pas grave s'il avait annulé leur sortie au Bazar de Nevermoor pour la cinquième semaine d'affilée. Que cela n'avait aucune importance.

— Les Femmes Heureuses ? Oh ! allez, j'ai pas joué à ça depuis mes… dix ans.

Morrigane ignora les protestations de Hawthorne et plaça les pions sur le plateau.

— Bon, je prends Mme Tournipoum, la gentille grand-mère. Tu n'as qu'à prendre Mlle Fortface, la femme d'affaire frustrée. C'est pas très moderne tout ça, hein ? C'est moi qui commence.

Elle jeta les dés et fit avancer son pion, puis elle piocha une carte dans la pile au centre du plateau.

— « Vous avez gagné une compétition de bouquets de fleurs, lut-elle. Voici votre récompense : un tablier brodé, la tenue parfaite pour faire à dîner à votre mari qui travaille si dur. N'oubliez pas de mettre du rouge à lèvres et de vous recoiffer avant son arrivée. »

Elle reposa tout de suite la carte et se mit à tout remballer.

— Bon, d'accord. Qu'est-ce que t'as envie de faire ?
— Qu'est-ce que tu crois ? Je veux aller au Bazar de Nevermoor. Mon frère Homer y va avec des amis, je parie qu'il nous laisserait venir si on promet de faire comme si on ne le connaissait pas.
— J'peux pas. J'ai pas le droit de quitter l'hôtel sans Jupiter.
— C'est une règle, ça ? demanda Hawthorne. Est-ce qu'il a *dit* ça ? Parce que, s'il n'a pas précisé que c'était une règle, alors… tu peux prendre ça plutôt comme une suggestion.

Morrigane soupira.

— Il y a trois règles fondamentales. Il me les a fait apprendre par cœur. Un : si une porte est fermée et que je n'en ai pas la clef, alors je n'ai pas le droit de la passer. Deux : je ne dois pas quitter le Deucalion sans Jupiter. Trois :… j'ai oublié. Un truc sur l'aile sud. Bref, peu importe. Je peux pas y aller.

Ce petit discours avait laissé Hawthorne songeur.

— Alors la première règle, finit-il par dire, ça signifie que, si une porte n'est pas fermée, tu as le droit d'entrer dans la pièce ?

— Bah, j'crois.

Il leva les sourcils, ravi.

— Cool.

Ils coururent dans les couloirs en secouant toutes les portes sur six étages avant de déclarer forfait. Les seules portes ouvertes au Deucalion semblaient être celles des salles qu'ils connaissaient déjà à fond. Enfin, au septième étage de l'aile ouest, alors qu'une partie de

Femmes Heureuses leur paraissait hélas inévitable, Morrigane eut une inspiration subite.

— Ça me rappelle quelque chose, dit-elle en secouant une nouvelle porte fermée.

La porte était différente des autres à cet étage. Au lieu d'être en laiton comme les autres, la poignée était en filigrane d'argent et incrustée d'un petit oiseau en opale, les ailes déployées.

— On dirait... Oh ! *Attends-moi là !*

Elle descendit en courant jusqu'au quatrième étage, et revint en brandissant son parapluie.

— Tu crois qu'il va pleuvoir ? dit Hawthorne, perplexe.

Le bout en argent rentrait parfaitement dans la serrure. Morrigane fit tourner son parapluie ciré. Le mécanisme émit un « clic ». Elle sourit.

— Je le savais.

— Comment...

Elle jubilait.

— Jupiter me l'a offert pour mon anniversaire. Tu crois qu'il savait qu'on trouverait ? Tu crois qu'il l'a fait exprès pour que je trouve cette pièce ?

— Ouais. Ce serait son genre.

Leurs pas résonnèrent dans la grande salle où il n'y avait rien d'autre qu'une lanterne en verre, posée au centre. Une bougie y était allumée et son éclat chaleureux suffisait à percer les ténèbres.

— Étrange, chuchota Hawthorne.

C'était le moins qu'on puisse dire. Morrigane était certaine qu'ils n'auraient pas dû trouver de bougie allumée sans surveillance dans une pièce vide fermée à clef au septième étage ; ni ailleurs soit dit en passant. Primo, c'était dangereux. Deuxio, c'était effrayant.

Ils se rapprochèrent et leurs ombres, immenses et monstrueuses, se dessinèrent sur les murs. Hawthorne s'amusa à imiter un bossu qui marchait comme un zombie. Il s'avança en grognant vers la bougie et son ombre de zombie devint gigantesque derrière lui.

C'est alors qu'il se passa quelque chose d'encore plus étrange. Hawthorne s'immobilisa, mais son ombre continua de se mouvoir. Elle poursuivit sa marche de zombie sans lui, comme si elle avait pris vie, et longea le mur d'en face jusqu'à disparaître dans un coin sombre.

— C'est flippant, dit Morrigane dans un souffle.
— Ouais, approuva Hawthorne.
— À mon tour.

Elle dessina une ombre de serpent avec les bras. L'ombre reptile s'échappa en rampant le long du mur, avalant violemment les pauvres petites ombres lapins que lui envoyait Hawthorne.

Morrigane voulut dessiner un chat, qui se transforma en un lion rugissant. Il dévora les lapins qui restaient. Hawthorne créa un oiseau : l'oiseau se métamorphosa en chauve-souris qui s'attaqua à l'ombre du garçon comme si elle voulait lui arracher les yeux.

Leurs ombres se firent de plus en plus élaborées tandis qu'ils essayaient de s'effrayer l'un l'autre. Ils n'avaient pas à faire beaucoup d'efforts : les ombres *elles-mêmes* semblaient vouloir se faire les plus terrifiantes possible. Un poisson se mua en requin, qui se démultiplia en un banc de requins, lequel disparut à son tour pour laisser place à une tornade de requins géants qui entouraient les ombres de Hawthorne et Morrigane. C'était terrifiant, mais envoûtant ; et vraiment génial.

— Je... je vais faire... dit Hawthorne qui serrait les mâchoires en se tortillant les doigts pour former une ombre méconnaissable... un dragon.

Et soudain, son ombre informe se métamorphosa en un fantastique reptile. Il était immense ; ses ailes géantes s'agitèrent sur le mur alors qu'il prenait son envol. Il survola leurs ombres. Des nuages de fumée noire s'échappaient de sa gueule terrifiante. Hawthorne lui envoya une ombre cheval, qu'il carbonisa d'un souffle avant de l'avaler en trois bouchées lugubres.

Morrigane et Hawthorne se mirent à crier lorsque l'ombre dragon emporta l'ombre de Hawthorne dans ses griffes. L'ombre de Hawthorne se décomposa dans les airs. Ils hurlèrent de rire.

— Je crois que j'ai gagné, dit Hawthorne avec un sourire en coin.

— C'est pas une compétition, dit Morrigane. Et puis... c'est *moi* qui vais gagner.

Ils étaient assis par terre, la lanterne posée entre eux. Morrigane plia les doigts. Si Hawthorne s'imaginait avoir terrorisé la fille la plus terrifiante de Jackalfax, il se trompait.

— Laisse-moi te raconter une histoire.

Elle forma une vague silhouette humaine avec ses doigts.

— Il était une fois un petit garçon qui marchait tout seul dans un bois.

Elle dessina de grands arbres qui oscillaient au vent. L'ombre garçon avançait tranquillement dans la forêt.

— Sa mère lui avait toujours défendu de marcher seul dans ce bois. Une sorcière habitait la région, et son repas préféré n'était autre que les tartines au pâté de petit garçon. Or le garçon avait désobéi, car il aimait cueillir des baies dans la forêt.

Morrigane se recroquevilla pour former l'ombre de la sorcière, et plia les doigts pour produire de grosses griffes. Son ombre se chargea du reste, se métamorphosant en une vieille femme au nez crochu, avec une grosse verrue et un chapeau pointu. L'ombre sorcière s'élança à la poursuite du garçon dans les bois.

— Il pensait connaître la forêt sur le bout des doigts, mais il s'était perdu. Il marcha des heures durant. La nuit tomba, et les bois s'assombrirent.

Morrigane dessina une chouette qui prit soudain son envol, agitant les branches d'un arbre. L'ombre garçon jeta un coup d'œil derrière elle en frissonnant. Hawthorne l'imita.

— Soudain, il entendit une voix chevrotante tout près de lui : « Qui ose se promener dans mes bois ? demanda la sorcière. Qui a cueilli mes baies ? » Le garçon voulut s'enfuir en courant, mais la sorcière l'attrapa par la peau du cou et l'emporta chez elle dans l'intention de le couper en morceaux. Elle ricana tout le long du chemin. (Morrigane était fière de son rire diabolique.) Puis, lorsqu'elle leva le couteau en l'air, un hurlement se fit entendre dans la nuit.

Morrigane créa une ombre de chien, qui se transforma en un loup, puis en une meute de loups. Ils encerclèrent la sorcière et le garçon en poussant des hurlements sauvages. Elle n'avait pas eu l'intention d'en créer autant, mais les ombres agissaient d'elles-mêmes : et elles étaient douées pour faire peur. Il fallait que Morrigane reprenne le contrôle avant qu'elles ne lui volent son histoire.

— Enfin, dit-elle en tentant de terminer l'histoire rapidement, le garçon... heu... le garçon entendit sa mère l'appeler au loin. Elle vint à la rescousse, montée sur son fidèle cheval, Sergent Clop, et... et le garçon poussa un cri de joie quand il les vit dévaler la colline au galop !

En effet, l'ombre cheval fonçait vers le garçon, la sorcière et les loups. Mais en lieu et place de la mère se dressait un homme immense et squelettique qui portait un fusil.

— C'est pas ce que j'ai dessiné, chuchota Morrigane, avec la peur au ventre.

Les ombres avaient détourné son histoire.

Une horde de chevaux suivit le premier, chacun portant sur le dos un chasseur-fantôme. L'ombre sorcière et l'ombre garçon s'effacèrent dans la nuit, et les loups grandirent encore tout en encerclant Morrigane et Hawthorne.

Morrigane poussa un hurlement de terreur.

Elle sortit en courant et Hawthorne la suivit. Ce n'est que lorsqu'ils furent dans le couloir bien éclairé que Morrigane fit le constat que personne n'était à leurs trousses.

— Qu'est-ce qui t'arrive ? demanda Hawthorne. Ça commençait à être vraiment super.

Elle secoua la tête, toute tremblante.

— J'ai pas fait exprès. Je ne voulais pas intégrer la Cavalerie d'ombre et de fumée à mon histoire.

— La Cavalerie de quoi ?

Morrigane prit une grande bouffée d'air et raconta à Hawthorne l'histoire de sa nuit d'anniversaire. Une fois qu'elle eut commencé, impossible de s'arrêter. Elle lui parla de la malédiction du Merveillon : elle était censée mourir, mais Jupiter était arrivé, et ils avaient été poursuivis par la Cavalerie d'ombre et de fumée ; ils étaient passés à travers l'horloge, et c'est comme ça qu'elle était arrivée à l'hôtel Deucalion. Elle lui confia qu'elle n'avait *vraiment* aucun talent, et aucune idée de ce qu'elle faisait là. Elle admit même le plus effrayant : l'inspecteur Flintlock, qui la surveillait, l'expulserait de Nevermoor si elle ne devenait pas membre de la Société, la renvoyant à la merci de la Cavalerie d'ombre et de fumée.

Hawthorne l'écouta jusqu'au bout sans rien dire. Quand elle eut terminé, il resta sans voix, abasourdi. Morrigane l'observait en se mordillant la lèvre : elle avait peur d'en avoir trop dit. Elle aurait peut-être dû taire qu'elle venait de la République et qu'elle vivait dans l'illégalité à Nevermoor. Ou lui cacher la malédiction.

— Je voudrais pas te vexer, finit-il par dire. Mais cette histoire est bien mieux que celle que tu as inventée.

Morrigane poussa un immense soupir de soulagement. Hawthorne avait toujours tout accepté d'elle et de sa vie étrange, mais quand même.

— Hawthorne, il *faut* que tu gardes ça secret, dit Morrigane. J'aurais pas dû t'en parler. Et si quelqu'un venait à le savoir... par exemple l'inspecteur Flintlock...

Hawthorne tendit son petit doigt.

— Morrigane Crow, dit-il d'un ton solennel, je te promets de garder ton secret et de ne le répéter à personne.

— Pourquoi tu me tends ton doigt ? s'étonna Morrigane.

— C'est pour sceller ma promesse, dit-il en rapprochant son doigt. Je n'en ai jamais brisé aucune. Jamais.

Elle crocheta son doigt avec le sien. Ils hochèrent la tête de concert.

— Et maintenant, dit-il en fronçant les sourcils, raconte-moi cette histoire d'horloge et de chasseurs armés de fusils qui courent après une araignée géante.

Mais Morrigane n'en eut pas le temps, car elle venait de remarquer deux choses :

1) Ils avaient laissé la porte de la « salle de la terreur terrifiante » grande ouverte.
2) Une ombre loup s'était échappée et galopait sur le mur.

— Elle s'est peut-être évaporée, grogna Hawthorne alors qu'ils parcouraient les cuisines pour la troisième fois à la recherche de l'ombre.

Ils avaient cherché partout dans l'hôtel, mais l'ombre loup restait introuvable.

— Les autres ont bel et bien disparu.

— Mais elle n'a pas disparu. Si elle attaquait des clients ? Elle pourrait provoquer des crises cardiaques fatales. Et après, les familles poursuivraient en justice le Deucalion, et Jupiter me truciderait. Il faut qu'on la trouve avant que quelqu'un ne la voie.

Morrigane n'avait aucune idée de ce qu'elle ferait pour se débarrasser de ce loup d'un genre particulier, si elle le trouvait, mais ce n'était pas ce qui la préoccupait le plus.

— Avant que quelqu'un ne voie quoi ? dit tout à coup une voix.

Alors, là ! C'était vraiment pas de chance. Jack ! Assis dans un coin de la cuisine, il buvait un verre de lait.

— Rien, dit-elle. Mêle-toi... de ce qui te regarde.

De son œil valide, Jack lui lança un regard agacé.

— S'il y a un truc qui se balade, capable de faire mourir de peur, j'aimerais être au courant. J'ai pas envie d'être obligé d'enjamber des cadavres en montant me coucher. Qu'est-ce que c'est ?

— Tu me croirais pas.

— Dis toujours.

Morrigane et Hawthorne lui racontèrent leur expérience. Jack les écouta d'un air de plus en plus fâché.

— Zut, alors ! Si vous avez décidé de libérer une meute de loups dans la Pièce aux Ombres, vous pourriez au moins fermer la porte derrière vous. Comment vous êtes entrés, d'ailleurs ?

— Je... bah... je me suis rendu compte que...

— En fait, je veux rien savoir ! la coupa Jack en levant une main pour la faire taire. Je suis pas ton complice. Jupiter va être furieux.

Cela peinait Morrigane de l'admettre, mais c'était un coup de chance que Jack soit là, car il connaissait l'hôtel beaucoup mieux qu'elle. Il les guida vers un placard dont il sortit trois torches électriques.

— Bon, il va falloir qu'on se sépare. Je prends l'aile est.

Il pointa son index vers Hawthorne.

— Toi, tu prends l'aile ouest et, Morrigane, tu te charges de l'aile nord. Si vous trouvez le loup, braquez votre lampe torche droit sur lui, au réglage le plus puissant. Ne le laissez pas s'échapper, continuez de l'éclairer jusqu'à ce qu'il disparaisse.

« Vous ne le trouverez pas dans les couloirs ou dans les cuisines, il ira chercher un recoin sombre pour s'y cacher. Si vous arrivez à le coincer dans une pièce, allumez la lumière. Sinon, la lampe de poche devrait marcher. Et, surtout, continuez à chercher jusqu'à ce que vous le trouviez. Même si vous devez y passer la nuit.

Morrigane aurait préféré qu'ils restent ensemble ; elle n'avait aucune envie de se balader seule dans le noir à la recherche d'une ombre loup géante. Mais elle n'avait pas le choix. C'était sa faute, tout ça. Il fallait la retrouver.

L'aile nord était encore plus obscure. Elle descendit un escalier sur la pointe des pieds, poussa des portes ouvertes : l'ombre pouvait-elle l'entendre arriver ? Mieux valait ne pas prendre de risques. Mais comment trouver une ombre dans les ténèbres ?

Après ce qui lui sembla des heures, Morrigane était sur le point de renoncer quand un bruit lui parvint du balcon du salon du cinquième étage baigné par le clair de lune. Quelqu'un observait le ciel en chantonnant. Quelques notes s'égarèrent dans la pièce. Si Morrigane n'entendait pas les paroles, elle reconnut la mélodie. Et le chanteur.

Elle écarta les rideaux de mousseline blanche et s'avança sur le balcon, sous l'éclairage de la pleine lune. Le faisceau de sa lampe vint révéler un visage rêveur.

— Monsieur Jones ?

L'homme sursauta.

— Mademoiselle Crow ! Comme on se retrouve.

— Vous êtes de retour ? demanda Morrigane. Vous devez venir souvent à Nevermoor.

— Oui, très souvent, j'ai des affaires ici. Et j'aime rendre visite à mes amis.

Il sourit, un peu timidement, en levant une main pour se couvrir les yeux. Morrigane abaissa sa lampe.

— Je ne crois pas que le Parti de la Mer d'Hiver approuverait, mais ce qu'ils ignorent ne peut leur nuire. Notre marché tient toujours, n'est-ce pas ? Vous n'allez pas me dénoncer ?

— Du moment que vous ne dites rien sur moi, dit Morrigane.

Elle frissonna. Le vent était glacial.

— Qu'est-ce que vous faites là ? demanda-t-elle.

— Oh... je cherchais le salon de musique. Je l'imaginais à côté de ma suite, mais je crois que je me suis un peu perdu. Le Deucalion me surprend toujours, même après toutes ces années. Passant par ici, j'ai trouvé l'endroit charmant, alors je me suis arrêté pour observer les étoiles.

Il avait l'air de nouveau perdu dans ses pensées.

— Quelle belle soirée.

— Oui, c'est...

Du coin de l'œil, Morrigane vit quelque chose bouger dans le salon. Elle écarta à nouveau les rideaux et agita sa torche, mais ce n'était que la branche d'un petit arbre en pot, qui remuait dans le courant d'air.

— Mais où est-il ? chuchota-t-elle.

— Vous cherchez quelqu'un ?

— Heu... oui. Mais vous ne me croiriez sûrement pas si je vous racontais.

Il sourit gentiment.

— Bien sûr que si.

Elle lui décrivit la Pièce aux Ombres. Il ne parut aucunement surpris.

— Vous avez créé cette ombre toute seule ?

— Si on veut… En fait elle s'est… créée toute seule.

Il parut bizarrement impressionné.

— Ah ! Elle fait peur, vous avez dit ?

— Elles font toutes peur. Même les plus gentilles. Un chaton se transforme en tigre féroce. C'est comme si elles *voulaient* faire peur.

— C'est logique.

Cela étonna Morrigane.

— Ah bon ?

— Les ombres sont des ombres, mademoiselle Crow, dit-il, les yeux brillant au clair de lune. Elles aspirent aux ténèbres.

Morrigane braqua le faisceau de sa lampe dans tous les coins, dans l'espoir d'attraper le loup par surprise. Mais la lumière faiblissait. Elle tapota la lampe torche.

— Je crois que les piles sont en train de mourir.

La lampe s'éteignit dans un dernier flash. Elle poussa un grognement.

— Ça n'a pas d'importance, déclara M. Jones. Mademoiselle Crow, je soupçonne votre ami, celui qui vous a dit d'aller tuer l'ombre…

— Ce n'est pas mon ami.

— Je crois qu'il s'est moqué de vous, dit-il avec un sourire plutôt gentil. Votre ombre rebelle s'est sans doute évaporée toute seule.

Morrigane fronça les sourcils.

— Comment vous savez ça ?

— Je viens au Deucalion depuis des années. J'espère bien en connaître quelques secrets. Que je sache, toute ombre créée dans la Pièce aux Ombres n'est qu'une illusion... pour le spectacle. Elles ne peuvent faire de mal à personne.

— Vous êtes sûr ?

— Certain.

Morrigane se sentit soulagée ; puis en proie à une colère froide. Venait-elle de passer des heures à chasser une ombre inexistante ?

— Jack. Je vais le tuer.

M. Jones pouffa.

— Dommage que vous ne puissiez pas lui envoyer un vrai loup... Ça lui servirait de leçon. À présent, il est temps que j'aille me coucher. Je pars demain matin. Bonne nuit, mademoiselle Crow. Et n'oubliez pas : la proposition de mon employeur tient toujours.

Il l'avait quittée depuis longtemps lorsque Morrigane se rendit compte qu'elle ne lui avait jamais dit que l'ombre était un loup.

— Mais qu'est-ce que tu... Tu devais chercher dans l'aile nord !

L'immense hall d'entrée était sombre et désert, à l'exception de Jack, affalé sur un divan, qui lisait un livre à la couverture en toile. Le chandelier, qui repoussait lentement, scintillait au-dessus de sa tête. Ce n'était encore qu'un chandelier nouveau-né. Lorsque Morrigane émergea du couloir, Jack lui envoya le faisceau de sa lampe en plein dans le visage.

— Bah... c'est ce que j'ai fait, face de rat, dit Morrigane en plissant les yeux, éblouie. On est dans l'aile nord.

— Non, dit-il, soudain un peu paniqué. Ça, c'est l'aile sud. Elle est fermée pour travaux. C'est dangereux. C'est interdit. Tu sais pas lire ?

Il désigna d'un geste un panneau indiquant : FERMÉ POUR TRAVAUX. DANGEREUX. INTERDICTION FORMELLE D'Y PÉNÉTRER. Morrigane était passée devant sans le voir. *Oups.*

— C'est ta faute ! fulmina-t-elle. T'as menti, Jack. On n'avait pas besoin d'aller chasser ce loup débile dans tout l'hôtel.

— Quelqu'un t'a vue ? Fenestra te truciderait si...

— On s'en fout de l'aile sud ! Tu savais que l'ombre disparaîtrait d'elle-même, n'est-ce pas ? T'es qu'un menteur.

Jack ne manifestait aucun remords.

— C'est pas ma faute si tu crois tout ce qu'on te raconte. La prochaine fois, essaie de te servir de tes méninges, marmonna-t-il. J'arrive pas à croire que mon oncle pense que quelqu'un comme toi mérite de faire partie de la Société Wundrous. T'es même pas capable de lire un panneau.

— T'es jaloux, c'est ça ? dit Morrigane en balançant sa lampe de poche à côté de lui. T'es jaloux que ce soit moi sa candidate, et pas toi ?

Jack lui jeta un regard noir.

— Qu'est-ce que tu viens de... Moi *jaloux* ? De toi ? Pourquoi je serais jaloux ? T'as même pas de talent ! Tu l'as dit toi-même, devant la Pièce aux...

Morrigane poussa un cri.

— Tu nous *espionnais* !

À cet instant précis, Hawthorne surgit dans le hall, sa lampe dirigée de bas en haut vers son visage. Avec un rire machiavélique, il déclama :

— Hahahahaha ! Je suis Hawthorne, le tueur d'ombres, crains-moi donc, ombre loup, je suis ta mort.

— T'arrives trop tard, tueur d'ombres, dit Morrigane en prenant sa lampe pour la lancer à Jack. L'ombre est déjà morte.

— Oh ! dit Hawthorne, manifestement déçu. Mais je viens d'inventer un chant de la victoire. J'allais t'apprendre une danse.

Morrigane, en l'entraînant vers l'ascenseur d'or et de verre, dit d'une voix assez forte pour qu'elle résonne dans le hall :

— Tu peux peut-être récrire les paroles pour qu'elles parlent de la sale fouine qu'est le neveu de Jupiter, cette fouine qui espionne les gens et leur raconte des mensonges...

— Ou alors, cria Jack en se laissant retomber sur le divan avec son livre, tu peux parler de la candidate sans talent de Jupiter, qui est trop bête pour comprendre comment fonctionnent les ombres et qui court partout comme une idiote.

Morrigane appuya sur le bouton de son étage, furieuse. Hawthorne chantonnait. Il se tourna vers elle alors que les portes se refermaient.

— Qu'est-ce qui rime avec « sale fouine » ?

13

L'ÉPREUVE DU PARCOURS

L'ÉTÉ TOUCHAIT À SA FIN, mais il résistait encore. Au cours des dernières semaines d'août, une canicule s'abattit sur Nevermoor, échauffant du même coup les cœurs.

— Est-ce qu'on pourrait avoir une conversation sérieuse ? s'énervait Morrigane. La deuxième épreuve est dans trois jours.

Cela faisait une heure qu'elle essayait de parler à Jupiter, mais sa concentration s'était évaporée sous l'effet de la chaleur. Assis dans un coin ombragé de la cour des Palmiers, Jupiter sirotait de la sangria à la pêche en agitant un éventail. Un peu plus loin, Fenestra prenait un bain de soleil et Frank ronflait sous un sombrero immense. Jupiter avait donné leur après-midi à tous les employés ; il faisait beaucoup trop chaud pour travailler, et ils avaient passé la matinée à se quereller.

Jack, par chance, ne s'était pas montré. Morrigane l'imagina barricadé dans sa chambre en train de jouer du violoncelle. C'est là qu'il se trouvait en général, du moins lorsqu'il ne piquait pas à Morrigane la meilleure place au Fumoir. Il se plaisait aussi à critiquer ses manières de table ou à lui lancer des regards désapprobateurs. Morrigane avait hâte qu'il retourne dans sa pension pour qu'elle puisse enfin se sentir à nouveau chez elle au Deucalion. Lorsqu'il avait eu la permission de se rendre au Bazar de Nevermoor avec des camarades d'école, elle avait été folle de rage. Elle qui avait attendu tout l'été que Jupiter l'y emmène ! Or, chaque semaine, une affaire importante l'en avait empêché. Maintenant, il n'y aurait plus de Bazar avant l'an prochain ; Morrigane l'avait raté. Tout bien considéré, elle n'était pas mécontente que ce soit la fin de l'été… même si cela signifiait que l'heure de sa terrifiante prochaine épreuve approchait.

— Tu crois que ça va, là-dessous ? demanda Jupiter en entrouvrant un œil pour regarder Frank. Il ne va pas être réduit en cendres, si ? Je ne m'y connais pas bien en nain vampire.

— Vampire nain, corrigea Morrigane. Et ne t'en fais pas. Est-ce qu'on pourrait se concentrer sur l'épreuve du Parcours ? J'ai besoin d'une monture. Et elle peut pas avoir plus de quatre pattes. C'est dans le règlement.

— Ah ! oui !

— Et je peux pas voler.

L'épreuve du Parcours

— Tu as bien raison, dit Jupiter en prenant une gorgée de sangria.

Morrigane souffla, agacée :

— Non, je veux dire : c'est dans le règlement.

— Détends-toi, Mog, lui dit Jupiter en riant. Je connais le règlement : tu ne peux pas monter un animal volant. Il y a eu toute une histoire il y a quelques années avec un dragon et un pélican. Le pauvre oiseau a été cramé moins de trois secondes après le décollage. C'était plutôt un pélicrame en fait. Ha ha ! Péli*crame* ?

Il lui fit un sourire, mais le sens de l'humour de Morrigane s'était, lui aussi, évaporé.

— Bref ! poursuivit-il. Ils ont tout interdit ; maintenant, ça se passe au sol.

Le règlement de l'épreuve du Parcours avait été livré la veille par un coursier, et Morrigane en était encore toute retournée. Dire que pendant des semaines, elle n'avait même pas pensé au parcours. Peut-être que la présence de ce maudit Jack avait eu ses avantages. Elle avait été tellement agacée par leurs disputes qu'elle n'avait pas eu le temps d'appréhender la terrible épreuve qui se profilait à l'horizon.

— Alors, insista-t-elle auprès de Jupiter. Une monture. Quatre pattes maximum.

— Quatre pattes ou moins.

— Quatre pattes ou moins. Est-ce que Charlie pourrait m'apprendre à monter à cheval ?

— Je ne crois pas que ce soit la solution, Mog, dit Jupiter en chassant d'un geste de la main un insecte bourdonnant. Je n'ai jamais assisté à une épreuve du Parcours, mais il paraît que c'est plutôt mouvementé. Il va te falloir une monture tout-terrain. Laisse-moi réfléchir.

Une monture tout-terrain. Mais qu'est-ce que ça voulait dire ? Il était inutile de s'attendre à une réponse claire de sa part par une chaleur pareille. Morrigane se défoula en donnant un coup de pied à une touffe de mauvaise herbe.

— C'est sans espoir. Et qu'est-ce que c'est que cette épreuve du Parcours, de toute façon ? Pourquoi est-ce que les Anciens veulent nous voir faire la course ? C'est débile.

— Heu… c'est bien, reste positive, dit Jupiter, distrait.

Elle renonça, alla s'asseoir au bord d'une petite piscine, y trempa les pieds et tira de sa poche la lettre de la Société Wundrous, afin de la relire une énième fois.

Chère mademoiselle Crow,

L'épreuve du Parcours aura lieu samedi à midi, au cœur de Nevermoor, entre les murs de la Vieille Ville. Le Conseil général de Nevermoor nous a autorisés à évacuer temporairement les rues de la Vieille Ville, afin que le public ne gêne pas le déroulement de l'événement.

Les candidats restants ont été divisés en quatre groupes. Vous faites partie du groupe de la porte Ouest. Veuillez signaler votre présence à un membre

L'épreuve du Parcours

de la Société au niveau de la porte Ouest de la Vieille Ville samedi matin avant 11 h 30.

Il y a trois règles :

1. Chaque candidat doit se présenter sur une monture vivante. Cela peut-être n'importe quelle créature de transport possédant au moins deux pattes, et pas plus de quatre pattes.

2. Les créatures volantes sont formellement interdites.

3. Tous les candidats ne doivent porter *QUE* des vêtements blancs.

Tout candidat enfreignant ces règles sera disqualifié.

Les vainqueurs de cette épreuve auront prouvé leur courage, leur détermination et leur esprit de stratégie. Le reste des instructions vous sera donné juste avant l'épreuve du Parcours.

Bien à vous,

Les Anciens, G.Quinn, H.Wong et A.Saga
Maison des Initiés
Nevermoor, EL

Il y avait aussi un plan. La Vieille Ville était une zone à peu près circulaire entourée de murailles médiévales, c'était le cœur originel de la ville de Nevermoor ; le reste avait poussé autour au fil des ans, comme une matière organique, une sorte de champignon. (Elle tenait ça de Dame Chanda, qui disait s'être intéressée à l'histoire de la ville car son Excellence le Lord Jeudi, piqué d'histoire, lui avait offert deux ans auparavant, pour Noël, une carte de membre de la Société historique de Nevermoor.)

La Vieille Ville avait quatre portes : des arches énormes au nord, au sud, à l'est et à l'ouest, semblables aux quatre repères d'un compas.

Au centre, sur le plan, on voyait la place du Courage. Morrigane l'avait juste aperçue en passant rapidement en Pébroc Express, mais elle se souvenait d'une grande place entourée d'échoppes et de cafés pleins de monde.

La place se situait à l'intersection de deux grandes avenues qui s'étendaient d'un bout à l'autre de la Vieille Ville. L'avenue Luminaire allait du nord au sud : la Maison des Initiés était tout au nord, et le palais royal Luminaire (où résidait la reine de l'État Libre, Caledonia II) tout au sud. Le Grand Boulevard s'étendait du temple du Machin Divin à l'est à l'Opéra de Nevermoor à l'ouest.

Le plan montrait d'autres bâtiments importants, les donjons Dredmalis, le Parlement, les ambassades, le Jardin Ceinture (qui entourait le centre de la Vieille Ville), la bibliothèque Gobleian et une douzaine d'autres encore. Morrigane tenta de tout mémoriser, au cas où ce serait important.

— Les donjons Dredmalis, chuchota-t-elle en fermant les yeux : quartier Est, rue Rifkin. Le Parlement :

quartier Nord, passage Flagstaff. La bibliothèque Gobleian : quartier Est, non, Sud, non, enfin…

— Quartier Ouest, idiote, dit une voix traînante.

Fenestra, allongée au soleil, léchait sa fourrure à coups de langue languides.

— Rue Mayhew. Maintenant tais-toi.

— Merci, dit Morrigane.

Elle remarqua que Jupiter observait la Magnifichatte du coin de l'œil et se demanda pourquoi. Sous le soleil, la salive de Fen faisait scintiller sa fourrure grise comme si elle était coulée dans un métal argenté. Elle étira ses belles pattes et bâilla bruyamment. Elle était vraiment superbe ; superbe et terrifiante.

— Vous avez fini, tous les deux ? dit Fen d'une voix faussement agacée. J'essaie de faire ma toilette. Bande de pervers.

Le matin de l'épreuve, Morrigane se réveilla complètement détendue. Cela dura quelques secondes, jusqu'à ce qu'elle se souvienne de ce qui l'attendait ce jour-là, et se mette à paniquer.

Elle n'avait toujours aucune idée de la monture que lui avait procurée Jupiter. Il avait passé les trois derniers jours à débattre avec les employés de l'hôtel des mérites des poneys comparés à ceux des chameaux, et à se demander si les tortues pouvaient battre les lièvres dans la vraie vie ; ils pourraient essayer juste pour voir (une idée de Frank). Et puis il y avait la question de l'autruche : une autruche, ça ne pouvait pas voler, mais ça avait quand même des ailes.

Alors qu'elle se sortait péniblement du lit, la porte de sa chambre s'ouvrit en grand pour laisser le passage à Fenestra qui balança un tas de vêtements sur une chaise en secouant sa grosse tête.

— Mets ça, lui dit-elle. Il y a des nouvelles bottes pour toi dans le couloir. Martha t'apporte ton petit déjeuner. On t'attend en bas dans cinq minutes, prête à partir.

Là-dessus, la Magnifichatte s'éclipsa sans un « bonjour ».

— Ouais, ça va super bien ce matin, Fen. Merci de t'en soucier, marmonna Morrigane en se coulant dans le pantalon blanc qu'elle avait apporté. Est-ce que je suis stressée ? Un peu.

Elle enfila un tee-shirt, ses chaussettes. Tout était blanc, conformément aux instructions.

— Oh ! merci de me souhaiter bonne chance, Fen, comme c'est gentil. Oui, je suis sûre que ce parcours sera sans faute, et que je vais pas du tout me faire piétiner pendant la course, pas plus qu'être arrêtée et expulsée de Nevermoor.

— Mais à qui vous parlez, mademoiselle Morrigane ? demanda Martha, qui avait surgi sur le seuil un plateau dans les mains.

Morrigane prit une tartine et se sauva, sa paire de bottes sous le bras.

— À personne, Martha ! cria-t-elle. Merci pour le p'tit déj !

— Bonne chance, mademoiselle ! Soyez prudente !

———•———

Dans le hall, Jupiter et Fen détaillèrent longuement Morrigane avant d'ouvrir la bouche.

— Il faut qu'elle s'attache les cheveux, dit Jupiter.

— Il faut qu'elle la ferme, dit Fen.

— *Elle* est dans la même pièce que vous, alors c'est pas la peine de parler comme si *elle* était pas là, leur fit remarquer Morrigane.

— Tu vois ce que je veux dire ? grogna Fenestra. Je ne veux rien entendre de ce genre pendant le parcours. Ça va me déconcentrer.

La Magnifichatte se tourna vers Jupiter, ses énormes oreilles grises dressées.

— Et si on lui mettait du scotch sur la bouche ? dit-elle.

— À mon avis, les Anciens n'approuveraient pas.

Morrigane croisa les bras, l'air soupçonneux.

— Mais de quoi vous parlez ?

— Ah ! s'exclama Jupiter en se frottant les mains, ravi. Voilà, je t'ai trouvé une noble monture.

———•———

Morrigane, Jupiter et Fen se présentèrent à la porte Ouest à onze heures. Il y avait déjà une foule de candidats, de mécènes et d'animaux. À la table d'enregistrement, Morrigane et Jupiter durent tous les deux signer une décharge qui précisait qu'ils n'attaqueraient pas la Société en justice en cas de blessure ou de décès durant le parcours.

— Très rassurant, dit Morrigane en griffonnant son nom.

Son estomac faisait des sauts périlleux.

Elle était étonnée de voir le genre de monture que les autres avaient amené. La plupart étaient montés sur des chevaux ou des poneys, mais il y avait aussi beaucoup de chameaux et de dromadaires, quelques zèbres, des lamas, une autruche (ça répondait à *la* question), deux licornes à la mine hautaine, et un énorme cochon super moche. Morrigane poussa un cri et se cramponna à Jupiter en voyant les licornes, puis son effroi laissa place au ravissement. Jupiter n'avait pas l'air impressionné.

— Fais gaffe à leur machin pointu, dit-il en lançant un regard inquiet vers les créatures magiques.

Fen était d'une humeur étrange. Elle n'avait lancé aucune remarque sarcastique sur le chemin et, maintenant, elle faisait les cent pas le long de la ligne de départ de la porte Ouest, lançant des regards noirs à ses adversaires. Jupiter s'approcha d'elle prudemment.

— Fen ?

Elle l'ignora.

Il éleva un peu la voix.

— Fen ? Fennie ? Fenestra ?

Fen se parlait à elle-même à voix basse en poussant des grognements sourds, et ses yeux étaient comme deux fentes jaune d'ambre. Un gros rhinocéros à la peau dure avait en effet attiré son attention.

— Fen ? répéta Jupiter en lui tapant doucement sur l'épaule.

— Celui-là, dit-elle avec un mouvement de tête. Ce gros cornu aux oreilles tordues. Il a pas intérêt à se mettre en travers de mon chemin. S'il me montre son gros nez pointu, je lui en lance un.

— Un… un quoi ? demanda Jupiter.

— Un coup de tête. À lui et au petit démon qui le monte.

— Tu… tu sais que ce démon, c'est une enfant, hein ? fit remarquer Jupiter.

Pour toute réponse, Fen retroussa les babines et montra de la patte un petit garçon qui serrait nerveusement les rênes de son poney.

— Et celui-là aussi, je le raterai pas. Lui et sa monture infernale.

Jupiter se couvrit la bouche et déguisa son petit rire en toux.

— Fen, c'est un poney. Je crois que tu…

Fen avança son museau vers le visage de Jupiter et déclara en grognant :

— Si lui et son petit demi-cheval obèse viennent trotter à côté de moi, c'en est fini d'eux. Compris ?

La Magnifichatte fonça pour aller renifler des candidats qui traînaient près de la table d'enregistrement, marchant de long en large sous leur nez pour les intimider.

Jupiter fit un sourire un peu crispé à Morrigane, qui attendait qu'on lui dise pourquoi Fen la Magnifichatte s'était soudain transformée en Fen le gangster.

— Elle... elle a un solide esprit de compétition, dit Jupiter. Cela remonte au temps où elle était lutteuse dans des combats libres.

— *Quoi ?*

— Oui, Fen était très connue dans le milieu de l'Ultime Combat en Cage. Elle a remporté le championnat de l'État Libre trois années d'affilée. Mais elle a dû arrêter à cause du scandale avec le fils de l'ancien Premier ministre.

— Le scandale de...

— C'est lui qui avait commencé. Et puis il s'est fait refaire le nez maintenant, alors plus de peur que de mal. Ah ! Écoute : on t'appelle.

❖

Alors qu'elle s'avançait vers la ligne de départ, Morrigane se demanda quel genre de monture Nanne Dawson avait trouvé à Hawthorne. (La dernière fois qu'ils s'étaient parlé, il jurait que son mécène lui avait dégoté un guépard.) Elle savait que c'était inutile de chercher son ami dans la foule ; il était dans le groupe de la porte Sud.

Cependant, elle tomba sur une autre tête connue, une tête qu'elle n'avait vraiment pas envie de voir.

L'épreuve du Parcours

— Franchement, ils laissent n'importe qui passer les épreuves, n'est-ce pas ? claironnait Noelle Devereaux en guidant sa belle jument vers l'endroit où se tenait Morrigane. Ça s'appelle la Société Wundrous, non ? Ou alors ils ont changé le nom pour la Société des Moches Débiles.

Les amis de Noelle hurlèrent de rire, et elle balança ses cheveux derrière son épaule, savourant toute l'attention qu'on lui portait. Elle était flanquée de ses groupies habituelles, seule la fille aux longues nattes n'était pas là. Morrigane se demanda si elle avait réussi à passer l'épreuve du Livret.

— Ça expliquerait ta présence ici, lui lança Morrigane.

Noelle devint rouge de colère. Sa main se resserra sur les rênes de son cheval.

— Ou ça s'appelle peut-être la Société des Sans-Papiers, maintenant, rétorqua-t-elle en fusillant Morrigane du regard. Et c'est pour ça que *tu* es encore là.

Morrigane sentit son estomac se tordre encore. C'était Noelle et son odieux mécène Baz Charlton qui avaient envoyé l'inspecteur Flintlock à l'hôtel Deucalion. Elle le *savait*. À cet instant, Morrigane détesta Noelle de tout son cœur pour posséder le pouvoir de l'intimider au point de la désespérer. Noelle se rendait-elle compte de tous les ennuis que Baz et elle, lui causaient ? Savaient-ils qu'ils mettaient Morrigane en danger de mort en la renvoyant à Jackalfax ? Elle avait envie de se défouler, de piquer une colère contre Noelle. Mais elle ne pouvait pas. Pas ici.

— Tu pourrais être disqualifiée pour ça, tu sais, dit-elle en montrant la coiffure de Noelle.

Noelle, comme les autres candidats, était habillée tout en blanc, depuis son pantalon jodhpurs ivoire jusqu'à sa selle en cuir, en passant par sa cravache. Tout était parfaitement blanc, *sauf* le petit nœud doré qui sortait de ses boucles brunes. Morrigane savait que c'était un détail ridicule, mais elle n'avait pas pu résister.

Sa remarque ne décontenança même pas Noelle qui se mit à triturer le ruban, sûre d'elle. Elle s'avança pour murmurer à Morrigane de manière que personne d'autre ne l'entende :

— Oh ! ça ? C'est un petit message destiné aux Anciens. C'est l'idée de M. Charlton. Il dit que ça montre que je suis déterminée à gagner l'épreuve du Parcours. Je veux que les Anciens sachent que je vise la cible dorée et que je serai au dîner secret.

— Quel dîner secret ? dit Morrigane en fronçant les sourcils.

Noelle fut prise d'un fou rire.

— Ton mécène ne te dit rien du tout, n'est-ce pas ? On dirait qu'il ne veut pas que tu gagnes.

Morrigane la regarda pivoter sur elle-même. Tandis qu'elle s'éloignait, Noelle, montrant le cochon que Morrigane avait vu tout à l'heure en train de renifler le sol à la recherche d'un nouveau repas, lui lança :

L'épreuve du Parcours

— Au fait, c'est ça, ta monture ? Vous avez la même tête, c'est sympa.

À la porte Ouest, une dame qui était membre officiel de la Société Wundrous monta sur une estrade pour s'adresser aux candidats.

— Par ici, s'il vous plaît ! Non, laissez vos montures pour le moment, merci. Silence, s'il vous plaît. *Silence* ! hurla-t-elle dans le mégaphone. Maintenant, écoutez attentivement, parce que je ne répéterai pas les instructions.

Le cœur de Morrigane se mit à cogner si fort qu'elle craignit un instant de ne pas entendre ses paroles.

— L'épreuve du Parcours n'est pas une course. En tout cas, pas exactement. C'est un jeu stratégique. Il n'y a pas de ligne d'arrivée ; vous devez atteindre des cibles.

La femme fit un signe à un autre membre officiel, qui dévoila une grande carte de la Vieille Ville, placée sur un chevalet en bois. C'était une réplique de celle que Morrigane avait reçue avec la lettre, mais en énorme, avec des dizaines de cibles colorées partout, comme une pluie de confettis sur un gâteau.

Les cibles étaient éparpillées dans toute la Vieille Ville, formant neuf cercles grossiers concentriques, chacun d'une couleur différente de l'arc-en-ciel. Près des murailles de pierre, il y avait les cibles violettes. Elles étaient nombreuses, il devait y en avoir une tous les vingt ou trente mètres. Mais plus on se rapprochait du centre-ville, en passant par les sections bleues, turquoise, vertes, jaunes, oranges, roses et rouges, moins il y avait de cibles, jusqu'à ce qu'on arrive à la dernière section : un cercle doré recouvrant la place du Courage. Morrigane compta seulement cinq cibles dorées sur la place.

— C'est votre seul but, disait la femme dans le mégaphone. Touchez une cible, fermement, *une seule cible*, du plat de la main.

Elle tendit la main pour leur faire une petite démonstration.

— Une fois que vous avez touché la cible, vous avez gagné ; et vous pourrez passer à l'épreuve suivante.

Un murmure s'éleva chez les candidats, visiblement peu rassurés. Ça paraissait trop facile. Morrigane attendit qu'on leur révèle le point sensible.

— Maintenant, poursuivit la femme, la question est : quelle cible visez-vous ? Il y a trois cents candidats restants, et seulement cent cinquante cibles. Viserez-vous la première que vous voyez, à la périphérie de la Vieille Ville ? C'est logique, il y en a plus, et elles sont disposées à distances égales.

Oui, pensa Morrigane. *Bien sûr que je vais viser une de celles-là. Je vais rentrer, viser une cible facile, et je pourrai me concentrer sur la prochaine épreuve.* Elle lut sur le visage des autres candidats qu'elle n'était pas la seule à penser ça. Pourquoi ne pas choisir la facilité ?

— Ou, dit la femme, vous pouvez vous lancer un défi.

L'épreuve du Parcours

Un grand sourire se dessina sur son visage et elle pointa le centre de la carte.

— Ici, sur la place du Courage, il y a cinq cibles dorées. En touchant une de celles-ci, non seulement vous aurez passé l'épreuve, mais vous serez aussi invité à un événement privé très spécial : le dîner secret des Anciens, dans la salle des Anciens, à la Maison des Initiés !

Un murmure d'excitation parcourut la foule des candidats.

— *Dans* la salle des Anciens ? chuchota un garçon près de Morrigane. Mais seuls les membres de la Société sont admis à l'intérieur !

Morrigane lança un regard à Noelle, qui était tout devant. Alors c'était donc ça qu'elle voulait dire par « viser la cible dorée ». Noelle tripota son ruban doré ; elle affichait un air supérieur, toujours incroyablement sûre d'elle. Comment avait-elle su ? se demanda Morrigane. Les autres candidats semblaient tous aussi stupéfaits que Morrigane. Comment cette affreuse Noelle avait-elle obtenu ces informations confidentielles ?

La représentante de la Société leva une main pour demander le silence.

— En plus des cinq cibles dorées sur la place, il en existe cinq autres, réparties de manière aléatoire dans la Vieille Ville. Le hic, c'est qu'elles ont l'allure de simples cibles de couleur. C'est une sorte de loterie... Vous ne saurez que c'est une cible dorée que lorsque vous l'aurez frappée.

— Et comment on saura ? hurla une fille aux cheveux roux.

— Vous saurez, c'est tout.

Un garçon tout devant leva la main et cria :

— Pourquoi est-ce qu'on est tous habillés en blanc ?

Les deux membres de la Société qui avaient présenté les cibles échangèrent un sourire.

— Vous verrez, dit la femme dans son mégaphone. Seuls dix candidats… et leurs mécènes… seront conviés au dîner secret des Anciens. C'est une occasion unique d'apprendre à connaître les Anciens avant les troisième et quatrième épreuves.

Morrigane comprenait maintenant pourquoi Noelle était si déterminée à atteindre une cible dorée. Ce serait un grand avantage à l'épreuve Spectaculaire que d'avoir déjà pu se présenter longuement aux Anciens. Elle était certaine que Noelle saurait les charmer, de la même façon qu'elle avait envoûté ses groupies. Morrigane était écœuré.

La représentante de la société continua :

— Souvenez-vous, vous ne pouvez frapper qu'une seule cible. Passerez-vous devant les cibles colorées pour tenter votre chance et remporter un certain avantage ? Ou viserez-vous la première cible que vous voyez, pour vous garantir de pouvoir passer à la troisième épreuve ? Êtes-vous du genre à prendre des risques ? Ou êtes-vous pragmatique et efficace ? Nous allons bientôt le découvrir. Veuillez vous rassembler sur la ligne de départ. L'épreuve du Parcours commence dans cinq minutes.

Morrigane, déjà stressée, enrageait de savoir que l'odieuse candidate de l'odieux Baz Charlton avait su en quoi consistait l'épreuve avant même d'arriver. Jupiter aussi l'avait-il su ? Et si c'était le cas, pourquoi le lui avoir caché ? Les mots de Noelle résonnèrent dans sa tête : *On dirait qu'il ne veut pas que tu gagnes.*

Jupiter et Fen s'approchèrent, mais ce n'était pas le moment de poser des questions, le temps pressait.

— Mog, écoute, dit Jupiter d'une voix grave en la guidant vers la ligne de départ. Oublie ce dîner secret. Ça n'a aucune importance. Contente-toi de toucher une cible pour passer à l'épreuve suivante... ne t'inquiète de rien d'autre. Ne t'arrête pas aux cibles violettes et bleues. C'est toujours la pagaille. La plupart des candidats visent les premières cibles, et il vaut mieux pour toi ne pas te laisser prendre dans la foule. Descends directement le Grand Boulevard, tourne à gauche dans la rue Mayhew... c'est là que sont les cibles vertes. Il n'y en aura qu'un petit nombre, mais il y aura beaucoup moins de compétition si vous y arrivez assez vite. D'accord ?

Morrigane hocha la tête. *Tout droit sur le Boulevard, à gauche sur Mayhew.* Jupiter à cet instant fut chassé par un représentant de la Société. Il regarda en arrière en prononçant un : « Bonne chance ! » muet avec ses lèvres. Morrigane n'osait pas ouvrir la bouche de peur que son cœur s'en échappe ; elle acquiesça de la tête et leva un pouce tremblant en espérant qu'il avait saisi le message.

Non loin de là, Noelle, elle aussi, échangeait quelques derniers mots avec son propre mécène, mais

Morrigane n'entendit que les mots « doré » et « Roderick » (*Mais qui c'est, ce Roderick ?* se demanda-t-elle.) avant que Fen ne se penche pour lui parler à l'oreille.

— Tu n'as rien à faire, tu comprends ? Je vais nous amener jusqu'à la cible, tu n'auras qu'à tendre la main quand je te donnerai le signal. Tu ne me diriges pas, tu ne tires pas… et si tu me balances ne serait-ce qu'un seul coup de pied, je viendrai cacher des sardines crues dans ta chambre. Tu ne les trouveras jamais, mais l'odeur imprégnera ta peau et tes vêtements et elle envahira tes rêves nuit après nuit jusqu'à ce que tu aies complètement perdu la tête. T'as compris ?

— Compris, dit Morrigane.

Une grande horloge au-dessus de la porte Ouest affichait le compte à rebours : il ne restait que soixante secondes. C'est alors que Morrigane se rendit compte qu'elle n'avait aucune idée de la façon dont elle allait s'y prendre pour monter sur le dos de Fen.

— Fen, comment est-ce que…

Elle n'eut pas le temps de finir sa phrase. Elle reçut l'haleine chaude de Fen sur sa nuque ; ses moustaches la chatouillèrent ; elle sentit la fourrure contre sa peau. La Magnifichatte souleva Morrigane entre ses dents jaunes acérées et balança la fillette sur son dos. Morrigane s'efforça de se tenir à califourchon, en vain. Elle s'agrippa à la fourrure des deux mains.

Alors qu'on égrenait les dernières secondes avant le départ, elle se pencha sur le cou de Fen, en proie à la panique.

— Fen, et si je tombe ?

L'épreuve du Parcours

— Tu seras probablement piétinée et tu mourras. Alors ne tombe pas.

Morrigane resserra son étreinte et ravala un sanglot de peur.

Fenestra tourna la tête et lui dit un peu plus gentiment :

— Bon, d'accord, tu n'as qu'à enfoncer tes talons dans mes flancs si c'est vraiment nécessaire. Ça t'aidera à garder l'équilibre. Et quoi qu'il arrive ne lâche pas ma fourrure.

— Et si je l'arrache un peu sans faire exprès ?

— Tu vois bien que je ne manque pas de poils. Maintenant tais-toi. C'est l'heure du départ.

Le compte à rebours s'acheva et le son d'une corne de brume retentit. Morrigane se sentit projetée dans un chaos de sabots et de pattes qui galopaient. Derrière eux, les mécènes hurlaient des encouragements. Elle ferma les yeux et s'accrocha à Fen de toutes ses forces. Le Magnifichat filait bon train. Risquant un regard, Morrigane vit que Jupiter avait raison. Sur les marches en marbre de l'Opéra de Nevermoor, il y avait une cible violette pas plus grosse que la tête de Morrigane, et la moitié des candidats fonçaient dessus. Ça allait se terminer en carambolage, c'était sûr. Mais Morrigane ne serait pas là pour le voir. Fenestra prit un virage pour contourner l'Opéra, et elles émergèrent sur le Grand Boulevard. Le vacarme semblait loin derrière elles.

BOUM !

BOUM !

BOUM !

Morrigane se retourna et vit les cibles violettes exploser partout où les candidats venaient de les atteindre. De gros nuages colorés teignaient en violet les visages et les vêtements des gagnants. L'atmosphère se remplissait de poussière colorée et de bruits.

C'était donc *pour ça* qu'ils étaient tous en blanc ! À la fin de l'épreuve, les cent cinquante candidats gagnants formeraient un arc-en-ciel… et cent cinquante enfants tristes demeureraient dans un blanc immaculé.

Pas moi, pensa Morrigane avec force en se serrant contre Fen. *Je serai en vert.*

Ils dépassèrent l'océan de cibles violettes et bleues, certaines accrochées aux arbres et aux panneaux de circulation, d'autres suspendues aux façades des immeubles faciles d'accès, d'autres encore couchées sur le pavé. Elles débouchèrent dans la section turquoise. Les cibles étaient plus difficiles à repérer, mais il y en avait encore beaucoup éparpillées un peu partout.

Fen était si rapide qu'elles laissèrent la moitié de la foule derrière elles, dans un grand nuage de poussière. Mais quelques âmes coriaces gardaient le rythme, dont, au grand déplaisir de Morrigane, Noelle Devereaux sur sa gauche, et les nouveaux ennemis jurés de Fen, le rhinocéros et sa cavalière, sur leur droite. La jument de Noelle filait comme le vent.

Fen avait eu raison pour le rhinocéros. Il était fort. Il fonça à toute allure, virant à gauche, puis à droite, sans se soucier de qui il renversait sur son passage ou de qui il piétinait, sans faire attention à qui il donnait des coups de corne. Il n'essayait pas simplement d'atteindre

L'épreuve du Parcours

une cible dorée ; il voulait éliminer la concurrence avant d'atteindre la place du Courage.

C'était malin, pensa Morrigane. Méchant, mais pas bête. Il y aurait aussi des candidats provenant de l'est, du nord et du sud qui visaient ces cinq cibles, et qui atteindraient probablement la place au même moment. Il n'y avait pas assez de cibles dorées pour tout le monde. La place du Courage serait en proie au chaos. Morrigane était soulagée de savoir qu'elle et Fen visaient le vert.

Mais Fen ne ralentit pas dans la section verte. Elles ne tournèrent pas dans la rue Mayhew, comme l'avait ordonné Jupiter. Elles se retrouvèrent dans la section jaune. Il y avait de moins en moins de cibles ; si elles n'en touchaient pas une bientôt, elles rateraient leur chance. Cependant, Fen continuait sa route, laissant derrière elles les cibles jaunes, puis les orange ; et elle n'avait pas l'air de vouloir ralentir.

— Fen ! hurla Morrigane. Fen ! Arrête ! Mais où tu vas ?

— Sur la place du Courage, lui cria Fen. Je vais t'avoir une cible dorée !

Morrigane se sentit pâlir. Mais à quoi pensait Fenestra ? Elle avait perdu la tête ; ses instincts de lutteuse de compétition avaient pris le dessus.

— Non, Fen, Jupiter a dit...

— Jupiter dit plein de choses. C'est juste un bruit de fond. Accroche-toi !

Fen était passée en mode turbo, et elle slalomait entre les candidats avec une agilité dont Morrigane ne l'aurait pas crue capable. Elle sauta par-dessus trois, même quatre candidats d'un coup, atterrit avec élégance sur un tout petit espace au sol avant de s'élancer à nouveau dans les airs. C'était vraiment une « monture tout-terrain » comme l'avait espéré Jupiter : elle sautait, grimpait aux arbres, rebondissait sur les façades des immeubles. Morrigane s'agrippait de toutes ses forces pour ne pas tomber.

Elle regarda derrière elle, et vit que Noelle et sa jument avaient complètement disparu ; avaient-elles été avalées par la foule ou avaient-elles bifurqué dans une rue adjacente ?

Un petit bourgeon d'espoir pointa dans le cœur de Morrigane. Fen avait peut-être raison, peut-être qu'elles pouvaient atteindre une cible dorée !

Le gros rhinocéros prenait de la vitesse. Morrigane ne voyait pas bien qui le montait. Elle fut surprise de la reconnaître soudain. C'était l'affreuse amie de Noelle.

Cette fois, elle ne riait pas telle une hyène comme à la présentation Wundrous. Elle avait perdu son air hautain de l'épreuve du Livret. Elle avait l'air... terrifiée. Sa longue natte noire était à moitié défaite et elle hurlait en tirant sur les rênes de toutes ses forces. Elle avait perdu le contrôle de sa monture. Morrigane compatissait.

Le rhinocéros, en revanche, était déterminé. Il avait compris qui était sa plus grande adversaire et fonçait droit vers Fen et Morrigane, corne en avant.

Morrigane tira comme elle put sur la fourrure de Fen et hurla à la Magnifichatte les seuls mots qui parviennent à traverser son cerveau :

— Fen ! Rhino !

14

LA PLUS BELLE DES MONTURES

— Ils nous foncent dessus !

Sans se retourner, Fen accéléra et se mit à bondir de droite à gauche, pour essayer de semer le rhinocéros. Le gros animal cornu les suivait toujours. Plus maladroit que la Magnifichatte, il renversait sur son passage les autres candidats qui s'écrasaient par terre avec fracas, tandis qu'il poursuivait sa course en soufflant. Morrigane jeta un œil par-dessus son épaule à l'amie de Noelle qui ouvrait de grands yeux terrifiés, incapable de diriger sa monture, et qui s'accrochait à ses rênes pour ne pas être désarçonnée.

Fen courait de plus en plus vite, laissant peu à peu la foule derrière elle ; seul le rhinocéros emballé les talonnait.

— Laisse-le passer ! hurla Morrigane.

Mais Fenestra ne l'entendit pas, ou bien ne voulut rien entendre. Elle avait perdu la tête et ne pensait plus qu'à la victoire, pareille à un animal possédé. Cependant, elle aussi commençait à s'essouffler.

Le rhinocéros les rattrapa bientôt et le sol trembla sous son poids. Il secouait son énorme tête.

— Fais gaffe, Fen ! cria Morrigane alors que l'animal leur rentrait dans le flanc avec une force colossale.

La fille sur le rhinocéros hurla. Morrigane s'aplatit sur le dos de Fen et s'agrippa comme elle put. La Magnifichatte perdit un peu l'équilibre mais se rétablit aussitôt, envoyant un bon coup de griffe au rhinocéros. La joue entaillée, l'animal rugit de douleur.

Morrigane leva la tête à ce deuxième cri. Elle eut juste le temps d'apercevoir le rhinocéros se secouer, jetant à terre sa cavalière. La fille tomba avec un bruit sourd. Le rhinocéros fit une galipette, se remit tant bien que mal sur ses quatre lourdes pattes, et repartit à fond de train dans une rue adjacente, oubliant complètement la cible dorée qu'il visait. Il braillait comme un fou dans sa fuite, du sang giclait de sa joue blessée. Son agressivité et sa détermination s'étaient envolées après un seul coup de griffe de Fen. Fenestra fonçait droit devant, enfin débarrassée de son adversaire.

La cavalière, amie de Noelle, gisait au milieu du Grand Boulevard. Elle secoua la tête, elle semblait désorientée. Le reste des candidats les rattrapaient et seraient bientôt à son niveau. Çà et là, des cibles explosaient au loin, le ciel se teintait de nuages roses et rouges se mêlant à la poussière qui s'élevait de la Vieille Ville. Les sabots se rapprochaient de plus en plus de la fille immobilisée par terre.

Morrigane regarda devant elle. Cent mètres plus loin, le Grand Boulevard débouchait sur les pavés de la place du Courage, et elle les repéra au centre : quatre cibles dorées, réparties de manière égale autour de la fontaine. Morrigane entraperçut la cinquième qui se trouvait au centre, au sommet de la statue qui dominait la fontaine. Elle scintillait au soleil, coincée dans la gueule d'un poisson en béton.

Elles étaient proches, *si proches*. Il n'y avait personne devant elles. La place du Courage était vide. Elle pouvait *vraiment* gagner, elle pouvait atteindre une cible dorée...

Mais Morrigane regarda à nouveau derrière elle.

La fille était toujours là. Elle avait l'air paralysée, le regard fixé sur le mur de sabots et de poussière colorée qui fonçait sur elle de plus en plus vite.

Morrigane sentit son cœur se serrer.

— Fen ! Il faut qu'on revienne en arrière ! hurla-t-elle. Ils vont la piétiner !

Fen ne l'entendit pas, ou fit semblant de ne pas l'entendre. Morrigane lui tira les oreilles.

— *Fen !* Ils vont la tuer !

Fenestra émit un grognement.

— Tu sais que tu parles de ton adversaire, là ?

Malgré tout, Fen faisait déjà demi-tour, se précipitant vers la fille qui était assise par terre, immobile, recroquevillée sur elle-même.

— Plus vite, Fen !

Fenestra accéléra à mort, atteignant la fille au rhinocéros juste à temps pour l'attraper dans sa gueule et sauter hors de la foule en empruntant une ruelle qui donnait sur le Grand Boulevard. Les autres candidats passèrent au galop là où se trouvait la fille quelques secondes plus tôt.

D'un grand coup de tête, Fen envoya la fille sur son dos. Elle atterrit pile devant Morrigane. Elle tremblait, le corps secoué de sanglots.

— Oh ! Arrête de pleurnicher, grogna la Magnifichatte.

Morrigane guida les mains de la fille vers la fourrure de Fen pour l'aider à s'accrocher. Elle sursauta un peu en voyant les derniers des candidats leur passer devant, dans d'énormes nuages de poussière. Morrigane, Fen et la fille au rhinocéros étaient coincées derrière. C'était sans espoir. Les cibles dorées éclateraient dans quelques secondes.

— Peut-être, dit Morrigane le souffle coupé par le désespoir, peut-être qu'on pourrait retourner vers les cibles vertes, ou... jaunes...

— Tais-toi donc, dit Fen.

— Mais je peux tout de même pas renoncer, Fen ! Il en reste peut-être une...

— Non, imbécile, j'ai dit « tiens-toi donc ». Accroche-toi à ma fourrure. Et tiens bon.

La plus belle des montures

Morrigane s'exécuta, et Fen prit de l'élan.
— On vise encore l'or !

———◆———

La fontaine de la place du Courage ressemblait à une scène de bataille apocalyptique. Les quatre cibles dorées qui l'entouraient avaient déjà éclaté… il en restait une dernière, qui scintillait toujours dans la bouche du poisson, intacte. L'eau s'agitait sous la statue alors que des dizaines d'enfants, peut-être même une centaine, plongeaient et pataugeaient, enfoncés jusqu'à la taille. Ils avaient abandonné leurs montures pour avancer. Ils hurlaient, crachaient de l'eau, se faisaient couler les uns les autres, prêts à tout pour atteindre la cible. Quelques-uns avaient déjà atteint la statue et escaladaient les écailles et la queue, non sans distribuer des coups de pied aux candidats qui les suivaient. C'était une scène cauchemardesque, et Morrigane n'avait pas du tout envie de se joindre à eux.

Mais plus rien n'arrêtait Fenestra. Elle prit son élan, se mit à galoper à toute allure, et rebondit sur le dos des chevaux et des autruches abandonnées, s'en servant comme de trampolines. D'un grand coup de pattes arrière, elle bondit par-dessus les autres candidats, et atterrit au sommet de la statue. Elle s'accrocha à la tête du poisson et y planta les griffes.

— Enfonce-la ! hurla Fen.

Morrigane tendit le bras aussi haut que possible, ses doigts y étaient presque... *presque*...

Cependant, l'amie de Noelle était plus près. Elle avait l'air de s'être rétablie de sa chute et elle se hissait sur le cou de Fenestra, lui enfonçant ses genoux dans les clavicules. Elle tendit la main, Morrigane fit de même derrière elle, et elles frappèrent la cible au même moment.

BOUM !

Un nuage doré éclaboussa le visage de la fille, ses vêtements blancs et sa longue natte, de la couleur de la victoire.

Pas un grain de pigment n'atteignit Morrigane.

—◆—

— Une à la fois, s'il vous plaît. *Une à la fois !* hurlait l'arbitre de la Société. Alors, qui a touché la cible ? Qui était monté sur le gros chat ?

— Moi, dirent Morrigane et la fille en même temps. Elles échangèrent un regard furieux.

— C'était moi, répéta Morrigane. C'est moi qui étais sur le gros chat.

— Et tu t'appelles ?

— Cadence, interrompit l'autre fille. Je m'appelle Cadence Blackburn, et c'est *moi* qui étais sur le gros chat. Et *j'ai* touché la cible.

— Non, c'est *moi* qui l'ai touchée ! Je m'appelle Morrigane Crow, et le Magnifichat, c'est *ma* monture.

Cadence est tombée de son rhinocéros... et on est revenues en arrière pour...

— J'étais assise devant, coupa Cadence. J'étais assise devant, alors vous voyez, c'est *moi* qui ai touché la cible. Regardez-moi, je suis toute dorée !

L'arbitre regarda Morrigane, puis Cadence.

— C'est vrai ? Elle était assise à l'avant ?

Morrigane n'en croyait pas ses oreilles. Elle ne pouvait pas nier, en effet, que Cadence était assise devant elle, et que c'était pour ça qu'elle était pleine de poussière dorée. Mais c'était complètement absurde ! Un détail pareil ne voulait rien dire ; c'était *injuste*.

— Oui, mais... c'est uniquement parce qu'on est revenues sur nos pas pour la ramasser. Autrement, elle aurait été piétinée !

Le représentant de la Société eut un petit rire de cochon.

— Tu crois que c'est ça qui va te faire entrer à la Société Wundrous ?

Il secoua la tête d'un air accablé.

— Pourquoi tout le monde pense-t-il que l'honneur et la compassion vous procurent des avantages ? On teste votre ténacité et votre ambition, pas votre gentillesse à la noix !

— Mais c'est pas ça, dit Morrigane d'une voix désespérée. Le Magnifichat, c'est ma monture ; et ma monture a grimpé sur la statue pour moi, pas pour Cadence. J'ai bien frappé la cible. C'est juste que...

— N'importe quoi ! dit Cadence d'une voix grave qui rappelait le bourdonnement d'une abeille.

Elle s'avança vers l'arbitre et planta son regard dans le sien.

— Le chat était *ma* monture. J'ai frappé la cible dorée, et je suis sélectionnée pour passer l'épreuve suivante.

Le représentant de la Société lui tendit une petite enveloppe dorée, que Cadence empocha d'un geste triomphant avant de partir en courant.

Morrigane aurait voulu hurler à l'injustice, mais aucun son ne sortit de sa bouche. Elle posa un regard glacial sur le type.

— Le chat était sa monture, dit-il en haussant les épaules. Elle a frappé la cible dorée. Elle est sélectionnée pour passer l'épreuve suivante.

Morrigane était à plat, comme un pneu crevé. Elle avait été éliminée. C'était terminé.

À cet instant, Noelle passa près d'elle, entourée de ses groupies. Elle aussi était couverte de poussière dorée et brandissait son enveloppe comme un trophée.

— J'ai vu une cible rose au coin de la rue Roderick, et j'ai décidé de tenter ma chance, je ne sais pas pourquoi. Peut-être parce que, le rose, c'est ma couleur préférée, disait-elle joyeusement. J'ai été très surprise quand ça s'est avérée être une cible dorée ! J'ai vraiment eu du bol.

Elle jeta un regard vers Morrigane en voyant ses vêtements encore blancs.

La rue Roderick, pensa Morrigane amèrement, se souvenant de ce qu'elle avait entendu le mécène de Noelle lui chuchoter sur la ligne de départ. *Roderick !* Ce n'était pas une personne ; il lui indiquait la cachette d'une des cibles dorées. Ce n'était pas de la chance : Baz Charlton l'avait aidée à tricher ! Il lui avait soufflé où se trouvait l'une des cibles dorées secrètes.

Pas étonnant qu'elle ait été la seule candidate à être déjà au courant pour le dîner secret ! C'est Baz qui lui disait tout, il lui procurait tout ce dont elle avait besoin pour remporter les épreuves.

Morrigane s'écroula sur le bord de la fontaine, furieuse contre Cadence et contre les tricheries de Noelle, écrasée par le poids terrible de sa propre défaite. Elle se sentait vraiment comme une idiote. Pire que ça, elle était terrorisée à l'idée de ce qui allait se passer maintenant. Elle serait expulsée de Nevermoor, bien sûr, et puis… et puis…

La Cavalerie d'ombre et de fumée rugit dans son esprit, un gros nuage qui l'enveloppait de sa nuit, bloquant le soleil et plongeant le restant de ses jours dans les ténèbres.

Lorsque Jupiter eut écouté son histoire, il resta interdit. Fenestra, elle, était furieuse.

— Où est-ce qu'il est, ce type ? ragea-t-elle. (Elle faisait les cent pas et montrait ses crocs jaunes.) Je vais lui prendre ses papiers et les lui fourrer dans le…

— Il faut qu'on y aille, dit soudain Jupiter en jetant un coup d'œil derrière lui. Il faut qu'on parte tout de suite. Il est là.

— Qui... oh !

L'estomac de Morrigane se noua : se frayant un chemin à travers la foule des candidats et de leurs mécènes, une petite brigade d'officiers de police en uniforme marron approchait avec à sa tête le numéro trois de la liste des ennemis de Morrigane (après Cadence Blackburn et Noelle Devereaux).

Jupiter attrapa le bras de Morrigane et entraîna sa candidate dans la direction opposée, mais d'autres hommes en uniforme leur barraient le passage. Ils étaient cernés par les Puants.

— Je voudrais voir ces papiers maintenant, Capitaine Nord, dit l'inspecteur Flintlock en tendant la main avec une expression d'extrême satisfaction. J'attends.

Morrigane retint son souffle. Est-ce qu'on la laisserait retourner au Deucalion, se demanda-t-elle, avant de l'expulser ? Est-ce qu'elle pourrait dire au revoir à tout le monde, faire sa valise, et... Hawthorne ! Ils n'allaient pas la chasser sans la laisser faire ses adieux à son ami, tout de même ? Elle fouilla la place du Courage du regard dans l'espoir de le repérer. Avait-il atteint une cible ?

Et la Cavalerie d'ombre et de fumée, dit une petite voix paniquée dans sa tête. *Est-ce qu'elle m'attend à la frontière ?*

— Mais à quels papiers faites-vous référence, inspecteur Flintlock ? dit Jupiter avec un sourire poli.

Des journaux ? Ceux de ce matin ? Soit ils sont déjà dans la litière des chats, soit on y empaquette du poisson, à cette heure. Mais je trouve *fantastique* que vous vous teniez au courant des événements, Flinty. Je vous félicite. Dites-moi si vous avez besoin d'aide pour les lire.

Flintlock resserra la mâchoire, sans toutefois se départir de son sourire.

— Très marrant, Nord. Vous êtes un comique. Je parlais, bien sûr, des papiers d'identité prouvant que cette enfant vient de la Septième Poche, ainsi que du visa éducatif qu'elle a obtenu pour venir à Nevermoor. Les papiers qui me prouveront une fois pour toutes que votre *ancienne* candidate a bien le droit de résider dans la Première Poche de l'État Libre, qu'elle n'est pas une immonde immigrante sans papiers qui vient de cette sale traîtresse de République.

— Oh ! *ces papiers-là…* dit Jupiter. Il fallait préciser.

En poussant un soupir théâtral, il fit mine de tâter sa veste, retourna ses poches, et fouilla même sa grosse barbe à la recherche de papiers inexistants. Morrigane aurait bien ri, si ça n'avait été la journée la moins comique de toute son existence.

— Je perds patience, Nord.

— Oui, désolé, ils sont… heu… non, ah ! ça, c'est mon mouchoir. Une minute, s'il vous plaît.

Morrigane se demanda si elle devait tenter de s'enfuir. Pouvait-elle passer sous le nez des Puants pendant qu'ils étaient distraits ? Elle pourrait peut-être se faufiler jusqu'à la station de Wunderground.

Elle fit un pas de côté pour tenter l'expérience. Personne ne lui tomba dessus. Elle regarda autour d'elle : les Puants fixaient tous Jupiter qui gesticulait comme un clown. Elle fit un nouveau pas, puis un autre, se rappelant comment Hawthorne avait fui la scène de crime lorsqu'ils avaient balancé les crapauds. Quelques pas de plus et elle serait avalée par la foule. Elle pourrait s'enfuir en courant.

— Morrigane Crow ! hurla une voix.

Morrigane s'immobilisa. On allait l'arrêter. Adieu, Nevermoor.

— *Morrigane Crow ! La fille sur le chat ! Où est-elle ? Est-ce que quelqu'un a vu Morrigane Crow, la fille qui était sur le chat ?*

C'était un des arbitres de la course. Il l'aperçut et s'avança en se dandinant, une enveloppe à la main.

— Ah ! Vous voilà ! Heureusement que je vous ai trouvée. Voilà, c'est pour vous.

Elle prit l'enveloppe.

— Qu'est-ce que c'est ?

— À votre avis ? C'est une invitation pour l'épreuve suivante.

Morrigane tourna la tête vers Jupiter, il était aussi sidéré qu'elle. Flintlock ouvrit la bouche, mais les mots restèrent coincés dans sa gorge. On aurait dit un poisson rouge en manque d'air.

Morrigane espérait qu'elle avait bien entendu.

— Mais... vous avez dit... mais Cadence...

— Oui, mais... il y a eu... un incident. Très embarrassant. L'une de ces jolies licornes était en fait un pégase avec les ailes cachées et un cône de glace retourné scotché sur le front. Je n'arrive pas à croire qu'on ne l'aie pas vu plus tôt. C'est vraiment cruel de faire une chose pareille, et c'est enfreindre le règlement. Même s'il n'a pas *fait usage de* ses ailes, les règles stipulent bien que les animaux volants sont proscrits durant l'épreuve du Parcours. Bref, ce candidat a été disqualifié, ce qui veut dire qu'une place s'est libérée, et, enfin...

Il avait l'air un peu gêné.

— Étant donné les circonstances *inhabituelles* de... bref ! on s'est dit que c'était plus juste. Félicitations.

L'homme repartit comme il était venu. Morrigane débordait de joie, les yeux fixés sur la précieuse enveloppe qu'elle tenait dans ses mains comme le plus exceptionnel des diamants. Elle n'était pas dorée, elle ne pourrait donc pas assister au dîner secret des Anciens, mais elle s'en fichait totalement.

— J'ai passé l'épreuve, chuchota-t-elle avant d'élever la voix. Je peux participer à l'épreuve suivante !

Elle déchira l'enveloppe et lut la lettre à voix haute.

Félicitations, candidat(e),

Vous avez prouvé votre ténacité et votre ambition, et vous pourrez participer à la prochaine épreuve pour intégrer l'unité 919 de la Société Wundrous. L'épreuve de la Peur aura lieu à l'Automne Premier. La date, l'heure et le lieu vous seront spécifiés plus tard.

Jupiter partit d'un rire explosif et débordant de joie qui résonna magnifiquement aux oreilles de Morrigane. Même Fenestra ne put se retenir d'exprimer son bonheur. Morrigane avait envie de sauter sur place. Elle n'avait jamais été aussi heureuse. Ni aussi soulagée.

— *Super*, Mog. Génial. Navré, inspecteur, il vous faudra attendre pour ces papiers. Pour l'instant, la question de la nationalité de Morrigane Crow reste l'affaire privée de la Société Wundrous. Ha !

L'inspecteur Flintlock écumait de rage.

— C'est pas fini, menaça-t-il.

Furieux, il se frappa la cuisse avec sa matraque. Morrigane fit la grimace. Ça avait dû faire mal.

— J'ai les yeux partout, Morrigane Crow. Je vous ai à l'œil. Tous les deux.

L'inspecteur tourna les talons et s'éloigna, suivi de près par sa brigade en manteau marron.

— Sale type ! lui hurla Fenestra.

15

LA PARADE DES TÉNÈBRES

Automne Premier

— J'ai besoin d'une dame s'te plaît.
— Pour quoi faire ?
— J'en ai besoin, c'est tout. Allez, donne.

En poussant un gros soupir bien appuyé, Hawthorne éplucha le paquet de cartes jusqu'à trouver la dame de carreaux.

— J'crois pas que tu t'y prennes comme il faut.

Après qu'elle eut passé avec succès la deuxième épreuve (Hawthorne avait touché une cible orange monté sur un chameau, et certainement pas un guépard), Jupiter avait promis à Morrigane que son ami pourrait rester dormir au Deucalion le soir de Hallowmas – s'ils promettaient de ne pas se coucher, de se goinfrer de sucre et de faire des bêtises. Pour tenir parole, ils avaient déjà dévoré un gros paquet de bonbons et étaient en train d'apprendre tout seuls à jouer au poker dans le salon de musique, en attendant Fen qui devait venir les chercher pour les accompagner à la Parade des Ténèbres.

Pour célébrer Hallowmas, le salon était entièrement éclairé à la bougie et par des lanternes-citrouilles aux figures inquiétantes. Frank, le vampire nain, chantait une chanson détestable : il racontait comment il avait coupé la tête de ses cruels ennemis avant de boire leur sang. Les clients de l'hôtel tapaient en rythme dans leurs mains, enchantés à l'idée que ce petit homme puisse décapiter qui que ce soit, cruels ennemis ou pas.

Morrigane posa sur la table ses cartes en éventail.

— Poker !

Hawthorne regarda ce qu'elle lui montrait.

— C'est pas un poker, ça.

— Mais si, regarde : la dame de carreaux se promenait un jour dans le parc, avec son chien, le valet de carreaux. Elle rencontra le roi de cœur et tomba amoureuse. Ils se marièrent six (de cœur) semaines plus tard, et eurent trois (de carreaux) enfants, et furent heureux jusqu'à la fin des temps.

Elle fit un immense sourire.

— Poker.

Hawthorne poussa un grognement et abattit ses propres cartes.

— C'est vrai, poker. Tu as encore gagné.

Il poussa vers elle l'énorme tas de bonbons.

— Merci, merci, mes amis, disait très fort le vampire nain. Et maintenant, en cette nuit d'Hallowmas, où nous nous sentons au plus proche des disparus qui nous sont chers... en l'honneur de feu ma chère mère, je vais vous chanter sa chanson préférée.

Son public poussa des soupirs de sympathie. Frank fit un signe au pianiste.

— Wilbur, s'il vous plaît. « Mon aimée l'étrangleuse », en *ré* mineur.

— Où est Fen ? demanda Hawthorne en battant les cartes sans enthousiasme. Il est presque dix heures et demie ! Si on ne part pas bientôt, toutes les bonnes places seront prises.

— *Mon aimée aime étrangler, ma chérie aime asphyxier. Ses mains me serrent la gorge, mais les fils de mon cœur s'emmêlent...*

Depuis le début de l'automne, Hawthorne ne parlait plus que de la Parade des Ténèbres ; et puisque Jupiter devait défiler avec les autres membres de la Société Wundrous, il avait persuadé Fenestra d'accompagner Morrigane et Hawthorne à sa place. Fen avait accepté en protestant haut et fort, et n'avait consenti qu'après avoir fait promettre à Jupiter que, s'ils n'étaient pas sages, elle aurait le droit de mettre du poil à gratter dans le lit de Morrigane tous les jours pendant un mois.

— Fenestra fait ce qui lui chante, dit Morrigane en mordant dans un squelette bien acide.

— *Elle m'agrippe de ses gros bras et je vois des étoiles. Mon cou tout maigre est bien à elle, mais son cœur cruel n'est qu'à moi !*

Frank termina sa chanson avec des trémolos et une note perçante qui fit grimacer Morrigane et Hawthorne. Les clients applaudirent et le vampire nain salua son public.

— Qu'est-ce que vous voulez que je chante ? demanda Frank.

— Quelque chose qui fait peur ! hurla un homme.

— Ah ! Les décapitations et les étrangleurs, ça ne vous fait pas peur, alors ? dit Frank, le regard pétillant. Bien, voulez-vous entendre une chanson sur le... Wundereur ?

Les clients poussèrent un cri étouffé, puis se mirent à rire jaune. De l'autre côté de la table de jeu, Hawthorne s'était immobilisé.

— Allons attendre dans le hall.

— Fen a dit d'attendre ici, dit Morrigane. Elle sera furieuse si on se sauve. Qu'est-ce qui ne va pas ?

— C'est que... dit-il à voix basse, la gorge serrée. J'aimerais mieux pas qu'il chante un truc sur le Wundereur.

— Le *Wundereur*, répéta Morrigane, agacée. Qu'est-ce que c'est qu'un Wundereur, d'ailleurs ? Pourquoi tout le monde en a si peur ?

Hawthorne ouvrit deux yeux immenses.

— Tu ne sais pas pour le Wundereur ?

À l'autre bout de la pièce, le piano s'arrêta.

— Est-ce *vrai* ? dit Frank qui regardait droit vers Morrigane. Cette enfant n'aurait jamais entendu les histoires du Wundereur ?

Les spectateurs se tournèrent vers Morrigane, choqués.

— Bah... je... dit-elle. J'en ai entendu parler, mais...

Elle haussa les épaules en arrachant la tête d'un bonbon-fantôme.

— Est-ce possible... continua Frank d'une voix de plus en plus stridente. Peut-elle vraiment *tout* ignorer de celui qu'on appelle le Boucher de Nevermoor ? La Malédiction de la Capitale ? Ce démon à la bouche noire et aux yeux vides ?

Hawthorne émit un son étranglé. Morrigane poussa un soupir exaspéré.

— Qui est-il, alors ? demanda-t-elle.

— Mon enfant, ma pauvre enfant, dit le vampire nain en s'enveloppant dans sa cape en un geste théâtral. Peut-être vaut-il mieux que tu l'ignores...

Le public tomba dans le piège.

— Dites-lui, Frank, criaient-ils en tapant dans leurs mains. Racontez-lui l'histoire du Wundereur !

— Si vous insistez, dit-il d'un air faussement réticent.

Le pianiste plaqua un accord sonore pour souligner le côté mélodramatique de la scène. Cela fit rire Morrigane. C'était vraiment absurde, tout ça, pensa-t-elle.

— Qui... ou *qu'est-ce* que le Wundereur ? commença Frank. Est-ce un homme ou un monstre ? Est-il le fruit de notre imagination ou bien hante-t-il vraiment l'ombre, aux aguets... prêt à nous *sauter dessus* ?

Frank fit un bond vers un groupe de femmes qui poussèrent des hurlements de terreur avant d'éclater de rire.

— Est-ce un humain ou un animal sauvage capable de déchiqueter le royaume de ses crocs, de le piétiner de ses sabots, jusqu'à ce qu'il nous ait tous dévorés ?

Il se tut un instant pour découvrir ses canines impressionnantes. Des cris et des rires s'élevèrent dans la salle.

— Le Wundereur, c'est toutes ces choses et d'autres encore. C'est un fantôme qui hante les ténèbres, qui nous observe, guettant le moment où nous baisserons la garde. Et quand nous nous y attendrons le moins, lorsque nous aurons même oublié son existence...

À l'aide d'une bougie qu'il avait prise dans son chandelier, Frank éclaira son visage par en dessous pour lui donner un éclat effrayant.

— C'est là qu'il reviendra.

— N'importe quoi, dit quelqu'un à voix basse dans un coin.

Morrigane se retourna et vit Dame Chanda, qui jouait aux échecs avec Kedgeree Burns, le concierge. Ils étaient très concentrés, les yeux fixés sur le plateau, ignorant le spectacle musical qui se déroulait de l'autre côté du salon.

Kedgeree était d'accord.

— Oui, vraiment n'importe quoi, dit-il à mi-voix.

— Vraiment ? dit Morrigane. Alors le Wundereur n'existe pas ?

Dame Chanda poussa un soupir.

— Oh ! si, le Wundereur existe bien. Mais ce n'est pas à cet idiot que je demanderai de m'en dire plus, marmonna-t-elle en montrant du menton Frank qui faisait à présent des claquettes.

— Il ne saurait pas dire la différence entre le Wundereur et une agapanthe en pot. Il se croit drôle à faire peur à tout le monde.

Morrigane fronça les sourcils.

— Mais pourquoi *tout le monde* a peur de ce Wundereur ? Qu'est-ce que c'est ?

— C'est une très bonne question, dit Dame Chanda.

Kedgeree lui fit signe de ne pas en dire plus, mais elle agita une main vers lui.

— Voyons, Ree-Ree, elle l'apprendra tôt ou tard. Il vaut mieux qu'elle entende la vérité de nos bouches, tu ne penses pas, plutôt que de croire aux âneries de cet idiot ?

Kedgeree leva les mains en signe de soumission.

— Très bien, mais je doute que Nord approuverait.

— Nord aurait dû le lui dire lui-même.

Elle s'interrompit le temps de prendre un cavalier à Kedgeree et une gorgée de brandy.

— Bon. Frank exagère, bien sûr, mais il pose une question historique essentielle : le Wundereur est-il un homme ou bien un monstre ? Il est certain qu'il fut une fois un homme. Il ressemblait à un homme, en tout cas, même si les photographies et portraits de lui jeune ont été détruits. Certains disent qu'il porte maintenant son âme en dehors, que ses ténèbres sont à découvert. On dit qu'il est atrocement déformé, que ses dents, sa bouche et le blanc de ses yeux sont à présent aussi noirs qu'une araignée. Que sa peau est grise et qu'elle se décompose à mesure que son âme se désagrège.

— C'est vrai qu'il a été banni de Nevermoor ? demanda Hawthorne.

— Oui, dit Dame Chanda avec le plus grand sérieux. Depuis plus de cent hivers, il est en exil, banni de

Nevermoor, et des Sept Poches de l'État Libre. Jusqu'à ce jour, les forces de cette ville ancienne le tiennent à distance, grâce aux efforts combinés du Conseil royal de la sorcellerie et de la Ligue du paranormal, grâce à nos frontières bien gardées par les Forces de terre et les Forces du ciel, surveillées par les Puants, observées par les Furtifs, et probablement par des dizaines d'autres organisations secrètes qui n'existent que pour nous protéger du Wundereur. Des milliers d'hommes et de femmes qui travaillent sans relâche, vingt-quatre heures sur vingt-quatre, sept jours sur sept, depuis plus de cent ans, tout ça pour empêcher un seul individu d'entrer sur le territoire.

Morrigane s'étrangla. Des milliers de personnes... contre *un seul individu ?*

— Mais pourquoi ? Qu'est-ce qu'il a fait ?

— C'était un homme et il s'est transformé en monstre, ma fille, voilà ce qui s'est passé, dit Kedgeree. Un monstre qui a créé tout seul d'autres monstres, un génie... si talentueux et si *cruel*... un monstre qui s'est pris pour Dieu. Il a levé une grande armée de créatures afin de conquérir Nevermoor et de réduire en esclavage le peuple de cette cité.

— Mais pourquoi ? répéta Morrigane.

Kedgeree cligna des yeux.

— La soif du pouvoir, je suppose. Il voulait posséder la ville et, en possédant la ville, se propulser à la tête de tout le royaume.

— Certaines personnes se sont opposées à lui, ajouta Dame Chanda. Mais elles ont été massacrées. De braves gens, anéantis par le Wundereur et son armée de monstres. Cela s'est déroulé non loin d'ici, dans la Vieille Ville. L'endroit où ils sont tombés a été rebaptisé en leur honneur : la place du Courage.

— On y est allés. C'est là que se terminait l'épreuve du Parcours, se rappela Morrigane.

Hawthorne hocha la tête d'un air triste. C'était difficile de s'imaginer ces rues pavées et ensoleillées souillées du sang d'un massacre.

— Oh ! et… on a lu quelque chose sur le massacre de la place du Courage. N'est-ce pas, Hawthorne ? Quand on révisait pour l'épreuve du Livret ? Mais *L'Encyclopédie du barbarisme nevermoorien* ne mentionnait pas le Wundereur.

— Non, en effet, dit Kedgeree en lançant un regard à Dame Chanda. Les livres d'histoire sont aussi réticents à mentionner le Wundereur.

— Personne ne sait vraiment ce qu'il est advenu du Wundereur ce jour-là, continua Dame Chanda en ignorant le commentaire du concierge. Certains disent que l'attaque l'avait affaibli. D'autres que ses monstres l'ont abandonné ; qu'ayant goûté au sang ils y avaient pris goût et s'étaient enfuis pour aller se fondre dans les coins sombres de Nevermoor, où ils se cachent encore, tuant un par un les habitants en attendant le retour de leur maître pour conquérir la ville.

— Chanda… l'interrompit Kedgeree en lui lançant un regard appuyé.

— Quoi ? C'est ce que les gens disent.

— Ce n'est pas vrai, mes enfants, dit le concierge. Ce n'est qu'une rumeur pour effrayer le peuple.

— Je n'ai jamais dit que c'était vrai, Ree-Ree, je ne fais que rapporter ce qu'on dit, répliqua Dame Chanda, vexée. Bref ! depuis ce jour-là, Nevermoor lui a fermé ses portes à jamais. Bien sûr, les sorciers et les magiciens continuent de garder les frontières, avec l'aide des Puants et des Furtifs et de tous les autres, mais chacun sait que c'est la cité de Nevermoor elle-même qui tient le Wundereur à l'écart.

— Mais comment ? dit Morrigane en lançant un regard à Hawthorne, manifestement très mal à l'aise. Et si le Wundereur trouvait le moyen de revenir ?

— Notre ville antique est très puissante, mes enfants, les rassura Kedgeree. Elle est protégée par une magie et par des forces très anciennes. Bien plus puissantes que le Wundereur, ne vous en faites pas...

— Fen est là ! hurla soudain Hawthorne.

Il attrapa Morrigane par le bras pour courir vers la Magnifichatte qui attendait à la porte. Il était visiblement impatient de se sauver loin de toutes ces histoires de Wundereur.

Nevermoor grouillait de fantômes.

De vampires aussi, et de loups-garous, de princesses et de sorcières au nez crochu. Il y avait quelques fées.

De temps en temps apparaissait une citrouille. Des milliers de gens en costume s'agglutinaient de part et d'autre de la Grand-Rue, attendant que les festivités d'Hallowmas animent Nevermoor.

Morrigane frotta ses mains pour se réchauffer et resserra l'écharpe autour de son cou. Hawthorne et elle souriaient de toutes leurs dents, et de petits nuages de vapeur s'échappaient de leurs bouches dans l'air frais de l'automne. Ils avaient réussi à se frayer un chemin à travers la foule jusqu'à l'endroit où Jupiter avait affirmé qu'ils auraient la meilleure vue, juste au coin de la rue Deacon et de l'avenue McLaskey.

La Société Wundrous avait créé cette parade des centaines d'années auparavant, lui avait expliqué Jupiter. À l'origine, il s'agissait d'une procession silencieuse de tous les membres de la Société, tous habillés en costume noir et, arborant une petite broche en W dorée épinglée sur la poitrine, défilant en l'honneur de tous les « Wuns » qui avaient quitté ce monde cette année-là. Ils marchaient dans les rues en neufs rangs le soir d'Hallowmas, lorsque le mur entre le monde des vivants et celui des morts était le plus fragile.

Au fil des années, le peuple de Nevermoor s'était rassemblé pour regarder la procession en silence et rendre hommage aux défunts. C'était devenu une des traditions les plus sacrées de la ville, et on appelait ça la Parade des Ténèbres. Les Ères passant, la parade s'était transformée en un événement plus festif et coloré, mais la Société Wundrous maintenait la tradition en défilant en premier.

La foule était étrangement silencieuse tandis que les neufs rangs passaient. On n'entendait plus que leurs pas en rythme sur le pavé. Morrigane crut apercevoir la grosse tête rousse de Jupiter ; cependant il y avait tant de membres, et ils avançaient si vite, qu'elle n'en fut pas certaine. Ils affichaient des expressions solennelles, les yeux rivés droit devant eux. Il y avait çà et là des espaces vides, et certains portaient des bougies – une bougie pour chaque membre décédé dans l'année, avait dit Jupiter. Les plus jeunes des membres de la Société, à peine plus âgés que Morrigane, étaient au premier rang. Sans doute l'unité 918, songea-t-elle.

Hawthorne et elle défileraient-ils l'année prochaine à la parade ? se demanda Morrigane. C'était difficile de s'imaginer Hawthorne gardant son sérieux aussi longtemps.

Une nouvelle image moins sympathique lui vint à l'esprit : Hawthorne et Noelle marchant côte à côte. *C'est plus réaliste*, pensa-t-elle tristement. Le cavalier au dragon et la fille à la voix d'ange iraient rejoindre les rangs de la Société et défileraient dans les rues de Nevermoor. Tout à coup, elle ne se sentit plus aussi joyeuse.

Une fois que la Société Wundrous eut terminé de défiler, arriva le tour de la « vraie parade », comme l'appelait Hawthorne. Un frémissement de plaisir parcourut la foule lorsque la musique commença à jouer.

— J'ai *jamais* été aussi près que ça ! s'écria Hawthorne.

— T'as jamais eu Fen pour repousser les gens, dit Morrigane en jetant un regard à la Magnifichatte qui se tenait derrière eux.

Les passants levaient des yeux inquiets vers elle.

Même si elle n'était pas ravie de faire du baby-sitting, Fen prenait ses responsabilités très au sérieux. Quand quelqu'un s'approchait de trop près, elle soufflait et montrait les dents jusqu'à ce qu'il s'éloigne, terrorisé. Si bien qu'un cercle vide s'était lentement formé autour de Morrigane et Hawthorne. Un vrai garde du corps, féroce et plein de poils !

En tête de la parade, il y avait un orchestre dont les membres étaient tous déguisés en démons. Le chef d'orchestre était une apparition fantomatique qui ondulait devant eux. Suivait une procession de buis taillés en formes d'animaux, mystérieusement animés comme des automates. Un mammouth feuillu agitait sa trompe d'avant en arrière, et un lion végétal grognait et rugissait pour faire crier les enfants, ravis.

Morrigane et Hawthorne se cassèrent la voix à force de hurler eux aussi devant le défilé. Il y avait un loup-garou terrifiant haut de trois étages contrôlé à l'aide de longs bâtons par toute une équipe au sol. Ils pouvaient même lui faire ouvrir et fermer la mâchoire et lui faire cligner ses yeux jaunes.

Mais ce que Morrigane aimait le plus, c'était l'Alliance des sabbats de Nevermoor.

— Vraiment cliché cette année, n'est-ce pas ? dit Fen, qui trouvait ça fantastique.

Les sorcières portaient des chapeaux pointus, et s'étaient collé de grosses verrues sur le nez. Certaines avaient un chat noir sur l'épaule, d'autres volaient sur des balais mécaniques. Les rires fusèrent.

— D'habitude, elles s'empressent de dire : « Oh, arrêtez avec vos stéréotypes, nous sommes des gens comme les autres. » Ça, c'est bien mieux. Faites vos sorcières, les filles !

Les adultes dans la foule étaient tout aussi enthousiastes que les enfants, et ils applaudissaient chaque char qui passait. À une exception près : lorsqu'une énorme marionnette de vieil homme portant une cape apparut au son de violons stridents et d'accords d'orgue sinistres, tout le monde poussa des cris étouffés. Elle n'était pas aussi grande que le personnage du loup-garou et, selon Morrigane, ne faisait pas aussi peur, mais beaucoup de parents paraissaient furieux au moment de son passage, et les enfants se couvraient les yeux. Même Fen semblait fâchée. Mais était-elle sérieuse ? Ce n'était pas sûr.

— Il fallait vraiment que vous gâchiez tout ? disait une femme non loin en protégeant les yeux de son fils. Il y a des choses qui font bien trop peur, même pour une Parade des Ténèbres. Le Wundereur ! Et puis quoi encore !

— C'est *ça*, le Wundereur ? dit Morrigane en pouffant.

Elle se tourna vers Hawthorne, qui observait la marionnette avec inquiétude.

Il n'avait pas du tout l'air effrayant. Ce n'était qu'un vieil homme rabougri avec des dents noires en pointe, des yeux noirs, une grande cape et des longs doigts crochus. De temps en temps, des étincelles sortaient de ses mains et de ses yeux, et un rire démoniaque ridicule s'échappait du haut-parleur dans sa bouche. Morrigane se demanda comment quiconque pouvait craindre une pareille idiotie, mais elle se souvenait de l'histoire du massacre de la place du Courage, et les paroles de Kedgeree lui revinrent en mémoire : *C'était un homme et il s'est transformé en monstre.*

— Le voilà ! hurla Hawthorne qui regardait ce qui suivait la marionnette du Wundereur. Le char du cimetière de Morden. C'est le clou du spectacle.

Le véhicule ressemblait à un vrai cimetière. Il s'en échappait une brume qui le plongeait dans le brouillard, et il grouillait de zombies. Morrigane savait qu'il s'agissait de personnes *déguisées* en zombies – le maquillage vert ne mentait pas – mais elle en eut tout de même des frissons alors qu'ils gémissaient en sortant des tombes fraîchement creusées. Ils passaient leurs bras entre les barreaux qui séparaient le char de la foule, visant des enfants qui riaient aux éclats ou poussaient des cris terrifiés.

Hawthorne avait raison. C'était vraiment le meilleur char. La foule avait l'air d'accord, car tout le monde jouait des coudes et se hissait sur la pointe des pieds pour voir. Un homme devant eux souleva son fils jusque sur ses épaules, alors Morrigane et Hawthorne ne virent plus rien.

Hawthorne grogna.

— Viens. Il y a une benne à ordures là-bas. Si on grimpe dessus, on verra mieux.

Morrigane hésita.

— Mais... Fen...

— Ce sera pas long. Viens, vite, pendant qu'elle est distraite ! dit Hawthorne en montrant Fen qui distribuait des coups de patte aux zombies qui passaient les bras entre les barreaux.

— D'accord, marmonna Morrigane. Mais je te jure, si j'ai droit au poil à gratter dans mon lit...

L'allée était très sale et la poubelle dégageait une odeur nauséabonde. Hawthorne se hissa en premier, puis il tendit la main à Morrigane.

— À l'aide ! dit une voix au fond de l'allée.

Il n'y avait pourtant personne.

— S'il vous plaît, à l'aide. Je suis tombée.

C'était une voix de vieille femme menue et terrifiée. Morrigane et Hawthorne échangèrent un regard. Hawthorne regarda une dernière fois le char du cimetière de Morden avant de sauter au bas de la benne.

— Hé ! lança Morrigane. Qui est là ?

— Oh ! Dieu merci ! S'il vous plaît, j'ai besoin d'aide. Je suis tombée et... il fait tout noir et humide. Je me suis blessée.

Ils avancèrent prudemment dans l'allée.

— Où êtes-vous ? demanda Hawthorne. On ne vous voit pas.

— En bas.

La voix provenait de sous leurs pieds. Morrigane fit un pas en arrière.

— C'est une bouche d'égout, Hawthorne.

Elle venait d'avoir un mauvais pressentiment. Quelqu'un était-il vraiment coincé là-dessous ?

Ils soulevèrent la trappe et la firent glisser sur le côté. Baissant la tête vers le trou, Morrigane ne vit rien du tout. Il faisait trop noir.

— Hé ! Vous êtes en bas ?

— Oh ! Heureusement que vous m'avez entendue. J'ai trébuché et je suis tombée, et… je crois que je me suis cassé la cheville. Je ne peux pas remonter seule.

— OK… heu… pas de panique ! hurla Morrigane. On va descendre vous aider.

Hawthorne la prit à part pour lui chuchoter :

— Je ne suis pas un expert, mais tu ne crois pas que, si une voix te dit de descendre dans les égouts, il vaut peut-être mieux ne pas… lui obéir ?

— Ce n'est qu'une vieille femme, dit Morrigane en essayant de se convaincre que Hawthorne avait tort.

Il y avait bien quelque chose de louche.

— Depuis quand t'as peur des vieilles dames ?

— Depuis qu'elles me parlent des égouts.

— Elle a besoin d'un médecin.

— Peut-être qu'on devrait aller chercher Fen…

— Très bonne idée, allons dire à Fen qu'on s'est enfuis dans une allée sombre en cachette, ironisa Morrigane.

Hawthorne poussa un grognement.

— D'accord. *D'accord.* Mais si on se fait dévorer vivants par des rats géants ou qu'on se fait déchiqueter par le monstre plein d'écailles des égouts de Nevermoor, ma mère va vraiment être furax.

Ils décidèrent qu'il valait mieux que Morrigane descende pour aider la vieille dame à remonter l'échelle pendant que Hawthorne, qui avait plus de force dans les bras grâce à son entraînement de cavalier de dragon, la hissait vers le haut.

Morrigane, peu rassurée, mit un pied sur le premier barreau. Quand elle eut descendu quelques échelons supplémentaires, elle fut tout à fait terrifiée. Elle leva la tête pour vérifier que Hawthorne était toujours là.

— Tu es sûre ? demanda-t-il.

Un cri monta d'en bas.

— Dépêchez-vous ! Je tiens à peine debout !

Le cœur de Morrigane battait, battait. Elle descendit un barreau de plus, puis un autre, concentrée sur ses mouvements. Et toucha enfin le sol.

Il faisait plus noir que dans un four. Elle cligna des yeux, attendant que sa vue s'accommode.

— Heu… Je ne vous vois pas. Où êtes-vous ?

Pas de réponse. Le cœur de Morrigane s'emballa.

— Ohé ? dit-elle.

Sa voix résonna.

— Est-ce que ça va ?

Elle leva la tête. La lumière du dehors avait disparu. Hawthorne n'était plus là. Elle émit un cri étouffé et chercha l'échelle, titubant dans le noir, mais l'échelle aussi s'était évaporée.

— Qu'est-ce qui se passe ? demanda Morrigane.

Elle voulait se montrer sûre d'elle, pourtant sa voix tremblante trahissait son désarroi.

— C'est pas drôle !

La vieille femme rit aux éclats.

La Parade des Ténèbres

Morrigane entendit le son d'une allumette que l'on craque. Une lueur jaune brilla dans les ténèbres, et Morrigane cligna des yeux, aveuglée. Une fois que sa vision se fut ajustée, il lui apparut que la vieille femme et elle n'étaient plus du tout dans un égout.

Elles n'étaient pas seules non plus.

16
SUIVEZ LA LUMIÈRE

ELLES L'ENCERCLAIENT DE PRÈS, leurs visages éclairés à la bougie.

Morrigane voulut hurler, partir en courant, appeler Hawthorne, mais elle était paralysée par la peur.

— Nous sommes les sorcières du Sabbat Treize. Nous sommes les yeux qui ont vu l'invisible. Nous sommes les voix de ceux qui ne parlent pas. Nous distinguerons les courageux des peureux.

Elles étaient sept mais parlaient d'une seule voix. Un mélange de jeunes et de vieilles. Pas un chapeau pointu ou un nez crochu parmi elles. Elles avaient les cheveux tirés en arrière, portaient une robe noire à manches longues boutonnée jusqu'au col et un voile faisant de l'ombre à leurs visages cruels. C'était à ça, se dit

Morrigane, que devaient ressembler les vraies sorcières. Elle ne les aimait plus beaucoup.

— Qu'est-ce que vous me voulez ?

Elle tournait sur elle-même, craignant d'en quitter une des yeux trop longtemps.

— Deux fois la peur vous prendra en cette nuit sanctifiée, dirent-elles à l'unisson. Par vos yeux d'abord, par votre cœur ensuite. Fuyez si vous le devez. Foncez si vous osez. Ou suivez la lumière pour obtenir une prière.

Une des sorcières tendit à Morrigane une petite enveloppe blanc ivoire. Elle lut sur la carte :

Bienvenue à l'épreuve de la Peur.

Vous pouvez renoncer maintenant et retirer votre candidature à la société Wundrous si vous le désirez.

Si vous décidez de continuer, nous déclinons toute responsabilité concernant les conséquences de votre choix.

Avisez avec prudence.

— L'épreuve de la Peur, chuchota Morrigane.

Son cœur oscillait entre le soulagement et l'effroi. D'un côté, les sorcières n'avaient pas l'intention de la faire bouillir dans un chaudron ni de la transformer en crapaud. Mais de l'autre... comment Jupiter l'avait-il appelée ? L'épreuve de la Crise de nerfs ? *Certains candidats ne s'en sont jamais remis.* Il avait été très étonné d'apprendre que le nouveau Conseil des Anciens l'avait rétablie.

Morrigane avait la gorge sèche. Les femmes du Sabbat Treize la fixaient froidement de leurs yeux noirs.

— Nous sommes les sorcières qui décideront de votre sort, dirent-elles en chœur, comme si elles récitaient une incantation. Nous connaissons l'effroi et la terreur qui vous attendent. Soyez raisonnable, fuyez tant qu'il est encore temps. Ou, si vous osez… passez la porte.

Les bougies s'éteignirent, comme soufflées par un courant d'air, et la congrégation disparut.

Deux lumières s'allumèrent dans les ténèbres. À la droite de Morrigane, l'échelle était là de nouveau, éclairée par la lumière extérieure. Elle leva la tête et entendit le bruit lointain des festivités de la Parade des Ténèbres. Elle avait très envie d'y retourner.

— Hawthorne ? appela-t-elle d'une voix hésitante. Tu es là ?

Mais son ami avait disparu. Morrigane sentit ses entrailles se resserrer. Était-il parti chercher Fen ? Ou était-il ailleurs, emporté dans sa propre épreuve de la Peur ?

À sa gauche, un peu plus loin dans l'ombre, une arche en bois encadrait une porte à peine visible. Une unique bougie à moitié consumée brûlait au-dessus, l'invitant à entrer. *Suivez la lumière, pour obtenir une prière.*

Morrigane voulait tant remonter l'échelle.

Mais comment aurait-elle pu renoncer maintenant ? Elle pensa à Jupiter, à l'inspecteur Flintlock, à Hawthorne, à l'hôtel Deucalion, et, par-dessus tout, elle s'imagina devoir faire face à la Cavalerie d'ombre et de fumée quand elle se ferait expulser de Nevermoor. Rien dans l'épreuve de la Peur ne pourrait être aussi terrifiant que ça.

Morrigane serra les poings et se força à pousser la porte avant d'avoir le temps d'y réfléchir à deux fois.

———•———

L'air de la nuit vint lui chatouiller la nuque et elle eut un frisson : elle était à nouveau dehors.

Mais plus dans l'allée.

Une pleine lune illuminait des collines couvertes de pierres tombales, des anges sculptés et d'immenses mausolées. Une arche en granit au-dessus de la tête de Morrigane indiquait : CIMETIÈRE DE MORDEN.

Cela n'avait plus à voir avec le char de la parade, ses tombes en carton et ses arbres en papier mâché. Il s'agissait du véritable cimetière de Morden... où qu'il fût.

Ce n'était pas bon signe.

Le pire, c'était qu'une fois de plus Morrigane n'était pas seule.

Un grognement se fit entendre sous ses pieds. Elle se tenait sur une tombe, et dans la tombe il y avait un cadavre, et le cadavre avait une tête, et sa tête émergeait de la terre humide en poussant des gémissements aigus.

Morrigane hurla. Dans sa lutte pour s'extirper de la terre, le cadavre agrippa une de ses chevilles d'une main squelettique aux chairs en lambeaux. Elle tomba et essaya de ramper en s'aidant de ses mains et de ses genoux, mais le cadavre lui tirait la cheville avec une force supérieure à la sienne.

Il y en avait d'autres, Morrigane les entendait tout autour d'elle qui se réveillaient de leur sommeil « éternel ». Elle lança des coups de pied, souleva des touffes d'herbe en se débattant pour s'enfuir. D'un grand coup, elle arracha le bras du zombie, dont le crâne fit un vol plané jusqu'à l'autre bout du cimetière. Morrigane se redressa comme elle put, et, dégoûtée, détacha la main désincarnée de sa cheville.

— Berk, dégueu, marmonna-t-elle en se débarrassant de la chair grise qui s'était accrochée à ses mains.

Il y avait des dizaines de zombies qui déferlaient, leurs yeux affamés fixés sur Morrigane. De la peau et des chairs pourries pendouillaient de leurs os. Les vêtements dans lesquels on les avait enterrés étaient en loques et avaient perdu leur couleur. Ils n'avaient rien à voir avec les faux zombies de la Parade des Ténèbres, aux jolis vêtements déchirés avec soin et au maquillage vert élaboré. C'étaient de vrais morts-vivants. Et ils fonçaient sur elle.

— Ahhhhhhhhhhhhhhhhhhhhhhhhhhhhh !

Soudain, une tête aux cheveux bouclés montée sur une tornade de coups de pied et de coups de poing se traça un chemin à travers la horde de zombies, en hurlant à pleins poumons. Les morts-vivants s'écartaient, peut-être plus par surprise que par peur.

— Prenez ça, cadavres à l'haleine qui pue !

Les vêtements de Hawthorne étaient tout déchirés, et il avait les cheveux pleins de feuilles mortes et de brindilles. Il tenait une torche allumée à deux mains, qu'il agitait aux visages des zombies en jetant çà et là des coups au hasard. *Tchaaaa… tchaaaa…* Les morts-vivants continuaient de sortir de leurs tombes tels des rats d'égout.

Morrigane frissonna.

— Comment on sort d'ici ?

— Aucune idée.

Shhhhzz.

— Comment t'es arrivé ?

— Ché pas. J'étais dans un tunnel. À un bout, y avait la Parade des Ténèbres et à l'autre une bougie, et je savais que si je retournais à la parade (*Tchaaaa… tchaaaa… tchaaaa…*), je serais recalé à l'épreuve, alors j'ai…

— Suivi la lumière ?

Morrigane saisit l'épaule de Hawthorne en s'exclamant :

— Hawthorne ! La torche, la bougie ! « Suivez la lumière », c'est ce qu'ont dit les sorcières. J'ai suivi la lueur de la bougie, vers la porte et…

— Ils se rapprochent ! hurla Hawthorne à bout de souffle, qui agitait toujours sa torche.

Tchaaaa… tchaaaa…

— Il faut courir.

Tchaaa…

— Mais vers où ? Et fais un peu attention !

Morrigane évita à nouveau la flamme qui lui avait frôlé la tête.

— Mais où est-ce que t'as trouvé ça ?

— Elle était suspendue devant une crypte. Là-bas, sous…

Hawthorne réfléchit, et ses yeux s'arrondirent. Morrigane suivit son regard vers une tombe en marbre, la plus grande du cimetière, au sommet d'une petite colline en pente douce.

— … sous l'ange, là-bas. La statue… au-dessus de la crypte… il y avait une bougie dans ses mains. J'en suis *sûr*.

Morrigane sentit son cœur bondir de joie et de frayeur mêlées comme ils se précipitaient vers le mausolée. *Suivez la lumière pour obtenir une prière.* Un ange, une prière ; c'était un indice ! S'il y avait une issue, c'était certainement dans cette crypte. Alors soit ils seraient libérés de ce cauchemar, soit ils seraient coincés dans une jolie maisonnette en marbre avec des zombies cognant à la porte.

Hawthorne ouvrait la marche. Il utilisait sa torche pour leur frayer un chemin parmi leurs ennemis, on aurait dit un explorateur qui avance dans la jungle à coup de machette. Les zombies s'écartaient de la flamme en titubant, ils craignaient le feu.

Les enfants virent vaciller une lueur en haut de la colline ; une lueur d'espoir qui les encourageait à avancer. Ils allaient y arriver ! Ils se rapprochaient de plus en plus de la crypte, ils y étaient presque...

— C'est fermé à clef, dit Hawthorne, à bout de souffle.

Il laissa tomber sa torche et se mit à secouer la porte en fer comme un dingue. Morrigane se joignit à lui, mais la porte ne bougea pas plus.

Un nouveau concert de grognements s'éleva derrière eux, rythmé par le raclement de la chair et des os qui se traînaient sur les graviers, à mesure que les révoltés du cimetière de Morden se rapprochaient. Hawthorne reprit sa torche et, dans la panique, l'agita un peu trop vite. Dans un dernier « tchaaaa... », la flamme s'éteignit.

Et voilà, se dit Morrigane. *On est perdus.*

En proie au désespoir, elle leva la tête vers la statue au-dessus de la crypte. L'ange les regardait d'un air moqueur ; la cire de la bougie lui dégoulinait dans la main.

Mais...

Morrigane cligna des yeux. L'autre main de l'ange désignait le sol à leur gauche. Une tombe nouvellement creusée, et vide. Un trou de six pieds dans la terre.

Un frisson d'effroi glaça Morrigane jusqu'aux os.

Hawthorne continuait de secouer sa torche éteinte devant la horde de zombies mais, sans la flamme, cela n'avait plus l'air de les arrêter. Dans un dernier geste désespéré, il la lança à la tête d'un des zombies bien habillé, mais ne réussit qu'à lui retirer son chapeau haut de forme.

— T'as une autre idée ?

— Juste une, dit Morrigane en agrippant le bras de Hawthorne.

Elle s'avança vers le trou, tout en gardant un œil sur les zombies.

— Une bonne idée ?

— Oui, mentit-elle.

C'était une très mauvaise idée. Archi nulle. Mais c'était la seule qui lui était venue.

— Tu peux me dire ce que c'est ?

— Nan.

Morrigane sauta dans la tombe, entraînant Hawthorne avec elle. Elle se prépara à l'impact de la terre sous leurs pieds et au moment où ils s'apercevraient qu'ils avaient commis une grave erreur et que les zombies allaient leur dévorer la cervelle.

Mais le trou était sans fond. Les deux amis tombèrent en chute libre pendant ce qui leur sembla une éternité, dans le froid et dans le noir le plus absolu. Lorsqu'ils atterrirent enfin, ce fut sur une pelouse bien molle et humide. Ils restèrent assis là une minute entière pour reprendre leur souffle, souriant béatement.

— Mais comment... articula Hawthorne. Comment t'as su que ça marcherait ?

— J'étais pas sûre. J'ai deviné.

— Bien vu.

Morrigane se leva et s'épousseta. Ils étaient dans une sorte de jardin clos cerné de grandes haies de six mètres de haut. Des petites lumières dorées clignotaient dans le feuillage. À un bout de l'enclos, se trouvait un étang qui glougloutait paisiblement. À l'autre bout, un pommier avait à son pied des pommes rouges et mûres. À leur gauche, une ouverture naturelle dans la haie donnait sur un chemin brumeux. À leur droite, un portail en bois était entrouvert, laissant s'échapper un fin faisceau de lumière argentée dans le jardin.

— Où est-ce qu'on est ? demanda Hawthorne.

L'air avait un goût d'automne. Ça sentait la pluie, le feu de bois et les feuilles en décomposition. Une odeur de pomme et de cire d'abeille. Ici, la lune était plus brillante et un peu plus jaune. Le son et les odeurs de cette nuit d'automne semblaient amplifiés. Tout était... un peu plus...

— Le temps Sowun, murmura Morrigane. Hawthorne, je crois qu'on est dans les jardins de la société Wundrous.

— Oh ! dit-il, surpris. Alors ça y est ? On a réussi l'épreuve ?

— Je ne suis pas sûre. On ne devrait pas avoir eu peur *deux fois* ?

Hawthorne fit la grimace.

— J'espérais que l'apparition des sorcières compterait pour une.

Morrigane fronça les sourcils. Était-ce si facile ? Les sorcières étaient certes effrayantes, et elle espérait ne jamais avoir à remettre les pieds dans le cimetière de Morden, cependant... elle ne voyait pas en quoi c'était l'épreuve de la Crise de nerfs. Elle était peut-être plus difficile à effrayer que la majorité des gens.

Le jardin semblait calme et sans danger. Morrigane n'était pas pressée de le quitter. Peut-être allait-on venir les féliciter, leur dire qu'ils pouvaient passer la dernière épreuve. *Peut-être*, pensa Morrigane, *que je vais attendre ici un petit moment...*

Elle laissa ses pas la mener vers l'étang, comme dans un rêve, attirée par le doux glouglou de l'eau, entraînée par une ficelle invisible.

Puis elle l'aperçut. Une lumière dorée sur la surface liquide. Dressée sur une pierre au milieu de l'étang, il y avait une bougie dont la cire fondue gouttait dans l'eau. Elle ouvrit la bouche pour appeler Hawthorne, et fut interrompue par sa voix.

— Morrigane ! Regarde ! hurlait-il depuis l'autre bout du jardin. Je l'ai trouvée ! J'ai trouvé la bougie !

Morrigane accourut au pied de l'arbre, où il se tenait, le bras pointé vers le sommet. Et en effet, sur la plus haute des branches, une bougie était plantée dans une petite flaque de cire fondue. En un rien de temps, ils eurent trouvé une troisième bougie sur la poignée de la porte en bois, et une quatrième dans l'herbe sous l'ouverture dans la haie.

— Laquelle on doit suivre ? demanda Morrigane.

— C'est évident, non ? dit Hawthorne, étonné.

— L'étang, dit Morrigane.

Or, Hawthorne dit exactement en même temps :

— Le pommier.

— Non, *l'étang*, insista-t-elle. Tu ne vois pas ? On doit sauter ! Comment est-ce qu'on peut « suivre la lumière » si elle est coincée dans un arbre ?

— Bah ! en grimpant !

— Et après : se casser les jambes en descendant ?

Comment donc pouvait-il croire qu'il fallait suivre la lumière de la bougie du pommier ? Il était évident que celle de l'étang était la bonne. Morrigane le sentait, au plus profond d'elle-même. C'était comme si elle l'appelait.

— On va pas rester là toute la nuit, dit Hawthorne. On n'a qu'à tirer à la courte paille.

— On n'a pas de paille.

— Pierre-papier-ciseaux, alors ?

Morrigane poussa un grognement exaspéré.

— D'accord.

— Vous êtes débiles ou quoi ? dit une voix dans l'ombre.

Ils se tournèrent vers une fille assise par terre, adossée à la haie, les jambes allongées devant elle, toutes droites. Ses longs cheveux épais étaient divisés en deux nattes, et elle était en pyjama de flanelle, avec une robe de chambre et des chaussettes rayées. Les sorcières du Sabbat Treize devaient l'avoir tirée du lit.

Morrigane la reconnut et cela la mit en colère.

— Qu'est-ce que tu fous là ?

— Qu'est-ce que tu crois ? rétorqua Cadence Blackburn en levant les yeux au ciel. Je suis là pour l'épreuve de la Peur. Comme vous deux.

Morrigane lui lança un regard noir.

— T'es qu'une sale tricheuse, Cadence.

— Tu...

Suivez la lumière

Pendant un bref instant, la fille exprima un énorme étonnement.

— Tu te souviens de moi ?

— Bien sûr que je me souviens de toi, répondit Morrigane, de plus en plus, furibonde. Tu m'as piqué la place à l'épreuve du Parcours *et* mon ticket pour le dîner secret des Anciens.

Cadence la regarda sans rien dire, la bouche entrouverte. Morrigane se demanda si elle allait s'excuser, mais elle eut tôt fait de reprendre ses esprits.

— Et alors ? T'es là, non ?

— J'espère que le dîner valait le coup, tricheuse, dit encore Morrigane qui lui en voulait terriblement. Quinn l'Ancienne et toi devez être potes, maintenant.

— Pas vraiment, dit Cadence en se levant, et elle resserra sa robe de chambre autour de sa taille.

Elle était couverte de boue, avait des brindilles et des feuilles plein les cheveux. Morrigane se demanda quelle avait été sa première partie de l'épreuve : avait-elle aussi été poursuivie par des zombies ?

— Si tu veux tout savoir, c'était nul. Noelle n'a fait que parler d'elle. Personne n'a pu en placer une. Les Anciens ont à peine remarqué ma présence.

Cadence s'arrêta net dans son discours. Morrigane était stupéfaite de l'entendre parler en ces termes de son amie. La fille alla se poster au bord de l'étang.

— Alors, vous avez compris, bande d'idiots ?

— Compris quoi ? demanda Hawthorne.

— Vous êtes pas censés choisir la même bougie, dit Cadence comme si c'était évident. Les autres ont tous couru vers le chemin là-bas, ou ils ont grimpé à l'arbre. Vous êtes les seuls imbéciles à vouloir tirer à la courte paille.

— Les autres ? dit Hawthorne. Combien de candidats sont passés ?

— Plein. On nous jette tous ici et tout le monde est attiré par une des bougies. Ça fait partie du test. On doit choisir celle qui nous attire. Du moins...

Elle haussa les épaules d'un air indifférent.

— ... c'est ce que je pense.

— Alors pourquoi t'es encore là si t'as tout compris ? demanda Hawthorne. T'as peur ?

Cadence lui fit une grimace.

— Mais non j'ai pas *peur*. C'est juste que... personne n'a encore sauté dans l'étang. Ils ont tous choisi les trois autres. J'attendais...

Morrigane poussa un grognement.

— Oh, *bien sûr*, tu veux voir ce qui se passera ! Tu ne veux pas sauter dedans la première au cas où ça se terminerait mal. Non seulement t'es une tricheuse, mais en plus t'es une *trouillarde*. Eh ben, je m'en fiche, moi, j'ai pas peur, mentit Morrigane.

Elle s'avança jusqu'au bord de l'étang, serrant l'ourlet de sa robe pour empêcher ses mains de trembler.

— Hawthorne, dit-elle en fermant les yeux, espérant qu'elle ne trahirait pas sa peur. T'as qu'à monter dans l'arbre. Moi, je saute.

— T'es sûre que tu ne veux pas...

— À trois... poursuivit-elle avant d'avoir l'occasion d'y réfléchir à deux fois. Un...

Suivez la lumière

— Trois ! hurla Cadence en poussant Morrigane.

Morrigane tomba la tête la première dans l'étang et se mit à couler, couler, de plus en plus profond, jusqu'à ce que l'air lui manque. Elle agita les jambes pour remonter, ouvrit les yeux dans la nuit du fond de l'eau. Nulle bougie au-dessus d'elle ; tout était noir. Elle avait les poumons en feu. Elle allait se noyer, elle allait mourir, et puis…

Plus rien.

Du noir.

Au sec.

Sur la terre.

Morrigane emplit ses poumons vides d'un air frais et délicieux.

Le sol était dur et inégal. Elle se releva tant bien que mal, en passant par la position à genoux, et retrouva lentement son équilibre.

Tout était silencieux. Une brise légère vint lui caresser la nuque.

Morrigane repéra un panneau ; elle était au coin de la rue Deacon et de l'avenue McLaskey. Une unique lampe à gaz dessinait un cercle de lumière autour d'elle dans la rue pavée déserte, qui un peu plus tôt – des heures ? des jours entiers auparavant ? – avait été encombrée de passants costumés et des grands chars de la parade.

Où était Fen ? Et *Hawthorne* ?

— Il y a quelqu'un ? dit-elle doucement, appréhendant la réponse.

Appréhendant de ne rien entendre du tout.

Mais il y avait bien quelque chose ; un léger battement.

Morrigane leva les yeux et distingua une chose noire, une petite chauve-souris, ou un gros papillon de nuit, qui descendait à contre-jour de la lampe à gaz, chahutée par la brise. Puis la chose se posa à ses pieds.

C'était une enveloppe noire, avec son nom dessus.

Elle se baissa pour la ramasser.

Un mot s'y trouvait.

Vous avez échoué.
Ils seront bientôt là.
Fuyez.

Morrigane sentit tous les muscles de ses jambes se contracter. Elle était comme paralysée. *Ils seront bientôt là.* Ces mots résonnèrent dans sa tête.

C'était fini. Elle avait échoué à l'épreuve de la Peur. Toute l'année elle avait échappé à sa malédiction, mais celle-ci avait fini par la rattraper.

Le silence fut brisé par le beuglement de la corne d'un chasseur. Elle entendit les sabots sur le pavé. Le papier lui échappa et tournoya jusqu'au sol. Elle y lut :

COUREZ

Suivez la lumière

Sauf qu'il n'y avait nulle part où s'enfuir. La Cavalerie d'ombre et de fumée l'entoura soudain, surgie de nulle part. Elle se rapprocha. Elle était au bord du cercle de lumière. La lumière rapetissa, de plus en plus ténue...

Une voix à laquelle elle ne s'attendait pas lui revint en mémoire.

Les ombres sont des ombres, mademoiselle Crow.
Elles aspirent aux ténèbres.

— La lumière, chuchota Morrigane en tremblant. Je dois rester dans la lumière.

Elle se força à détourner le regard des yeux rouges de la horde et à lever la tête vers la lueur dorée du lampadaire au-dessus d'elle. Elle tendit les bras, s'accrocha au pied en métal et se mit à grimper. Elle avait peut-être échoué à l'épreuve. Elle serait peut-être bannie de Nevermoor. Mais elle ne pouvait laisser la Cavalerie s'emparer d'elle.

— Reste dans la lumière, chuchota-t-elle à nouveau, se sentant plus forte. Elle posa une main devant l'autre en grimpant. Ses pieds glissèrent, mais elle s'accrocha de toutes ses forces, elle enroula ses jambes autour du pilier et poursuivit son ascension. Elle se rapprochait de plus en plus de la lumière. Elle fit abstraction des hurlements des loups plus bas, et des fusils qu'on chargeait. Plus près de la lumière, encore et encore, une main après l'autre, elle montait maintenant les barreaux, les barreaux de l'échelle... de *l'échelle*... vers le cercle de lumière que dessinait la bouche d'égout. Elle sortait du souterrain, elle montait, se trouva dans l'allée, et enfin... enfin en sécurité.

Morrigane s'appuya contre le mur qui bordait l'allée, à bout de souffle, le regard perdu dans la rue. Tout était là. La Parade des Ténèbres, dans une explosion animée de couleurs. Comme si elle n'était jamais partie. La Cavalerie d'ombre et de fumée avait disparu. Son cauchemar était terminé. Elle poussa un soupir et ferma les yeux.

Ça n'avait été qu'une partie de l'épreuve de la Peur. Elle était si soulagée qu'elle en pleurait presque.

— J'ai pas besoin de jambe pour lutter contre vous ! cria Hawthorne, paniqué.

Morrigane ouvrit les yeux et le vit émerger de la bouche d'égout, n'utilisant que ses bras.

— Revenez ici, bandes de dégonflés ! Je peux me battre sans mes jambes !

— Hawthorne ! hurla Morrigane en se précipitant vers lui pour l'aider. Hawthorne, ce n'est pas réel. L'épreuve est finie. Tu as des jambes !

Hawthorne cessa de se débattre, le souffle court. Il regardait dans tous les sens à la recherche de son adversaire. Au bout d'un moment, il baissa la tête, sembla retrouver ses esprits et se tâta les jambes jusqu'aux orteils.

— J'ai... j'ai des jambes ! hurla-t-il en sautant sur ses pieds et en riant. Ha ! J'ai des jambes !

Morrigane rit à son tour.

— Où est-ce qu'elles étaient passées, selon toi ?

— Un dragon me les avait bouffées.

Il souriait, mais il était encore blanc de terreur. Ses mains tremblaient. Il les fourra dans ses cheveux.
— Il était vraiment moche.
— Et tu t'apprêtais à... te battre avec un dragon ? demanda-t-elle, hilare. Sans jambes ?

Hawthorne n'eut pas le temps de répondre. Ils furent à nouveau plongés dans le noir et le silence : le bruit et la lumière de la Parade des Ténèbres avait été avalés ; la lune elle-même avait disparu.

On entendit craquer une allumette, puis soudain Morrigane et Hawthorne furent entourés par les visages voilés et éclairés à la bougie des sorcières du Sabbat Treize.

Hawthorne s'enfonça les ongles dans le bras.
— Je croyais que c'était terminé, chuchota-t-il.
— Moi aussi, lui répondit Morrigane à voix basse.

Les sept voix retentirent à l'unisson.
— Nous sommes les sorcières du Sabbat Treize. Abigail, Amity, Stella, Nadine, Zoé, Rosario, et notre chère mère Nell. (C'est elle qui prétendait être tombée.) Vous avez été choisis, jeune Swift, jeune Crow. Vous pourrez vous présenter à l'épreuve Spectaculaire. Votre courage et votre audace vous ont servi dans l'effroi, en cette nuit d'Hallowmas. Vous avez notre bénédiction, retournez à vos carrosses, et profitez de dix pour cent de réduction aux Chaudrons « R » Us.

Les sorcières leur tendirent un bon de réduction pour un magasin de fournitures magiques, ainsi qu'une enveloppe ivoire. Ils y trouvèrent une invitation à l'épreuve finale, l'épreuve Spectaculaire, laquelle aurait lieu dans l'arène du Trollosseum le cinquième samedi de l'Hiver Premier.

Les sorcières du Sabbat Treize soufflèrent leurs bougies et disparurent. La vue et le bruit de la parade se rétablirent crescendo et enfin l'épreuve de la Peur fut terminée pour de bon.

Morrigane avait les jambes en coton. Mais elle avait réussi. Elle avait passé les trois premières épreuves avec succès, ainsi que Jupiter l'avait prédit. Maintenant, il ne restait plus qu'à faire confiance à son mécène pour tenir sa promesse : lui faire passer l'épreuve Spectaculaire et la faire entrer à la Société Wundrous.

Cela semblait si facile en théorie.

―――•―――

La parade se terminait tout juste à leur retour. Hawthorne était très déçu de l'avoir manquée. Morrigane et lui errèrent dans la foule qui se dispersait ; ils ne trouvaient pas Fenestra.

— Elle va nous trucider, grogna Morrigane. Allons du côté du Wunderground, elle nous cherche peut-être par là-bas.

— Mais c'est pas notre faute, dit Hawthorne en accélérant le pas. Je suis impatient de raconter cette histoire de zombies à ma mère, elle va être méga jalouse.

— Je me demande si Cadence est toujours dans le jardin.

— C'est qui, Cadence ?

— La fille qui m'a poussée dans l'étang. C'est comme ça qu'elle s'appelle, Cadence Blackburn.

Morrigane évita une chauve-souris qui voletait, dernier soubresaut de Hallowmas.

— Je me demande si elle a fini par sauter. Elle est sans doute encore là-bas, cette grosse poule mouillée.

Hawthorne lui jeta un regard interloqué.

— Mais de quoi tu parles ?

— Après mon départ, est-ce que tu l'as vue sauter, ou...

— Vu *qui* sauter ?

— Très drôle, Hawth... Aïe !

Une dame en costume de citrouille avait heurté Morrigane, qui s'étala par terre. La dame-citrouille fila sans rien remarquer.

— Eh ben ! quelle malpolie, dit une voix au-dessus d'elle. Rien de cassé ? Laissez-moi vous aider.

Morrigane leva la tête, un peu sonnée, et vit un homme en imperméable gris. Une écharpe argentée lui cachait la moitié du visage. Il lui tendit une main gantée, mais Hawthorne l'aidait déjà à se relever.

— Ça va. Merci.

— Oh, c'est vous, dit l'homme, qui abaissa son écharpe, dévoilant un visage pâle et un sourire perplexe. Re-bonjour, mademoiselle Crow.

— Monsieur Jones ! s'exclama Morrigane en s'essuyant les mains sur son pantalon. Vous êtes déjà de retour à Nevermoor ?

Il cligna des yeux.

— Je rends visite à de vieux amis. Ils défilaient pour la parade. Je suis venu les encourager.

— Je ne vous ai pas croisé à l'hôtel Deucalion. Vous êtes descendu ailleurs ?

M. Jones eut l'air étonné.

— Oh ! Bien sûr que non, je ne prends jamais de chambre ailleurs qu'au Deucalion. Mon employeur ne pouvait m'accorder beaucoup de temps libre… je ne suis là que pour les festivités de ce soir.

— C'est un long voyage pour une soirée. Vous devez adorer la Parade des Ténèbres.

Il eut un petit rire.

— C'est vrai.

— Eh bien… Joyeux Hallowmas !

Elle regarda par-dessus l'épaule de l'homme, vers la station du Wunderground, et crut voir les oreilles grises et touffues de Fen dépassant de la foule.

— On devrait y aller. Ravi de vous…

— Vous êtes là avec votre mécène ?

— Non, un ami. Je vous présente Hawthorne.

M. Jones se tourna vers Hawthorne et lui fit un aimable signe de tête, le détaillant du regard.

— Comment allez-vous ?

Hawthorne lui lança un regard distrait.

— Merci. Je veux dire, et vous ? Enfin, moi ça va. Morrigane, il faut qu'on y aille. Fen va être furieuse.

— Ah oui ! Ravi de vous avoir revu, monsieur Jones.

— Attendez… je voulais vous demander : comment ça se passe, les épreuves ?

Suivez la lumière

— Très bien ! dit Morrigane, qui ne pouvait cacher sa surprise. On vient de terminer l'épreuve de la Peur.

— Et vous avez réussi ?

— Tout juste, dit Morrigane avec un grand sourire. C'est alors qu'elle se souvint de cet étrange moment où elle avait entendu la voix de M. Jones dans sa tête cependant que la Cavalerie approchait. *Les ombres sont des ombres, mademoiselle Crow.* Trouverait-il bizarre qu'elle lui raconte l'incident ?

— Félicitations ! dit-il en lui rendant son sourire. Trois de passées, plus qu'une à affronter. Vous devez être fière de vous. Et je suppose que vous avez enfin découvert votre talent ?

Morrigane sentit son cœur cogner plus fort. Son sourire pâlit. Elle était sur le point d'admettre que non, quand soudain...

— Morrigane ! insista Hawthorne. *Poil à gratter.*

— Vous devriez y aller, mademoiselle Crow. Je crois que votre ami est pressé. Bonne chance pour l'épreuve Spectaculaire. À tous les deux.

Il les salua d'un coup de chapeau.

À la stupéfaction de Morrigane, Fen les arrêta dans leurs explications hâtives d'un mouvement impatient de la queue.

— Je sais, je sais. L'épreuve de la Peur. Jupiter m'a dit.

— Tu *savais* ? demanda Hawthorne.

— Bien sûr que je savais, dit Fen agacée. Pourquoi croyez-vous que j'ai fait mine de ne rien voir quand vous vous êtes éclipsés ? Et maintenant, dépêchez-vous un peu, si on rate le dernier train, vous devrez me porter jusqu'à la maison.

Ils suivirent Fen dans la station étouffante, où d'interminables escaliers descendaient dans de longs tunnels sans fin. Au bout d'un moment, Hawthorne se tourna vers Morrigane.

— C'était qui, ce type louche en imperméable gris ?

— M. Jones, dit-elle en retirant son écharpe pour la fourrer dans sa poche. C'est pas un type louche, il est très sympa.

— Il t'a posé un million de questions. J'ai cru qu'il allait jamais nous laisser partir. Tu le connais comment ?

— Il m'a fait une Offre à la Journée des Enchères.

Hawthorne haussa les sourcils.

— T'as eu *deux* Offres ? Moi j'étais content d'en avoir une.

— J'en ai eu quatre, dit Morrigane en rougissant. Mais deux d'entre elles étaient fausses. C'était une mauvaise blague.

Hawthorne eut l'air pensif. Après quoi, ils coururent tous les trois pour attraper le dernier train et sautèrent à bord au moment où les portes se refermaient.

— Et tu sais ce que c'est, alors ? demanda-t-il à Morrigane quand ils se furent écroulés sur les deux derniers sièges vacants. Fenestra s'assit sur ses pattes arrière, et se mit à défier les autres voyageurs de son regard féroce.

— De quoi ?

Elle savait très bien de quoi il voulait parler.

— Ton talent. Il doit vraiment être unique. Pour avoir reçu quatre Offres.

— Deux, corrigea-t-elle les yeux baissés sur ses chaussures. Et il doit pas être si unique que ça, puisque je ne sais même pas ce que c'est.

Ils ne dirent plus rien pendant les sept arrêts restants. Mais Morrigane savait que Hawthorne brûlait de lui poser mille questions. Lorsqu'ils furent de nouveau à l'air libre, il ne tint plus.

— Dis-moi, dit-il en balançant un coup de coude à Morrigane. Quelle école il représentait, le type louche en gris ?

Morrigane fronça les sourcils.

— Il représente pas une école, mais une entreprise appelée Squall Industrie. Et ne l'appelle pas comme ça.

— Il voulait t'offrir un apprentissage, ce Jones ?

— Non, dit Morrigane. C'est son patron, Ezra Squall.

— Ezra Squall, répéta Hawthorne en fronçant les sourcils. Où est-ce que j'ai déjà ent…

— Vous pouvez pas arrêter de traînasser ? hurla Fen qui était déjà une rue devant.

Ils coururent pour la rattraper.

— Qu'est-ce que vous chuchotez, là-derrière ?

— Rien, dit Morrigane.

— On parle d'Ezra Squall, dit Hawthorne en même temps.

— *Ezra Squall* ? dit Fen d'une voix étranglée. J'ai pas entendu ces deux mots depuis longtemps. Comment vous connaissez le nom d'Ezra Squall ?

— Et *toi*, comment tu connais Ezra Squall ? demanda Morrigane. C'est un ami à toi ?

Fen prit un air offusqué.

— C'est une blague ? Non, l'homme le plus cruel et le plus maléfique que le monde ait jamais porté n'est *pas* un ami à moi, merci, dit-elle d'un ton sec.

— « Le plus cruel et le plus maléfique » ? répéta Morrigane. Mais de quoi tu… ?

— Arrêtez de parler d'Ezra Squall, d'accord ? dit Fenestra d'une voix grave en lançant des regards à droite, à gauche.

Morrigane ne l'avait jamais vue aussi sérieuse et inquiète.

— On ne plaisante pas sur l'amitié avec le Wundereur. Si quelqu'un t'entendait…

— Le…. Le Wundereur ? dit Morrigane en s'arrêtant net. Ezra Squall… c'est le *Wundereur* ?

— J'ai dit : *arrête* de parler de lui.

Fen prit l'allée Caddisfly, plantant là Morrigane et Hawthorne, choqués.

Suivez la lumière

Ce n'est que lorsqu'ils furent dans la chambre de Morrigane, installés dans leurs lits (ce soir-là, deux hamacs l'un à côté de l'autre), qu'ils se remirent à discuter.

— C'est peut-être un autre Squall.

Morrigane émit un petit rire.

— Ouais. Parce qu'il y en a des tonnes, des Ezra Squall.

Ils se turent quelques minutes, puis...

— Je suis idiote, dit doucement Morrigane. M. Jones me l'a dit. Il a *dit* qu'Ezra Squall était la seule personne au monde à pouvoir contrôler le Wunder. C'est bien ça, n'est-ce pas ? C'est ce que fait le Wundereur.

— Sans doute.

— Bien sûr. Je suis vraiment débile.

Elle se redressa et laissa pendre ses jambes du hamac.

— Mais pourquoi l'homme le plus cruel et le plus maléfique du monde voudrait de moi comme apprentie ? Est-ce qu'il pense que...

Elle eut tout à coup la gorge sèche.

— ... que moi aussi je suis maléfique ?

— Alors *là*, tu délires, répliqua Hawthorne en s'asseyant à son tour. Tu serais *nulle*, en personnage maléfique. T'as pas le cran. Moi, je pourrais être maléfique. Mon rire machiavélique est au top. Moua ha ha ha ha !

— Tais-toi.

— Mmmmouaaaa ha ha ha ha ! dit-il en postillonnant. Aïe ! Je me suis fais mal à la gorge. *Moua ha ha...*

— Hawthorne ! *Ferme-la !* s'énerva Morrigane. Est-ce que... tu crois que je pourrais...

— Quoi ? Être maléfique ? Pour de vrai ? dit-il en se penchant vers elle dans le clair de lune. Non ! Morrigane, bien sûr que non, tu n'es pas maléfique. Ne sois pas ridicule.

— C'est lié à la malédiction, j'en suis sûre. Ils avaient raison.

— Qui ça ?

— Tous. Mon père, Ivy, le département d'éducation des enfants maudits. Tout le monde. La République entière ! Je suis maudite, alors peut-être...

— Tu as dit que Jupiter t'avait assurée que la malédiction n'était pas...

Mais Morrigane ne l'écoutait plus.

— ... c'est peut-être ça qui me rend maléfique.

— T'es *pas* maléfique !

— Alors pourquoi l'homme le plus cruel et le plus maléfique que le monde ait jamais porté veut de moi comme apprentie ?

Hawthorne réfléchit un moment.

— Peut-être que Jupiter le saura.

— Jupiter... dit Morrigane, le cœur battant. Alors tu crois... que je devrais lui dire ?

Hawthorne lui lança un regard perplexe.

— Bah, ouais. Oui, bien sûr qu'il faut le lui dire. T'es obligée. C'est le *Wundereur*.

— Mais je l'ai même pas rencontré en vrai ! protesta Morrigane. Je ne connais que son assistant. T'as entendu Dame Chanda et Kedgeree... le Wundereur lui-même est banni à jamais de Nevermoor. Il ne pourrait pas rentrer.

— Et s'il trouve un moyen ? demanda Hawthorne.

Morrigane détesta l'expression de frayeur qui se dessinait sur le visage de son ami. Elle détestait encore plus en être à l'origine.

— Et si c'était pour ça que M. Jones est là ? C'est très grave, Morrigane.

— Je *sais* que c'est grave ! dit-elle en se balançant dangereusement dans son hamac, et manquant de basculer. T'as pas entendu Fen ? « On ne plaisante pas sur l'amitié avec le Wundereur. » Et si Jupiter pense que je suis *amie* avec Ezra Squall ? Et s'il ne veut plus être mon mécène ? Et si les Puants l'apprennent...

Elle repensa à l'inspecteur Flintlock. Il n'avait pas besoin d'une raison supplémentaire de la renvoyer dans la République.

— Hawthorne, si je n'entre pas à la Société, ils vont m'expulser de Nevermoor.

Et la Cavalerie d'ombre et de fumée sera là pour m'accueillir, pensa-t-elle. Mais elle n'eut pas le courage de dire tout haut jusqu'où allait son inquiétude.

Hawthorne parut atterré.

— Tu crois vraiment... tu penses que Jupiter pourrait... ?

— Je sais pas, répondit franchement Morrigane.

Jupiter l'avait choisie, l'avait sauvée, l'avait protégée, et ce, malgré la malédiction. Mais s'il savait que l'homme le plus maléfique au monde l'avait aussi choisie... cela le ferait-il, finalement, changer d'avis ? Morrigane n'avait pas envie de le savoir.

Hawthorne se leva et se mit à faire les cent pas.

— On ne peut pas le laisser t'expulser. Pas question ! Bon, il va falloir s'organiser. Voyons... Disons que, si tu revois M. Jones, on dira tout à Jupiter. *Tout*. Sinon, on le lui dira *après* la dernière épreuve, quand on sera tous les deux membres de la société Wundrous, et que personne ne pourra plus t'expulser vers la République. D'accord ?

— D'accord, opina Morrigane.

Elle se sentait coupable de garder un secret si terrible vis-à-vis de Jupiter, et encore plus d'avoir entraîné Hawthorne avec elle. Mais c'était réconfortant d'entendre son ami parler au pluriel : elle n'était pas toute seule. Elle prit une grande inspiration.

— OK. Et en attendant...

— Je ne dirai rien à personne, déclara Hawthorne en lui tendant son petit doigt. Il était inquiet mais déterminé.

Morrigane lui tendit le sien.

— Promis.

17

LA BATAILLE
DU RÉVEILLON DE NOËL

Hiver Premier

Décembre était le mois le plus chargé à l'hôtel. Le hall grouillait constamment de clients qui débarquaient de tous les coins de l'État Libre : ils venaient fêter Noël en ville.

Morrigane se réveilla par un matin glacial de début d'hiver, et découvrit que sa nouvelle demeure s'était transformée du jour au lendemain en un univers féerique. Les grandes salles étaient décorées de rubans et de branches de sapin et, dans le hall, des sapins étaient couverts de boules scintillantes. Le Fumoir diffusait le matin des nuages vert émeraude parfumés au pin, l'après-midi de la fumée blanche rayée de rouge au parfum de sucre d'orge, et le soir, de la brume au pain d'épice.

Même le grand lustre était de saison. Après avoir repoussé lentement, il avait regagné sa taille d'origine, et, ces, deux derniers mois, il se transformait tous les trois, quatre jours, peut-être parce que le Deucalion n'arrivait pas à se décider sur la forme à lui donner. Après avoir été un ours polaire étincelant, il avait pris l'apparence d'une couronne de pin, puis celle d'une boule de Noël bleue, et aujourd'hui c'était un beau traîneau doré.

À Jackalfax, pour Noël, elle n'avait décoré qu'un modeste sapin et accroché qu'une guirlande lumineuse (lorsque Grand-mère avait l'esprit à la fête, ce qui était rare). Parfois, Corvus avait traîné Morrigane à la fête de Noël de la chancellerie, où des politiciens ennuyeux et leurs familles chuchotaient derrière son dos.

Mais à Nevermoor, les festivités se déroulaient tout au long du mois de décembre : des fêtes et des dîners étaient organisés presque tous les soirs. Des chorales et des fanfares jouaient et chantaient des chants de Noël dans toutes les stations du Wunderground. La rivière Juro avait complètement gelé et s'était transformée en autoroute qui serpentait dans la ville ; des milliers de gens se rendaient à l'école ou au travail en patins à glace.

L'atmosphère générale était empreinte de bonté, mais la saison réveillait aussi l'esprit de compétition entre amis et voisins, et c'était à qui prouverait que sa dévotion pour Noël était plus grande que celle de son prochain. Les maisons brillaient de décorations dans presque tous les quartiers, plus éblouissantes les unes que les autres ; c'était des rues entières de luminosité festive, un vrai gâchis d'énergie Wundrous qui clignotait et aveuglait tout le monde à des kilomètres à la ronde. Les habitants vous en mettaient plein la vue, c'était absurde. Morrigane trouvait ça fantastique.

Aucune rivalité, pourtant, n'était aussi intense que celle qui opposait les deux figures tutélaires de Noël à Nevermoor.

— Je comprends pas, dit Morrigane un après-midi, alors que Hawthorne et elle réalisaient des guirlandes sucrées en enfilant du pop-corn et des groseilles séchées sur du fil à pêche. Comment fait-il pour faire le tour du royaume en une seule nuit ? C'est impossible.

Hawthorne l'avait invitée chez lui afin de lui montrer comment fabriquer des décorations traditionnelles pour le sapin. Dehors, il faisait froid, une journée humide de décembre mais, dans le salon de la famille Swift, il y avait du chocolat chaud, des chants de Noël à la radio, et du pop-corn qui cuisait en explosions joyeuses sur le feu.

— C'est tout à fait possible. Aïe ! dit Hawthorne en suçant le doigt qu'il venait de piquer avec son aiguille. C'est du Wundrous.

— Mais, sérieusement : un traîneau volant ? Tiré par des cerfs ?

— Par des rennes, corrigea Hawthorne.

— Oh ! pardon, des *rennes*. Comment ils font pour voler ? Ils n'ont pas d'ailes. Ils sont ensorcelés ?

— Chais pas.

— Et c'est quoi, cette Reine de Noël ? J'ai jamais entendu parlé d'elle. Au moins, le Père Noël, il est sur les cannettes de soda et les pubs pour chocolat.

Hawthorne goba un pop-corn. Il avait terminé ses guirlandes, et maintenant il les grignotait une à une.

— Papa reconnaît que les gens sous-estiment la Reine de Noël, parce qu'elle n'est pas très présente dans les contes, par exemple. Mais Noël serait nul sans neige, et d'où tu crois qu'elle vient, la neige ? Elle tombe pas du ciel toute seule.

— T'es en train de me dire que la Reine de Noël fait neiger ?

— Mais non. Fais un effort, lui dit Hawthorne comme si elle était idiote. Le *chien des neiges* fait neiger. Mais il n'en ferait rien si la Reine de Noël ne lui en donnait pas l'ordre.

Morrigane était complètement perdue.

— Alors… ces deux-là, le Père Noël et la Reine de Noël, il faut qu'ils s'entre-tuent ?

— Quoi ? Mais non. T'as des idées glauques, dit-il en riant. Ils s'affrontent au réveillon pour déterminer qui a le plus l'esprit de Noël. Si la Reine l'emporte, elle promet un Noël blanc, et la bénédiction de toutes les maisons.

— Et si le Père Noël l'emporte ?

— Des cadeaux dans les grosses chaussettes rouges et du feu dans toutes les cheminées. T'as intérêt à choisir ton camp. On est pro-Père Noël dans cette maison, sauf papa qui a un faible pour la Reine de Noël, même s'il veut pas l'admettre. Nos voisins les Campbell sont pour la Reine, comme tu peux le voir.

Par la fenêtre, il montra la maison d'à côté couverte de bannières vertes, de houx et de guirlandes électriques vertes.

— C'est pour quoi, le vert ?

— Ceux qui sont pour la Reine portent du vert, ceux qui sont pour le Père Noël portent du rouge. Tiens, prends ça.

Il tira quelque chose de la boîte de décorations de Noël et le jeta à Morrigane, qui l'attrapa de justesse.

— C'est pour quoi faire ?

— Pour que tu soutiennes le Père Noël comme moi, dit-il en haussant les épaules. Des cadeaux, un bon feu… pourquoi hésiter ?

C'était un ruban rouge. Morrigane le rangea dans sa poche.

— Je vais y réfléchir.

— T'es pour qui ? demanda Morrigane à Jupiter un soir, au dîner. Pour le Père Noël ou pour la Reine de Noël ?

— Pour la Reine, dit Jack en se servant de purée. Évidemment.

Morrigane fronça les sourcils.

— C'est pas à toi que je posais la question.

Jack était rentré pour les vacances et il s'acharnait à agacer Morrigane.

— Non. T'as demandé à oncle Jove, mais c'est évident qu'il est pour la Reine. T'es complètement *débile* ou quoi ?

— Du calme, Jack, le mit en garde Jupiter en lui jetant un regard sévère.

— Et pourquoi ? s'énerva Morrigane. Il porte pas de vert. Il a pas porté de vert de toute la semaine. Qu'est-ce que t'as, t'es *aveugle* des *deux* yeux ?

— Pas très sympa, Mog, dit Jupiter.

Morrigane fut attristée d'entendre la déception et l'étonnement qui perçaient dans sa voix. Rongée par la culpabilité, elle ouvrit la bouche pour s'excuser auprès de Jack, mais celui-ci enchaîna avant qu'elle ait pu dire quoi que ce soit, apparemment indifférent à la remarque cinglante de Morrigane.

— Bah ouais, il peut pas être *vu* portant du vert, dit Jack. Les gens importants doivent afficher leur neutralité à Noël, c'est la moindre des politesses. Mais si t'avais un cerveau, t'aurais compris qu'oncle Jove et moi on préfère l'élégance et la finesse aux démonstrations vulgaires de la société de consommation. Le Père Noël, c'est juste un gros plein de soupe capitaliste avec une bonne agence de presse. La Reine de Noël a du style.

Morrigane ne voyait pas de quoi il voulait parler, mais elle sut tout de suite qui elle allait soutenir pour la suite des festivités. Elle sortit le ruban rouge de sa poche, le noua autour de sa queue-de-cheval et lança un regard de défi à Jack.

— Tu crois m'intimider ? dit Jack en pouffant. Tu vas me provoquer en duel à table ? On se bat à coups de cuillères au dessert ?

— Allons... arrêtez un peu, vous deux.

La bataille du réveillon de Noël

Morrigane hésita à balancer sa cuillère au visage de Jack. Il avait l'air si content de lui.

— Si la Reine de Noël est si géniale, pourquoi y a pas de spectacle sur son histoire ? Et pourquoi elle est pas dans les pubs ? Le Père Noël, il est sur les caramels Vive le vent, les sodas de Noël du Dr Brinkley et la collection de Noël des chaussettes Tristan Lefèvre. J'ai jamais vu la Reine de Noël sur une affiche. Je la reconnaîtrais pas si je la croisais.

Jupiter s'affala dans sa chaise avec un soupir.

— Pourquoi vous ne pouvez pas vous entendre ?

— C'est parce qu'elle a de l'intégrité, dit Jack, ignorant son oncle et pointant sa fourchette vers Morrigane. Et ça, ton ami bedonnant et sa bande de sac à puces volants, ils savent même pas ce que c'est.

— Le Père Noël représente la générosité, la charité, et... la joie !

— Tu ne fais que répéter ce que t'as entendu à la radio, marmonna Jack.

C'était presque ça : elle l'avait lu sur une pub dans le journal pour des céréales hyper sucrées avec la tête du Père Noël sur la boîte.

— Je suppose que tu vas me dire aussi que ses expériences sur la bioluminescence ne font qu'ajouter de la *magie* à son renne.

Morrigane frappa la table du poing. Puis elle quitta la pièce.

Du couloir, elle entendit Jupiter soupirer.

— Vraiment, Jack, pourquoi vous vous disputez autant, Mog et toi ? J'aime pas faire l'arbitre. Ça me donne l'impression d'être un adulte. (Il avait dit ça comme si ça lui donnait un mauvais goût dans la bouche.) Vous ne pouvez pas être amis ?

— *Amis* ? cracha Jack.

On aurait dit qu'il s'étouffait avec son dîner, ce qui n'était pas pour déplaire à Morrigane.

— Avec *ça* ? Même pas si tu me payais.

La voix de Jupiter se fit plus sévère.

— Elle est loin de chez elle, Jack. Tu sais ce que ça fait.

Morrigane fronça les sourcils. D'où était Jack ? Où étaient ses parents ? Elle ne s'était jamais posé la question… Et Jack n'aimait pas qu'on lui pose des questions.

— Mais elle m'*exaspère*, oncle Jove. Et je vois pas comment tu peux croire qu'elle va entrer à la Société Wundrous, franchement, elle a même pas de…

Morrigane ne voulut pas en entendre davantage. Elle se boucha les oreilles, puis partit en courant dans le couloir, monta à toute vitesse la spirale de marches qui la séparait de sa chambre, se laissa tomber sur son lit (un grand lit à baldaquin, cette semaine, orné de guirlandes argentées), et fourra sa tête sous l'oreiller.

———•———

Morrigane se réveilla en sursaut. Elle avait encore rêvé de l'épreuve Spectaculaire. Cette fois, elle s'était

La bataille du réveillon de Noël

retrouvée devant les Anciens en train d'essayer de chanter, or le seul son qui sortait de sa bouche était le cri d'un perroquet. Le public lui avait lancé de la purée.

Elle resta étendue sans bouger, à écouter les bruits du Deucalion. Le doux ronflement de Frank à l'étage au-dessus, les sifflements de Fen qui semblait lui répondre dans la chambre d'en face, et le grognement de la tuyauterie en bas. Un feu craquait dans la cheminée ; Martha avait dû venir l'allumer une fois Morrigane endormie.

Elle n'en revenait pas d'être maintenant tellement habituée à cette multitude de détails qu'elle trouvait ça normal. Lorsqu'elle pensait à son probable échec à l'épreuve Spectaculaire, et qu'elle devrait quitter Nevermoor dans quelques semaines, son cœur se serrait.

Pire que l'humiliation, pire que d'avoir à quitter l'hôtel Deucalion, était ce que lui réservait la République. La Cavalerie d'ombre et de fumée l'attendait-elle toujours ? Sa famille l'accueillerait-elle à bras ouverts si elle savait qu'elle était en vie ? Pourraient-elle la protéger si la Cavalerie venait chercher Morrigane pour en finir ?

Des bruits dans le couloir la sortirent de ses sombres pensées. Quelqu'un avait trébuché sur la dernière marche. Elle entendit un glouglou de liquide, suivi d'un juron étouffé. Elle repoussa ses couvertures et se dirigea vers la porte sur la pointe des pieds.

Dans le couloir peu éclairé, elle repéra tout de suite le verre vide et la flaque de lait par terre. Jack était à quatre pattes, essayant en vain d'éponger avec la manche de son pyjama. Sans un mot, Morrigane alla chercher une serviette dans sa salle de bains, et sortit pour l'aider.

— C'est bon, marmonna-t-il. Je peux le faire. Tu vas salir ta serviette.

— Et toi tu vas salir ton tee-shirt, rétorqua-t-elle en chassant sa main.

Il s'accroupit pour la laisser terminer.

— Voilà, dit-elle une fois que tout fut propre. Tu peux mettre ça au sale... Quoi ? Pourquoi tu me regardes comme ça ?

Elle ne connaissait que trop bien l'expression sur le visage de Jack ; elle l'avait subie toute sa vie à Jackalfax. La peur et la méfiance, mêlées à de la curiosité, et un soupçon d'effroi.

Mais ce n'était pas le plus choquant.

— Tes yeux sont complètement normaux ! s'écria-t-elle en se relevant d'un coup, oubliant de chuchoter par égard pour ceux qui dormaient.

Il se releva aussi, moins gracieusement, et manqua de tomber. Il continuait de la fixer, bouche bée. Son patch de cuir noir avait disparu. Ses deux yeux marron la scrutaient.

— Espèce de menteur. T'es pas *du tout* à moitié aveugle. Pourquoi tu fais semblant ? Est-ce que Jupiter est au courant ?

Jack garda le silence.

— Arrête de me regarder comme ça, Jack, réponds-moi !

Soudain, on entendit des pas dans l'escalier et Jupiter fit son apparition, à moitié endormi.

— C'est quoi, tout ce boucan ? Il y a des clients qui essaient de dormir...

Il aperçut Jack, qui n'avait toujours pas quitté des yeux Morrigane.

— Jack ? dit-il doucement.

— Tu savais ? demanda Morrigane. Tu savais qu'il avait pas besoin de son patch ?

Jupiter ne répondit pas. Il secoua gentiment son neveu par l'épaule. Jack revint à lui, pointant un doigt tremblant vers Morrigane. Jupiter lui prit la main.

— Tu as besoin d'une bonne tasse de thé, je crois. Allez, viens.

Il le guida vers l'escalier.

— Retourne te coucher, Mog.

Morrigane ouvrit grand la bouche.

— Moi ? Pourquoi il faudrait que j'aille me coucher ? C'est lui qui fait semblant d'être à moitié aveugle !

Jupiter souffla avec force par le nez, soudain furieux.

— Morrigane ! chuchota-t-il d'un ton courroucé. Au lit ! Je ne veux pas entendre un mot de plus. Compris ? Pas un mot.

Morrigane fit un pas en arrière. Jupiter ne lui avait jamais parlé avec autant de sévérité. Elle aurait voulu protester, demander qu'on lui explique le comportement de Jack, mais le regard féroce de son mécène la fit taire.

Jack avait déjà descendu la moitié de l'escalier lorsqu'il se retourna. Un voile d'incompréhension lui donnait un regard flou.

Je suis aussi perplexe que toi, pensa Morrigane avec tristesse en refermant la porte de sa chambre. Elle alla mettre la serviette imbibée de lait dans la baignoire, puis elle se recoucha.

Le soir du réveillon, l'air était froid et envoûtant ; et il y avait de l'excitation dans l'air. L'hôtel Deucalion vibrait de joie. Les clients comme les employés se préparaient à assister au duel prévu sur la place du Courage au centre de la Vieille Ville.

— Joyeux Noël, Kedgeree ! s'exclama Morrigane qui passait devant son bureau, faisant sonner deux fois la petite clochette.

— Joyeux Noël à vous, mademoiselle Morrigane !

Dans le grand hall d'entrée, la bonne humeur était de mise. Les clients buvaient des grogs et des laits de poule en attendant que Jupiter leur donne le signal du départ.

— Rien qu'un ruban, Morrigane ? demanda Chanda Kali.

Dame Chanda avait deux nattes vertes sur la tête, et des boucles d'oreilles pendantes en émeraude, ainsi qu'un collier assorti et une cape en velours vert. Elle se mordilla la lèvre en détaillant la robe noire de Morrigane, son manteau noir et ses bottines noires.

— J'ai un superbe chapeau rouge qui t'irait à merveille. Ou un collier de rubis ? J'en ai douze. Je pourrais t'en donner un !

— Non, merci, Dame Chanda, répondit Morrigane qui trouvait le ruban déjà bien assez festif.

Pour la énième fois ce jour-là, elle regretta que Hawthorne ne vienne pas assister au duel. Les Swift fêtaient un Noël sur deux en Haute-Terre, et Hawthorne avait quitté Nevermoor la veille en lui promettant une fois de plus de ne rien dire au sujet d'Ezra Squall. Morrigane s'était juré de se sortir de la tête cette histoire d'apprentissage avec Squall et de profiter de Noël. Mais elle espérait de tout son cœur qu'elle ne reverrait pas M. Jones avant l'épreuve Spectaculaire.

Observant les employés du haut de l'escalier, Morrigane devait admettre qu'ils avaient vraiment un air de fête. Frank le vampire nain s'était peint les ongles en rouge et portait une cape doublée de rouge. Kedgeree était recouvert de plusieurs couches de tissu écossais à fond rouge et de guirlandes de Noël. Martha affichait son soutien à la Reine de Noël avec un manteau vert très chic et une écharpe assortie. Charlie portait un veston et une casquette de chauffeur en tweed vert fluo, alors même qu'il était de repos ce soir-là.

La cloche sonna, et Jupiter encouragea tout le monde à se diriger vers la cour, où de jolies calèches patientaient pour les emporter vers le grand événement. Il fit un clin d'œil à Morrigane et lui frôla amicalement l'épaule en passant. Trois jours s'étaient écoulés depuis l'incident avec Jack, et Jupiter n'y avait toujours pas fait allusion. Morrigane avait donc fait pareil, pourtant elle brûlait de connaître l'histoire derrière le patch de Jack.

Mais ce n'était pas le bon soir pour ça. Elle ne pouvait pas gâcher le réveillon de Noël.

———◆———

Morrigane s'était attendue à des tourbillons de rouge et de vert sur la place du Courage, mais il semblait que les supporters des deux adversaires avaient tendance à s'agglutiner en petits groupes, d'un côté les pro-Père Noël, de l'autre les pro-Reine. Ils scandaient tous des slogans, les uns essayant de hurler plus fort que les autres. Alors que le refrain de *Ode au joyeux bonhomme rond* ou de *Gros Papa Noël* s'élevait d'un groupe rouge, un groupe vert entonnait *L'Hymne à la Reine* ou *Le vert est la couleur de mon cœur*. Jupiter trouva une place entre deux groupes, à un endroit où Morrigane pouvait être avec les rouges et Jack avec les verts, et il se plaça avec détermination entre les deux pour décourager les disputes.

— T'as une tête de brocoli, dit Morrigane à Jack.

Elle fronça le nez en indiquant du menton le gros chapeau tarabiscoté qu'il avait sur la tête et qui ressemblait à une explosion.

— De brocoli complètement débile, précisa-t-elle.

— Au moins, moi, je soutiens clairement la Reine, dit Jack en rajustant le patch qui couvrait à nouveau son œil gauche.

Morrigane dut se mordre la langue pour s'empêcher de lui demander pourquoi il l'avait remis alors que ses deux yeux fonctionnaient normalement. Elle l'avait à peine aperçu depuis l'incident. C'était difficile de savoir s'il l'évitait ou si Jupiter veillait à ce qu'ils se tiennent à distance l'un de l'autre.

— J'ai remarqué que tu ne portes que ce tout petit ruban pathétique. C'est parce que t'as honte de soutenir un obèse qui aime entrer chez les gens par effraction et réduire les elfes en esclavage ?

— La seule chose dont j'aie honte, c'est ce chapeau révoltant.

— Ding, ding, ding, dit Jupiter en agitant la main.

Il lança un regard à Jack.

— Arrêtez ça, je vous en prie… Oh ! Ça commence.

Le silence s'installa. Les gens montraient du doigt le ciel. Au nord, une grande silhouette émergeait des ténèbres. Morrigane retint son souffle, s'attendant à être soulevée de bonheur. Un hurlement joyeux s'éleva de toutes les poitrines rouges, et le Père Noël descendit sur la place du Courage. Ses neuf rennes volants firent un looping périlleux avant d'atterrir en rangs sur l'estrade dressée au centre de la place. Deux elfes sautèrent du traîneau et saluèrent la foule à tours de bras, l'encourageant à hurler encore plus fort, comme à un combat de trolls, pour accueillir le gros bonhomme à barbe blanche qui descendait de son traîneau en acajou tendu de velours rouge.

Morrigane sentit se dessiner sur son visage un immense sourire. Elle était fière d'avoir décidé de soutenir le Père Noël. Les rennes, superbes, soulevaient leurs sabots et secouaient leurs bois, de la fumée blanche s'échappant de leurs naseaux. Les elfes sautaient sur place alors que la foule hurlait son soutien au Père Noël. Celui-ci saluait de la main et pointait le doigt vers des gens au hasard, comme s'il s'agissait de vieux amis qu'il venait de reconnaître dans la foule. Un homme s'évanouit carrément d'émotion de se trouver ainsi tout à coup au centre de l'attention. Ce type, décida Morrigane, était une vraie star.

Elle se tourna vers Jack, satisfaite ; mais Jack haussa les épaules.

— Attends de voir, dit-il, le regard tourné vers le sud de la Place.

Elle n'eut pas à attendre longtemps. Quelques secondes plus tard, la foule s'ouvrit pour laisser passer ce qui de prime abord avait l'allure d'une petite montagne recouverte de crème fraîche, mais qui de plus près se révéla être un chien de neige de trois mètres de haut avançant sous les yeux du public médusé. Debout sur son dos, et dans une pose très gracieuse, une femme magnifique observait la foule soudain silencieuse.

Morrigane laissa échapper, bien malgré elle, un cri d'admiration. Jack n'avait pas menti à propos de la Reine. C'était une femme d'une élégance prodigieuse. Elle avait du style.

La traîne de la robe diaphane vert pâle de la Reine flottait derrière elle, formant des vagues de soie. Ses cheveux retombaient jusqu'à sa taille en boucles souples et scintillantes ; comme la fourrure de sa splendide monture, sa chevelure avait la blancheur de la neige fraîchement tombée. Ses lèvres étaient pâles, son sourire découvrait des dents blanches et faisait briller ses yeux dont l'éclat précipitait tout le reste dans l'ombre. Alors qu'elle montait à son tour sur l'estrade, la place du Courage poussa un soupir de plaisir.

Morrigane n'eut pas besoin de regarder Jack pour savoir qu'il affichait un air satisfait.

La Reine de Noël et le Père Noël se saluèrent. Puis la Reine renversa la tête en arrière pour regarder le ciel et elle s'immobilisa.

— C'est parti, chuchota Jupiter.

Le son était à peine audible, on aurait dit un tintement de cristal lointain. Morrigane, émerveillée, vit les étoiles briller de plus en plus fort dans le ciel de Nevermoor, puis elles donnèrent l'illusion de changer de forme en des millions de petites clochettes argentées qui reflétaient les lumières de la ville. Une symphonie complexe s'éleva tout autour de Morrigane. Fascinée, elle les écouta tinter une dernière fois avant qu'elles retrouvent chacune leur place au fond de la voûte céleste.

Trois secondes d'un silence extatique suivirent ce spectacle extraordinaire, et tous les verts applaudirent comme un seul homme. Quelques-uns des rouges applaudissaient de mauvaise grâce. Morrigane était emballée, mais il n'était pas question de donner raison à Jack. Elle ne montra rien.

Les regards étaient à présent tous braqués sur le Père Noël, qui se frottait les mains et tournait sur lui-même pour embrasser du regard la place du Courage. Il pointa du doigt la foule au hasard, et Morrigane crut qu'il faisait de nouveau sa star. Mais quelques groupes dans le public se mirent à crier et à se bousculer : à chaque point indiqué par le Père Noël, des sapins géants surgissaient, poussant la foule de leurs branches. Ils s'élevaient sur deux mètres, quatre, huit, douze... Finalement, des dizaines de sapin de vingt mètres de haut se dressèrent sur la place.

Morrigane sourit et applaudit, mais le Père Noël n'avait pas terminé. Il claqua de ses gros doigts, et d'immenses boules de Noël rouge et or apparurent sur les branches. Des guirlandes lumineuses s'allumèrent dans les épines. La foule en rouge explosa de joie.

Jack ne manifesta aucune réaction. Il avait les yeux rivés sur la Reine de Noël. Il attendait de voir ce qu'elle allait rétorquer.

La Reine sourit paisiblement devant le beau travail du Père Noël, puis fit un mouvement de la main en direction de chacun des sapins. Des colombes blanches comme neige émergèrent par dizaines de sous les branchages et s'élevèrent pour former au-dessus de la foule une immense nuée de battements d'ailes. Les oiseaux se rangèrent dans d'extraordinaires formations : un flocon de neige, puis une étoile, une cloche, un arbre et, enfin, le symbole de la paix, avant de s'éloigner à tire-d'aile sous un tonnerre d'applaudissements.

Le Père Noël fit signe à ses elfes, qui sautèrent sur le traîneau, où deux énormes canons à l'allure terrifiante pointaient chacun dans une direction. Morrigane jeta un regard à Jupiter, elle se demandait si tout ça était bien légal, mais son mécène n'avait pas sourcillé. Il avait plutôt l'air de s'ennuyer ferme.

— Il a pas déjà fait ça l'année dernière ? dit-il en donnant une petite tape à son neveu.

Jack ricana.

— Il est sans surprise. Il se sert de la cupidité du peuple.

— Chut ! dit Morrigane.

Elle balança un coup de coude dans les côtes de Jack. Ils avaient peut-être déjà vu ça, mais elle n'avait pas envie d'en rater une miette.

À l'aide des canons, les elfes arrosaient de confiseries la place du Courage. Enfants comme adultes se ruèrent dessus. Bientôt, on poussait à tous les coins de la place des grognements de satisfaction, la bouche pleine de sucre. Morrigane ne s'en priva pas plus que les autres.

La Reine se tourna vers le chien des neiges, lequel bomba le torse d'un air fier et redressa la tête, ses yeux bleus brillants fixés sur sa maîtresse. Alors qu'elle le grattait derrière les oreilles, il leva le museau et hurla à la lune. Les chiens de Nevermoor répliquèrent instantanément à ce long hurlement étrange, et l'on crut entendre un chœur de loups. Morrigane sentit quelque chose de froid dans ses cheveux.

— De la neige, chuchota-t-elle.

De tout petits flocons tourbillonnaient dans les airs, et se posaient en douceur sur son nez, ses épaules et ses paumes de mains grandes ouvertes. Morrigane n'avait jamais vu de neige véritable. Son cœur se gonfla de bonheur, et elle se sentit soudain plus légère.

Pendant un long moment, le public n'émit que des cris de joie étouffés et des chuchotements. Puis la foule se laissa aller à hurler et à applaudir, les rouges comme les verts, tous ensemble, leur rivalité enterrée.

Le Père Noël aussi applaudissait avec un énorme sourire. Il tira même la langue pour attraper un flocon. La Reine de Noël riait aux éclats.

— C'est l'heure du bouquet final, dit Jupiter. Sortez vos bougies, tous les deux.

Morrigane et Jack sortirent de leurs poches les bougies blanches que leur avait distribuées Jupiter un peu plus tôt. À l'exemple de Jack, Morrigane leva sa bougie. Un murmure parcourut la place, et tout le monde leva sa bougie.

Tous semblaient savoir ce qui se passerait ensuite. Les plus jeunes riaient en se donnant des coups de coude, tandis que le Père Noël se grattait la barbe pour les faire patienter, faisant mine d'avoir été vaincu et de ne plus savoir que faire.

Puis une idée sembla lui venir. Il tapa gaiement dans ses mains et agita les bras comme un moulin. Une à une, les bougies s'allumèrent, de plus en plus vite, créant une spirale lumineuse qui s'élargissait à vue d'œil. Alors que des flammèches grésillaient partout, une multitude de rires éclatèrent dans la lumière dorée qui baignait à présent la place.

Le Père Noël et la Reine de Noël s'embrassèrent comme de vieux amis. Les rennes entourèrent le chien des neiges, frottant leur cou contre lui : il répondit par des coups de langue affectueux. Les elfes se précipitèrent dans les jambes de la Reine.

Sur la place, les taches rouges et vertes se mélangèrent. Les supporters du Père Noël et ceux de la Reine s'échangeaient accessoires et vêtements, un gant rouge contre une écharpe verte, une rose rouge contre un bonnet vert, jusqu'à ce qu'on ne puisse plus distinguer qui était pour qui. Martha s'agenouilla pour offrir son écharpe à Frank, qui lui enveloppa le cou d'une guirlande. Dame Chanda prit le nœud papillon écossais de Kedgeree et celui-ci rougit quand elle lui attacha son collier d'émeraudes autour du cou.

Jack retira son chapeau ridicule et l'offrit à Morrigane en haussant les épaules.

— C'était pas mal, le tour des bougies.

— Ouais, approuva-t-elle. Mais la neige, c'était le meilleur.

Elle retira le ruban rouge de ses cheveux et l'accrocha au poignet de Jack. Il baissa la tête en souriant.

— Attends, dit Morrigane. Mais c'est qui qui a gagné alors ?

— On dit « qui a gagné ? », pas « qui qui ». Et personne n'a gagné, dit Jupiter en les guidant vers la sortie. Ils ont fait la paix, comme tous les ans, et maintenant ils vont retourner à leurs affaires, aller livrer des cadeaux et faire neiger partout dans l'État Libre. Pas mal, comme boulot. Vous voulez des bonbons ?

Il s'avança vers le stand de confiseries et commanda un gros paquet.

— Alors personne n'a gagné ? demanda Morrigane.

Elle ne pouvait cacher sa surprise.

— Tu rigoles ou quoi ? Des cadeaux *et* de la neige ? dit Jack en riant, alors qu'il balançait une boule de neige dans le dos de Jupiter. *Tout le monde* a gagné !

Ils décidèrent tous les trois de rentrer à pied, refusant les calèches qui s'arrêtaient, et ils s'envoyèrent des boules de neige jusqu'à ce qu'ils soient trop épuisés et trop trempés pour continuer. Jupiter porta Morrigane sur son dos le reste du chemin tandis que Jack se laissait déraper joyeusement sur les trottoirs verglacés. Ils dévorèrent ensemble toutes les sucreries, et lorsqu'ils arrivèrent au Deucalion quarante minutes plus tard, ils avaient tous les doigts gelés et la langue violette.

La bataille du réveillon de Noël

— Tu crois que le Père Noël est déjà passé ? demanda Morrigane à Jack alors qu'ils montaient l'escalier.

Elle lécha la poudre sucrée violette qu'elle avait encore aux commissures des lèvres.

— Non. Il ne vient que lorsque t'es endormie, parce qu'il est trop occupé pour rester discuter. Alors dépêche-toi d'aller te coucher, dit-il en la poussant dans le couloir avec un sourire. Bonne nuit.

— Bonne nuit, tête de brocoli.

Jack pouffa et s'éclipsa dans sa chambre.

18

UN NOËL PRESQUE JOYEUX

Un parfum de cannelle, d'orange et de feu de bois réveilla Morrigane. Un feu brûlait gaiement dans la cheminée à laquelle était accrochée une grosse chaussette rouge qui débordait de cadeaux et de confiseries.

Elle renversa la chaussette sur ses genoux. Il en dégringola de beaux chocolats, des clémentines, du pain d'épices, une grenade brillante, une écharpe tricotée en forme de renard, une paire de moufles rouges, une boîte dorée et violette de prunes confites Pakulski, un petit livre relié intitulé *Les Contes de Finnegan*, un jeu de cartes argenté et une brosse à cheveux en bois au manche décoré d'une ballerine. Et tout ça pour elle ! Le Père Noël s'était surpassé !

Morrigane enfila les moufles, d'une douceur et d'un moelleux incroyables, et posa les mains à plat sur son visage. Elle laissa affluer les souvenirs de Noël beaucoup moins sympathiques. Chez les Crow, on n'aimait pas les cadeaux. Une année, elle avait eu le courage de demander à Corvus si elle pouvait avoir une surprise pour Noël, et elle avait été ravie de l'entendre dire oui. Le matin de Noël, Morrigane avait sauté du lit, brûlant de savoir ce qu'il avait laissé pour elle pendant la nuit, et elle avait trouvé une enveloppe au pied. À l'intérieur, il y avait une liste détaillée de toutes les dépenses que Corvus avaient dû faire pour dommages et intérêts auprès du département d'éducation des enfants maudits.

Il n'avait pas menti ; c'était bien une surprise.

Morrigane était en train de déchirer avec ses dents l'enveloppe d'une pièce en chocolat lorsque la porte de sa chambre s'ouvrit en grand sur Jack. Il avait un morceau de papier dans une main, et dans l'autre sa grande chaussette.

— Joyeux Noël ! dit Morrigane.

Elle se retint d'ajouter : « Et maintenant sors et frappe à la porte », décidant qu'elle était bien trop heureuse pour ça.

— Joyeux Noël à toi aussi, dit Jack en se laissant tomber sur son lit.

Il lui tendit le mot et vida le contenu de sa chaussette sur le lit. Il en préleva un chien en pain d'épices et lui arracha la tête.

Un Noël presque joyeux

— Enfin, pas si joyeux que ça, puisque oncle Jove a été obligé de s'absenter.

— Le matin de Noël ? demanda Morrigane en lisant le mot.

> *Une affaire urgente à Ma Wei.*
> *Je serai revenu pour le déjeuner. Emmène Mog faire de la luge pour moi.*
> *J.*

— C'est quoi, Ma Wei ?

Jack avala son morceau de pain d'épices.

— Un des Royaumes du milieu. Un explorateur a encore dû rater la porte qui devait le ramener. On l'appelle toujours le jour de Noël pour aller aider un imbécile. Bref ! Tiens, je te la donne.

Il tendit la grenade à Morrigane d'un air dégoûté, et elle lui lança quelques clémentines en échange.

— T"es pas obligé de m'emmener faire de la luge, dit-elle en prenant un autre chocolat. De toute façon, j'ai pas de luge.

— Et c'est quoi, ça : un poney ? dit Jack en montrant la cheminée.

Morrigane regarda au bout de son lit, et vit une belle luge verte entourée d'un ruban doré. L'étiquette disait : « Joyeux Noël, Mog ! »

— Oh !

Elle n'avait jamais reçu autant de cadeaux de sa vie.

— La mienne est rouge, dit-il en levant les yeux au ciel. Il se trouve drôle.

Jupiter ne revint pas à temps pour le déjeuner ni pour le dîner et leur envoya ses excuses par coursier. Morrigane aurait été déçue si elle n'avait été aussi occupée à passer le meilleur Noël de sa vie.

Tout au long de la journée, la neige tomba doucement, cadeau de la Reine de Noël. Jack et Morrigane passèrent la matinée à faire de la luge sur le mont Galbally, puis à disputer une bataille de boules de neige avec les enfants du quartier.

Ils rentrèrent au Deucalion à midi, juste à temps pour le déjeuner dans la grande salle. De longues tables avaient été dressées, qui débordaient de jambons cuits, de faisans fumés, d'oies rôties, de grands plats de légumes verts aux lardons et aux châtaignes, de pommes de terres au four, de panais au miel, de saucières pleines à ras bord, de superbes fromages, de pains tressés, ainsi que de généreuses pinces de crabes et d'huîtres disposées sur de la glace.

Morrigane et Jack étaient déterminés à goûter de tout (sauf peut-être aux huîtres), mais ils renoncèrent rapidement, repus, pour aller s'allonger dans le Fumoir (de la fumée de menthe pour faciliter la digestion), et déclarèrent qu'ils ne mangeraient plus une seule bouchée de toute leur vie. Un quart d'heure plus tard, Jack dévorait une tranche de cake aux fruits confits et deux tartelettes, tandis que Morrigane se goinfrait de meringue à la crème et aux mûres.

Jack était retourné une troisième fois dans la grande salle à manger et Morrigane, allongée dans un coin sur un canapé, respirait les douces vapeurs de menthe, lorsque quelqu'un entra dans le Fumoir.

— Ce n'est pas que je ne lui fasse pas confiance, dit une voix d'homme. Il doit savoir ce qu'il fait. Ce type est un vrai génie.

Morrigane souleva ses paupières lourdes de sommeil. À travers l'épais nuage qui sortait des murs, elle reconnut l'élégante Dame Chanda dans sa robe de soie rouge et verte, et Kedgeree Burns, avec ses cheveux blancs comme neige, tout pimpant dans son kilt de Noël.

— Trop intelligent parfois, dit Dame Chanda. Enfin, lui aussi peut se tromper, Ree-Ree. L'erreur est humaine.

Morrigane se demanda vaguement si elle devait leur signaler sa présence. Elle était sur le point de s'éclaircir la voix...

— Mais pourquoi *Morrigane ?* dit Kedgeree. De tous les candidats et candidates qu'il aurait pu choisir, pourquoi elle ? C'est quoi, son talent ?

— C'est une gentille petite...

— Bien sûr, bien sûr. Une adorable enfant. Une fillette charmante. Mais pourquoi Jupiter pense-t-il qu'elle a sa place à la Société Wundrous ?

— Oh ! tu connais Jupiter, dit Dame Chanda. Il relève toujours les défis que personne d'autre n'ose se lancer. Il a été le premier à faire l'ascension du mont Ridiculus, tu te rappelles ? Et il a foncé dans ce royaume infesté de trolls qu'aucun membre de la Ligue des explorateurs ne voulait approcher.

Le concierge émit un petit rire.

— Ha ha ! Et cet endroit ! C'était une ruine, quand il l'a trouvé. Il en a fait son passe-temps favori, et maintenant c'est le plus grand hôtel de Nevermoor.

Il ajouta un peu plus bas :

— Mais un enfant n'est pas qu'un passe-temps.

— Non, affirma Dame Chanda. Du moins, s'il avait échoué avec le Deucalion, ça n'aurait pas eu autant d'importance. Un hôtel, ça n'a pas de sentiments.

Ils se turent. Morrigane s'immobilisa et retint son souffle, elle avait peur qu'ils ne l'aient aperçue à travers le brouillard de menthe.

Au bout d'un moment, Kedgeree soupira.

— Je sais qu'on ne devrait pas s'en mêler, Chanda, mais je suis inquiet pour cette pauvre enfant. Elle risque d'être terriblement déçue.

— C'est pire que ça, ajouta Dame Chanda d'une voix sombre. Si les Puants découvrent qu'elle est en situation irrégulière, imagine ce que risque Jupiter. C'est une *trahison*. Il pourrait aller en prison, Kedgeree. Sa réputation, sa carrière... tout ça, pfff ! Et puis le...

— ... Deucalion, termina Kedgeree d'un ton triste. S'il ne fait pas attention, il pourrait perdre le Deucalion. Et où irions-nous alors ?

C'est ainsi que Morrigane se retrouva à arpenter les couloirs du Deucalion en pleine nuit, s'efforçant désespérément de chasser ses maux d'estomacs et ses mauvais rêves.

Il était minuit passé, quand elle remarqua que la porte du bureau de Jupiter était entrouverte. Elle jeta un coup d'œil à l'intérieur. Il était assis dans son grand fauteuil en cuir près du feu, et avait sur la table à côté de lui une théière en argent et deux petits verres peints à la main. Il ne leva même pas la tête.

— Entre donc, Mog.

Jupiter lui versa du thé, à la menthe, avec des belles feuilles qui tourbillonnaient, et laissa tomber un sucre dans le verre de Morrigane. Ses yeux se posèrent un instant sur son visage alors qu'elle prenait place dans le fauteuil en face de lui. Morrigane lui trouva l'air fatigué.

— Encore un cauchemar, dit-il.

Ce n'était pas une question.

— Tu t'inquiètes encore pour l'épreuve Spectaculaire.

Morrigane sirota son thé sans rien dire. Elle avait l'habitude qu'il devine toujours ces choses-là.

Elle avait rêvé une fois de plus d'un échec cuisant. Cette fois, lorsque le public s'était mis à la huer, le cauchemar avait continué : une horde de trolls affreux et armés de bâtons s'étaient engouffrés dans le Trollosseum prêts à frapper Morrigane jusqu'à mettre fin à sa triste vie.

— L'épreuve est samedi prochain, fit-elle remarquer.

Elle espérait qu'il lui dirait enfin ce qu'on attendait d'elle.

Il souffla.

— Arrête de te ronger les sangs.

— Tu me répètes toujours la même chose.

— Tout ira bien.

— Tu dis tout le temps ça.

— Parce que c'est vrai.

— Mais j'ai aucun talent ! dit-elle en renversant par mégarde un peu de thé sur sa robe de chambre. Pourquoi je dois passer ces épreuves ? Je n'entrerai jamais à la Société. Je sais pas monter un dragon ni... chanter comme un ange. Je ne sais rien faire du tout.

Une fois Morrigane lancée, plus rien ne semblait pouvoir l'arrêter.

— Et si les Puants découvrent que je suis en situation irrégulière ? Je serai déportée ; et, toi, on te jettera en prison. Ils te prendront le Deucalion. Toi, ta réputation, ta carrière... dit Morrigane qui frisait l'extinction de voix. Tu ne peux pas risquer tout ça pour moi ! Et les employés de l'hôtel ? Et *Jack* ? Tu pourras pas t'occuper de lui si t'es en prison ! Et les...

Elle avait perdu le fil. Elle se tut.

Jupiter lui laissa le temps de reprendre son souffle, souriant poliment derrière son verre de thé à la menthe. Morrigane n'en était que plus furieuse. S'inquiétait-il même qu'elle entre ou pas à la Société ? Ou faisait-il ça juste pour s'amuser ? Morrigane n'était-elle pour lui qu'un… *passe-temps* ?

À cette idée, elle sentit quelque chose naître en elle, comme un animal qui prendrait son élan, prêt à bondir hors de sa cage thoracique. Elle posa son verre, qui tremblota sur le plateau.

— Je veux rentrer à la maison.

Une fois sorties de sa bouche, ces paroles tristes flottèrent un moment dans la pièce.

— À la maison ?

— À Jackalfax, précisa-t-elle, même si Jupiter savait très bien de quoi elle parlait.

Il posa sur elle un regard choqué.

— Je veux rentrer. Maintenant. Ce soir. Je veux aller dire à ma famille que je suis en vie. Je ne veux pas faire partie de la Société Wundrous et je ne veux pas…

Les mots avaient du mal à sortir. Elle butait sur chaque syllabe.

— Je ne veux plus vivre au Deucalion.

C'était un mensonge, mais elle pensa qu'il valait mieux que Jupiter croie cela.

Morrigane adorait le Deucalion, seulement, malgré toutes ses chambres, ses couloirs, et ses nombreux étages, il ne serait jamais assez grand pour contenir la peur grandissante qu'elle avait de l'épreuve

Spectaculaire. Son angoisse était pareille à un monstre, un fantôme qui hantait le Deucalion, qui lui glaçait les os comme le froid de l'hiver et l'empêchait de se réchauffer.

Elle attendit la réponse de Jupiter. Il affichait une expression impassible, le visage si immobile qu'on aurait dit une poupée de porcelaine. Il resta longtemps les yeux fixés sur les flammes.

— Très bien, finit-il par dire d'une voix douce. Partons tout de suite.

19

LA LIGNE GOSSAMER

— C'est encore loin ?
— Non. Bouge-toi un peu.

Jupiter longeait le tunnel défraîchi aux carreaux crasseux. Les néons clignotaient au-dessus d'eux. Il marchait à son rythme et Morrigane était forcée de courir pour le suivre. Elle levait de temps en temps les yeux vers lui, sans toutefois parvenir à déchiffrer son expression.

Il avait peu parlé, à part pour indiquer à Fenestra où ils se rendaient. La Magnifichatte l'avait regardé d'un air inquiet et – à la stupéfaction de Morrigane – peiné. Elle n'avait pas desserré les crocs, mais lorsque Morrigane, derrière Jupiter, était arrivée à la porte, Fen l'avait gentiment caressée avec sa grosse tête et avait émis un grognement attristé. Morrigane avait cligné des yeux pour retenir ses larmes, les mains serrées sur son parapluie, et avait poursuivi sans un regard en arrière.

Ils s'étaient faufilés dans les rues sombres pour attraper le Pébroc Express, direction la station de Wunderground la plus proche, et avaient amorcé leur descente au cœur du labyrinthe de tunnels et d'escaliers. Ils avaient passé des portes cachées dans le noir complet, longé des couloirs sordides, suivi un chemin que Morrigane n'avait jamais emprunté auparavant mais que Jupiter semblait connaître par cœur.

Vingt minutes et de nombreux virages à l'aveugle plus tard, ils se retrouvèrent sur un quai vide. Les affiches sur les murs étaient à moitié effacées par le temps, toutes craquelées : des pubs anciennes pour des produits dont Morrigane n'avait jamais entendu parler.

Un panneau au-dessus d'eux indiquait qu'ils se trouvaient au terminus de la ligne Gossamer.

— Tu es sûre ? dit Jupiter les yeux rivés sur le carrelage sous ses pieds.

Il avait parlé doucement, mais sa voix résonna contre les parois de la station déserte.

— Tu n'es pas obligée de partir.

— Je sais, dit Morrigane.

Elle repensa à Hawthorne. Elle ne pourrait jamais lui dire au revoir. À lui, son meilleur ami. Ni à Jack, endormi au Deucalion, qui se réveillerait pour découvrir qu'elle n'était plus là. Elle se sentit soudain en proie à une tristesse infinie. Mais elle refoula son chagrin et l'enferma à double tour : elle ne pouvait pas rester ici et regarder Jupiter perdre tout ce qu'il avait à cause d'elle.

— Je suis sûre.

Jupiter hocha la tête. Il tendit la main pour lui prendre son parapluie, mais Morrigane s'y cramponna.

— Je peux pas le garder ?

— Il faut qu'il reste ici. Je suis désolé.

Morrigane lâcha prise. Jupiter accrocha le parapluie sur un rail qui pendait du plafond. Son cadeau d'anniversaire… Cet objet recelait tant de souvenirs heureux. Avec, elle avait sauté du toit du Deucalion, visité la Vieille Ville suspendue au Pébroc Express, ouvert la porte de la Pièce aux Ombres. (Lorsque Morrigane avait enfin trouvé le courage de l'interroger là-dessus, Jupiter avait admis qu'il pensait que ça l'amuserait, que ça faisait un moment qu'il espérait qu'elle découvre qu'elle avait la clef d'une pièce secrète. Selon lui, si elle avait été un peu plus curieuse, elle l'aurait trouvée plus tôt.)

— Tu es prête ?

Il lui prit la main et s'avança vers la ligne jaune sur la bordure du quai.

— Ferme les yeux. Et ne les rouvre pas.

Morrigane obtempéra. Pas un son ne froissait le silence.

Soudain, elle entendit un bruit au loin ; de plus en plus fort ; un train qui accélérait. Elle sentit une poussée d'air dans le tunnel, et un wagon s'arrêta devant eux. Les portes s'ouvrirent.

— À pieds joints, Morrigane Crow.

Jupiter serra sa petite main dans la sienne et la guida à l'intérieur.

— Je peux ouvrir les yeux maintenant ?

— Pas encore.

— Mais où va-t-on ? C'est quoi, la ligne Gossamer ? Est-ce que ça nous emmène directement à Jackalfax, ou est-ce qu'il faut changer ?

— Tais-toi donc.

Il lui serra à nouveau la main.

Le voyage fut court, quelques minutes seulement, mais Morrigane, chahutée par le train, commençait à avoir mal au cœur. Elle aurait voulu pouvoir ouvrir les yeux.

Le train s'arrêta, les portes s'ouvrirent, Morrigane et Jupiter sortirent. L'air était glacé ; ça sentait la pluie et la terre mouillée.

— Ouvre les yeux.

Son cœur se serra d'horreur. Morrigane se trouvait devant le manoir des Crow.

C'est ce que tu voulais.

En quelques minutes seulement, la ligne Gossamer l'avait emportée de Nevermoor à Jackalfax. Morrigane se retourna ; le train avait disparu. Derrière elle, il n'y avait plus que la grande grille de fer forgé qui séparait le manoir du sous-bois. Elle secoua la tête. C'était impossible !

Le heurtoir en forme de corbeau semblait la narguer. Elle leva une main pour frapper, mais Jupiter passa à travers le battant en bois épais et disparut.

— C'est pas possible, dit-elle dans un souffle.

La main de Jupiter reparut et la tira dans le couloir obscur de la maison de son enfance.

— Comment... mais... qu'est-ce qui vient de se passer ?

Jupiter lui glissa un regard en coin.

— En vrai, nous sommes toujours plus ou moins à Nevermoor. Du moins, nos corps le sont. La ligne Gossamer est en principe condamnée, mais en tant qu'explorateur interroyaumes muni d'un certificat de sécurité de niveau 9, j'ai... certains privilèges.

Morrigane se demanda si ce genre de « privilège » pouvait le mener en prison.

— Comment ça, on est toujours à Nevermoor ? On est dans la maison de ma grand-mère !

— Pas exactement. Nous sommes sur le Gossamer.

— C'est quoi ça ?

— C'est *tout*, c'est... comment t'expliquer ?

Il prit une grande respiration. Morrigane se souvint qu'il avait une fois essayé de lui expliquer, mais avait lamentablement échoué.

— Nous faisons tous partie du Gossamer et le Gossamer fait partie de nous tous. Les choses que je vois, tes cauchemars, par exemple, ou l'histoire intime des objets, existent toutes sur le Gossamer, comme des fils invisibles qui tissent un vaste réseau connectant toutes les choses entre elles. La ligne Gossamer nous permet de voyager sur ces fils. C'est un des résultats des explorations interroyaumes ; la Ligue l'a créée il y a treize ou quatorze ans. Ton corps est en sécurité à Nevermoor, mais ton subconscient peut voyager dans les autres royaumes sans être détecté. C'est un système très ingénieux, et c'est un *grand secret*, alors je t'en supplie, n'en parle à personne. Le public n'y a jamais eu accès, ce serait trop risqué. Ces jours-ci, même les plus haut gradés des militaires n'y ont pas accès.

— Pourquoi ?

Jupiter fit une grimace.

— Ce mode de transport ne convient pas à tout le monde. Certaines personnes ayant voyagé sur la ligne Gossamer sont revenues un peu… abîmées. Leur corps et leur esprit, séparés une fois, ne se sont jamais vraiment réunifiés. Ces gens ont été désynchronisés pour toujours, et ça les a rendus fous. C'est très dangereux si tu ne sais pas t'y prendre.

— Mais moi je sais pas du tout ce que je fais ! dit Morrigane, paniquée. Pourquoi tu m'as laissée l'emprunter ?

Il éclata de rire.

— Si quelqu'un peut voyager sur la ligne Gossamer, c'est bien toi.

— Et pourquoi ?

— Parce que tu…

Il s'arrêta net. On aurait dit qu'il avait failli laisser échapper un secret.

— Parce que tu es avec moi, dit-il en détournant le regard. On ne peut pas rester longtemps. Compris ?

Elle hésitait entre la déception et le soulagement.

— Mais je ne voulais pas juste leur rendre visite. Je voulais rentrer pour de bon.

— Je sais que ce n'est pas ce à quoi tu t'attendais. Je veux juste que tu sois sûre avant…

— Joyeux Noël !

Ivy arrivait vers eux dans le couloir avec un grand sourire. Morrigane s'avança, prête à s'expliquer, mais sa belle-mère leur passa devant dans un frou-frou de satin, laissant dans son sillage un nuage de parfum trop sucré.

— Joyeux Noël, tout le monde !

Morrigane la suivit dans le salon. Il y avait du monde. Ils levaient tous leur verre à la santé de la charmante maîtresse de maison. Ivy fit un geste au jeune homme assis au piano, et il se mit à jouer un chant de Noël. Corvus, en smoking avec une rose à la boutonnière, sourit à sa femme de l'autre bout de la pièce.

— Ils donnent une fête, fit observer Morrigane. Ils n'ont jamais donné de fête avant.

Jupiter ne dit rien.

Elle regarda Ivy et son père se lancer dans une danse impromptue sous les applaudissements de leurs invités. Un homme souffla quelque chose à Corvus alors qu'il passait en valsant, et Corvus rejeta la tête en arrière pour rire. Morrigane pouvait compter sur les doigts d'une main les fois où elle avait vu son père rire. Du reste, elle n'avait besoin que d'un doigt. C'était la première fois aujourd'hui.

— Ils ne me voient pas ?

Jupiter était un peu en retrait, près du mur.

— Ils ne te verront que si tu le veux.

Morrigane fronça les sourcils.

— Mais je le veux.

— Apparemment pas.

Ivy avait refait la décoration. De nouveaux rideaux, des meubles assortis (bleu pervenche) et du papier peint à fleurs. Toutes les surfaces étaient recouvertes de photos encadrées de Corvus, Ivy et le bébé – non, *les* bébés. Des jumeaux ; une paire de garçons au visage rose, blonds comme leur mère. Un double cadre en argent avait été gravé de leurs noms : Wolfram et Guntram, en lettres calligraphiées.

Morrigane avait donc deux petits frères. Elle essaya de digérer la nouvelle alors que la fête battait son plein autour d'elle, mais son cerveau était incapable de se faire à cette idée. *J'ai des frères*, pensait-elle, les mots se répétant comme un écho dans sa tête. *J'ai des frères.* Mais les mots semblaient aussi légers que l'air, sans aucune signification, alors elle les laissa s'envoler.

Morrigane se demanda où pouvait bien être sa grand-mère, mais elle le savait déjà.

La Galerie des Crow Morts était noire et silencieuse. Rien n'avait bougé : elle était froide, vide, et sentait le renfermé. Une chose pourtant était différente : son propre portrait y était maintenant accroché.

On ne l'appelait pas vraiment la Galerie des Crow Morts, c'était une invention de Morrigane. Son nom officiel était très ennuyeux, c'était la Galerie des portraits. Mais les seuls à jamais y avoir leurs portraits étaient les membres de la famille Crow, et seulement s'ils étaient morts. Étrangement, c'était l'endroit favori de sa grand-mère ; parfois, elle disparaissait pendant des heures entières et, si on voulait la trouver, on savait où la chercher. Debout dans la Galerie des Crow Morts, contemplant la lignée, depuis Carrion Crow (l'arrière-arrière-arrière grand-père de Morrigane, qui avait été tué par une balle perdue de son valet pendant une partie de chasse) à Camembert Crow (le précieux lévrier de son père, lequel avait dévoré une boîte de savon et était mort la mousse aux babines).

Morrigane fut surprise de voir que sa grand-mère lui avait fait une place de choix, entre la vénérable grand-tante Vorona, tuée en chutant de son cheval pendant une course, et l'oncle Bertram, le frère de Corvus, qui était mort jeune de la fièvre. Tout le monde savait que Grand-mère était très stricte en ce qui concernait la place des Crow morts. Le portrait de la défunte mère de Morrigane était tout au bout dans un coin sombre, au milieu des animaux de compagnie et des cousins du troisième degré.

L'artiste qui avait été engagé pour faire le portrait de Morrigane peignait des Crow depuis soixante ans. Il était donc très vieux et très lent, et Morrigane avait dû rester immobile pendant des heures alors qu'il agitait son pinceau en lui hurlant : « Ne bouge pas ! », « D'où vient donc cette ombre ? », « Je te vois respirer ! », « Ne te gratte pas le nez, sale mioche ! ».

En pleine séance de retouche de dernière minute le jour du Merveillon, Ivy était entrée avec un mètre, le téléphone coincé entre l'oreille et l'épaule, pour venir prendre les mesures de Morrigane.

— Un mètre vingt de long... oui, je crois bien, au moins... oh ! non, plus large que ça, elle a les épaules carrées... C'est combien, l'acajou ? Ah ! Le pin alors, je crois. Non, non, Corvus voudrait de l'acajou. Il ne faut pas qu'on ait l'air radins. De la doublure de soie rose, bien sûr, avec un oreiller à fronces, et un nœud rose aux pieds. Vous le livrerez bien à la maison ? Comment ça, *quand* ? À la première heure demain, voyons !

Puis elle était sortie de la pièce sans adresser un mot à Morrigane ni au peintre. Une fois que Morrigane s'était rendu compte de ce dont Ivy parlait, elle avait passé tout le reste de l'après-midi à rager contre le fait que son cercueil serait si rose. De fait, le portrait au mur montrait une Morrigane furieuse, les bras croisés.

C'était la première fois que Morrigane voyait le résultat. Cela lui plaisait beaucoup.

— Qui est là ?

Grand-mère se tenait près de la fenêtre dans la pièce sombre, qui n'était éclairée que par la lueur de l'applique dans le couloir. Elle portait sa robe noire habituelle, des joyaux autour du cou, ses cheveux gris tirés en chignon au-dessus de la tête. Son parfum boisé et familier flottait dans la pièce.

Morrigane s'approcha prudemment.

— C'est moi, Grand-mère.

Grand-mère plissa les yeux et fouilla la pièce sombre du regard.

— Il y a quelqu'un ? Répondez-moi.

La ligne Gossamer

— Pourquoi est-ce qu'elle ne me voit pas ? Je veux qu'elle me voie, s'énerva Morrigane en s'adressant à Jupiter.

— Essaie encore, répliqua-t-il en la poussant doucement en avant.

Elle prit une grande inspiration, serra les poings et, de toutes ses forces, pensa : *je veux que tu me voies.*

— Grand-mère ? C'est moi. Je suis là.

— Morrigane ? chuchota sa grand-mère, la voix brisée.

Elle ouvrit de grands yeux et s'avança vers sa petite-fille, en secouant la tête comme pour reprendre ses esprits.

— Est-ce que c'est bien... est-ce possible ?

— Tu me vois ?

Les yeux bleu pâle d'Ornella Crow se posèrent sur le visage de sa petite-fille. Morrigane ne lui avait jamais vu un regard aussi terrifié.

— Non. *Non.*

— Tout va bien, dit Morrigane. Je ne suis pas un fantôme. C'est vraiment moi. Je suis vivante. Je ne suis pas morte, je ne suis pas...

Grand-mère secoua la tête plus fort.

— Morrigane. *Non !* Qu'est-ce que tu fais là ? Pourquoi es-tu revenue dans la République ? Tu ne devrais pas être ici. Ils vont venir te chercher. La Cavalerie d'ombre et de fumée. *Ils vont venir t'emporter.*

Morrigane eut l'impression qu'on lui enfonçait un pic à glace dans le cœur. Elle regarda Jupiter, qui se tenait à l'écart, les mains dans les poches, les yeux rivés au sol.

— Comment est-ce qu'elle sait pour la Cavalerie… ?

Mais Grand-mère s'était tournée vers Jupiter, soudain furieuse.

— Vous ! Espèce d'imbécile ! Pourquoi l'avoir ramenée ici ? Vous aviez promis de la garder à Nevermoor. Vous aviez promis qu'elle ne quitterait plus l'État Libre. Vous n'auriez pas dû venir.

— Nous ne sommes pas vraiment ici, madame Crow, s'empressa de la rassurer Jupiter.

Il tendit la main qui traversa son corps. Grand-mère frissonna et fit un pas en arrière.

— Nous voyageons sur la ligne Gossamer. Nos corps sont… C'est une longue histoire. Morrigane voulait venir ; je me suis dit qu'elle méritait de…

— Vous aviez promis de ne jamais la ramener ici, répéta Grand-mère, les yeux écarquillés. Vous aviez promis. C'est dangereux ici… pour Morrigane ; il faut que vous partiez !

— *Morrigane ?*

Une voix résonna dans le couloir. Quelqu'un appuya sur l'interrupteur, et la Galerie des Crow fut baignée de lumière. Corvus entra dans la pièce, son regard bleu étincelant de colère. Morrigane ouvrit la bouche pour dire quelque chose, mais le chancelier passa devant elle, prit Grand-mère par les épaules et se mit à la secouer.

— Mère, qu'est-ce que c'est que cette histoire de fou ? Pourquoi tu te conduis comme ça ? C'est une *fête de Noël*, nom de Dieu !

Ornella Crow jeta un regard par-dessus l'épaule de son fils, et posa des yeux inquiets sur sa petite-fille.

— C'est… c'est rien, Corvus. Mon imagination me joue des tours.

— Tu as prononcé son nom, chuchota Corvus d'une voix rageuse. Je l'ai entendu du couloir. Et si mes collègues invités t'avaient entendue ?

— C'était… ce n'était rien, mon chéri. Personne n'a rien entendu. Je… je me souvenais juste…

— Nous avons juré de ne plus jamais dire son nom. Nous avons *juré*, mère.

Morrigane en eut la respiration coupée.

— La dernière chose que je veux, c'est rappeler aux gens toute cette histoire. Alors que ma popularité est au plus haut et que je ferai bientôt partie du gouvernement fédéral. Si quelqu'un du Parti de la Mer d'Hiver…

Corvus serra les lèvres pour s'empêcher d'en dire plus.

— Cette soirée est importante pour moi, mère. Alors ne viens pas tout gâcher avec *ce nom*.

— Mais Corvus…

— Ce nom est mort.

Corvus Crow tourna les talons et passa au travers de sa fille, qui se tenait plantée là, invisible pour lui.

Morrigane était déjà dehors, presque à la grille, quand elle laissa enfin l'air froid pénétrer ses poumons. Elle se pencha en avant pour reprendre son souffle.

Par quel sortilège sentait-elle tout cela ? se demanda-t-elle. Comment sentait-elle la morsure du vent sur son visage, le sol sous ses pieds, l'odeur de la pluie et de la terre mouillée, celle du parfum de sa grand-mère ? Alors que son père ne pouvait pas la voir, même quand elle se tenait plantée droit devant lui ?

Elle entendit les pas de Jupiter crisser sur le gravier derrière elle. Il resta là un long moment, attendant patiemment qu'elle prenne sa décision. Il ne donna pas son avis, ne lui offrit pas sa sympathie, ne lui dit pas « je te l'avais dit ». Il attendit simplement. Enfin, Morrigane se redressa, toute tremblante, et prit une grande inspiration.

— Elle savait. Ma grand-mère. Elle savait que j'étais pas morte.

— Oui.

— Elle savait pour la Cavalerie.

— Oui.

— Comment ?

— Je le lui ai dit.

— Quand ça ?

— Avant le Merveillon. Il fallait que je trouve quelqu'un pour signer le contrat.

Oh ! Alors c'était la signature de sa grand-mère, ce nom illisible. C'était elle qui avait glissé l'enveloppe sous la porte le jour de la Journée des Enchères.

— Pourquoi elle ?

— Elle avait l'air de bien t'aimer.

Morrigane étouffa un rire et s'essuya le nez avec sa manche. Jupiter fit poliment mine de s'intéresser à ses chaussures.

— Reviens avec moi, finit-il par dire doucement. S'il te plaît. Ta grand-mère a raison, c'est dangereux pour toi ici. Reviens au Deucalion. C'est ta maison, maintenant. Nous sommes ta famille, moi, Jack, Fen et les autres. Ta place est parmi nous.

— Jusqu'à ce que j'échoue à l'épreuve Spectaculaire et que je sois expulsée, dit-elle en reniflant. Et que tu sois arrêté pour trahison.

— Je te l'ai déjà dit, on pensera à ça en temps voulu, seulement si c'est nécessaire.

Morrigane s'essuya le visage.

— On va où pour choper la ligne Gossamer ?

— Nulle part, dit Jupiter.

Son visage s'était éclairé, il paraissait soulagé. Il caressa le dos de Morrigane et elle leva vers lui un sourire mouillé de larmes.

— Elle viendra à nous. C'est à ça que sert l'ancre. Il ne faut jamais prendre la ligne Gossamer sans s'être d'abord ancré.

— Comment ça, l'ancre ?

— Celle qu'on a laissée sur le quai, dit-il en souriant. Un objet personnel précieux, laissé avant le départ, qui nous ancre à Nevermoor grâce à un fil de Gossamer invisible. Qui nous attend. Tu peux le visualiser ?

Morrigane réfléchit.

— Tu penses à mon parapluie ?

Il hocha la tête.

— Ferme les yeux et imagine-le aussi précisément que possible, là, suspendu sur le quai. Chaque détail. Garde bien cette image en tête, Mog. Tu l'as ?

Morrigane ferma les yeux. Il était là : le dôme ciré brillant, le manche en argent gravé, le petit oiseau en opale.

— Oui.

— Ne la lâche pas.

— Entendu.

Elle sentit les doigts chauds de Jupiter entre les siens. Un train siffla au loin.

Il faisait bien chaud dans les couloirs familiers du Deucalion. Alors qu'elle se traînait jusqu'à sa chambre, morte de fatigue, Morrigane ne pensait qu'à ses oreillers moelleux et à sa grosse couette. Elle espérait que le feu serait toujours allumé, sachant que ce serait mystérieusement le cas.

Alors qu'elle allait ouvrir la porte de sa chambre, une main froide et osseuse l'attrapa par le bras. Elle poussa un cri et fit un bond en arrière.

— Oh ! C'est vous, Dame Chanda.

— Je ne voulais pas te faire peur, ma douce enfant, dit la soprano. Je vais me coucher également. On est des vrais oiseaux de nuit, toutes les deux ! Toi aussi, ça doit être cette nourriture de Noël trop riche qui te tient éveillée !

Morrigane lui lança un sourire gêné. Dans sa tête, elle entendait encore des bouts de la conversation affreuse qu'elle avait surprise entre Kedgeree et Dame Chanda. *Du moins, s'il avait échoué avec le Deucalion, ça n'aurait pas eu autant d'importance.*

— Heu. Oui.

— Eh bien, comme je n'arrivais pas à dormir, j'ai farfouillé dans mes vieux livres et dans mes archives.

Dame Chanda sortit un morceau de papier chiffonné, qu'elle déplia et lissa.

— Je me suis dit que ça t'intéresserait de voir ça. Je savais que j'en avais une quelque part. L'image n'est pas récente, bien sûr. Il devait avoir la vingtaine, la trentaine peut-être. Il aurait plus de cent ans aujourd'hui. Il était très bel homme, jeune, ce fameux Ezra Squall, comme tu le vois… bien que ce ne soit pas une opinion très populaire de nos jours. Je t'en supplie, ne dis à personne que j'ai appelé ce tueur un bel homme… on me poursuivrait à coups de torche et de fourche.

Elle leva un sourcil en lui lançant un sourire complice.

— Tu peux garder ça. C'est une copie papier de la peinture à l'huile originale. Je suis ravie que tu t'intéresses à l'histoire de Nevermoor, même si cette partie-là est plutôt sinistre. Bonne nuit, mademoiselle Morrigane, et Joyeux Noël, ma chère.

Elle serra amicalement la main de Morrigane et la regarda tendrement, comme si elle avait voulu venir en aide à la pauvre fillette qui n'avait aucune chance d'entrer à la Société Wundrous.

Mais, pour une fois, Morrigane ne pensait plus aux épreuves.

Elle avait la gorge tellement nouée qu'elle ne pouvait plus prononcer un mot.

L'homme sur la peinture souriait paisiblement. Ses cheveux cendrés étaient ramenés en arrière, son costume d'antan impeccable. Ses yeux noirs, sa peau si pâle qu'elle en était presque transparente ; son fin sourire rose, ses traits anguleux. Il avait exactement la même allure que la dernière fois qu'elle l'avait aperçu. Et cette cicatrice... la petite ligne blanche qui lui coupait un sourcil en deux... elle la reconnaissait. Elle connaissait cet homme.

C'était M. Jones.

20

UN TOUR DE MAGIE : LA DISPARITION

L E BEAU MANTEAU DE NEIGE qui avait recouvert Nevermoor se transforma en une vraie gadoue après Noël. La pluie battait les carreaux des fenêtres de l'hôtel Deucalion, et la joie se métamorphosa insidieusement en une mélancolie de lendemain de fête. Chaque heure passée rapprochait Morrigane de l'événement qu'elle avait redouté toute l'année : l'épreuve Spectaculaire.

Pourtant, aussi étonnant que cela puisse paraître, l'épreuve à venir n'était pas le plus pressant de ses problèmes.

Morrigane avait passé deux jours affreux, depuis Noël, à rassembler toute sa volonté pour parler à Jupiter d'Ezra Squall alias M. Jones. Chaque fois qu'elle s'apprêtait à frapper à la porte de son bureau, le poing solidement fermé sur l'image de Squall, elle avait manqué de courage.

Elle voulait désespérément le lui dire. Mais comment aborder la question ? Comment formuler ça ? *Tu sais quoi, Jupiter ? L'homme le plus cruel ayant jamais vécu trouve que je ferais une excellente apprentie maléfique. Oh ! et ça fait des mois qu'il vient en visite à Nevermoor. Oh ! et puis j'ai mis toute la ville en danger en choisissant de ne pas t'en parler.*

Plus que tout, Morrigane voulait en parler à Hawthorne. Et alors que l'affreuse vérité était prête à entrer en éruption dans son cœur, son ami revint enfin des Hautes-Terres.

— Tu es *sûre* ? demanda-t-il avec une vague note d'espoir dans la voix en plissant les yeux pour mieux voir l'image. Ça pourrait être son grand-père ?

Exaspérée, Morrigane grogna et leva les yeux au ciel pour la centième fois de l'après-midi. Elle avait à peine dormi et usait le parquet à force de faire les cent pas (la chambre avait l'air de trouver ça drôle et s'amusait à s'étendre de plus en plus pour qu'elle ait chaque fois davantage de distance à parcourir).

— Je te le dis. C'est lui. C'est le même homme. Il a la même cicatrice, le même grain de beauté au-dessus de la lèvre, le même nez... tout est pareil. C'est M. Jones aussi sûrement que je suis Morrigane Crow.

— Mais pourquoi faire semblant d'être son assistant ?

— Peut-être parce qu'il n'a pas pris une ride depuis que ce portrait a été peint *il y a cent ans*.

Un tour de magie : la disparition

Morrigane arracha l'image des mains de Hawthorne et la lui fourra sous le nez.

— Regarde. Tu l'as vu à Hallowmas. *Regarde*.

Hawthorn, les lèvres pincées, scruta l'image de près, puis de loin.

— C'est lui. C'est sûr. Cette cicatrice…

— Exactement.

— Mais Dame Chanda a dit…

— … qu'il a été banni de l'État Libre, je sais, l'interrompit Morrigane. Et Kedgeree a dit que la ville était protégée de lui par de la magie et des forces très anciennes.

— Oui. Et puis, il y a tous ces gens qui gardent les frontières : les Forces du ciel, le Conseil royal de la sorcellerie, la Ligue des magiciens ? Personne ne pourrait échapper à leur vigilance, pas même le Wundereur.

Morrigane se laissa tomber dans le fauteuil et serra un coussin dans ses bras.

— Pourtant M. Jones – Squall – était *ici*, Hawthorne. Je l'ai vu. On l'a vu *tous les deux*. Ça n'a pas de sens.

Ils restèrent silencieux un moment, écoutant le bruit de la pluie contre les carreaux. La nuit commençait à tomber.

Hawthorne soupira.

— Il faut que j'y aille. J'ai promis à papa que je serais là avant le coucher du soleil. L'épreuve Spectaculaire, c'est demain. N'oublie pas, ajouta-t-il pour plaisanter.

Comme s'ils pouvaient oublier l'approche imminente de leur dernier examen d'entrée à la société !

Comme si Morrigane pouvait oublier l'événement qui lui donnait des cauchemars depuis des mois.

Hawthorne observa son amie, l'air grave.

— Morrigane, je crois qu'il est temps...

— Je sais, dit-elle en tournant son visage vers les dernières lumières du jour. Il faut que j'aille parler à Jupiter.

Morrigane frappa doucement à la porte du bureau de Jupiter.

— Quoi ? grogna une voix qui n'était certainement pas celle de son mécène.

Elle poussa la porte et trouva Fenestra allongée sur le tapis devant le feu. La Magnifichatte bâilla à s'en décrocher la mâchoire et tourna ses yeux jaunes endormis vers Morrigane.

— Qu'est-ce que tu veux ?

— Où est-il ? Il faut que je le voie. C'est urgent.

— Qui ça ?

— Jupiter, dit Morrigane qui ne cachait pas son agacement.

— Il est pas là.

— Je vois ça, dit-elle en faisant un mouvement de la main dans l'espace vide. Il est où ? Dans le Fumoir ? La salle à manger ? Fen. C'est *très important*.

— Il est *pas là*. Il est pas à l'hôtel.

Un tour de magie : la disparition

— ... comment ça ?
— Il est parti.
Morrigane sentit son cœur battre dans sa poitrine.
— Il est parti *où* ?
Fen haussa les épaules et se lécha la patte.
— Aucune idée.
— Quand est-ce qu'il sera de retour ?
— Il m'a pas dit.
— Mais... c'est la dernière épreuve demain, s'écria Morrigane d'une voix stridente. Il va rentrer avant, non ?

Fenestra se roula au sol et griffa le tapis, puis se gratta les oreilles.

Morrigane était affolée. Lorsque Jupiter quittait le Deucalion, il disparaissait parfois des heures, parfois des jours, parfois des semaines entières. Morrigane ne savait jamais quand il serait de retour, tout le monde l'ignorait, et la pensée qu'il ne reviendrait peut-être pas à temps pour l'épreuve Spectaculaire la terrifiait.

Il lui avait promis. Il avait juré !

Comme il avait promis de t'emmener au Bazar de Nevermoor, dit une voix dans sa tête.

Mais ce n'était pas la même chose. Elle allait passer l'*Épreuve*. L'épreuve ultime, celle dont il avait juré de s'occuper. Il lui avait assuré qu'elle n'avait même pas à y penser. Elle avait fait de son mieux dans ce sens. Et maintenant ? Elle n'y arriverait pas toute seule. Elle ne savait même pas quel était son talent.

— Fenestra ! Je t'en prie ! hurla-t-elle.

La Magnifichatte lui lança un regard noir.

— Mais qu'est-ce qu'il fabrique ? Il est parti où ?
— Il a dit qu'il avait une affaire importante. C'est tout ce que je sais.

Morrigane sentit son cœur se serrer. Qu'y avait-il de plus important qu'être présent le jour le plus important de sa vie ? Plus important que de tenir sa promesse ?

La tête lui tournait. Horrifiée par la situation, elle en oublia la raison de sa visite.

Elle était toute seule. Elle devrait passer l'épreuve Spectaculaire sans lui. *Elle était toute seule.*

Morrigane s'écroula sur un des fauteuils en cuir près du feu. Elle se sentait aussi lourde que du plomb.

Fenestra se leva d'un coup et alla se planter devant le siège de Morrigane, redressant sa grosse tête poilue pour la regarder droit dans les yeux.

— Est-ce qu'il a dit qu'il serait là pour l'épreuve ?

Morrigane luttait contre les larmes.

— Oui, mais…
— Il a dit qu'il allait s'en occuper ?
— Oui, mais…
— Il a promis que tout irait bien ?

Des larmes brûlantes dégoulinèrent sur ses joues.

— Oui, mais…
— Alors, tu vois.

Fen cligna des paupières et hocha la tête.

— Il sera là pour l'épreuve. Il s'en occupera. Tout ira bien.

Morrigane renifla et s'essuya le nez avec sa manche. Elle ferma les yeux.

— Comment tu sais ?

Un tour de magie : la disparition

— C'est mon ami. Je le connais bien.

Fenestra resta silencieuse un moment, et Morrigane crut qu'elle dormait debout. Puis elle sentit quelque chose de chaud, râpeux comme du papier de verre, lui lécher la figure. Elle ravala un sanglot, et Fen frotta sa tête contre son épaule en un geste affectueux.

— Merci, Fen.

Elle entendit Fenestra sortir de la pièce discrètement.

— Fen ?

— Quoi ?

— T'as une haleine de sardine.

— Bah ouais. Je suis un chat.

— Et maintenant mon visage sent la sardine.

— Je m'en fiche. Je suis un *chat*.

— Bonne nuit, Fen.

— Bonne nuit, Morrigane.

21

L'ÉPREUVE SPECTACULAIRE

— Oh... Du fil à fée, dit Hawthorne en montrant un type en uniforme du Trollosseum qui vendait des sucreries. T'en veux ? Ma grand-mère m'a donné des sous pour Noël.

Morrigane refusa. Elle n'avait vraiment pas faim, son ventre n'était qu'un tas de nœuds, elle avait mal au cœur, et elle était de plus en plus certaine que ce jour serait le plus humiliant de sa vie.

— T'es pas stressé ?

Hawthorne haussa les épaules en arrachant un gros morceau de fil à fée avec ses dents.

— Un peu. Ouais. Mais je fais rien de nouveau aujourd'hui. Nanne a dit que je devrais me contenter de montrer ce que je fais le mieux. Si seulement je pouvais choisir mon dragon !

— Tu montes pas ton propre dragon ?

Hawthorne émit un petit rire.

— Mon propre dragon ? T'es dingue. J'ai pas de dragon. Qui peut se permettre d'acheter un dragon à son gosse ?

Il lécha le sucre qui lui collait aux doigts.

— Je m'entraîne sur un des poids plumes de la Ligue junior des cavaliers de dragons. Généralement, je prends Vole Sans Efforts Comme un Vieux Papier de Bonbon dans le Vent ou Scintille au Soleil comme une Marée Noire en Pleine Mer. Marée Noire est mieux dressée, c'est sûr, mais Papier de Bonbon est beaucoup plus courageuse. Elle réalise des plongeons impressionnants.

— Tu peux pas utiliser une des deux ?

— Tu connais la Société.

Morrigane ne prit pas la peine de lui rappeler que non, justement, puisqu'elle était de la République.

— Ils pensent que leurs dragons sont meilleurs que ceux de la Ligue. Nanne dit qu'il vaut mieux pas les contredire. J'espère qu'ils vont pas me refiler un dragon des Hautes-Terres... Ils sont super gros, j'arrive jamais à prendre les virages. Oh ! regarde. Ça commence.

Enfin, pensa Morrigane en regardant les Anciens entrer dans le Trollosseum. Des hurlements s'élevèrent des tribunes. Quinn l'Ancienne leva la main pour les faire taire, et parla dans le micro.

— Bienvenue, dit sa voix qui sortait des haut-parleurs, à l'épreuve finale pour l'entrée à l'unité 919 de la Société Wundrous.

Un nouveau cri s'éleva. Morrigane avait les oreilles qui sifflaient. Le stade grouillait de candidats, de leurs mécènes, mais aussi d'autres membres de la Société qui étaient à la recherche de nouveaux talents, et bien sûr, de leurs amis et familles. Les parents de Hawthorne étaient quelque part dans le public, tout comme Jack, revenu à la maison pour soutenir Morrigane ; une gentillesse qui l'avait surprise, et même touchée. Il régnait une atmosphère de fête dans le Trollosseum : on pouvait penser que c'était un jour ordinaire et que l'on s'apprêtait à regarder deux trolls se balancer des coups de tête.

— Bienvenue, membres estimés de la Société. Bienvenue, mécènes. Mais surtout, bienvenue aux candidats, les soixante-quinze jeunes âmes courageuses qui sont arrivées en finale, qui ont déjà tant accompli, et dont mes confrères les Anciens et moi sommes extrêmement fiers.

« Chers candidats, lorsque vous êtes arrivés aujourd'hui, nous avons donné à chacun un numéro, qui détermine le moment où vous passerez votre épreuve. Un membre officiel de la Société viendra vous chercher par groupes de cinq. Tenez-vous prêts, lorsque votre entendrez votre numéro, à suivre votre guide jusqu'à la porte, où votre mécène viendra vous rejoindre avant que vous pénétriez dans l'arène.

— Ouais, si j'ai de la chance, marmonna Morrigane.

Hawthorne gloussa et lui adressa un sourire compatissant. Il avait tiré le numéro onze, mais Morrigane était numéro soixante-quatorze… cela voulait dire qu'il lui faudrait attendre longtemps dans l'angoisse. Hawthorne lui avait fait remarquer que, plus tard elle passait, plus il y avait de chances que Jupiter arrive à temps.

— Si, après votre épreuve, continua Quinn l'Ancienne, vous êtes placés dans les neuf premiers, votre nom apparaîtra sur le tableau. Sinon, eh bien... nous vous souhaitons tout ce qu'il y a de meilleur pour votre avenir... ailleurs. Bonne chance, mes enfants. Il est temps de commencer.

La première candidate à entrer dans l'arène était Dinah Kilburn, de Point-Boueux. Avant qu'elle ne commence, son mécène s'appliqua à arranger des chaises, des tables et des échelles, pour former des sortes de tours.

Dinah était incroyable. Elle faisait des acrobaties parfaites et... à la stupéfaction de Morrigane, c'était un singe.

— Un *singe* ?

Hawthorne souffla, puis regarda autour de lui d'un air coupable.

— Morrigane ! Tu peux pas l'appeler comme ça. C'est pas vraiment un singe. Elle a juste une queue.

Dinah se balançait agilement d'une tour à l'autre, sautant au sommet, ou se laissant suspendre par la queue, et elle termina par un atterrissage exemplaire. Mais il ne fallut qu'une minute aux Anciens pour prendre leur décision, et ils la firent sortir sans que son nom s'affiche sur le tableau. Dinah avait l'air effondrée.

— Oh ! dit Hawthorne en faisant la grimace. La pauvre.

Morrigane était décontenancée. Mais que cherchaient donc les Anciens ? Quels types de gens voulaient-ils accueillir à la Société ? Elle pensa aux seuls membres qu'elle connaissait : Jupiter, dont le talent était de voir ce qui était invisible aux autres ; Dame Chanda Kali, la diva qui attirait les petits animaux des bois. À onze ans, avaient-ils été plus remarquables que Dinah Kilburn, l'incroyable gymnaste à la queue de singe ? Ou les Anciens cherchaient-ils quelque chose en particulier, un autre genre de qualité indéfinissable qui vaudrait une place à la Société Wundrous ?

Les numéros étaient de plus en plus mauvais.

Aucun des quatre candidats suivants – un garçon qui peignait des paysages, un coureur de haies, un illusionniste et un joueur de ukulélé – ne fut classé. Lorsque le deuxième groupe de cinq s'avança, il n'y avait toujours aucun nom au tableau.

D'ailleurs, personne n'eut cet honneur jusqu'au neuvième candidat, Shepherd Jones, un garçon qui prétendait pouvoir parler aux chiens. Il fit faire des tours incroyables à un groupe de toutous, grands et petits. Il leur aboyait des ordres, et la foule encourageait les chiens qui sautaient dans des cerceaux, marchaient à reculons sur leurs pattes arrière et valsaient les uns avec les autres. Les Anciens avaient l'air sceptiques.

— Envoyez-moi donc un des chiens, ordonna Quinn l'Ancienne.

Shepherd aboya un ordre à un bouvier australien, lequel trottina vers Quinn l'Ancienne, qui lui montra le contenu de son sac à main avant de le renvoyer vers le candidat.

— Maintenant, dites-nous ce que le chien a vu.

Shepherd s'agenouilla pour s'entretenir avec l'animal.

— Un porte-monnaie, un pâté en croûte, un rouge à lèvres, un journal roulé, des lunettes pour lire et un crayon.

Le chien aboya encore une fois.

— Oh ! Et un morceau de fromage.

Quinn l'Ancienne approuva de la tête, et le public applaudit.

Le chien aboya deux fois. Shepherd leva un regard timide vers Quinn l'Ancienne.

— Heu… il demande s'il peut avoir le pâté, s'il vous plaît.

Le visage de Quinn l'Ancienne s'éclaira d'un énorme sourire et elle lança le pâté à Shepherd.

— Il peut aussi avoir le fromage.

Le bouvier australien émit un gémissement ravi et aboya trois fois. Shepherd rougit.

— Je peux pas lui dire ça, dit-il doucement.

— Qu'est-ce qu'il a dit, mon garçon ? demanda Wong l'Ancien.

Shepherd s'ébouriffa les cheveux, les yeux rivés au sol.

— Il a dit qu'il est constipé quand il mange du fromage.

Shepherd Jones fut ainsi le premier candidat à trouver sa place sur le tableau. Le public applaudit lorsque son nom apparut sur les écrans aux deux extrémités du Trollosseum.

L'épreuve Spectaculaire

La dixième candidate, en revanche, une fille appelée Milladore West, qui confectionna en onze minutes trois chapeaux magnifiques qu'elle offrit aux Anciens, n'eut pas cette chance.

C'était au tour de Hawthorne. Morrigane lui souhaita bonne chance et on l'emmena vers l'arène avec quatre autres candidats. Il était vêtu de cuir brun souple de la tête aux pieds, et, alors que Nanne Dawson le présentait (« Hawthorne Swift, de Nevermoor ! »), Hawthorne attacha ses protège-tibias, ses protège-poignets, et enfonça son casque. Le public poussa un cri de surprise lorsqu'un dresseur de dragons de la Société Wundrous mena dans l'arène un dragon de six mètres de haut, aux écailles vertes iridescentes et à la longue queue étincelante.

Morrigane avait vu des images de dragon, bien sûr. Ils étaient considérés comme « dangereux prédateurs de classe A » et un « véritable fléau naturel sauvage » dans la République. Et les Forces d'éradication de la faune dangereuse faisaient toujours les gros titres pendant la saison des abattages. Soit parce qu'ils avaient réussi à détruire un nid, soit parce qu'ils avaient pris feu. Mais ce n'était pas comparable à ce qu'elle avait sous les yeux. Hawthorne lui avait proposé plusieurs fois de la faire entrer discrètement dans une étable de dragons à la faveur de la nuit, puisqu'il n'avait pas le droit d'inviter qui que ce soit à son entraînement. Jupiter avait dit non merci ; il préférait que Morrigane conserve tous ses membres intacts.

Le dragon balançait la tête de droite à gauche, il soufflait de gros nuages de vapeur par les naseaux. La foule esquissa un mouvement de recul.

Hawthorne paraissait tout à fait à l'aise malgré sa proximité avec ce vieux reptile qui aurait pu le réduire en cendres rien qu'en éternuant. Il prit quelques minutes pour faire connaissance avec l'animal, le laissant se familiariser avec sa présence, lui caressant le flanc doucement mais fermement. Le dragon l'observait de son gros œil orange vif.

Hawthorne fit le tour de l'animal, en maintenant ce contact physique afin que le dragon sache où il se trouvait et ne prenne pas peur. Morrigane avait vu un garçon d'écurie faire la même chose avec un des chevaux de la calèche de son père. Les Anciens se penchèrent pour mieux observer cette interaction. Wong l'Ancien avait l'air très impressionné et n'arrêtait pas de se pencher vers Quinn l'Ancienne pour lui chuchoter Dieu sait quoi à l'oreille.

Hawthorne prit un gros morceau de viande crue des mains du dresseur de la Société Wundrous, et donna à manger au dragon, le caressant un peu plus vigoureusement sur le cou. Enfin, et sans hésitation, il prit son élan et atterrit à califourchon sur la selle solidement attachée entre les épaules du dragon. Il fit claquer les rênes et se pencha en avant. Alors l'énorme reptile vert battit des ailes et s'envola.

Hawthorne et son dragon firent un tour de chauffe au-dessus de l'arène. Puis Hawthorne hurla un ordre que Morrigane ne comprit pas, planta ses talons dans les côtes de l'animal, et c'était parti. Ils firent des loopings maîtrisés, des sauts périlleux vertigineux, tantôt rasant les tribunes, ou chutant à pic vers le sol pour remonter à la dernière seconde. Ils foncèrent à toute allure sur une ligne droite alors que Hawthorne se mettait debout sur la selle et agitait ses bras en cadence avec les ailes. Puis il se rassit brutalement et cria un ordre au dragon qui effectua un virage à trois cent soixante degrés avant de rouvrir les ailes sans perdre de l'altitude.

Morrigane n'avait jamais vu Hawthorne comme ça : plein d'assurance, maître de la situation, dans son élément. Les épaules en arrière, le regard planté droit devant lui, il dirigeait sa monture comme une extension de son propre corps. Nanne Dawson n'avait pas menti sur le talent de Hawthorne.

Les réactions du public confirmèrent sa prouesse. Tout le monde – même les Anciens – fut envoûté par Hawthorne.

Afin de finir en beauté, ce dernier se servit de l'haleine de feu du dragon pour écrire avec la fumée ses initiales dans le ciel. Puis il atterrit avec aisance dans l'arène.

Le public et les Anciens se levèrent d'un bond pour applaudir Hawthorne alors qu'il se laissait glisser du dos du dragon pour venir saluer. Morrigane hurlait de toutes ses forces.

Les Anciens se consultèrent brièvement, mais leur décision fut unanime : le nom de Hawthorne prit tout de suite la première position.

Une fois de plus, les numéros qui suivirent parurent fades en comparaison, et aucun nom de candidat des trois groupes suivants ne figura sur le tableau.

Enfin, ce fut au tour de la candidate que Morrigane avait attendue de voir toute l'année. Baz Charlton annonça : « Noelle Devereaux, du District d'Argent », et Noelle entra dans l'arène, fière telle une reine entourée de ses courtisans. Lorsqu'elle ouvrit la bouche pour chanter, on crut entendre une chorale d'anges venue répandre de la poussière d'étoile dans le Trollosseum.

La chanson n'avait pas de paroles. C'était un nuage mélodique, une douce berceuse qui vint envelopper Morrigane dans une bulle confortable et rassurante. Et elle n'était pas la seule à être émue ; partout, les regards se perdaient dans le vague, des sourires tranquilles flottaient sur les visages, comme si la voix de Noelle leur avait jeté le plus doux des sorts. Morrigane aurait voulu que le morceau ne se termine jamais. Le talent de Noelle était incontestable.

C'était très agaçant.

Le stade entier, Morrigane comprise, explosa dans un tonnerre d'applaudissements alors que Noelle saluait, envoyant des baisers au public et souriant aux Anciens. Hawthorne lança un coup de coude à Morrigane et mima une envie de vomir, mais trop tard : elle l'avait surprise en train d'essuyer une larme à la fin de la chanson.

Quinn l'Ancienne agita sa main frêle en direction du tableau, et les noms changèrent de place. Noelle arrivait maintenant en deuxième place derrière Hawthorne, et Shepherd, le garçon qui murmurait à l'oreille des chiens, suivait de près. Le sourire de Noelle retomba un court instant, déçue de ne pas être arrivée première, mais elle se reprit bien vite et quitta l'arène la tête haute.

Morrigane était chamboulée. Noelle allait entrer à la Société. Cette Noelle populaire et pleine de talent allait faire partie de l'unité 919. Hawthorne aussi. Ils deviendraient amis. Hawthorne oublierait Morrigane, et Morrigane devrait quitter Nevermoor, Jupiter et tous ses amis de l'hôtel Deucalion pour ne plus jamais les revoir. Elle le savait. Cette certitude lui coupa le souffle, elle sentit un poids énorme sur sa poitrine.

Hawthorne sirotait un soda à la menthe ; il eut l'air de lire dans ses pensées.

— C'est facile de se placer en bonne position au début, dit-il en lui donnant un coup de coude. Il reste encore plein de gens pour éliminer Noelle du tableau. Je vais peut-être pas y rester non plus.

Morrigane savait qu'il jouait les modestes, mais elle appréciait l'intention.

— Tu sais bien que tu seras admis, répondit-elle en lui rendant son coup. T'es incroyable.

Alors que les heures avançaient, les prédictions de Hawthorne se faisaient de moins en moins justes. Shepherd avait rapidement été éjecté du top neuf, mais Noelle n'avait perdu que deux places. Hawthorne avait été devancé par Mahir Ibrahim, qui avait prononcé un long discours dans trente-sept langues différentes, selon Quinn l'Ancienne « avec un accent parfait ».

En première place, il y avait maintenant Anah, la jolie fille aux boucles d'or que Morrigane avait vue à la présentation Wundrous. Avec sa robe jaune délavée, ses chaussures en cuir verni et ses cheveux relevés par un nœud, Anah avait l'air de se rendre au catéchisme… Morrigane fut donc d'autant plus étonnée de découvrir son talent.

La mécène d'Anah, une femme appelée Sumati Mishra, avait annoncé que sa candidate avait de prodigieuses connaissances dans l'anatomie humaine. Pour le prouver, elle s'était portée volontaire pour s'allonger sur une table d'opération en métal. Anah l'ouvrit avec un scalpel, lui retira l'appendice et la recousit avec des points de suture parfaits. Et le plus extraordinaire, c'était qu'Anah avait fait ça les yeux bandés.

Morrigane s'était délectée de la tête qu'avait faite Noelle Devereaux en voyant Anah prendre la première place quand son nom chutait à la quatrième.

La qualité des numéros suivants fut variée. Les candidats se succédèrent au milieu de l'arène. Certains étaient sûrs d'eux et désinvoltes, d'autres semblaient prier pour que le sol s'ouvre sous leurs pieds et les avale entièrement.

Une fille terrifiée tremblait tellement qu'elle parut se dissoudre dans l'air, le trac l'effaçant carrément à la vue de tous. Par chance, c'était ça, son talent : devenir incorporelle. Elle brillait au soleil comme un fantôme perlé, et démontra son état vaporeux en traversant la table des

Anciens. Le public était impressionné. Peu à peu, la fille gagna en assurance.

Or, son talent tirait sa source de la peur et, une fois qu'elle se sentit plus à l'aise et qu'elle se prit au jeu du spectacle, son corps se rematérialisa peu à peu. Lorsqu'elle voulut revenir sur ses pas à travers la table, elle se cogna dedans et renversa un pichet d'eau sur Wong l'Ancien. Son nom ne s'afficha pas sur le tableau.

Pendant ce temps-là, Morrigane était aux prises avec son angoisse. Entre chaque numéro, elle scrutait le groupe des mécènes.

— Mais *où* est-il ? marmonna-t-elle.

— Il va arriver, dit Hawthorne en lui offrant du pop-corn qu'elle refusa. Jupiter ne manquerait pas ton épreuve.

— Et s'il n'arrive pas à temps ?

— Il sera là.

— Et si c'est pas le cas ? hurla Morrigane par-dessus les cris de la foule alors que Lin Mai-Ling faisait en douze secondes le tour du stade en courant.

La fille tapa des pieds de déception lorsque les Anciens lui firent signe de quitter l'arène. Le public poussa un soupir compatissant.

— Je sais même pas ce que c'est, mon talent ! Comment je suis supposée passer cette épreuve sans lui ?

— Écoute, il sera là, OK ? Et si c'est pas le cas…

Hawthorne se dévissait le cou pour regarder partout dans le stade.

— Si c'est pas le cas, je viendrai avec toi. On trouvera quelque chose.

Morrigane leva un sourcil.

— Comme quoi ?

Il réfléchit sérieusement tout en mâchant du pop-corn.

— Tu sais faire des bruits de pet avec tes aisselles ?

―――◆―――

Le soleil se couchait derrière les gradins du Trollosseum, et les lampadaires s'allumèrent. Dans la tête de Morrigane, c'étaient d'immenses projecteurs installés pour mettre en valeur son humiliation publique.

L'ordre ne cessait de changer, et les candidats dans le top neuf observaient le tableau avec anxiété. Chaque fois qu'un nouveau candidat y apparaissait, on entendait des grognements, des pleurs, une crise de nerfs de la part de celui qui venait de perdre la neuvième place.

Morrigane lança un regard à Noelle, deux rangées plus bas, qui se rongeait les ongles les yeux rivés au tableau. Elle s'accrochait maintenant à la septième position.

Juste devant elle, il y avait ce garçon que Morrigane avait vu à l'épreuve du Livret, Francis Fitzwilliam : il avait cuisiné un menu en sept plats aux juges. Chaque assiette les avait emportés dans un tourbillon émotionnel très étrange à observer : passant de la paranoïa extrême causée par du poulpe grillé, aux rires hystériques induits par un soufflé aux myrtilles.

À la cinquième place, il y avait Thaddea Macleod, une fille rousse super musclée originaire des Hautes-Terres et qui avait vaincu un troll adulte en combat à mains nues.

Hawthorne était maintenant à la quatrième place, juste derrière un garçon au visage angélique appelé Archan Tate. Archan était violoniste, et, tout en jouant, il avait parcouru le stade, montant et descendant les gradins, se faufilant entre les sièges, sans faire la moindre fausse note.

Il était très doué, pourtant les Anciens n'avaient pas eu l'air de vouloir l'ajouter au tableau, jusqu'à ce qu'au dernier moment il révèle son véritable talent. Avec un sourire timide, il avait vidé ses poches, pleines de bijoux, de portefeuilles, de montres et de pièces qu'il avait réussi à dérober pendant qu'il jouait du violon. Morrigane était très impressionnée. Il avait même chipé une boucle d'oreille à Quinn l'Ancienne !

Hawthorne ne paraissait même pas agacé qu'un pickpocket risque de lui faucher sa place. Il était enchanté par le talent d'Archan, alors même que ses propres gants de cavalier de dragon faisaient partie du butin. Le candidat rendit une à une leurs possessions à ses victimes.

— Mais comment il a fait ? répétait Hawthorne avec un grand sourire, retournant ses gants comme s'il allait y trouver un indice.

Morrigane était sur le point de lui dire pour la vingt-septième fois qu'elle n'en avait aucune idée, et qu'il devrait arrêter de le lui demander, quand elle vit l'amie de Noelle entrer dans l'arène avec Baz Charlton.

— C'est elle, dit Morrigane à Hawthorne. C'est la fille qu'on a vue dans le jardin pendant l'épreuve de la Peur. Tu te rappelles ? Oh ! c'était quoi son nom… ?

C'était la huitième candidate que M. Charlton présentait aujourd'hui. De son groupe, seule Noelle figurait sur le tableau. Morrigane observa Noelle ; elle regardait son amie avec une expression détachée : c'était apparemment pour elle une candidate comme les autres.

Hawthorne secoua la tête.

— Mais de quoi tu parles ?

— Tu te souviens pas d'elle ?

— Je devrais me souvenir de qui ?

Un murmure de lassitude parcourut la foule des candidats alors que Baz Charlton présentait sa candidate Cadence Blackburn de Nevermoor. Sa voix couvrait à peine le brouhaha : les gens s'étaient tous mis à bavarder. Contrairement à tout le monde, Morrigane était très attentive.

— Cadence ! C'est ça son nom ! J'avais oublié. Comment j'ai pu oublier ça ? dit Morrigane à Hawthorne, qui haussa les épaules.

— Poursuivez, dit Quinn l'Ancienne en se servant une tasse de thé.

Les Anciens aussi avaient l'air de s'ennuyer ferme ; après tant d'heures à juger les candidats, ils ne cessaient de regarder leurs montres, le menton dans la main, et bâillaient sans discrétion.

L'épreuve Spectaculaire

Baz Charlton lança un signal à quelqu'un qui se trouvait dans une petite cabine de verre au-dessus des gradins. La lumière des lampadaires se tamisa, puis le public fut plongé dans l'obscurité. On projeta un film sur les grands écrans.

22

L'HYPNOTISEUSE

M ORRIGANE RECONNUT LA SCÈNE qui s'affichait à l'écran : c'était dans les jardins de la Maison des Initiés, le jour de la présentation Wundrous. La caméra avança sur la pelouse en tremblotant, pour rejoindre la queue devant le buffet, et zooma sur deux personnes : Noelle et Cadence. Elles se tenaient près d'une grande sculpture en gélatine, que Morrigane reconnut aussitôt. Hawthorne était quelques pas derrière elles, fidèle à lui-même, en train d'empiler des pâtisseries et des gâteaux dans une assiette.

— C'est vulgaire, disait Noelle à l'écran.

Elle toucha la sculpture en faisant la grimace.

— C'est dégueu. Qui ose servir ça à une réception ? On n'est pas à la maternelle.

— Ouais, répondit Cadence.

Elle était sur le point de saisir une des petites sculptures en gélatine qui entouraient la grande, mais elle avait changé d'avis à la dernière seconde, remplissant son assiette de pudding.

— C'est vraiment vulgaire. Ils sont complètement d...

— Maman ferait une crise, dit Noelle en lui coupant la parole. Tu te rends compte, c'est un self-service ! Katie ?

— Cadence, corrigea l'autre fille, la mine un peu triste. Tu te souviens ?

— Sais-tu combien de serviteurs la société Wundrous emploie ? continua Noelle comme si elle n'avait rien entendu. Et on a droit à un *buffet* ? Ils savent que les buffets c'est pour les pauvres, non ?

Quelque chose passa dans le regard de Cadence, et disparut rapidement.

— Oui, tout à fait, dit-elle, en hésitant maintenant à prendre la cuillère pour se servir.

— Oublie ça. Viens.

Noelle abandonna son assiette sur la table, puis arracha son pudding à Cadence pour le renverser sur un superbe gâteau au chocolat qui paraissait succulent. Elle quitta la tente, s'attendant sans doute à ce que son amie la suive.

Cadence lança un regard triste à son pudding perdu. Elle prit une grande inspiration, puis se tourna d'un coup et se trouva nez à nez avec Hawthorne qui avait tout entendu et se retenait d'éclater de rire.

L'hypnotiseuse

Cadence se pencha vers Hawthorne et lui parla sur le même ton monocorde qu'elle avait employé le jour de l'épreuve du Livret pour s'adresser aux jumeaux, puis avec l'arbitre de la Société à l'épreuve du Parcours.

— Tu ne crois pas qu'elle mériterait que quelqu'un lui balance ce gros machin vert sur la tête ?

Hawthorne hocha la tête solennellement.

Morrigane se tourna vers Hawthorne assis à côté d'elle. Il semblait perplexe.

— Je me souviens pas de ça, murmura-t-il.

Une nouvelle scène commença. Noelle, Cadence et un groupe d'enfants – dont Morrigane – étaient rassemblés sur les marches de la Maison des Initiés. La scène était partiellement tronquée au premier plan par des feuilles floues. Morrigane supposa que la personne qui tenait la caméra devait être cachée derrière un arbre.

— C'est ça, ton talent ? disait Noelle à Morrigane. Insulter les gens ?

Cadence était morte de rire, mais, contrairement à ce que Morrigane avait cru, elle ne se réjouissait pas de la cruauté de Noelle ; elle n'arrêtait pas de lever les yeux vers Hawthorne qui se positionnait à la fenêtre avec la sculpture en gélatine verte. Elle riait de ce qui était sur le point d'arriver.

— Je pensais que c'était de choisir des tenues hideuses ou d'être moche comme un pou.

La vraie Morrigane, assise dans les gradins du Trollosseum, se sentit rougir. Ç'avait été assez dur de l'entendre la première fois, entourée d'une douzaine d'inconnus. Mais avoir à l'entendre une nouvelle fois devant une centaine de personnes, cela relevait de la torture. Elle se renfonça dans son siège ; elle aurait voulu se faire invisible.

La scène continua comme dans les souvenirs de Morrigane et, lorsque Hawthorne lâcha enfin la gelée sur la tête de Noelle, les rires fusèrent dans le Trollosseum. Hawthorne offrit un immense sourire à Morrigane.

— C'était peut-être pas mon idée, mais c'était génial comme plan.

Deux rangées plus bas, Noelle lançait des regards noirs vers l'écran, secouant la tête, plissant les yeux de rage. Elle était sous le choc : visiblement, elle ignorait jusque-là la nature du talent de sa prétendue amie.

Pendant les minutes qui suivirent, une scène incroyable se déroula à l'écran : Cadence descendait une rue très chic, une bombe de peinture à la main, traçant des gros mots et des images peu sympathiques sur les façades immaculées des maisons. Lorsqu'une Puante en manteau brun fit irruption pour l'arrêter, la rue entière avait été défigurée.

— Arrête ça tout de suite ! Mais qu'est-ce que tu fais, petite peste ?

— De l'art, dit-elle platement.

— Oh, de *l'art* ? Ça m'a tout l'air d'un *crime*, ton art. Je devrais te mettre les menottes !

— Vous devriez plutôt vous les passer vous-mêmes, vos menottes, riposta Cadence.

Et c'est ce que fit sans hésiter la femme, les refermant sur ses propres poignets.

— Bonne journée, madame.

L'hypnotiseuse

Sur ces dernières paroles, le regard de l'agente glissa sur Cadence comme de l'eau sur les plumes d'un canard et alla se fixer sur la jolie porte blanche du numéro douze, qui ne resta pas blanche bien longtemps.

C'était incroyable, ce que Cadence pouvait faire faire aux autres. Ce n'était pas sympa, pensa Morrigane, ni juste, ni honnête, mais il fallait reconnaître que c'était extraordinaire.

Morrigane fut mal à l'aise de se voir encore une fois à l'écran : toute la scène de l'épreuve du Parcours avait été filmée, depuis le rhinocéros hors de contrôle, au moment courageux où Fen était venue la sauver, jusqu'à l'instant affreux où Cadence avait convaincu l'arbitre que c'était elle qui avait gagné le droit de poursuivre les épreuves, et non Morrigane.

Mais le film ne s'arrêtait pas là. La séquence d'après montrait une conversation bien différente : Cadence persuadant l'arbitre qu'une des licornes étaient en fait un pégase déguisé. Elle pointa sa corne argentée (une corne de licorne tout à fait correcte) et dit :

— Vous voyez ? Quelqu'un a collé un cornet de glace à l'envers sur sa tête. Je suis étonnée que vous n'ayez pas vu ça plus tôt. Et puis, ses ailes ont été bien rangées, là.

Elle toucha le flanc lisse de la licorne : aucune trace d'aile.

Morrigane n'en revenait pas. C'était Cadence qui lui avait permis de passer l'épreuve suivante, celle de la Peur. Elle avait volé la place de Morrigane, puis la lui avait rendue. Comme ça. Mais pourquoi ? S'était-elle sentie *coupable* ?

S'ensuivirent plusieurs autres démonstrations de manipulation et de tromperies. C'était Cadence qui avait convaincu les jumeaux surexcités, lors de l'épreuve du Livret, à renoncer avant même d'essayer. Elle avait même convaincu Wong l'Ancien de faire la danse du canard durant l'épreuve Orale (tout le monde rit aux éclats à l'exception de Wong l'Ancien lui-même).

Pour finir, même si les Anciens n'étaient pas très contents et que le public n'approuvait pas vraiment, ils n'eurent pas le choix. Cadence Blackburn ne possédait pas juste un talent. Elle avait un véritable *don*, quoique très bizarre et assez cruel.

— Elle est numéro un ! dit Hawthorne alors que le nom de Cadence apparaissait sur le tableau.

Anah prit la deuxième place, Hawthorne la cinquième. Noelle était huitième.

Il ne restait que trois groupes de cinq. Morrigane avait renoncé à chercher Jupiter et se demandait comment elle pourrait s'enfuir. Dès qu'elle aurait échoué, humiliée, à l'épreuve Spectaculaire, il lui faudrait partir en courant.

Elle n'avait pas aperçu l'inspecteur Flintlock. Elle était pourtant certaine qu'il se trouvait dans le stade, attendant son heure : dès qu'il la verrait se rater, il viendrait l'arrêter.

Enfin, on appela le dernier groupe. Morrigane descendit vers l'arène avec les quatre autres candidats. Hawthorne tenta de l'accompagner, mais les employés de la Société, listes en main, le renvoyèrent s'asseoir.

Morrigane était seule.

L'hypnotiseuse

Elle resta plantée là en silence alors que les trois premiers candidats faisaient leurs numéros. La fille aux très longs cheveux alla se planter sur la scène et s'administra une coupe de cheveux au bol, devant les regards horrifiés du public. Quelques secondes plus tard, ses cheveux se mirent à repousser, et retrouvèrent leur longueur précédente en un rien de temps. Morrigane, comme les autres spectateurs, était impressionnée. Mais, apparemment, pas les Anciens. Comme Jupiter l'avait prédit à la présentation Wundrous, la fille ne fit pas partie du top neuf. Elle souleva les deux piles de cheveux – celle par terre, et celle sur tête – et les plaça dans son chariot. C'était comme si elle passait la serpillière dans le Trollosseum.

Une danseuse étoile. Pas de place pour elle sur le tableau.

Un garçon qui pouvait respirer sous l'eau. Lui non plus ne fut pas sélectionné.

Puis ce fut au tour de Morrigane. On lui tint la porte pour la laisser entrer.

Elle aurait pu s'enfuir à cet instant. L'idée lui traversa l'esprit : elle pourrait tourner les talons, et partir en courant. C'était sa dernière chance d'échapper à une cuisante humiliation (suivie d'une expulsion de Nevermoor, conduisant à une mort certaine), et elle en avait le pouvoir. Elle pouvait s'épargner ce qui promettait d'être le pire moment de sa vie ; il fallait simplement *tourner les talons et partir*.

Tu peux le faire, se dit-elle. *Va-t'en*.

— Prête ?

Quelqu'un venait de chuchoter à son oreille. Morrigane sentit une main lui serrer l'épaule. Elle leva les yeux. Et vit une tête rousse ébouriffée. Des yeux bleus scintillants. Un clin d'œil.

— Oui, prête.

Elle hésita, puis demanda à toute vitesse, dans une dernière tentative d'apprendre la vérité avant l'ensemble du Trollosseum.

— C'est quoi, Jupiter ? C'est quoi, mon talent ?

— Oh ! dit-il en clignant des yeux d'un air innocent. T'en as pas.

Puis il entra fièrement dans l'arène, sûr qu'elle allait le suivre.

— Capitaine Jupiter Nord présente Morrigane Crow de Nevermoor.

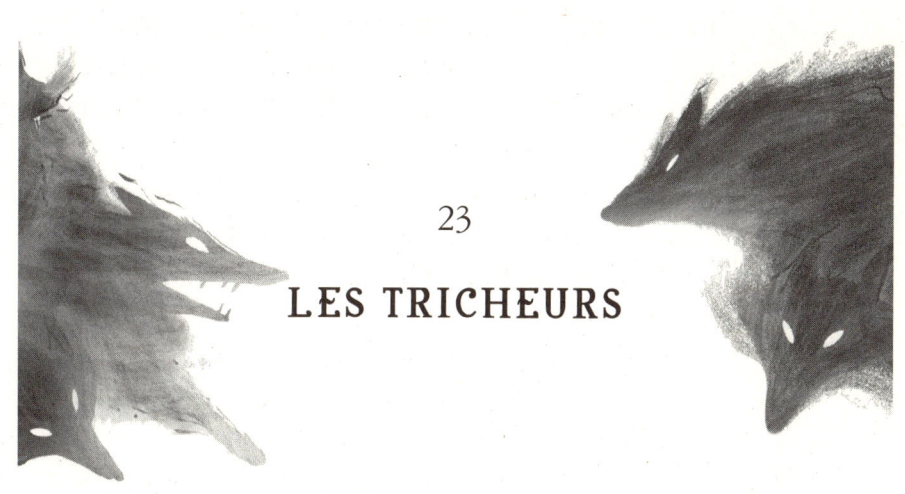

23

LES TRICHEURS

Le public changea d'attitude en voyant Jupiter entrer. Le brouhaha des conversations se mua en murmures. Les gens se redressèrent. L'un des membres les plus vénérés de la Société Wundrous avait enfin sélectionné une candidate. Ils mouraient d'impatience de connaître le talent qui avait convaincu le grand Jupiter Nord de devenir son mécène.

Morrigane mourait elle aussi, mais pas d'impatience.

Elle mourait d'envie de partir en courant, d'aller se cacher ; que le stade explose comme un volcan et engloutisse tout le monde dans la lave. Son cœur cognait dans sa poitrine.

Comment Jupiter a-t-il pu me faire ça ? Toute l'année, Morrigane lui avait fait confiance, certaine que, quel que soit son talent, son mécène savait ce que c'était. Il lui avait dit de ne pas s'inquiéter, qu'il s'occupait de tout... et, maintenant, il venait de la jeter dans la fosse aux lions.

Elle n'avait pas de talent. Elle avait eu raison tout du long.

La colère lui brûlait les yeux, menaçait de déborder. Comment avait-il pu ?

— Puis-je m'approcher ? demanda Jupiter aux Anciens.

Morrigane savait, après avoir observé plus de soixante-dix numéros, que ce n'était pas l'usage. Mais Quinn l'Ancienne fit signe à Jupiter d'approcher.

Morrigane était plantée au milieu de l'arène, sous les regards du public silencieux, tandis que Jupiter s'entretenait avec les Anciens. Elle jeta un regard à la ronde : les visages étaient dévorés de curiosité. Comme ils riraient lorsqu'ils comprendraient que ce n'était qu'une blague, que Morrigane Crow de Nevermoor n'avait aucun talent... Ou alors, ils ne riraient pas. Ils seraient peut-être furieux que Jupiter leur ait fait perdre leur temps.

Pas aussi furieux que moi, pensa Morrigane.

C'est alors que Jupiter fit quelque chose de curieux.

Il vint tenir Quinn l'Ancienne, Wong l'Ancien et Saga l'Ancien un à un par les épaules, appuyant son front contre le leur. Tous trois émergèrent de cet échange pour le moins étrange l'air étourdi et, en se protégeant les yeux, regardant Morrigane dans un long silence étonné.

Puis le nom de la jeune fille apparut en haut du tableau.

Les tricheurs

Le Trollosseum s'énerva. Tous piétinaient, hurlaient aux Anciens qu'on leur explique cette absurdité. Ils voulaient voir de leurs yeux le talent de Morrigane Crow, cette infâme sans-papiers.

Morrigane elle-même était à ce point surprise qu'elle en oublia sa colère contre Jupiter. Elle était paralysée sous ce déluge de fureur.

Des accusations de favoritisme et de tricherie fusaient dans le stade. Morrigane vit Baz Charlton dévaler les marches, trois par trois, criant des insultes incompréhensibles. Partout où regardait Morrigane, les gens lui lançaient des regards assassins. Elle chercha Hawthorne, pour voir si lui aussi lui en voulait. Son ami penserait-il aussi qu'elle avait triché ?

Jupiter vint la prendre par la main et l'entraîna avec lui vers la sortie de secours au fond de l'arène.

— Viens donc, Mog. Laissons-les bouder.

———◆———

Par chance, les coulisses étaient vides. Dans la salle d'attente, il y avait un unique canapé, un plateau garni de sandwichs racornis et un pichet de limonade trop claire. Çà et là, accrochées aux murs, il y avait des affiches de combats de trolls et de tournois de dragons. Une jolie musique pour flûte de pan passait à la radio.

La seule personne présente était un jeune homme en uniforme du Trollosseum, qui avait l'air d'être au moins à moitié troll (ses bras touchaient terre). Il leur tendit le plateau à leur arrivée.

— A sawitch ?

— Non, merci, dit Jupiter.

Morrigane secoua la tête. Le demi-troll eut l'air de trouver ça assommant et s'éclipsa.

Morrigane serrait les poings. Elle cherchait les mots pour exprimer sa rage, mais Jupiter la prit de court.

— Je sais, je sais. Je suis désolé. Je t'en prie, Mog, je suis vraiment désolé. Je sais que c'est un peu déroutant.

Il l'implorait du regard, lui parlait doucement, faisait des gestes de défense. *Ne me frappe pas, ne me tire pas dessus.*

— Mais écoute-moi. Ça va le devenir encore plus, et je n'ai pas le temps de tout bien t'expliquer pour l'instant. Mais je te jure... Je te *promets* que, quand tout sera terminé, je répondrai à toutes tes questions dans les moindres détails. D'ici là il faut que tu sois patiente et que tu me fasses confiance, même si tu penses que je ne le mérite pas. Je te demande encore un tout petit peu de temps. D'accord ?

Morrigane voulait lui hurler dessus, lui dire non, non, *pas du tout d'accord*, au contraire. Mais elle n'en fit rien. Au lieu de ça, elle crocheta le petit doigt de Jupiter avec le sien et le regarda droit dans les yeux.

— *Toutes* mes questions. Dans les moindres détails. Promis ?

— Promis.

Quelques secondes plus tard, les portes s'ouvrirent en grand et les Anciens entrèrent. Leurs visages affichaient des expressions sévères et indéchiffrables. Leurs capes traînaient derrière eux. Chacun portait son W doré sur la poitrine.

— Depuis quand tu savais ? demanda Quinn l'Ancienne. De toute évidence, depuis avant le Merveillon. Mais avant ça ? Des jours, des semaines ? Des mois ? Des *années* ?

Jupiter leva une main.

— Chère Quinn l'Ancienne, je comprends votre surprise, mais...

— Ma surprise ? Ma *surprise* ?

La petite femme sembla grandir de dix centimètres en s'approchant de Jupiter, l'index pointé sur son visage. Morrigane avait presque envie de l'encourager. *Allez, l'Ancienne !*

— Jupiter Amantius Nord. J'ai eu ton mécène comme élève. J'ai eu le mécène de ton mécène comme élève ! Je te connais depuis que tu as onze ans, et je t'ai sauvé de l'expulsion maintes fois. Je t'ai même recommandé pour la Ligue des explorateurs. Et c'est comme ça que tu me remercies ?

— Pardonnez-moi, mais quelle différence ça aurait fait ?

Jupiter se recroquevilla tandis que la vieille femme faisait les cent pas devant lui.

— Qu'est-ce que vous auriez pu faire de plus ? Qu'auriez-vous changé ?

Quinn l'Ancienne se radoucit.

— Eh bien... non, bien sûr que non, mais tu aurais pu nous prévenir ! Je suis une vieille femme, Nord, tu as failli me flanquer une crise cardiaque !

Une crise cardiaque ? Morrigane croisa le regard de Jupiter ; qu'avait-il montré de si choquant aux Anciens ?

Il avait un air penaud.

— Je suis désolé, Quinn l'Ancienne. Je ne voulais pas faire quoi que ce soit qui puisse perturber l'Amas, je ne savais pas si... enfin je veux dire, c'est pas vraiment...

Il semblait navré.

— Je n'avais jamais fait ça avant.

— Quand l'Amas a-t-il commencé à se former ? demanda Wong l'Ancien, en scrutant Morrigane.

— C'est difficile à dire, répondit Jupiter. Il y a un ou deux ans peut-être ? Le Dix d'Hiver ? Le Onze d'Hiver ? J'ai soudoyé les serviteurs du manoir Crow pour obtenir des informations... les professeurs particuliers, les femmes de ménage, ce genre de chose. Le problème, c'est qu'ils sont très superstitieux, or il est difficile de distinguer les événements Wundrous des histoires invraisemblables qu'ils vous racontent. La cuisinière était persuadée que Morrigane avait tué le jardinier en lui éternuant dessus. Absurde.

— Où sont les autres ? demanda Quinn l'Ancienne.

— Les autres ? répéta Jupiter, surpris.

Elle leva un sourcil.

— Tu sais exactement de quoi je parle, Nord.

— Ah ! oui, les autres, dit-il en s'éclaircissant la voix. Oui. Les trois autres inscrits au registre.

— Et ils...

— Ils ne montraient aucun signe, dit Jupiter, sûr de lui. Ça ne valait pas la peine d'enquêter là-dessus.

Morrigane fronça les sourcils. *Les trois autres inscrits au registre...* Parlaient-ils de ceux inscrits au Registre des enfants maudits ? L'avait-il sauvée pour laisser la Cavalerie d'ombre et de fumée dévorer trois autres enfants car ils n'en « valaient pas la peine » ? Elle refusait de croire une chose pareille.

— Et à part les rapports de tes domestiques espions, Nord, dit Wong l'Ancien, tu as des preuves solides ?

— Selon les journaux d'information de la Mer d'Hiver, les pannes de Wunder ont commencé en Lumière du Sud et dans le Far-Est Chantant il y a dix-huit mois. Pourtant, durant le Dix d'Hiver et le Onze d'Hiver, la ville natale de Morrigane a enregistré des niveaux de Wunder record ; elle est restée préservée de la crise d'énergie qui touche la République. Jusqu'au Merveillon, bien sûr, où l'on a vu le niveau de Wunder baisser sérieusement à Jackalfax.

Il s'arrêta et jeta un regard vers Morrigane.

— La nuit du Merveillon, pour être plus précis. Vers neuf heures du soir.

Quand tu m'as sauvé la vie, pensa Morrigane. *Lorsque nous nous sommes enfuis de Jackalfax en passant par l'Horloge au Cadran de Ciel.* Mais qu'est-ce que les pannes de Wunder avaient à voir avec elle ?

— Comment t'es-tu débrouillé pour lui faire franchir les frontières de l'État Libre ? demanda Quinn l'Ancienne, avant de retirer sa question. Non, je ne veux pas savoir. Je suis sûre que c'était illégal.

Jupiter pinça les lèvres.

— Je suis désolé de ne rien vous avoir dit, Quinn l'Ancienne. Sincèrement. Je me répète, je sais, mais j'avais peur de perturber l'Amas... Je sais que c'est bête, que c'est aussi ridicule que les superstitions de la cuisinière du manoir des Crow, mais j'avais peur qu'en parler tout haut puisse... lui faire peur.

— Eh bien, ça n'aurait peut-être pas été plus mal, marmonna Saga l'Ancien, le gros taureau ébouriffé.

Quinn l'Ancienne lui lança un regard aussi tranchant qu'une lame de poignard. Morrigane devait littéralement se mordre la langue pour s'empêcher de débiter les mille et une questions qui se bousculaient dans sa tête depuis le début de cette conversation.

— Alors... je n'en ai parlé à personne, dit Jupiter en baissant la tête. Pas même à Morrigane.

Les Anciens se turent. Quinn l'Ancienne paraissait horrifiée, et son regard allait de Jupiter à Morrigane.

— Tu ne vas pas me dire que... que cette enfant *ne sait pas*...

— Vraiment, Nord, c'est inacceptable. C'est contre toutes les règles de la Société, souffla Saga l'Ancien. Faire passer les épreuves à une enfant sans lui dire pourquoi... du jamais-vu ! Si ton mécène était là...

— Et un pacte de sécurité ? interrompit Wong l'Ancien. Nous venons d'accepter une entité dangereuse au sein de la Société, et personne n'a parlé de pacte de sécurité.

— Je ne suis pas dangereuse, rétorqua Morrigane.

Mais une petite voix dans sa tête lui disait : *Si, bien sûr que si. Tu es maudite.* Était-ce de cela que parlaient les Anciens ? Jupiter lui avait juré des mois auparavant qu'elle n'était pas maudite, qu'elle ne l'avait jamais été. Était-ce un mensonge de plus ?

— Oh ! c'est absurde. Gregoria, Alioth... avons-nous perdu la tête ? Qu'avons-nous fait ? dit Wong l'Ancien en levant les bras en l'air. Je ne connais pas un citoyen de ce royaume qui signerait un tel pacte. Alors, en trouver trois de réputés, d'exemplaires...

— Trois ? tonna Saga l'Ancien. Absolument pas. Un pacte de sécurité avec trois signataires suffirait si le talent de cette enfant consistait à créer des ouragans, ou si elle était hypnotiseuse, ou toute autre entité dangereuse ordinaire. Pour elle, je propose cinq signataires.

Entité dangereuse. Morrigane aurait apprécié qu'ils cessent de l'appeler comme ça.

— Neuf, dit Quinn l'Ancienne.

Sage et Wong la regardèrent, interloqués.

— Ce n'est pas négociable, Capitaine Nord. Nous n'accepterons pas moins de neuf signataires. Pas pour...

Elle lança à Morrigane un coup d'œil nerveux.

— Pas pour ça.

— Autant enlever son nom du tableau tout de suite, dit Wong l'Ancien. Il n'en collectera jamais neuf.

— J'en ai déjà sept.

Les Anciens semblèrent pris au dépourvu. Jupiter sortit un rouleau de papier de sa poche. Il le leur tendit. Morrigane tenta de voir ce que c'était, mais il fut trop rapide.

Quinn l'Ancienne leva un sourcil.

— Le sénateur Dosdargent ? *La reine Cal* ? Tu as vraiment des amis haut placés. Et ils ne savent pas… ?

— Ils en savent assez pour être prévenus, dit Jupiter.

Morrigane détecta une once de doute dans sa voix.

— Mais… rien de spécifique.

— Mais ils ont bien rencontré la fillette ?

— Bientôt, leur assura Jupiter. Promis.

— Ils te font confiance en tous cas. Et ils ont l'air qualifiés, au moins, dit Quinn l'Ancienne en faisant glisser son doigt sur la liste.

— Qualifiés pour quoi ? demanda Morrigane, qui ne pouvait pas se taire plus longtemps.

Si les adultes l'entendirent, ils l'ignorèrent.

Saga l'Ancien se tourna vers Jupiter.

— Tout ça ne vaut rien, Nord, si tu ne peux pas trouver les huitième et neuvième signataires.

Jupiter se frotta la nuque.

— J'essaie. Croyez-moi. C'est pour ça que j'étais en retard aux épreuves aujourd'hui. Je croyais en avoir une huitième, mais c'est tombé à l'eau. Si vous pouviez m'accorder quelques jours de plus…

— Je suis d'accord pour signer ce pacte, dit Quinn l'Ancienne.

Les deux autres lui lancèrent des regards alarmés.

— Ce n'est pas contre le règlement ?

— C'est très inhabituel, Gregoria, dit Wong l'Ancien. Tu es sûre ?

— Absolument.

Les tricheurs

Elle sortit un stylo de sa cape et griffonna son nom au bas de la liste.

— Au moins une personne dans cette liste saura à quoi elle s'engage. Envoie-moi donc les papiers demain, Nord.

Jupiter resta muet un moment, bouche bée.

— Je… Merci, Quinn l'Ancienne… *merci*. Je vous promets que vous ne le regretterez pas.

Quinn l'Ancienne poussa un profond soupir.

— J'en doute, mon cher. Mais nous te donnons jusqu'à la journée d'inauguration pour trouver ton neuvième signataire. Si tu n'en trouves pas, alors Morrigane Crow devra renoncer à sa place au sein de l'unité 919. C'est tout ce que je peux faire.

―――•―――

Ils quittèrent le Trollosseum en suivant un labyrinthe de couloirs où pendaient de vieilles affiches et des photos de combat de trolls célèbres. Morrigane se démenait pour suivre le rythme de Jupiter.

— Mog, je vais vous renvoyer au Deucalion, Jack et toi, avec Fenestra, dit-il, alors qu'il la devançait de trois ou quatre pas. Il faut que je trouve ce dernier signataire, et ce n'est pas une mince affaire. J'entrevois une dernière possibilité, toutefois ce n'est pas gagné, et j'ai besoin…

— Tu m'as promis de me dire…

— Je sais, et je te le dirai, mais…

— Ils sont là ! Je les ai trouvés !

Baz Charlton venait d'entrer dans le couloir, suivi de près par Noelle Devereaux, furieuse, Cadence Blackburn, qui s'ennuyait, et par le type à la moustache la plus ridicule de tout Nevermoor : l'inspecteur Flintlock. Derrière eux se pressaient des douzaines de Puants en uniforme marron.

— Tricheurs ! s'écria Baz Charlton en montrant Jupiter d'un doigt tremblant. Arrêtez-moi ces gens, inspecteur ! Sales tricheurs ! Qu'est-ce que c'était que ça ? Qu'est-ce que t'as fait aux Anciens ? C'est de la sorcellerie, c'est ça ?

Jupiter tenta de se frayer un chemin.

— Pas maintenant, Baz, j'ai vraiment pas le temps pour ces imbécillités.

— Oh que si, tu as le temps pour moi ! dit M. Charlton en lui bloquant la route. Tu as peut-être trompé les Anciens, Nord, mais, moi, tu ne m'auras pas. Vous avez volé la place de ma candidate Noelle.

Il pointa du doigt Morrigane. Cette dernière était surprise. Lorsqu'elle avait quitté l'arène, Noelle était encore à la neuvième place sur le tableau. L'un des deux derniers candidats devait avoir fini parmi les neuf premiers. Morrigane retint un sourire.

— Cet animal aux yeux noirs n'a pas sa place à la Société. Et je vais tout de suite aller voir les Anciens pour leur dire qu'elle…

— Que c'est une sale sans-papiers, interrompit l'inspecteur Flintlock en remontant son pantalon et en gonflant la poitrine.

Il jeta un regard au groupe de Puants derrière lui, pour s'assurer qu'ils écoutaient attentivement. C'était son grand moment, il savourait sa victoire.

— Elle est entrée sans autorisation sur le territoire, émigrante de la République, et elle vit en situation irrégulière sous le toit d'un criminel.

Jupiter jubilait.

— On ne m'a jamais traité de criminel avant. C'est un grand jour.

— Taisez-vous, rétorqua Flintlock.

Il sortit un morceau de papier de sa poche et le lui tendit.

— J'ai un mandat. Maintenant, j'exige de voir les preuves de ce que vous avancez. Prouvez qu'elle a sa place au sein de l'État Libre et n'est pas une vermine de la République qui veut profiter de nous, ou pire... qui nous espionne pour le compte du Parti de la Mer d'Hiver.

— Voyons Flinty, ça devient gênant pour vous, dit Jupiter d'un ton impatient. Je vous répète que les membres de la Société Wundrous sont sous notre juridiction. Vous pourriez perdre votre insigne, mon ami.

— Ce serait vrai, *mon ami*, si les épreuves n'étaient pas terminées, dit Flintlock, content de lui.

Il sortit un autre bout de papier, et ajouta :

— Il faudrait réviser votre loi Wun, Nord. Article quatre-vingt-dix-sept, clause H : « Un candidat vainqueur ne devient membre officiel de la Société Wundrous qu'après avoir reçu son W doré après la cérémonie d'inauguration et, jusque-là, son appartenance à la

Société peut être révoquée sans procès si c'est jugé nécessaire et approprié par le Conseil des Anciens.

Jupiter soupira avec ostentation.

— Nous en avons déjà parlé, inspecteur. Article quatre-vingt-dix-sept, clause F : « Un enfant participant aux épreuves du concours d'entrée à la Société Wundrous devra légalement être considéré comme un membre… »

— « … un membre de la Société Wundrous pendant toute la durée des épreuves ou jusqu'à son élimination », récita Flintlock en couvrant la voix de Jupiter. Pendant « toute la durée des épreuves », Nord. Les épreuves sont terminées. Les neuf noms sont sur le tableau. Les Anciens sont rentrés chez eux.

— Et la cérémonie d'inauguration est dans plusieurs semaines, ajouta Baz Charlton qui pouvait à peine contenir sa joie. Maintenant, montrez-moi ces papiers, Capitaine Nord.

Jupiter ne put rien ajouter. Morrigane le vit peser le pour et le contre, compter les agents en uniforme. S'ensuivit un long silence. Flintlock attendait la main tendue et un sourire triomphant illuminait son visage.

Morrigane se plaqua contre le mur, vaincue. Elle était presque arrivée au but – *presque*. À présent, tout était terminé. Elle mourrait sans connaître les réponses à ses questions. Elle ferma les yeux, attendit qu'on lui passe les menottes et qu'on l'emmène loin d'ici.

— Les voici.

Les tricheurs

La voix de Cadence résonna dans le couloir. Morrigane ouvrit un œil et la vit fourrer sous le nez de l'inspecteur une feuille toute cornée.

— Qu'est-ce que c'est que ça ? demanda Flintlock. Qu'est-ce que vous me montrez là ?

C'était un vieux morceau de poster qui annonçait une « finale sanglante » entre Orrg de Clorflorgen et Mawclorc de Hurgengorgenflut. Orrg et Mawclorc, deux trolls vraiment super moches, se faisaient des grimaces menaçantes, et en lettres colorées la pub promettait une bière offerte pour une bière achetée, un incroyable spectacle à la mi-temps et l'entrée gratuite pour quiconque prouvait qu'il avait du sang troll.

— Ce sont ses papiers, dit Cadence de sa voix grave. Vous voyez ? Là : Morrigane Crow est citoyenne de l'État Libre.

Flintlock secoua la tête, étourdi.

— Hein... quoi ? Où est-ce que...

— Là, insista Cadence sans rien montrer du tout ; et elle avait l'air de trouver tout ça follement ennuyeux. Vous voyez : « Morrigane Crow est citoyenne de l'État Libre et n'est pas sur le territoire en situation irrégulière, alors fourrez-vous ça dans le crâne une bonne fois pour toutes pour qu'on puisse passer à autre chose. » Il y a un tampon du gouvernement, et tout.

Baz Charlton lui arracha le papier des mains.

— Montre-moi ça.

Noelle et Flintlock l'entourèrent, et rapprochèrent leurs têtes pour regarder les visages crevassés d'Orrg et Mawclorc.

Baz cligna des yeux.

— C'est pas... mais c'est une pub pour un combat de trolls...

— Pas du tout, dit Cadence. C'est un passeport. C'est le passeport de Morrigane Crow, citoyenne de l'État Libre.

— Mais non, c'est une pub... c'est... le passeport de Morrigane Crow, répéta-t-il, le regard vide.

— Tout est en ordre, dit Cadence d'une voix vibrante comme une ruche. Alors partez maintenant.

Il laissa le poster retomber par terre et s'éloigna dans le couloir. Baz et Noelle l'imitèrent. Les policiers de Nevermoor restèrent plantés là, fascinés par ce qui venait de se passer, puis ils suivirent docilement leur chef.

Cadence se tourna vers Morrigane.

— À charge de revanche.

— Pourquoi tu m'as aidée ?

— Parce que... hésita Cadence. Parce que je déteste Noelle. Je ne t'aime pas beaucoup non plus, mais je *hais* Noelle. Et puis...

Elle baissa la voix.

— Tu te souviens de moi. N'est-ce pas ? Tu te souviens ? Pendant l'épreuve du Parcours ?

— T'as failli me faire éliminer.

— Et la nuit de Hallowmas. Tu te souviens de ça aussi ?

— Tu m'as poussée dans l'étang, dit Morrigane, furieuse. Comment tu veux que j'oublie ça ?

— Personne ne se souvient jamais de moi, interrompit Cadence en parlant à toute vitesse.

Les tricheurs

Elle regarda Morrigane d'un drôle d'air.

— Les gens oublient toujours les hypnotiseurs, c'est comme ça que ça marche. Mais, toi, tu te souviens.

Elle glissa un regard dans le couloir.

— Il faut que j'y aille.

Elle courut rattraper son mécène, et disparut avant que Morrigane puisse trouver quoi lui répliquer.

— Très étrange, cette fille, dit Jupiter en regardant Cadence s'éloigner. Qui est-ce ?

— Cadence Blackburn, dit Morrigane en ramassant le poster.

Elle le plia et le fourra dans sa poche.

— Elle est très étrange, en effet.

— Hein ?

Jupiter sortit de sa rêverie et regarda Morrigane.

— J'ai dit « elle est très étrange », oui.

— Qui ça ?

— Cadence.

— Qui est Cadence ?

Morrigane poussa un long soupir.

— Laisse tomber.

24

RUE-DE-LA-BATAILLE

J<small>UPITER ENVOYA CHERCHER</small> F<small>ENESTRA</small>, qui les attendit à contrecœur à la station de Wunderground Rue-de-la-Bataille. Elle était chargée de raccompagner au Deucalion Morrigane, Jack et Hawthorne tandis que Jupiter allait collecter son signataire pour le fameux pacte de sécurité.

— Ne les perds pas de vue, répéta Jupiter pour la millième fois à Fen en revenant du guichet. Ne faites aucun détour, ne vous arrêtez pas en route. Vous allez directement à l'hôtel, compris ?

Fen lui répondit, agacée :

— Oh ! mais je comptais m'arrêter m'acheter une glace et quelques chiots à croquer.

— Fenestra... dit-il d'un ton sévère.

— OK, OK, pas besoin de s'énerver.

Jupiter se tourna vers Morrigane, Hawthorne et Jack.

— Bon, vous trois. Il va y avoir du monde là-dedans. Restez bien près de Fen, ne vous éloignez pas. Fen, vous devriez prendre l'Express, puis changer à Porte Lilith pour prendre la ligne des Centaures. Ça vous amènera jusqu'à L'Île-sur-la-Rivière ; et vous attraperez le Pébroc Express qui vous déposera dans l'allée Caddisfly. Vous avez bien vos parapluies ?

Les enfants firent oui de la tête.

— Mais la ligne des Vikings est directe jusqu'à L'Île-sur-la-Rivière, dit Fen.

— Non, dit Jupiter. Le type du guichet a dit qu'il y avait du retard sur la ligne des Vikings à cause d'un mouvement de foule dans un des tunnels. Il va leur falloir des heures pour rétablir l'ordre.

— L'Express alors, approuva-t-elle. Allons-y.

Les trois enfants et la Magnifichatte descendirent dans la station bondée et passèrent les tourniquets. Fen, qui était trop massive pour passer normalement, sauta par-dessus. Un contrôleur indigné voulut la réprimander, mais elle lui souffla dessus et il se dépêcha de retourner à son poste.

Dans les méandres souterrains, Hawthorne brûlait de poser à Morrigane des questions sur l'épreuve, mais il y avait beaucoup trop de bruit. La fillette haussa les épaules, articulant de sa bouche un « j'en sais rien » silencieux.

Quand ils atteignirent enfin le quai, Fen fendit la foule pour parvenir à la ligne jaune qui les séparait des rails, avec autant d'égards pour les voyageurs que pour des tiges de blé dans un champ. Hawthorne, Morrigane et Jack, tous trois agrippés à sa fourrure pour ne pas la perdre, s'excusaient auprès de tout le monde.

— Ralentis un peu, Fen, dit Jack. Tu vas écraser quelqu'un.

— Si les gens sont sur mon chemin, ils méritent de se faire piétiner, grogna la Magnifichatte. Après la journée que je viens de passer, j'avais vraiment pas besoin de cette corvée de baby-sitting ; dans une station de Wunderground en plus. C'est le chaos au Deucalion depuis ce matin, les gens vont et viennent en faisant plein de bruits. On a fait venir les électriciens pour résoudre ce problème dans l'aile sud, et Kedgeree a fait revenir, *encore*, ces imbéciles de chasseurs de fantômes.

— Des chasseurs de fantômes ! dit Hawthorne d'un ton enthousiaste.

— Je croyais qu'ils s'étaient débarrassés du fantôme, dit Morrigane. Cet été, tu te rappelles ? Ils ont procédé à un exorcisme.

— Eh bien, malgré ces brûleurs de sauge professionnels, dit sèchement Fen, notre homme en gris hante toujours l'aile sud et fait peur aux gens : il traverse les murs, disparaît au bout des couloirs... Les employés lui ont même donné un surnom ridicule... qu'est-ce que c'était ?

— Je n'ai vu aucun homme en gris, dit Morrigane.

— Normal. Tu n'as rien à faire dans l'aile sud pendant qu'on fait ces rénovations à la noix.

Morrigane échangea un regard coupable avec Hawthorne. Jack ne réagit pas. Ils n'avaient toujours rien dit à personne sur le soir où l'ombre s'était échappée.

— Ce sont les ouvriers qui n'arrêtent pas de se plaindre de lui, ils disent qu'ils l'entendent dans la pièce d'à côté, et quand ils s'y précipitent pour voir qui est là il disparaît dans le Gossamer.

— Ils l'entendent ? demanda Jack.

— Il chante... non, il chantonne. C'est comme ça qu'ils l'appellent : « l'homme chantant ». Ridicule.

Morrigane sursauta. L'homme en gris. *L'homme chantant.* Qui traverse les murs de l'aile sud, qui disparaît dans le Gossamer. Comme un fantôme.

Elle sut tout de suite comment Ezra Squall était venu à Nevermoor. Une ampoule s'était allumée dans son esprit. Elle y voyait enfin clair.

— La ligne Gossamer ! s'écria-t-elle.

— La quoi ? demanda Hawthorne.

— La ligne Gossamer. C'est comme ça qu'il fait, comme ça qu'il vient à Nevermoor, dit-elle.

— Qui est-ce qui vient à Nevermoor ? demanda Jack. Mais de quoi vous parlez, enfin ?

— M. Jones. Ezra Squall. C'est lui, l'homme en gris, l'homme qui chantonne ! C'est pour ça que les gens pensent que c'est un fantôme... parce qu'il voyage sur la ligne Gossamer. Il peut traverser les murs !

Mais sa voix fut couverte par un sifflement et le bruit sourd de la locomotive à vapeur entrant en gare. Fen poussa Morrigane et les garçons dans un wagon. Ils n'eurent aucun mal à trouver des places assises, puisque tous les passagers se dépêchaient de s'entasser à l'autre bout, heureux de s'éloigner du Magnifichat aux énormes yeux jaunes.

Lorsqu'ils se furent installés, Fen immisça sa grosse tête grise entre eux.

— Fais attention à ce que tu racontes dans les stations de Wunderground, grogna-t-elle. La ligne Gossamer est classée top secret.

— Mais Ezra Squall l'utilise, s'empressa de dire Morrigane en jetant des regards autour d'elle pour s'assurer qu'on ne l'entendait pas. Il faut qu'on prévienne Jupiter. Il n'y a pas de fantôme, Fen. C'est Ezra Squall. C'est lui, l'homme en gris.

— Ezra Squall ? dit Fen en baissant encore plus la voix. Ezra Squall le *Wundereur* ? N'importe quoi. Il a été banni de Nevermoor il y a des Ères de cela.

— C'est pas n'importe quoi ! Je l'ai vu de mes propres yeux. Il était dans le hall d'entrée le jour où le lustre est tombé, et je lui ai parlé dans l'aile sud cet été, la nuit où...

— *Qu'est-ce que tu faisais dans l'aile sud ?* gronda Fen.

— ... et il était là à la Parade des Ténèbres à Hallowmas.

— C'est vrai, confirma Hawthorne en hochant vivement la tête. Il était là, je l'ai vu moi aussi.

— Dame Chanda m'a montré une photo de Squall datant d'il y a cent ans. C'est bien lui, Fen. Il a exactement la même tête, il n'a pas vieilli d'un cheveu ! Il a beau être banni, il fait des apparitions en laissant son corps dans la République. Les gardes-frontières, les

Forces de terre, le Conseil royal de la sorcellerie, personne ne peut le détecter flottant dans Nevermoor, puisque techniquement *il n'est pas ici*.

— Si c'est vrai... dit Jack, angoissé. Si c'est vraiment le Wundereur et qu'il entre vraiment à Nevermoor par la ligne Gossamer... Pourquoi ?

Il tourna un œil inquiet vers Morrigane.

— Qu'est-ce qu'il veut ?

— Il est peut-être à la recherche d'un point faible, dit Hawthorne. Pour pouvoir pénétrer à Nevermoor.

Il lança un regard appuyé à Morrigane, pour l'encourager à révéler l'offre d'apprentissage que lui avait faite Squall.

Il a raison, pensa-t-elle. *Il faut que j'en parle à quelqu'un. Qui sait quand Jupiter sera de retour ?*

— Fen, je crois que je sais pourquoi... commença Morrigane à mi-voix.

Mais la Magnifichatte lui coupa la parole.

— C'est n'importe quoi ! Même s'il pouvait emprunter la ligne Gossamer, il ne pourrait faire de mal à personne. Il ne peut *toucher* personne. C'est impossible d'entrer en contact physique quand on surfe sur le Gossamer.

— Fen, écoute, dit Morrigane. Je sais pourquoi Squall...

— C'est le Wundereur, Fen, coupa Jack. Il doit être capable de plein de trucs qui peuvent blesser les gens.

— Je te dis que ce n'est pas possible.

— Fen, *écoute-moi* ! hurla Morrigane.

Soudain, les lumières vacillèrent et le train s'arrêta. Les passagers grognèrent.

— Pourquoi on s'arrête, papa ? demanda un petit garçon à l'autre bout du wagon. Pourquoi les portes s'ouvrent pas ?

— C'est juste un autre de ces dysfonctionnements à la noix, dit son père en poussant un soupir de lassitude et de résignation. Des souris sur la voie, un truc comme ça.

Les lumières clignotèrent une nouvelle fois, diminuèrent d'intensité jusqu'à s'éteindre, puis elles se rallumèrent d'un coup. On entendit un grésillement électrique ; une voix sortit des haut-parleurs.

— Bonsoir, mesdames et messieurs. Le trafic est perturbé à la suite d'un problème de signalisation. Nous devrions repartir très bientôt. Merci de bien vouloir patienter.

Les lumières clignotèrent encore. Les sièges et la rampe se mirent à vibrer.

Morrigane regarda autour d'elle : personne n'avait l'air de l'avoir remarqué. Elle entendit un gros bruit dans le tunnel et elle se dirigea vers l'arrière du wagon pour aller plaquer son oreille contre la paroi.

— Mais qu'est-ce que tu fais ? demanda Fen.

— T'entends pas ?

— Qu'est-ce qu'il faut entendre ? demanda Hawthorne.

— On dirait... on dirait...

Des sabots. On aurait dit le martèlement de sabots sur les rails du Wunderground ; puis le hennissement d'un cheval ; le hurlement d'un chien-loup ; une détonation d'arme à feu. Ça résonnait dans le tunnel.

Morrigane recula et tomba à la renverse sur les sièges.

— Courez ! hurla-t-elle. Reculez, tout le monde ! Ils arrivent !

Or il n'y avait aucune issue. Le wagon était plein à craquer et le train arrêté en plein tunnel. Morrigane se tourna pour voir la foule compressée qui l'entourait. Tous, même Hawthorne, Fenestra et Jack, la regardaient sans comprendre, inquiets.

— Morrigane, mais de quoi tu parles ? dit Hawthorne.

Sa voix semblait lointaine, alors que le bruit des sabots de la Cavalerie d'ombre et de fumée se rapprochait.

— Je n'entends rien...

Soudain, il n'y eut plus que de la fumée, un épais nuage d'ombre qui l'entourait, lui brûlait les poumons. Elle se sentit soulevée du sol, emportée par la Cavalerie sous le son triomphant de leurs cornes assourdissantes. Elle s'accrocha de toutes ses forces à son parapluie, comme s'il pouvait l'ancrer à la terre ferme.

Morrigane n'avait jamais plongé dans l'océan, mais, se dit-elle à cet instant, ce devait être cela que l'on ressentait quand on se noyait, que l'on se sentait emporté par une vague immense qui vous faisait tournoyer jusqu'à ce qu'il n'y ait plus que les ténèbres, et l'ombre, de plus en plus sombre...

25

LE MAÎTRE ET L'APPRENTIE

Morrigane se réveilla sur un quai vide. Elle poussa un grognement sourd lorsqu'elle voulut se relever. Elle sentit une douleur fulgurante au ventre.

Elle cligna des yeux pour regarder autour d'elle, et reconnut les vieilles pubs qui s'alignaient sur le mur. Elle était sur le quai de la ligne Gossamer. Elle ramassa son parapluie ciré et se releva comme elle put. Mauvaise nouvelle : elle n'était pas seule.

Quarante mètres plus loin sur le quai, il était assis sur un banc en bois : M. Jones.

Non, se dit Morrigane. *Ce n'est pas M. Jones. C'est Ezra Squall. Le Wundereur.*

Il avait les yeux rivés sur le mur d'en face, perdu dans ses pensées, et chantonnait une étrange mélodie. Un genre de berceuse, qui sonnait un peu faux.

Le cœur de Morrigane s'emballa.

Elle entendit un grognement sourd. De la fumée noire sortait de la bouche du tunnel, des lumières rouges perçaient l'obscurité. Morrigane sursauta lorsqu'un hennissement déchira l'air. La Cavalerie d'ombre et de fumée attendait sagement dans les ténèbres... mais quoi ? Un ordre de son maître, le Wundereur ?

Il n'y avait qu'une issue.

Morrigane longea lentement le quai. Ses pas résonnèrent. Ezra Squall était si calme qu'elle en avait des frissons. Il continuait de chantonner, le regard rivé sur le mur.

Si seulement elle pouvait se contenter de passer devant lui, pensa Morrigane, elle pourrait peut-être s'enfuir en courant ; gravir le labyrinthe d'escaliers et de passages secrets du Wunderground jusqu'à trouver un employé de la Société de transport de Nevermoor, ou un groupe de voyageurs sympathiques, ou jusqu'à ce qu'elle se retrouve à l'abri dans les rues bruyantes et éclairées du samedi soir à Nevermoor.

Elle fit un autre pas hésitant, puis un autre.

— *Petit oiseau, petit oiseau, aux yeux noirs comme deux billes*, chantait doucement Squall.

Un sourire se dessina progressivement sur son visage, sans jamais affecter son regard.

— *Descends dans la prairie, où se cachent les lapins.*

Morrigane s'arrêta. N'avait-elle pas déjà entendu ça quelque part ? Peut-être à la crèche, avant qu'ils ne la renvoient à cause de sa malédiction. La voix de Squall était haute et claire, sinistre de douceur.

— *Petit lapin, petit lapin, reste auprès de maman.*

Il se tourna vers elle pour la regarder et, aussitôt, les carreaux verts et blancs qui recouvraient le mur prirent une couleur noire brillante.

— *Ou le petit oiseau de proie viendra te voler tes yeux.*

Il termina la chanson, mais son sourire terrifiant était toujours là.

— Mademoiselle Crow. Vous avez la tête de quelqu'un qui vient de comprendre quelque chose.

Morrigane ne dit rien.

— Allons, l'encouragea-t-il dans un murmure. Montrez-moi votre intelligence.

— Vous... vous êtes Ezra Squall, dit-elle. Le Wundereur. M. Jones n'existe pas. C'était un mensonge.

— Bien, dit-il en hochant la tête. Très bien. Et quoi d'autre ?

Morrigane manqua de s'étrangler.

— Le massacre de la place du Courage. C'était vous. Vous avez tué des gens.

Il pencha légèrement la tête.

— Je plaide coupable. Quoi d'autre ?

— C'est vous qui avez envoyé la Cavalerie d'ombre et de fumée à mes trousses.

Les lumières clignotèrent sur le quai. Des bouclettes de fumée s'échappèrent du tunnel, s'entortillèrent le long des murs, léchèrent le plafond, étouffèrent la lumière. Morrigane se mit à trembler. Elle sentait que les ténèbres allaient la dévorer tout entière.

— C'est exact. Vous, et tous les enfants qui ont eu la malchance de naître le soir du Merveillon. C'était censé être un geste de compassion.

— De *compassion* ? dit Morrigane. Vous avez essayé de me tuer !

Il ferma les yeux, l'air déçu.

— Vous avez tort. Je n'*essaie* pas de tuer les gens, mademoiselle Crow. Je les tue, c'est tout. Vous avez sans doute remarqué que vous êtes toujours en vie. Et ce n'est pas, je vous assure, grâce au sauvetage courageux de votre Capitaine Nord, mais parce que *j'ai* voulu vous laisser vivre.

— Menteur !

— Je suis en effet un menteur. Mais pas toujours. Et pas cette fois-ci.

Il se leva de son siège pour s'avancer vers elle.

— Vous n'avez qu'à moitié raison. J'ai envoyé la Cavalerie après vous, mais pas pour vous tuer.

En entendant son nom, la fumée noire fit sortir ses chiens-loups du tunnel ; ils rasaient le sol, suivis par une muraille de cavaliers chasseurs. Ils avançaient au ralenti. Ils attendaient les ordres.

Morrigane fit quelques pas en arrière.

— Ne cours pas, prévint Squall en la tutoyant soudain. Ils adorent quand les enfants courent.

Elle s'immobilisa, incapable de détourner le regard de la Cavalerie. Elle sentait son pouls battre dans tout son corps, jusqu'au bout des doigts.

— Ils font très peur, je te l'accorde, dit-il en regardant derrière lui. C'est une de mes plus belles réussites.

Une machine de guerre parfaite ; sans pitié, sans sentiment. Rien ne l'arrête. Crois-moi, si je leur avais ordonné de te tuer, tu n'aurais pas survécu au Merveillon. Tu ne serais plus qu'un tas de cendres. Je ne leur ai pas dit de te tuer. Je leur ai dit d'aller te chercher.

Il sourit. Morrigane sentit ses poils se hérisser. Le temps d'un éclair, elle vit passer l'ombre du Wundereur sur son visage. Des yeux noirs, une bouche ouverte complètement noire avec de grandes dents pointues. Le visage creux et monstrueux d'un croisement entre un homme et un monstre, un être dépassant en horreur ce que Morrigane aurait pu imaginer.

— Ils ont échoué la première fois, bien sûr, laissant l'abominable homme roux t'emporter dans son araignée mécanique ridicule. Mais je savais qu'ils n'échoueraient pas une seconde fois, pas une fois que j'aurais trouvé une faiblesse pour exploiter la ligne Gossamer. Cela ne m'a pris qu'un an et deux accidents mineurs dans le Wunderground…

— Alors c'était bien vous, dit Morrigane d'une voix tremblante. Ces déraillements. Les gens n'arrêtaient pas de dire que c'était l'œuvre du Wundereur, et ils avaient raison. Vous avez tué deux personnes !

— Il fallait bien expérimenter, dit-il en haussant les épaules. Tout ça pour aller te chercher comme une brebis égarée. Et maintenant, ma petite agnelle, il est l'heure de rentrer à la maison.

Il se tourna vers elle et lui tendit la main. Un train siffla au loin.

Morrigane fit un autre pas en arrière.

— Je n'irai nulle part avec vous.

— Nous ne sommes pas d'accord sur ce point.

Morrigane entendit le bruit d'un moteur qui prend de la vitesse. Une lumière dorée perça les profondeurs du tunnel, de plus en plus brillante, déchirant le mur de ténèbres que formait la Cavalerie d'ombre et de fumée, jusqu'à apparaître, scintillante et perlée, trop magnifique et trop terrible pour qu'on y pose les yeux.

La Cavalerie se dispersa, s'évapora dans les airs, puis se reforma sur le quai comme une tornade dont l'œil aurait été Morrigane. Son parapluie ciré lui échappa. La Cavalerie tournoyait autour d'elle, la liant à l'aide de cordes d'ombre et de fumée, la poussant, la tirant, la hissant vers les profondeurs dorées du train du Gossamer.

Morrigane entendit siffler. Le train partit.

Il faisait froid. Morrigane le sentit à travers le Gossamer. Il faisait froid devant le manoir des Crow. La pelouse était recouverte d'une fine couche de glace. Derrière les grandes grilles en fer forgé, la maison était une silhouette noire qui se découpait sur le ciel de la nuit tombante.

Squall s'avança, les yeux levés vers la façade du manoir, le regard brillant d'une méchanceté sadique.

— Allons donc leur rendre visite, veux-tu ?

Le Wundereur n'était plus une entité désincarnée qui flottait sur le Gossamer sans pouvoir rien toucher. Il était de retour dans la République, dans son corps, et il se réjouissait de sa liberté.

Il fit craquer ses doigts et étira ses bras et, d'un simple geste précis des poignets, ouvrit le portail. Non, le portail ne *s'ouvrit* pas. Les grilles elles-mêmes plièrent, barreau après barreau.

Les chiens accoururent de derrière la maison en aboyant furieusement.

— Ouah ! *Ouah ! Ouah !*

Squall leur aboya dessus comme un fou. Les chiens furent propulsés dans les airs. Ils atterrirent sur la pelouse avec un bruit sourd avant de s'enfuir ventre à terre en gémissant.

— Tu ne peux imaginer à quel point c'est pénible, dit-il en se tournant vers Morrigane alors que ses pieds grinçaient sur le gravier. D'être là, au cœur de la ville… de *ma* ville, ma bien-aimée Nevermoor… et de ne *rien* pouvoir faire. Incapable d'utiliser mes talents, d'affecter les éléments qui m'entourent… ni même de toucher quoi que ce soit.

Son regard se perdit au loin.

— La ligne Gossamer est une invention merveilleuse, mademoiselle Crow… Je le sais, c'est moi qui l'aie créée… Mais, parfois, c'est une véritable prison, dit-il, une drôle d'expression sur le visage. Laisse-moi te montrer ce que ça fait.

Il se tourna vers la maison et leva les bras comme un chef d'orchestre.

Les briques et les pierres du manoir des Crow se mirent à bouger, à tournoyer, à se rentrer les unes dans les autres, à exploser en petits nuages de poussière, jusqu'à ce que la maison d'enfance de Morrigane soit méconnaissable. Dans un rugissement, elle s'étira pour former une cathédrale gothique immense, qui les dominait de toute sa puissance effrayante.

— C'est mieux comme ça, non ? dit Squall en toussant et en chassant la poussière qui se déposait sur son visage.

— Arrêtez, dit Morrigane.

— Je ne fais que commencer.

Il claqua des doigts, et la façade gris foncé de la maison transformée se mit à scintiller. C'était magnifique.

Alors ça, c'est inattendu, pensa Morrigane en lançant un regard plein de soupçon vers Squall. Il l'observa d'un air interrogateur.

— C'est ce que tu veux, n'est-ce pas ?

Il claqua à nouveau des doigts et une longue tige poussa sur le toit. Un drapeau se déplia : il arborait fièrement la tête de Morrigane en s'agitant dans le vent.

— C'est pour ça que tu as choisi cet imbécile, n'est-ce pas ? et sa Société Wundrous ? Avec son arachnopode et ses sauts du toit au Matillon ?

Il fit un geste ondulant de la main et un immense néon apparut sur la façade. Il disait : BIENVENUE À MORRIGANLAND en grosses lettres clignotantes.

Morrigane aurait pouffé si elle n'avait pas été aussi terrifiée. Ezra Squall, l'homme le plus cruel, le plus maléfique qui ait jamais existé, venait de transformer la maison de son enfance en parc d'attractions Morrigane-Crow.

Il se tourna vers elle.

— Ça en met plein la vue, mais ça n'a aucune substance. Du Jupiter Nord tout craché. Est-ce qu'il te l'a dit ? Ou pas encore ?

— Me dire quoi ?

— Bien sûr que non. Mais ton cerveau fonctionne plutôt bien dans ta petite tête. Tu dois avoir compris.

Tout en parlant, Squall agitait les doigts. Des jets d'eau jaillirent des fontaines et gelèrent dans les airs pour former des sculptures de glace. Il ne regardait même pas. Morrigane n'était pas sûre qu'il se rende compte de ce qu'il était en train de faire.

— Dis-moi, Morrigane Crow : t'a-t-il demandé d'être son apprentie ?

Morrigane avait la gorge serrée.

— Je ne sais pas.

— N'importe quoi, dit-il doucement.

Il leva une main et dessina une forme dans l'espace. Le néon s'éteignit et les guirlandes lumineuses de la façade disparurent. Le drapeau s'émietta. Quelques pierres chutèrent du mur.

— Dis-moi.

— Mais je ne sais pas, répéta-t-elle.

Elle s'écarta d'un bond alors qu'une pierre atterrissait là où elle s'était trouvée une seconde auparavant.

— *Réfléchis.*

Elle en était incapable. Le manoir des Crow se décomposait sous ses yeux. Les murs de la façade s'effondrèrent en un tas de poussière et de débris, révélant les pièces éclairées à l'intérieur, qui étaient épargnées par l'acte destructeur de Squall : un beau tableau de la vie ordinaire des Crow.

Non loin de Morrigane, se trouvaient son père, sa belle-mère et sa grand-mère, assis dans les fauteuils confortables du salon, qui ne voyaient pas que le manoir se transformait en décombres autour d'eux. Un des jumeaux d'Ivy tétait ; Corvus berçait le deuxième. Grand-mère lisait. Un feu brûlait dans la cheminée.

— Dois-je vraiment te l'expliquer ? dit Squall, qui s'était planté à côté d'elle avec un regard amusé. Morrigane Crow, tu es un Wundereur. Tout comme moi.

Ces mots glacèrent le sang de Morrigane. Elle sentit un frisson lui parcourir l'échine. Elle avait la chair de poule.

Un Wundereur. Tout comme moi.

— Non, murmura-t-elle, avant de crier : NON !

— Non, tu as raison, dit-il en inclinant la tête de côté. Pas tout à fait comme moi. Mais un jour, si tu travailles dur et que tu suis bien, tu seras peut-être à ma hauteur.

Morrigane serra les poings.

— Je ne serai jamais comme vous.

— C'est charmant de voir que tu crois avoir le choix. Mais tu es née comme ça, Morrigane Crow. Ton chemin est tout tracé, tu ne pourras pas y échapper.

— Je ne serai jamais comme vous, répéta Morrigane. Je ne commettrai jamais de meurtre !

Squall partit de son petit rire sarcastique.

Le maître et l'apprentie

— Tu crois que c'est ça, un Wundereur ? Un instrument de la mort ? Je suppose que tu as en partie raison. Destruction ; création. La vie ; la mort. Ce seront des outils à ta disposition, une fois que tu sauras t'en servir.

— Je ne veux pas m'en servir, dit Morrigane, les dents serrées.

— Tu ne sais pas mentir, répliqua Squall. Il te faudra apprendre à mieux cacher ton jeu, Morrigane Crow. Tu devras aussi apprendre ce qu'on appelle l'art diabolique du Wundereur accompli, et je serai ravi d'être ton professeur. Commençons par la leçon numéro 1.

Squall entra dans la pièce et chuchota quelque chose que Morrigane n'entendit pas. Le feu sauta de la cheminée pour se répandre. Il encercla les Crow. En quelques instants, le salon était en feu, des rideaux aux tapis. La famille de Morrigane était tranquillement assise, inconsciente du danger.

— Arrêtez ! hurla Morrigane par-dessus les flammes. Je vous en prie ! Laissez-les tranquilles !

— Qu'est-ce que ça peut te faire ? se moqua Squall. Ces gens te détestent. Ils te tiennent responsable de tout ce qui ne va pas dans leur vie. Lorsque tu es morte – lorsqu'ils t'ont *cru* morte – ils étaient *soulagés*. Et pourquoi ?

Le cercle de feu se referma, se rapprochant des Crow. Une perle de sueur coula sur le front d'Ivy, mais Ivy elle-même n'avait pas l'air de sentir quoi que ce soit. Morrigane tenta de ramasser quelque chose – n'importe quoi : un caillou, un tesson de brique – pour le lancer à

Ivy, à Corvus ou à sa grand-mère... afin de les prévenir. Mais elle ne pouvait rien attraper. Sa main passait au travers.

— À cause d'une malédiction, poursuivit Squall, qui n'a jamais existé.

Morrigane le regarda à travers les flammes.

— Comment ça « qui n'a jamais existé » ?

Il éclata de rire.

— La « malédiction » n'était rien d'autre qu'une explication pratique au fait que tous les enfants nés au Merveillon avaient la mauvaise habitude de quitter ce monde avant d'atteindre un âge problématique. Avant d'être capables de trop absorber de *mon* précieux Wunder, vous les petits paratonnerres en puissance. Je ne pouvais pas laisser se disperser la source d'énergie qui m'a rendu si riche et si puissant, n'est-ce pas ? Si je suis le seul contrôleur de Wunder, alors tout le pouvoir est en moi. Mais, bien sûr, j'ai dû éliminer des menaces potentielles. Tu ne peux pas m'en vouloir. J'ai seulement un bon sens des affaires.

— Alors la malédiction n'existe pas... chuchota Morrigane.

Elle comprit enfin. Jupiter le lui avait dit, mais elle ne l'avait pas cru. Pas vraiment.

— C'est *vous*, la malédiction.

Squall poursuivit comme s'il ne l'avait pas entendue :

— Au fil des années, la malédiction s'est développée. Les gens aiment parler. Autrefois, on vous plaignait, on était aux petits soins pour vous, pauvres enfants destinés à être arrachés au monde des vivants à un âge si tendre. Mais, peu à peu, la nature haineuse de l'homme a pris le dessus, et les gens ont commencé à traiter les enfants maudits comme des boucs émissaires. Quelqu'un sur qui rejeter la faute quand tout va mal. La récolte est mauvaise ? Accusons donc les enfants maudits. Pourquoi ai-je perdu mon travail ? Sûrement à cause des enfants maudits. Bientôt, les enfants maudits furent accusés de tout et n'importe quoi. La légende a grandi, jusqu'à ce que les enfants maudits ne fassent plus seulement le malheur de leurs familles, mais de tous, et à ce titre ils devaient être bannis.

Squall prit le bébé des bras de Corvus. Corvus resta immobile, des yeux vides reflétant les flammes orange vif. Le salon était maintenant une fournaise, et les flammes envoyaient de grosses vagues de fumée. Celle-ci se métamorphosa en d'immenses formes noires qui sortaient du feu. Morrigane entendit un hurlement de chien. Elle frissonna.

Le bébé tenta d'attraper le nez de Squall de son petit poing dodu. Le Wundereur fit la grimace et le petit garçon aux cheveux de neige éclata de rire.

— Alors tu vois, Morrigane Crow, ce n'est pas moi qui ai forcé ta famille à te détester. Ils ont décidé de le faire tout seul.

Il manipula le bébé pour qu'il lui fasse un coucou.

— Dois-je les tuer pour toi ?

— Non ! hurla Morrigane. Je vous en prie ! Non !

Squall lâcha le bébé mais, au lieu de tomber, il flotta jusqu'au sol. Il fallait qu'elle fasse quelque chose, il fallait l'arrêter, mais *comment* ? Que pouvait-elle faire, à travers le Gossamer ? Elle était complètement impuissante.

— Non ? Tu es sûre ? Je ne suis pas certain de te croire.

Il la regarda avec un sourire taquin.

— Dis-moi, petite oiselle. Pourquoi penses-tu que je t'ai épargnée ?

Morrigane ne dit rien. La Cavalerie d'ombre et de fumée prenait forme autour d'eux. Des chiens-loups ouvraient la gueule, des cavaliers sans visage naquirent des flammes qui encerclaient sa famille sans défense. Ils s'approchaient de plus en plus, attendant les ordres de Squall. Ils étaient prêts à tuer.

— J'en ai détruit tant d'autres. J'ai été si patient, toutes ces années, à attendre l'élu. Un homme moins déterminé aurait renoncé, mais je savais... je *savais* que tu viendrais un jour. Qu'un jour, un enfant né au Merveillon prendrait ma place en grandissant. Un enfant plein de promesses maléfiques, dans les yeux duquel je me reconnaîtrais. La fille ou le garçon qui serait mon héritier.

Il s'agenouilla pour mettre son visage au niveau du sien. Sa voix était si douce, son sourire si sincère que, pendant un instant, Morrigane vit son ami, M. Jones, dans le visage de cet homme fou entouré d'ombres mouvantes.

— Je te vois, Morrigane Crow, chuchota-t-il, les yeux brillants. Je vois le fin fond de ton cœur glacé.

— Non ! hurla Morrigane.

Quelque chose au fond d'elle eut un mouvement de recul, comme un océan qui se retire avant la vague.

Soudain, elle n'était plus rien d'autre que ça : une immense vague de rage et de peur. Elle n'était *pas* comme lui, elle ne serait jamais comme lui !

Morrigane tituba en arrière et leva les bras en l'air pour se laisser emporter par la vague qui gonflait en son for intérieur.

Une lumière intense emplit la pièce, qui anéantit la Cavalerie d'ombre et de fumée, tuant les flammes d'une secousse dorée qui dura plusieurs secondes, ou peut-être quelques jours, ou même une vie entière.

Ensuite, il y eut un long silence.

Les Crow baignaient toujours dans l'agréable ignorance de leur situation, les yeux ouverts, sans rien voir.

Squall, les yeux écarquillés, semblait avoir été frappé par l'éclair. Il était étendu sur le sol, terrassé. Il regardait Morrigane comme s'il venait soudain de recouvrer la vue après des années.

Morrigane elle-même tremblait après ce qui venait de se passer... Mais que s'était-il passé ?

Elle avait anéanti la Cavalerie d'ombre et de fumée. Ou, du moins, elle l'avait chassée. Pour l'instant, c'était déjà bien. Morrigane n'avait aucune idée de comment elle s'y était prise, comment elle avait invoqué la lumière mais, pendant ces quelques secondes, elle s'était encore une fois souvenue des paroles de Squall de l'été passé : *Les ombres sont des ombres. Elles aspirent aux ténèbres.*

Squall se releva, il avait enfin retrouvé sa voix.

— Tu vois, dit-il en la regardant d'un œil inquiet. Tu aurais dû accepter mon offre. Mais, la vérité, c'est que je n'ai pas besoin de ton accord. Tu es déjà mon apprentie, depuis que tu as survécu à ton onzième anniversaire. L'Amas est en cours. Le Wunder t'a reconnue, et tu es à sa merci.

— Qu'est-ce que ça veut dire ? demanda Morrigane. C'est quoi un « Amas » ?

— Tu es née Wundereur, mais si tu n'apprends pas à collecter le Wunder, c'est *lui* qui te cueillera. Si tu n'apprends pas à contrôler le Wunder, c'est *lui* qui te contrôlera. Il te consumera lentement de l'intérieur et, pour finir… il te détruira.

Il secoua la tête, et un sourire triste se dessina au coin de ses lèvres.

— Je te l'ai dit… ça t'aurait libérée, de te laisser tuer par la Cavalerie d'ombre et de fumée. Mais, hélas ! il semblerait que tu les aies fait fuir, du moins temporairement. Peu importe. Je ne t'ai pas amenée ici pour te faire du mal ce soir. Ni à ta famille.

— Alors pourquoi vous m'avez kidnappée ?

— Kidnappée ? dit-il d'un ton amusé, et peut-être un peu offensé à cette idée. *Kidnapper*, c'est un autre mot pour *voler*. Je ne suis pas un voleur. Ceci n'est pas un kidnapping. C'est ta première leçon dans l'art des Wundereurs. Un cours de haut niveau, donné par un grand maître. La deuxième leçon aura lieu quand tu le demanderas.

Morrigane secoua la tête. Il plaisantait ou quoi ? Il était complètement fou !

— Je ne vous demanderai jamais rien. Il n'y a rien que vous puissiez m'apprendre.

Squall rit doucement en traversant les cendres chaudes. Il soulevait de la poussière et des étincelles.

— Je suis la seule personne en vie à pouvoir t'enseigner quoi que ce soit d'utile. Un jour tu comprendras la cruelle vérité de ce que je t'avance. Mes monstres et moi, nous nous en assurerons.

Il inclina la tête de côté. Son regard insondable n'avait plus du tout l'air amusé.

— À bientôt, petit oiseau.

Sans regarder en arrière, il longea l'allée de gravier et disparut dans l'ombre. Derrière lui, les braises s'éteignirent, les rideaux naquirent de leurs cendres, les fenêtres brisées se recomposèrent, les murs de pierre du manoir des Crow s'élevèrent à nouveau. Enfin, la grille en fer forgé se redressa, puis se referma dans un « gling ».

Morrigane était maintenant debout dans le calme revenu du salon. Elle regarda les Crow qui ne se doutaient de rien, et éprouva un étrange pincement au cœur. Elle voulait rentrer à la maison. Mais pas celle-ci.

Morrigane ferma les yeux. Elle imagina le manche en argent de son parapluie, avec son petit oiseau en opale, gisant là, sur le quai de la station de Wunderground, où il était tombé de ses mains.

Elle attendit. Elle entendit le sifflement du train du Gossamer. Et rentra chez elle.

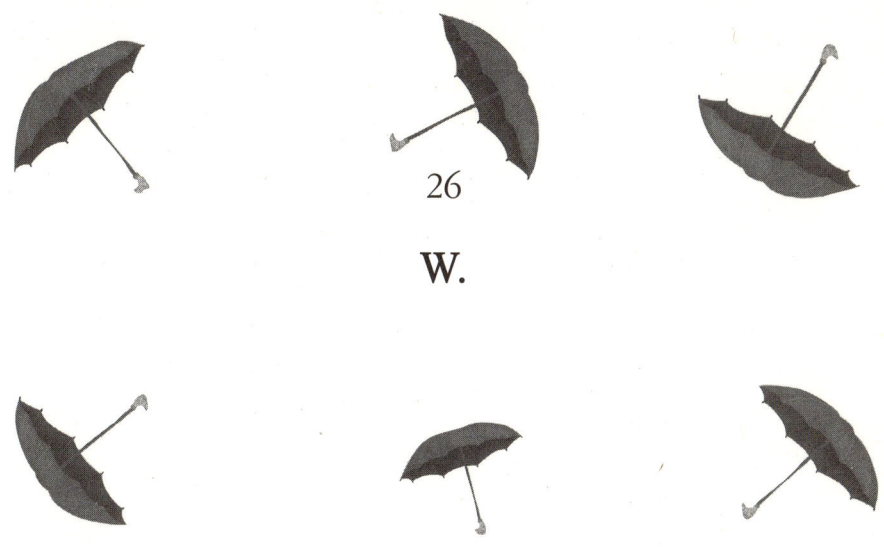

26

W.

D'ABORD, MORRIGANE CRUT qu'elle avait perdu la vue.
— J'ai dit *doucement*.
Elle le sentit qui lâchait ses épaules, l'entendit faire un pas en arrière.
— Ouvre les yeux doucement.
Elle savait qu'elle se trouvait au Deucalion, qu'elle était debout dans le bureau de Jupiter, mais... on se serait cru à la surface du soleil. Le monde était complètement blanc, surexposé. Elle en avait le tournis. En plissant les yeux, elle distinguait vaguement sa silhouette dans le miroir. Était-ce vraiment ce qu'il voyait, chaque fois qu'il la regardait ?
— Ne regarde pas trop longtemps, la prévint Jupiter.

La lumière ne provenait pas d'un point unique. Il y avait des milliers, peut-être même des millions – ou des *milliards* ? – de particules aussi brillantes que la lumière qui avait déferlé sur le manoir des Crow. Elles s'étaient amassées autour d'elle comme de la poussière. Non, ce n'était pas de la poussière, c'était vivant.

— Est-ce que c'est… ?

— Du Wunder. Joli, hein ?

Joli n'était pas vraiment le mot. C'était magnifique, mais ce n'était pas joli ; plutôt l'opposé. Morrigane ressentait un mélange d'effroi et d'espoir, de panique et de joie. Elle se sentait à la fois toute petite et immense. Elle avait envie de crier ou de chuchoter ; et *d'autre chose*.

— Qu'est-ce qu'il fait, le Wunder ? demanda Morrigane.

— Il attend.

— Il attend quoi ?

— Il t'attend, toi.

— Il attend que je fasse quoi ?

Jupiter resta silencieux un moment, puis dit :

— On verra, je suppose.

Il la reprit par les épaules et appuya une nouvelle fois son front contre le sien, comme il l'avait fait avec les Anciens lors de l'épreuve Spectaculaire. Morrigane ne s'était pas rendu compte à ce moment-là de ce qui se passait ; elle ne savait pas qu'il pouvait montrer aux autres ce qu'il voyait. Leur faire partager son don l'espace d'un instant.

À la grande déception de Morrigane, mais aussi à son grand soulagement, le monde reprit son aspect terne.

W.

La fille dans le miroir avec ses cheveux noirs, ses yeux noirs et son nez busqué avait l'air tout à fait normale. Une fille ordinaire.

— Il a dit que j'étais comme lui.

C'était la première fois qu'elle parlait tout haut de sa peur.

— C'est vrai, n'est-ce pas ? poursuivit-elle. C'est ça, l'Amas ; c'est ce truc. Le Wunder qui s'amasse autour de moi. Ça veut dire que je suis... un Wundereur.

Ce mot lui laissait dans la bouche un goût amer.

— Oui, dit Jupiter d'un ton grave. Mais essaie de comprendre : le mot *Wundereur* n'a pas toujours eu une signification négative, Mog.

— Vraiment ?

— Bien sûr que non. Jadis à Nevermoor, il fut un temps où c'était un honneur d'être un Wundereur.

— Comme de faire partie de la Société Wundrous ?

— Plus que ça. Les Wundereurs exauçaient les vœux et protégeaient le peuple. Ils utilisaient leurs pouvoirs pour faire le bien. *Wundereur* n'est pas synonyme de *monstre* ou de *meurtrier*. C'est Squall qui en a transformé l'usage. Il a commis l'impardonnable. Il a trahi son peuple, et sa ville. Il a abusé de son pouvoir. Il a fait du mot *Wundereur* un mot terrible. Mais tu as la capacité de redéfinir ce mot à ton tour, Mog.

Il lui adressa un immense sourire.

— Et tu le feras. Je le sais. C'est vrai, ce que j'ai dit : tu n'as pas de talent. Tu as *bien plus* que ça. Un don. Une destinée. Et tu peux décider de ce que ça signifie pour toi. Personne d'autre ne le fera à ta place.

La vue de Morrigane se rajustait peu à peu, et le bureau de Jupiter lui apparut bientôt nettement : les photos sur les murs, les livres dans les bibliothèques ; le visage de Jupiter, ses yeux bleus brillants et sa belle barbe rousse tout emmêlée. Morrigane se laissa tomber dans un fauteuil et croisa les chevilles sur le tabouret.

— Tu as toujours su ce que j'étais, n'est-ce pas ?

Jupiter hocha la tête.

— Et Squall ? Tu savais qu'il m'avait fait une offre aussi ?

— Oui.

Morrigane soupira. Elle avait perdu tant de temps à décider si elle devait parler de Squall à Jupiter. Elle se sentait idiote.

— Alors, pourquoi tu m'as fait passer les épreuves ? demanda-t-elle. Pourquoi tu ne l'as pas simplement dit aux Anciens ?

— Tu supposes que ta qualité de Wundereur est ce qu'il y a de plus important chez toi.

— C'est pas le cas ?

— Pas du tout. Si c'était ce qu'il y a de plus important, Mog, tu ne crois pas qu'ils feraient passer l'épreuve Spectaculaire en premier ? Réfléchis bien. Il y a d'abord l'épreuve du Livret, pour déterminer qui est honnête et a de la présence d'esprit. Puis l'épreuve du Parcours, pour voir qui est tenace et a un bon sens de la stratégie. Suivie de l'épreuve de la Peur, pour découvrir qui est courageux et ingénieux. Tu ne crois pas qu'on a perdu des candidats avec des talents très intéressants dans ces premières épreuves ? Bien sûr que si ! Qui sait ?

W.

Peut-être les plus talentueux ont-ils été éliminés avant d'arriver à l'épreuve Spectaculaire.

« Bref ! en ce qui concerne la Société, si tu n'es pas honnête, déterminée et courageuse, peu importe ton talent. Il t'a fallu passer par toutes les épreuves, parce qu'il fallait montrer aux Anciens le genre de personne que tu es, dans l'espoir…

Il s'arrêta un moment, puis termina d'une traite :

— … qu'ils voient d'abord qui tu étais, avant de te voir comme un Wundereur.

— Tu m'as dit que cette histoire de Wundereur n'était qu'un conte de fées tissé de superstitions.

Jupiter hocha la tête.

— Je sais. Je m'excuse d'avoir menti. Quoique ce n'est pas tout à fait faux. L'histoire du Wundereur est tellement mêlée de légende et de n'importe quoi, que la plupart des gens ne voient pas la différence. Ce n'était qu'un mensonge partiel. Je suis désolé.

— Pourquoi t'as menti ?

— Parce que je pensais que c'était la meilleure chose à faire. Je ne voulais pas que tu penses trop au Wundereur. C'était une chose de plus qui pouvait t'inquiéter, tu comprends ? Je me suis dit qu'il valait mieux que tu te concentres sur la Société, et que l'on verrait ça plus tard.

— Et les autres ?

— Les autres ?

— *Les trois autres inscrits au registre…* Tu parlais des enfants maudits, n'est-ce pas ? Est-ce qu'ils sont aussi des Wundereurs ?

— Non.

Elle attendit que Jupiter lui en dise plus, mais il se taisait.

— Qu'est-ce qui leur est arrivé ? insista-t-elle. Est-ce que tu les as sauvés, eux aussi, ou... ?

Il hésita un peu.

— Ils vont bien. Ils sont loin, sains et saufs, ils ignorent tout d'Ezra Squall et de la Cavalerie d'ombre et de fumée.

Ils en ont, de la chance, pensa Morrigane.

Les deux derniers jours, depuis sa confrontation avec Squall, avaient été épuisants. Le train l'avait reconduite à la station de la ligne Gossamer. Pendant ce temps, Fen, Jack et Hawthorne arrivaient, à bout de souffle et paniqués : ils avaient compris ce qui lui était arrivé lorsqu'elle avait disparu et ils avaient couru chercher Jupiter.

Jack était arrivé à elle le premier, blanc de peur et muet de soulagement ; Jupiter l'avait soulevée en la serrant très très fort dans ses bras ; Fen lui avait léché les cheveux jusqu'à ce qu'ils tiennent pratiquement droit sur sa tête. Quant à Hawthorne, il l'avait suppliée de raconter son histoire une bonne douzaine de fois, poussant des cris et applaudissant au bon moment chaque fois qu'elle s'exécutait.

L'histoire de la rencontre de Morrigane avec la Cavalerie d'ombre et de fumée circula dans le Deucalion, mais Jupiter fit jurer à Fen, Jack, Morrigane et Hawthorne de garder secrète son identité de Wundereur. Jack s'était indigné.

W.

— Mais j'ai déjà promis !

Morrigane n'avait pas compris le sens de sa phrase jusque-là. Soudain, elle se souvint du soir avant Noël, quand Jack l'avait regardée avec horreur, stupéfait.

— Jack le savait, n'est-ce pas ? dit-elle. Il sait depuis Noël. Parce qu'il est comme toi. C'est un... comment t'appelles ça ?

— Un Témoin, dit Jupiter en s'asseyant sur le fauteuil en face d'elle. Oui. Il a horreur de ça.

— Mais pourquoi ? demanda Morrigane, étonnée. C'est comme de tout savoir. Je croyais que c'était ce que Jack adorait le plus.

Jupiter émit un petit rire. Quand il se tourna vers elle, il avait l'air songeur.

— C'est un peu ça parfois, je suppose. Mais pas toujours. Parfois, même le Gossamer peut vous cacher des choses.

— J'adorerais être un Témoin.

— Je n'en suis pas si sûr, dit Jupiter avec une grimace. Voir tous ces secrets, tout le temps ? Chaque fois que quelqu'un ment, voir une tache noire sur sa figure. Chaque fois que quelqu'un est triste, ça vole autour de lui comme des mouches autour d'un cadavre. La douleur, la colère, la traîtrise... tout ça est constamment présent, partout, autour de nous, tout le temps. La plupart des Témoins ne supportent pas de vivre dans un endroit pareil, cela peut les rendre fous.

— Tu veux dire un endroit comme le Deucalion ?

— Je veux dire Nevermoor. Ou tout endroit où des millions de personnes passent chaque jour, laissant des traces invisibles qui s'entrecoupent, formant une tapisserie infernale tissée de millions, de milliards, de milliers de milliards de fils pour nous trop visibles. Les gens laissent des morceaux d'eux partout, Morrigane... Toutes les disputes qu'ils ont eues, toutes les fois qu'ils ont souffert... l'amour, la joie qu'ils ont éprouvés, les bonnes et les mauvaises actions qu'ils ont accomplies.

Il se frotta le visage, fatigué.

— J'ai appris à filtrer, à ne voir que ce qu'il y a d'important. Je peux décomposer les différentes couches, séparer les fils pour démêler toute cette folie.

« Mais ça m'a pris des années, Mog, des années et des années d'entraînement. Jack n'en est pas encore là. Il va lui falloir beaucoup de temps. Pour l'instant, le patch agit comme un filtre. Ça perturbe sa vue, de sorte qu'il voit comme toi et le reste du monde. Sans cela, il perdrait la raison.

Morrigane ne s'était pas doutée qu'un talent comme celui de Jupiter pouvait avoir un mauvais côté. C'était peut-être pour ça que Jack était sujet à tant de sautes d'humeur.

— Et pourquoi il ne me l'a pas dit ? demanda-t-elle.

Jupiter baissa les yeux.

— Je crois qu'il est gêné. Les gens n'aiment pas trop les Témoins. C'est difficile d'être ami avec quelqu'un qui peut voir vos secrets.

— Mais c'est absurde, dit Morrigane en pensant à tous les amis et tous les admirateurs de Jupiter. Le monde entier t'adore.

W.

Jupiter rit jusqu'aux larmes.

— Ta vision du monde entier est vraiment biaisée, Morrigane, et c'est l'une des choses que j'aime chez toi.

Il se leva et fit signe à Morrigane de le suivre.

— Ça me rappelle que quelque chose est arrivé pour toi, aujourd'hui.

Il déverrouilla le tiroir de son bureau et en sortit une petite boîte en bois.

— Je ne suis pas censé te donner ça avant le jour de ton inauguration. Mais cette semaine a été vraiment difficile, et je trouve que tu mérites de l'ouvrir maintenant.

Dans la boîte, posée sur un coussin de velours rouge, il y avait une petite broche dorée de la forme d'un W.

Morrigane poussa un cri de joie :

— Mon épingle ! Est-ce que ça veut dire... est-ce que tu l'as trouvé ? Le dernier signataire pour... ce pacte de sécurité ?

Le sourire de Jupiter pâlit.

— Pas... vraiment. Non. Mais je vais me débrouiller. Promis.

Il lui épingla le W sur son col.

— Et voilà. Ton pass pour les places réservées du Wunderground ! J'espère que ça en valait la peine.

Morrigane pouffa. Tout ce qu'elle avait traversé cette année était invraisemblable : elle avait trompé la mort, réussi les épreuves, s'était confrontée à Flintlock, avait affronté Squall et la Cavalerie d'ombre et de fumée, et bien d'autres choses difficiles, juste pour ce petit W.

De fait, il n'était pas si petit. C'était énorme, c'était une promesse. La promesse d'une famille, d'un chez-elle et de grandes amitiés.

Le plus étrange, se disait Morrigane en songeant à la semaine qu'elle venait de passer et à sa vie au Deucalion, c'était qu'au fond elle avait déjà tout ça.

Le lustre avait enfin adopté sa forme finale.

Frank avait gagné son pari. Du moins, il avait presque deviné : ce n'était pas un paon, mais c'était un oiseau. Un énorme oiseau noir, qui brillait sous tous les angles, ses grandes ailes déployées protégeant le hall comme s'il veillait sur l'hôtel Deucalion et ses habitants. À moins qu'il ne se tînt prêt à leur tomber dessus pour leur arracher la tête... Les opinions sur ce point divergeaient.

Jupiter avait déclaré l'aimer encore plus que le grand voilier rose.

Quelques jours plus tard, Jupiter et Nanne emmenèrent leurs deux candidats fêter ça au restaurant. Ils se régalèrent de côtelettes d'agneau et de bière au

W.

gingembre dans un joli pub de la place du Courage, trinquant au succès de Morrigane et Hawthorne.

Leurs mécènes leur racontèrent en long et en large leurs aventures au temps où ils étaient élèves à la société Wundrous. La plupart des histoires de Nanne concernaient les dragons, et Jupiter avait commencé à leur décrire toutes les bêtises qu'il avait faites, mais il changea vite de sujet lorsqu'il comprit que Hawthorne prenait des notes.

Sur le chemin du retour, Morrigane avança en donnant de joyeux coups de pieds dans la neige pour la faire voler. En dépit du froid polaire, elle trouvait un air extraordinaire à Nevermoor en ce jour d'hiver pourtant comme les autres. Elle se sentait différente.

Tout était différent.

Les gens dans la rue souriaient à leur passage. Morrigane n'était plus la Crow maudite, qui attendait son affreux destin, celle que l'on tenait pour responsable de tous les malheurs. Pourtant, il restait une ombre au fond d'elle, quelque chose d'effrayant, qui hantait son esprit.

Jupiter lui lança un coup de coude alors qu'ils atteignaient le quai du Pébroc Express.

— À quoi penses-tu ?

— Il va revenir, n'est-ce pas ? demanda-t-elle à mi-voix. Squall. Il va revenir. Avec ses monstres.

Jupiter sourit.

— Je suppose qu'il essaiera.

Morrigane hocha la tête. Elle se cramponna à son parapluie, caressant sans y penser le petit oiseau d'opale.

— Il faudra qu'on soit prêts.

Des enfants un peu plus loin sur le quai chuchotaient entre eux et se tordaient le cou pour observer Morrigane et Jupiter, lesquels accrochèrent leurs parapluies et se laissèrent emporter. Ce n'était plus seulement Jupiter qui les fascinait, mais Jupiter et Morrigane, avec leurs W dorés qui étincelaient sur leurs manteaux.

Le mécène et sa candidate. Le fou aux cheveux roux et l'étrange petite fille aux yeux noirs.

REMERCIEMENTS

Merci à la gentille bibliothécaire qui a publié dans la lettre de la bibliothèque ma première histoire – *Les Trois Koalas* – quand je n'avais que sept ans, alors même que l'auteure avait très mal utilisé le mot *exagéré* et ne savait pas diviser son texte en paragraphes.

Je tire mon chapeau à Helen Thomas, Alvina Ling, Suzanne O'Sullivan et Kheryn Callender. J'ai une chance immense de travailler avec cette équipe éditoriale de rêve. Je n'en reviens toujours pas de votre générosité et de votre talent, alors il va falloir vous habituer à mes compliments.

Merci à tout le monde chez Hachette/Orion/LBYR – Fiona Hazard, Louise Sherwin-Stark, Ruth Alltimes, Megan Tingley, Lisa Moraleda, Dominic Kingston, Penny Evershed, Ashleigh Barton, Julia Sanderson,

Victoria Stapleton, et tant d'autres qui m'ont accueillie au sein de cette grande famille. Merci de votre soutien et de l'incroyable travail que vous avez accompli pour aider Morrigane à s'incarner.

Un grand merci aux talentueux Beatriz Castro et Jim Madsen pour leurs illustrations.

Merci à Jenny Bent et Molly Ker Hawn, ces deux grandes légendes, qui ont travaillé dur pour présenter *Nevermoor* à Frankfort et au-delà. Merci à tout le monde à la Bent Agency, tout particulièrement à Victoria Cappello et à John Bowers, ainsi qu'à tous les futurs agents à travers le monde, et à tous mes éditeurs étrangers.

Merci à l'incroyable Dana Spector et à tout le monde à la Paradigm Talent Agency, pour votre travail passionné et sans relâche. Ainsi qu'à Daria Cercek, Emily Ferenbach et l'équipe de Fox : je suis très touchée par l'intérêt que vous portez à Morrigane, et très heureuse de savoir qu'elle est entre de bonnes mains.

Un grand merci à la Team Cooper : vous êtes incroyables et une vrai source d'inspiration. Je suis heureuse de me compter parmi vous.

Un immense merci à deux de mes premiers lecteurs, Chris How et Lucy Spence. Votre enthousiasme pour Morrigane et compagnie m'a beaucoup touchée.

Merci à mon amie et ancienne professeur d'anglais au lycée, Charmaine Rye, qui m'a fait me sentir écrivain avant même de l'être.

À Jewels et à Dean – premiers lecteurs, meilleurs supporters. Je vous aime.

Remerciements

À Gemma Cooper, agente, amie, une Serpentard mais dans le meilleur sens qui soit, une vraie perle. Vous êtes l'ingrédient secret dans cette aventure étrange et incroyable. Vous êtes mon Jupiter Nord, si Jupiter Nord était un adulte responsable, et une femme aussi, et puis vous n'êtes pas rousse. Que ferais-je sans vous ? Merci à l'infini, G-Coop.

À Sally, meilleure amie, première lectrice, qui m'écoute depuis toujours, qui a une grosse tête alors je n'en dirai pas plus. Merci, mon amie aux oreilles d'or.

Je sais que tout le monde pense avoir la meilleure des mamans, mais non, c'est moi qui l'ai. Merci, maman.

Ouvrage composé par
PCA – 44400 Rezé

Imprimé en Allemagne
par GGP Media GmbH
S28076/01

Pocket Jeunesse, une marque d'Univers Poche,
est un éditeur qui s'engage pour
la préservation de son environnement
et qui utilise du papier fabriqué à partir
de bois provenant de forêts gérées
de manière responsable.